三十年にわたる交誼に感謝して、
アン・クリーヴスに捧げる

マーサ・トルーマンの地図

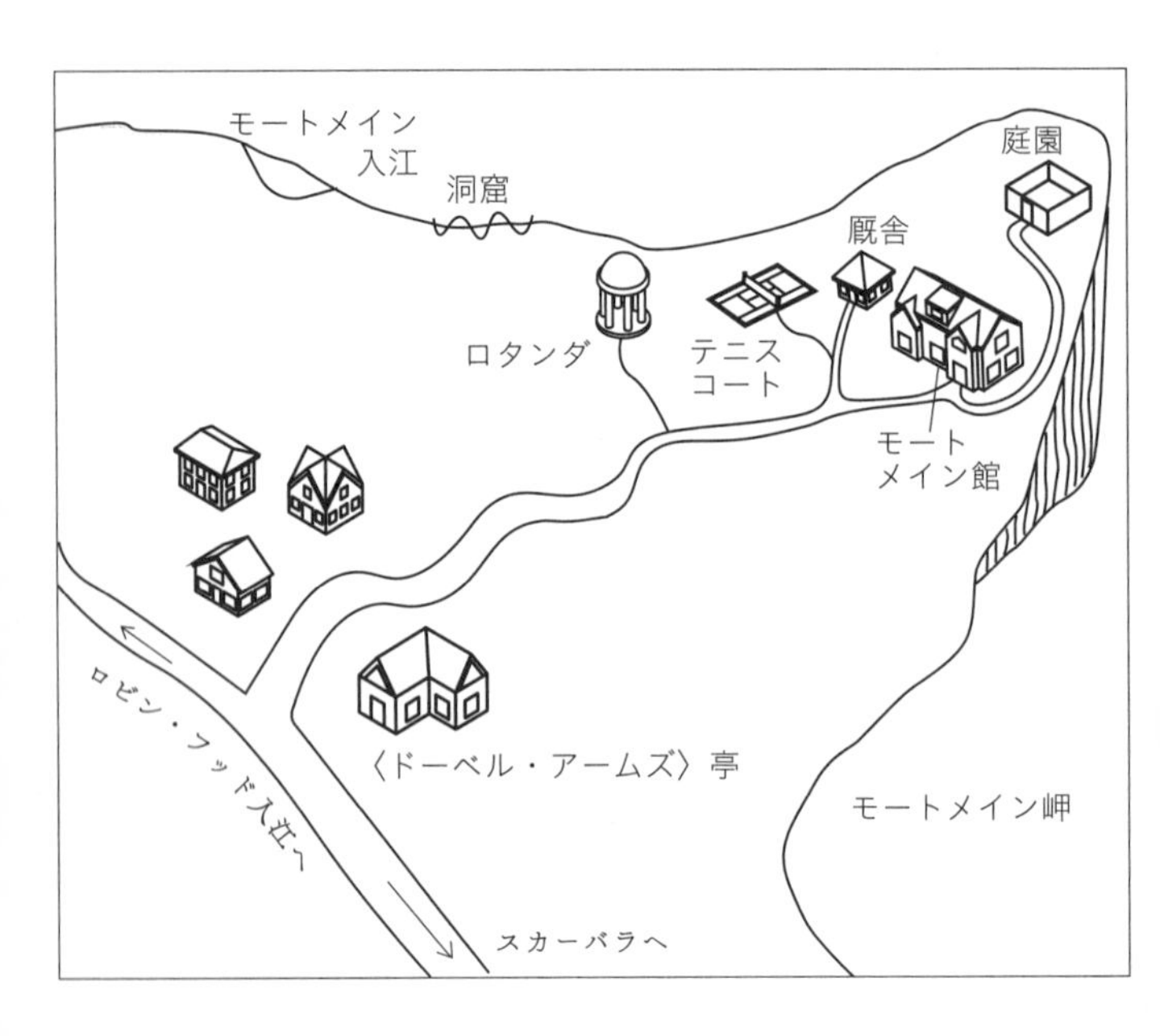

ハヤカワ・ミステリ文庫
〈HM509-2〉

モルグ館の客人

マーティン・エドワーズ
加賀山卓朗訳

早川書房
9079

MORTMAIN HALL

by

Martin Edwards

Translated by
Takuro Kagayama

First published 2024 in Japan by
HAYAKAWA PUBLISHING, INC.
This book is published in Japan by
arrangement with
WATSON, LITTLE LIMITED
through THE ENGLISH AGENCY (JAPAN) LTD.

モルグ館の客人

登場人物

レイチェル・サヴァナク……………………名探偵
ジェイコブ・フリント………………………クラリオン紙の記者
レオノーラ・ドーベル………………………犯罪学者
フェリックス…………………………………レオノーラの夫
マーサ・トルーマン…………………………サヴァナク家のメイド
クリフォード…………………………………同運転手
ヘティ…………………………………………同家政婦
バートラム・ジョーンズ
ギルバート・ペイン
シルヴィア・ゴーリー　　　　　　　……………………殺人事件の容疑者
ヘンリー・ローランド
クライヴ・ダンスキン
パーシヴァル・ラング
サー・エドガー・ジャクソン　……………勅選弁護士
ハイドン・ウィリアムズ……………………犯罪報道記者
ヘプトン………………………………………〈ドーベル・アームズ〉亭の主人
ルーシー………………………………………ヘプトンの姪
シドンズ………………………………………鳥類学者
グレンヴィル・フィッツロイ・ウィットロー……元少佐
レジー・ヴィッカーズ………………………ホワイトホール勤務の男
ルイス・モーガンズ…………………………事務弁護士

エピローグ

男は死にかけていた。それは本人にもわかっていた。レイチェル・サヴァナクにも。

「真実を探り当てたんだな？」声がざらついていた。

「ええ」

男の手が震えた。「完全犯罪だった」

「この世にそんなものがある？」彼女が訊いた。

男はため息をついた。負けを認めた喘鳴（ぜんめい）混じりの長く低いため息だった。「われわれはあると思っていた」

「時間がない」レイチェルが顔を近づけると、頬に男の饐（す）えた息がかかった。「さあ、モートメイン館（ホール）で何があったか話して」

1

幽霊がタクシーからおり立った。

首をすばやく左右に振って、誰かに尾けられていないか確かめている。レイチェル・サヴァナクは、彼に気づかれていないと確信していた。ウェストミンスター・ブリッジ・ロードの向かい側の建物の陰にしっかり隠れているからだ。顔にはベールをおろし、幽霊と同じく、上から下まで黒ずくめの恰好だった。彼の到着を待っていた三十分間、レイチェルへことさら注意を払う通行人はひとりもいなかった。ロンドン・ネクロポリス社専用の駅の外にいる喪服の女性は珍しくもない。そこは葬儀列車の発着場だった。

幽霊は大げさに見えるほど注意深く、フェルト帽のつばを引きおろした。長年街を離れていたあいだに、口ひげと顎ひげをぼさぼさに伸ばしていた。左手に使い古しのスーツケースを持っている。高く聳(そび)える駅舎に足を引きずって向かうその姿を見て、レイチェルは思わず不満の声をもらしそうになった。

歩き方で幽霊の正体がわかる。ギルバート・ペインはいまだに偽装の素人だった。

レイチェルはダブルデッカーのバスと古めかしい霊柩車のあいだに身を隠しながら、駅の入口へと通りを渡った。その先の道は曲がって花崗岩のアーチの下を通り、葬儀にかかわるさまざまな部屋につながる。建物の正面は赤煉瓦と暖色のテラコッタでできており、アーチ道の白漆喰の壁のまえには月桂樹と椰子の木が飾られていた。正面部分の裏には細い煙突に似た構造があって、霊安室に空気を送っている。納棺された遺体はそこで鉄道輸送貨物になるのだ。

レイチェルは電動式のエレベーターを無視して、運動選手のような身軽さで鉄細工の階段をのぼった。のぼりきったところは、ガラスの屋根がかかった一等客用のプラットホームだった。礼拝室（シャペル・アルダント）の扉が開いていて、オークの棺台、ウィルトン織のベージュの絨毯、緑とブロンズ色に塗られた壁が見えた。個別の待合室のほうに眼を凝らすと、最初のドアにきれいな文字で〝故セシリア・ペイン様〟と書かれた札がついていた。ドアは途中まで開いていて、モロッコ革の椅子、明るいオークの壁板、磨き上げられた寄木の床がレイチェルの眼にとまった。ロンドン郊外リッチモンドの商人の邸宅のように、壁には美しい水彩の風景画が何枚もかかっている。あたりには艶出しのにおいがきつく立ちこめていた。

幽霊の姿はどこにもなかった。

プラットホームには仕切りがあり、向こう側では三等の乗客が行き交っている。駅の入口も別で、一等の特別待遇の葬儀代を支払った人々が、嘆き悲しむ貧しい人々と隣り合わせで旅行する必要がないように配慮されている。ネクロポリス社は遺族へのきめ細やかな心遣いが売りなのだ。

改札係が控えめに咳払いした。びっくり箱のひげ男のように執務室から身を乗り出していた。レイチェルは彼のニコチンの染みがついた手に小さな長方形の切符を差し出した。

「急行が発車を待っております」たしかにそうだった。列車はそろいのオリーブグリーンに輝き、蒸気を吹き出し、飢えた竜のように苛立っていた。「あいにく棺はすでに積まれました」

一等客の団体は、愛する故人の棺が葬儀列車に積みこまれるのを見ることができるのだ。レイチェルは旅の支度をしているときにそれを学び、事業家の創意工夫に感心していた。悲しみの瞬間を、少数の特権階級への贈り物に変えたのだから。

「遅れたわたしがいけないので」レイチェルは、もう下がっていいとうなずいた。「どうもありがとう」

最寄りの一等コンパートメントの扉についた手書きの札は、待合室のそれと同じだった。窓の向こうに人影が見えた。幽霊が席についている。煉獄に閉じこめられたかのように、もう外にはぜったい出られない。

大気に煙と燃える石炭のにおいが満ちた。プラットホームにいるのは恰幅のいいポーターだけで、最後尾の車輛の三等コンパートメントに老婦人を乗せているところだった。彼はレイチェルに気づくと無分別にも走りだし、廃車場に向かう古い蒸気機関車のようにハアハアと息をあえがせて近づいてきた。

「ぎりぎりで間に合われましたね」ポーターは荒い息の下で言った。「十一時四十分ちょうどに発車します。どの団体でいらっしゃいますか？」

「ミセス・ペインです」レイチェルは相手の汚れた手にチップをのせた。その金額の多さにポーターの心臓は止まりそうになった。あわてて礼を言おうとした彼を、レイチェルは手で制した。「これから旅立つわたしの団体は何名か、教えていただける？」

ポーターは機関車の火夫のように大汗をかいていた。この狼狽は慣れない運動のせいだけではないだろうとレイチェルは思った。「あの……少々おかしなことになっておりまして」

「そう？」レイチェルは説明を待った。ソブリン金貨二枚は、彼の沈黙を買ったどんな賄賂にも勝るという自信があった。

「六名のご予定でしたが、三名の紳士しかおいでになりませんでした。先に見えていた二名様はどうしても……その、身内のかたがたが入られるコンパートメントでは旅行できないとおっしゃられて。きわめて異例のことです。会社はそういうことがないように事前予約をお願いしておりますので。厳かな雰囲気を損なう手ちがいはなんとしても避けたいのです。幸い今日は一等の葬儀のお申しこみがほかにありませんでした」

忠実な働き手であるポーターは、ウォール街の崩壊のあと経済が落ちこみ、失業も増えて、商売がだいぶ傾いていることには触れなかった。

「そのふたりの紳士をなんとかほかの場所に移すことができました？」

ポーターは、故ペイン夫人の会葬者に割り当てられたコンパートメントのひとつ先に、節くれだった親指を振った。

「すぐ隣のコンパートメントに」

「彼らについて教えていただけることはあります？」

ポーターは額の汗をぬぐった。「申しわけございません。もう本当に時間が……」

「ごめんなさい。どうしてわたしにとってこのことが重要なのか、説明できないんです」レイチェルは体を近づけて、相手に香水のにおいを嗅がせた。「個人的な理由があって。察していただけるでしょう？」

ポーターはベールの奥の顔をのぞいた。そこに見た表情の何かが彼を怯ませた。

「いや、あの……お尋ねになりたい理由はよくわかります。どれほどすばらしい家族にも諍(いさか)いは起きるものですから。そうでしょう？　おひとりは下町訛り(コックニー)で、牧師のような服を着ておられました。驚いたんです、本当に、つまり……」

「ふつうの牧師とはずいぶんちがっていたから？」レイチェルは水を向けた。

「不思議でした」ポーターは言った。「これまでの人生で、ああいう立派な紳士の手に刺青を見たのは初めてでしたので。いろいろなかたのお世話をしてきましたが……」

「もうひとりのほうは？」

ポーターは眉をひそめた。「大男でした。がっしりしてて、手なんか石炭シャベルみたいで」

「怖かった？」

「これ以上はお話しできません」彼はもう一度レイチェルを見て、ふうっと大きく息を吐いた。「おふたりとも上流階級のように見せようとして、靴を磨くのを忘れていたとしか。葬儀というのはおかしなものです。誰もがふだんの自分でいられなくなる。ご家族のほかのかたたちの邪魔にならないようにとおっしゃっていましたが、そもそもあそこにはひとりしか……」

「思いやりを示そうとしただけかも」

彼女の皮肉にポーターはたじろいだ。「その、すみませんが、どうかお乗りになってください。発車を遅らせるわけには……」

「もちろん」彼女の笑みにはユーモアが欠けていた。「とても助かりました。本当にありがとう」

ポーターは故セシリア・ペイン様と表示のあるコンパートメントに重々しく近づき、扉を開けた。レイチェルは差し伸べられた彼の手を無視して、車内に楽々と乗りこんだ。

コンパートメントは革と煙草のにおいがした。奥の隅のほうに、幽霊がスーツケースを脇に置いて坐り、窓の外を見て物思いにふけっていた。あとひと月で四十歳だが、それより十歳は上に見える。アフリカ北西部の国際管理地域に逃亡していたことから、頬は日焼けし、太ってもいるけれど、遊蕩のせいで老けたわけではないだろうとレイチェルは思った。真の原因は、いつ背中をナイフでひと突きされてもおかしくないという絶えざる恐怖だ。

ポーターが勢いよく扉を閉め、幽霊は白日夢から覚めた。レイチェルは座席の端に腰かけて会釈した。

「おはようございます」彼女は言った。

幽霊は不安げにうなった。彼女がコンパートメントにいる理由がわからないうえ、親しみのこもった挨拶でいっそう動揺していた。話しはじめた声は震えていた。

「お……おはようございます」

「お会いできてうれしいわ」レイチェルは言った。「こんな悲しい状況でなければもっとよかったんですけど」

警笛が鳴り、列車は不快にガクンと揺れて墓地へと出発した。幽霊は身震いした。レイチェルは彼の脳の歯車がまわっているところを思い描いた。この女は誰だ？　何を言えばいい？　言うべきことがもしあるとして。

「ぼくは――」彼は言った。

「自己紹介はいりません」レイチェルは言った。「あなたは本当は幽霊ではない。ギルバート・ペイン、行方不明の出版者よ。死者の国からようこそ」


列車がガタゴトと進むあいだ、男は席で体を前後に揺すっていた。口ひげや顎ひげは、外に表われた弱さを隠すイチジクの葉だった。レイチェルに観察されて、まぶたがヒクヒクと動いた。絶望しているのだろうが、レイチェルは同情するためにあとを追ってきたのではない。この男は、姿を消すずっとまえから無茶な行動で有名だったので、そのために命を落としたと人々が信じるのはたやすかった。彼はごくりと唾を飲んだ。吐くのだろうか、とレイチェルは思った。

「あなたは……まちがっている」男はつぶやいた。「ぼくはバートラム・ジョーンズだ」

レイチェルは顔のまえのベールを上げた。男は彼女の若さ、美しさ、笑みの冷たさに気づいて、血走った眼を見開いた。

「この四年間、タンジールに住んでいたのは、ギルバート・ペインの昔からの飲み友だち、バートラム・ジョーンズだというの？」

「まさにそうです！」まるで不運にも峡谷に足をすべらせ、なんとか助かろうとそのへんの草をつかんでいる男のようだった。「たしかに……われわれふたりは……外見がどことなく似ている。頬骨のあたりとか。ギルバートがそのことで冗談を言ったのも一度や二度ではない。彼もかわいそうに……」

「溺死を装ってロンドンから逃げ、闇にまぎれて船で大陸に渡った？」レイチェルは訊いた。「そのあと、深遠な歓びを求めてタンジールに向かった？」

幽霊は心臓にハットピンを刺されたかのように、ぐったりと椅子の背にもたれた。

「そして何年かたって、大好きだった母親の悲劇的な死の知らせを聞いた？」レイチェルは追及の手をゆるめなかった。「息子のことを敬い、誇りにしていたお母さんだったけれど、たったひとりのわが子がまだ生きていることをついに知ることなく、心臓が止まってしまった？」

「嘘だ。とんでもないでたらめだ！」彼はレイチェルを睨んだ。「あなたはいったい、どこの誰です」

列車はスピードを上げていた。レイチェルは急いでいなかった。邪魔が入る心配はない。葬儀急行は墓地に着くまでどこにも停車しないのだ。

「わたしの名前はどうでもいい」

「何が……」彼の声はかすれ、ほとんど聞こえなかった。「何が望みなんです」

レイチェルは口をすぼめた。「わたしはあなたが殺されるのを防ごうとしているの」

2

ギルバート・ペインは、列車が貧民街と郊外をあとにするまで何も言わなかった。六月の太陽は隠れていた。広々とした田園地帯の上にかかる雲は煤色で、車輛の窓に雨が汚れた縞模様を描いた。

レイチェルの眼は相手から離れなかった。彼がコンパートメントの端の扉を開けて外に飛び出すような気もした。もしそうしたら、まちがいなく首の骨を折るだろう。恐怖で何をしでかすかわからない。

「どういう……意味です？」ようやく彼は言った。

「あなたの失踪の経緯（いきさつ）について聞きたいの。良心にしたがって真実を述べ、何事も隠さず、偽りを述べないことを誓いなさい。あなたがイギリスから逃げ出すのを手伝ったのは誰？その人はなぜ手伝ったの？」

サリー州の大小の農地がうしろに流れていった。レイチェルはコンパートメントの床に靴の踵を打ちつけた。

「どうしてあなたが首を突っこんでくるのかわからない——哀れなギルバート・ペインのことに」男みずからこの抵抗に迷っているかのように、唾を飲みこんだ。「あなたはいったい誰なんだ」

「誰だろうと関係ない。あなたに関係があるのは、わたしがあなたの正体を知っていて、あなた自身の愚かな行動の結果から救い出してあげようとしてること」

「言ったでしょう」汚い指の跡を残しているのに何もしていないと言い張る子供のような口調だった。「ぼくはバートラム・ジョーンズで、タンジールにいた」

レイチェルは首を振った。「時間は貴重よ。無駄にしないで。ブルックウッド墓地まであと半分。いつまでもことば遊びをしていたら、チャンスは消えてしまう」

「あなたに自分のことを打ち明ける理由がわからない」彼は言った。「良心にしたがうも何も、あなたの話はただの言いがかりだ」

レイチェルは大げさにため息をついた。「ギルバート・ペインとして、あなたは出版業界で成功していた。低迷していた業績は冒険小説を出すことで好転した。勇者たちの物語。男らしいイギリス人が邪悪な東洋人や狡猾な大陸人に立ち向かう。ライオン・ロンズデール、キャプテン・チャルマーズ、シドニー・スマート＝フォックス。名前は変わっても、勇気や愛国心は変わらない。汚い敵がどれほど卑劣なことをしようと、高潔なわれらの英雄はつねに勝利する」

「嘲笑いたいなら勝手にどうぞ。知ったことではない」男の眼が怒りでぎらついた。「ギルバートは大人の娯楽の市場を発見したんだ。胸躍る物語は、その勇気でドイツ皇帝を破った男たちに大受けだった。戦場に行く年齢に達していれば自分も戦いたかった若者たちにも」

「もちろん、そこにギルバート・ペインは含まれない」レイチェルは言った。「子供のころから足が不自由で、西部戦線の混乱に巻きこまれなかったから」

「まさかギルバートは卑怯者だと言うつもりですか？」男は言い返した。「馬鹿げてる！彼は可能なかぎり母国に尽くした。彼なりの方法で」

「その方法はふつうじゃなかった。でしょう？」レイチェルは言った。「感受性に富む若者たちを愉しませることだったのだから」

彼は口元をゆがめた。「ずいぶん人を軽蔑した言い方ですね。ギルバートは立派な男だった。自然に反する態度を嫌っていたことは、彼の出版した本を読むだけでわかる。交友関係も広くて、不慮の事故で亡くなったときには、友だちみんなが、ぼくも含めて、悲しみでどうにかなりそうだった」

「テムズ川から引き上げられた遺体の顔は損傷が激しくて、誰であるかは特定できなかった。ちがう？」

「淀んだ水の深みに二十四時間沈んでいたら当然では？」長く練習してきた演説をいまこそ始めるというふうに、声が大きくなった。「遺体はギルバートのモノグラムの入った腕時計をつけていた。検死医の見立てでは、あの気の毒な友人は川に落ちるまえに鉤竿で殴られたのだろうということだった。言うまでもなく、水中の生物も悪さをする。本物の悲劇ですよ。哀れなギルバートは会社の最新の本の出版祝いで外出し、いつもより飲みすぎた。そこで強盗に襲われて、あんなひどいことになった。検死審問の評決も明白で、単数または複数の人物による殺害だった」

「強盗なのに、高価な腕時計を盗まなかったの？」

「ギルバートが死んでしまったので気が動転したんでしょう。あとは犯罪の証拠を隠すことしか考えなかった」男の頬に赤みが差した。カッとなって自信が湧いたようだ。「なのにあなたは、ぼくがその友人になりすましていると責めるんですか。当て推量にもほどがある！　あなたが誰で動機がなんなのか想像もつかないが、言っていることは恥ずべき大嘘だ。しかも、よりにもよって、ギルバートのお母さんが埋葬されるこの日に」

「思いやりに欠けることは言いたくないけれど」とレイチェル。「ほかの会葬者はどこにいます？」

男は身を強張らせた。「なんのことです？」

「昨日わたしがこの団体に加わる手配をしたとき、ネクロポリス社は、ミセス・ペインの家政婦だったレティ・マウントフォードと、あなたの年配のおばさんがいっしょにブルックウッドまで行くと言っていた。お母さんの死は突然で、あなたにはそうとうショックだったでしょう。いつかかならず、またお母さんに会うつもりだったけど、危険が大きすぎてそのチャンスはなかった。せめてきちんと送り出してあげたいと、あなたはバートラム・ジョーンズ名義でレティ・マウントフォードに送金した。お母さんがブルックウッドのお父さんの隣に埋葬されるように」

「どうしてそんなことを？」彼はささやいた。「なぜぼくを苦しめるんです」

「ミス・マウントフォードとクララおばさんに何が起きたと思う？」

「ふたりとも具合が悪くなったというメッセージが届いたとポーターから聞いたけど……急な流行病（はやりやまい）とかなんとか」

「そのポーターは、代わりにふたりの男が入ったことは言わなかった」

「ふたりの男？」

「自分の考えに夢中で、彼らが隣のコンパートメントに入ったことに気づかなかった？

用心のために出発直前に駅へ到着したのはよかったけれど、あなたがこの列車に乗っているのを彼らがしっかり確認したのはまちがいない」

男の顔が青ざめた。「いや……誰なのか見当もつかない」

レイチェルは相手に身を寄せた。「頭を使いなさい、ミスター・ペイン。あなたがイギリスに戻ったことをわたしが知っているなら、ほかの人だって知っている。誰かがあなたを永遠に消し去りたがっている。それはなぜなのか話して」

彼は睨みつけた。「どうしてあなたを信用しなきゃならない？　いきなりどこかから現われて、大事な友だちの悪口を言って、ぼくを嘘つき呼ばわりしているのに」

「あなたが頼れるのは、もうわたししかいないから」

「そんな馬鹿な！」

一瞬の動きでレイチェルは彼の両手首をつかんだ。その握力に相手は怯んだ。「あなたの敵がこの列車に乗っている。でも、わたしはネクロポリス南駅に、速く走れる車を待たせてあるの。お母さんの葬儀に出席したあと、いっしょに乗って。それであなたは生き延びて次の夜明けを見られる」

レイチェルは相手の手首を放した。男は椅子の上で前屈みになり、両手に顔をうずめた。「ちらっとでも考えたことがありますか」彼はくぐもった声で言った。「あなたがどんな小細工をしようと、ぼくはもう生きようが死のうがどうでもよくなってるんだ」

「あなたは不幸のせいで窒息しそうになっている」レイチェルは言った。「いい？ 親を失うのがどういうことか、わたしも知ってる。悲しいからって自滅する必要はないの。あなたは生き延びるために多くのことを犠牲にしたんでしょう」

男は答えなかったが、背筋を伸ばし、窓のほうを向いて、流れる景色をじっと見た。レイチェルは数分間、彼に黙考の時間を与えたあと、ダイヤモンドがきらめく腕時計を確かめた。

「時間がないの、ミスター・ペイン。もうすぐネクロポリスの分岐点よ」

「どうして聞こうとしないんです」彼の虚勢は哀れを催した。「もう一度言う。ぼくはギルバート・ペインじゃない」

レイチェルは腕を組んだ。「わたしは葬儀には出ない。お母さんが埋葬されるあいだに、わたしの提案について考えて。あなたがこれほど早くあとを追ってお墓に入ることをお母さんが望むかどうか、よく自分の胸に訊いてみなさい。わたしは運転手と待ってます。車はキース家の霊廟の近くに駐めてある。この命綱をつかみなさい、ミスター・ペイン。ほかに助かるすべはないの」

男は息を吸い、われを忘れたように、ぼんやりと彼女のうしろに視線を送った。

「もう答えは言った」うつろな声だった。「ぼくの名前はバートラム・ジョーンズだ」

＊

本線からの分岐点で葬儀列車は折り返し、墓地に向かう民営の支線に入った。外壁の木製の門をくぐり、月桂樹の生垣や、観賞用の植木、遅咲きのヤマツツジ、高々と聳えるセコイヤの並木道を通りすぎた。そこはブルックウッド墓地、イングランド最大の――世界最大と言う人もいる――墓地だった。ヴィクトリア朝時代、首都の人口増加で混雑しすぎた教会墓地の代わりに、目端の利く人々が考え出した公衆衛生上の解決策である。ロンドンから出てくる遺体をその後何世紀にもわたって埋葬できるほど広大な〝死者の街〟だ。

まず停車する北駅は、白いペンキが塗られた木造の平屋で、緑の雨樋のついた屋根が張り出していた。非国教徒の葬儀に出る人たちはここでおりる。レイチェルのコンパートメントは、会葬者用の軽食堂のすぐ横に停まった。酒を販売できるバーまでついている。すぐ先には非国教徒の礼拝堂があった。

ひと握りの会葬者が列車からおり、彼らを式に案内するネクロポリス社の職員たちに出迎えられた。職員は一列に並び、死者に敬意を表して帽子を脱いでいた。小雨が降っているので、会葬者たちはあわてて傘を開いた。職員は車輪つきの棺台に棺を載せた。ギルバート・ペインは眼を閉じていたが、怖くて眠るどころではないはずだとレイチェルは思った。彼女を悪夢に出てきた人物と見なし、眼を開けたときには消えていることを願っているのかもしれない。四年前、彼自身がまたたく間に消えてしまったように。

列車がまた走りだした。南駅に到着するまえに、レイチェルは最後のカードを切った。「わたしが言ったことをよく考えて、ミスター・ペイン」彼女はベールをおろした。「選ぶのはあなたよ。生か死か」

プラットホームに飛びおりたレイチェルは、隣のコンパートメントをちらっと見た。ウェストミンスター・ブリッジ・ロードでポーターに袖の下を渡した男ふたりが、窓に顔を押しつけていた。どちらもレイチェルには注意を払わなかった。おそらく彼女がまちがったコンパートメントに乗りこんで旅してきたと思っている。粗野なマチズモに凝り固まっていて、女性の知性など認められないという印象だった。

天気は墓地の陰鬱な雰囲気にぴったりだった。会葬者の団体が進行役の職員の指示を待っているあいだに、レイチェルは立ち並ぶ国教会の礼拝堂のまえをすぎ、目的の場所へと急いだ。キース家の霊廟はステンドグラスの窓がついたゴシック様式の大理石の建物で、鉄細工のほどこされた扉に家名が記されていた。踏切の向こうに、彼女のロールスロイス・ファントムが駐まっていた。

山のような巨体のトルーマンが、車のボンネットにもたれて立っていた。完璧な運転手の服装で、雨をものともしていない。その大きな右手のなかにちっぽけな双眼鏡が収まっていた。

「どうでした?」

「ペインと話したけれど」レイチェルは首を振った。「自分はバートラム・ジョーンズだと言って譲らなかった」

「追っ手がいたとか?」

「強面がふたり雇われてた。亡くなった親愛なるお母さんの追悼文を牧師が読むあいだ、礼拝堂のペインのうしろの列に坐るんでしょうね。最後の思いやりでそうするわけじゃなくて、よりよいチャンスを狙っているから。たぶん帰りの列車で片づけるつもりよ」

トルーマンはうなずいた。「ペインが警戒を解いて、ぼんやりと考えごとをしているときに。恰好の餌食だ」

「葬儀のまえに彼が死んだら、あとになったときより厄介な疑問が生じやすい」

「連中が本気で殺そうとしていることを本人は知ってるんですか?」

「それはもうわかりやすく説明した。でも問題は、あの人が偽りの人生を長く生きすぎてきたこと」

「車に入ってください。ふたりで濡れていてもしかたがない」

レイチェルはファントムの後部座席に乗りこんで、待った。


弱まった雨のなか、ギルバート・ペインが国教会の礼拝堂から出てきた。埋葬のために母親の棺について墓前まで行ったあと、ほかのみなはハム・サンドイッチと紅茶を求めて軽食堂に引きあげたのに、彼だけ重い足取りで礼拝堂に戻っていたのだ。ひとりで神と和解でもしていたのか？

ペインはまたスーツケースを持って、足を引きずりながらプラットホームに向かった。そろそろ二時十五分で、ロンドンに帰る葬儀列車が出発を待っていた。姿をとらえにくい鳥の飛行を追う鳥類学者よろしく、双眼鏡でじっと観察していたトルーマンは、ペインがファントムに一瞥もくれなかったことを確認した。

レイチェルが横に来たので、トルーマンは双眼鏡を渡した。

「ペインは死んだことになっている」彼は言った。「理を説いてもわからないなら、もう〝ことになっている〟は不要になりますね」

「耐えられなくなったのね」レイチェルはつぶやいた。「逃げつづけることにも、別人になりすますことにも疲れて、たんにどうでもよくなった」

「どうでもよくなった？　これだけやってきたのに？　彼が捨てたものを考えてみてください。成功していた仕事、チェルシーのしゃれた家、年老いた愛する母親」

「当時の彼は恐怖のあまり、もうほかに道はないと信じこんだ。そうして世の中で四年間生きてきて、もう充分長い人生だったと思ったのかもしれない」

「あの若さで死ぬ覚悟ができた？」

レイチェルは肩をすくめた。「無理に想像すれば、うまく言い繕って窮地から逃れる希望はまだ捨てていない。交渉するってこと。でも今回の交渉は、著作権エージェントに値下げを要求することじゃないわ。さあ、行きましょう。みんな列車に乗りこんでる」

ふたりはギルバート・ペインから眼を離さず歩きだした。ペインはプラットホームの人混みに近づいていた。あとを追うふたりの男は軽食堂のまえに立ち、彼が次にどういう行動をとるか見守っていた。ペインは行きの車内でレイチェルといっしょだったコンパートメントまで行くと、なかをのぞいて一瞬ためらった。

またレイチェルがいると思ったのだろうか。レイチェルの提案を受け入れる気になったとか？　彼女とトルーマンが見ていると、ペインは胸を張った。意を決して扉を開けた。

コンパートメントのなかに入るが早いか、扉を引いてしっかりと閉めた。

　レイチェルは長いため息をついた。もう彼は逃げられない。本気で生き延びられると思っているのか。

　偽の牧師と同行者が観察地点から離れた。列車に次々と人が乗りこみ、のんびりしている人をポーターが急（せ）きたてていた。ロンドン・ネクロポリス社の職員は、時刻表どおりの運行に誇りを抱いている。プラットホームにふたりだけになった男たちは足を早め、ポーターが背を見せた隙にギルバート・ペインのコンパートメントに飛び乗った。その直後、出発の旗が振られた。

　遠ざかる列車を見ながら、トルーマンは肩をすくめた。

「ふざけてあれを死体列車と呼ぶ人もいるが、言い得て妙ですね」

3

レイチェル・サヴァナクが幽霊と話しているあいだ、ジェイコブ・フリントは同業の新聞記者たちと、中央刑事裁判所（オールド・ベイリー）の硬く狭いベンチに、ひたすら窮屈な思いで坐っていた。ダンスキン事件の最後の検察側証人が証言をしていた。この裁判は新聞の一面からほかのあらゆる記事を蹴り出していたが、ミニー・ブラウンは脚光を浴びて喜ぶどころか、被告席の囚人より怯えて見えた。

ミニーはまだ二十二歳だが、仕事の苦労と母親業でだいぶ無理が来て、肩はすぼまり、色白の美しさも衰えていた。裁判所の道向かいの〈ABC喫茶店〉でウェイトレスをしている彼女は、二年前にお茶とクランペットを求めて店に入ってきた被告と出会ったのだ。

それからほんの数日で、クライヴ・ダンスキンはミニーの恋人になり、一年とたたないうちに彼女が産んだ子の父親になっていた。ミニーはいま、ダンスキンの眼を見ることすらできなかった。法廷にいるほかの人々と同様、彼女の悲しい身の上話が、被告を取り巻く状況証拠の鎖をつなぐ最後の輪であることを意識していたのだ。それは被告を絞首台に引きずっていけるくらい強い鎖だった。

検察の勅選弁護士（KC）サー・エドガー・ジャクソンは、眼のまえにマッターホルンのように積み上がった書類を確認しながら、鼻眼鏡（パンスネ）をいじっていた。そうする必要があるからというより、緊張が高まったときの癖なのだ。

「被告はあなたの娘さんの養育費を支払ったのですね？」

「はい」ミニーは小声で答えた。「でも、いつもというわけじゃありませんでした」

「あなたは昨年九月四日、ギルドホール警察裁判所において、娘さんの養育費に関する被告への命令を取得しましたか？」

ミニーはうつむいた。「はい」

「そして被告は裁判所命令で指示された金額を支払いましたか？」

「はい」ミニーは言った。顔を上げると、サー・エドガーが眼光鋭く見つめていた。「少なくとも……この三月までは支払っていました」

「今年の三月ですね？」サー・エドガーは確認した。「被告が起訴された殺人事件が発生する一カ月前の」

「はい」ミニーは蚊の鳴くような声で言った。

クライヴ・ダンスキンに対する検察の主張は磐石だった。サー・エドガーは両手の親指をベストの左右のポケットに引っかけ、余裕綽々で胸を張っていた。建築家エドウィン・ラッチェンスの法曹版とでも言うべき手並みで論理を精妙に構築し、そのあまりにも美しい仕事の完成に、ひと息入れて自分を褒めてやってもよかろうと思っていた。

「もう少し大きな声で、ミス・ブラウン！」彼は一喝した。

「はい」

ミニーの声が静寂のなかで大きく、はっきりと、悲しげに響いた。彼女の眼に涙が浮かんだ。サー・エドガーが陪審の心に残したいのは、まさにこの悲劇的なためらいだった。ここにいるのは、裏切った卑劣な男に復讐している蔑まれた女性ではない。ミニー・ブラウンは、彼女を手ひどくだましただけでなく、いまや冷酷な殺人者だと判明した男にまだ一片の愛情を抱いている犠牲者なのだ。

サー・エドガーが勝利に酔っているあいだ、ダンスキンの弁護団は椅子の上で居心地悪げにもぞもぞしていた。緋色の法服をまとった裁判長はあくびをした。明らかに気持ちは昼食に向かっている。陪審員たちは暗い面持ちだった。この公判中にみな老けこんだようにジェイコブには見えた。有罪の評決が何を意味するかわかったことで消耗したかのように。

ジェイコブはまわりを見た。隣に坐ったウィットネス紙の主任犯罪報道記者は、メモ帳に〝棺に打ちこまれた最後の釘〟と走り書きしている。デイリー・メール紙の男の胃が鳴り、タイムズ紙から来た仲間は上着からシャツの袖を引き出した。多くはジェイコブの倍の年齢のほかの記者たちはもう何十回と死刑裁判を傍聴している。死刑判決が出れば、新聞の発行部数は五万部増える。ジェイコブはまだ、裁判の物々しさや派手な道具立てを小馬鹿にする域には達していなかった。誰にも打ち明けたことはないが、このゲームに負けた者が首で代償を払うことを思い出すたびに、寒気を覚えるのだ。

彼らのうしろで、頭の禿げた太り肉の男がミニー・ブラウンをじっと見ていた。彼が獰猛なまでに集中しているのは、好奇心や無作法や好色とは無縁だった。ロイ・メドウズは法廷画家で、ジェイコブが勤めるクラリオン社によくスケッチを提供していた。廷内で絵を描いたり写真を撮ったりすることは法律で禁じられているので、くり広げられるドラマの主要人物——判事、陪審員、弁護士、証人、そして誰をおいても被告席の悪党——の外見を記憶する技術が必要となる。人物の絵に命を吹きこむ特徴をとらえるのがメドウズの技だった。それは法廷弁護士のかつらのつけ方といった、ほんの些細なことであったりするが、気の毒なミニーはむずかしい課題になりそうだった。あまりにも特徴がないのだ。

メドウズの隣にはウィットネス紙の法廷画家が坐っていた。藁色の髪に鉤鼻、色白のハンサムな男で、鉛筆をかじっては指の爪を嚙む動作をくり返していた。彼の視線はミニー・ブラウンから離れて、傍聴席の最前列にいるひとりの女性に移った。ジェイコブはその視線の先をたどった。画家の注意を惹いたのは、若さでも美しさでもエレガントな身なりでもなかった。彼女の灰色の髪はぼさぼさに乱れ、顎先は鋭く、証言をたったひと言でも聞きもらしてはならないというふうに、長い首を伸ばしている。

ジェイコブはその女性を魔女のようだと思った。箒と先の尖った帽子を加えれば、見事な戯画の完成だ。画家が興味を抱いたのは、おそらく彼女が有名人だからだろう。ジェイコブの知っている顔ではないものの、世の立派な人々は良質な法廷劇を数時間観るのが何よりも好きだ。今回の公判は、オルドウィッチ劇場の喜劇の観客に負けないほど熱心な聴衆を集めていた。サー・エドガーがクライヴ・ダンスキンを絞首刑にするために奮闘するところを見ようと、毎朝長い列ができている。ジェイコブも取材許可証がなかったら、そこに並ばなければならなかった。

魔女は被告をじっと観察していた。切手蒐集家が珍しい切手の粗を探すときのように、被告の性格の表立った欠陥を見つけようとしている。ジェイコブが見たところ、ダンスキンはペニー・ブラック（一八四〇年に発行された世界初の切手）と同じくらい蒐集家を喜ばせる逸品だった。外見に特段目立つところがあるわけではない。たしかに茶色の髪をきれいに梳かし、ちょびひげを生やして、粋にスーツを着こなす姿は、なびきやすい煙草屋のお手伝いや喫茶店のウェイトレスを口説き落とすには充分だが、彼が俳優ラモン・ノヴァロとまちがえられることはない。

クライヴ・ダンスキンが明らかに他者とちがうのは、そこではなく、その態度だった。公判のあいだじゅう、彼は己の命がかかった裁判の被告というより、クロッケーの試合を愉しむ観客のようだった。これから数週間後にまちがいなく処刑されるというのに、サー・エドガーが証人に質問しているあいだも、ほとんど無関心と思えるような落ち着きで一人ひとりの証言を聞いていた。

動機、手段、機会——サー・エドガーは浅ましい事件の全容をつまびらかにしていた。ダンスキンはシルクのストッキングの販売員だった。各地を巡る旅の途中、孤独な女性を誘惑する機会はいくらでもあった。結婚していて、借金に首まで浸かっていた。ある夜、イングランド北部の人里離れた場所で彼の車が燃え、なかから黒焦げの男の死体が見つかった。車内にはダンスキンが持ち歩いていた杖の特徴的な銀の先端が残っていた。警察は当初、ダンスキンが痛ましい事故で死亡したのだろうと考えたが、彼の写真が新聞に載ると、怒った債権者のひとりが、トラファルガー広場でタクシーに乗りこむダンスキンを見つけ出した。そして同日、警察はクロイドン空港で、数分後にフランス行きの飛行機に乗ろうとしていた彼を逮捕したのだった。

今日（こんにち）に至るまで当局は死体の身元を突き止めていなかった。たまたま道を歩いていた浮浪者で、そこにダンスキンが車に乗せてやると声をかけ、撲殺して、自分の二番目にいいスーツとコートを着せ、中折れ帽（トリルビー）をかぶらせたと推定されていた。検察側の科学専門家によると、出火は自然現象ではなかった。誰かが故意に車に火をつけたのだ。

ダンスキンの私生活は破綻していた。疎遠になった妻と国のあちこちにいる愛人を養う費用は膨大で、浮浪者を殺してその死体が自分であるかのように偽装する動機は明白だった。この犯罪で彼は債務から逃れ、大陸で新しい人生を送ることができる。一方、寡婦と見なされる妻には、彼が半年前に入った生命保険の補償金が入る。

ダンスキンは浮浪者が彼の車と所有物を盗んだと主張したが、空々しい嘘のようだった。警察は、ヒッチハイクでイングランド北西部からロンドンまで乗せてくれたと彼が言う謎のリムジン――またはその運転手――を徹底的に捜索した。事件は広く新聞やラジオで報道されたが、それでも名乗り出た者はいなかった。かりにそんな善きサマリア人が存在したとして、いまどこにいる？

「ありがとうございます、ミス・ブラウン」サー・エドガーは裁判長の忍耐力をめいっぱい試したあとで言った。「どうぞそのままで。わが聡明なる友人から反対尋問があるかもしれません」

　パーシヴァル・ラング勅選弁護士がゆっくりと立ち上がるのを見て、ミニー・ブラウンはぶるぶる震えた。ずんぐりした体に眠そうな眼の被告側弁護士は、少しもあわてる様子がなく、その重々しい動きはサー・エドガーが発散するエネルギーと好対照だった。検察が築き上げた主張を大槌で打ち砕く力量はどう見てもなさそうだった。

「質問はありません、裁判長」

　ジェイコブの隣にいるハイドン・ウィリアムズが、メモ帳に〝希望潰える、確定〟と書いた。

「けっこう」裁判長のケアニーが言った。「サー・エドガー？」

　検察側の聡明な弁護士がさっと立ち、したり顔で陪審団に笑みを送った。「検察側の主張は以上です、裁判長」

　裁判長はここで昼食休憩を宣言し、記者たちもぞろぞろと立ち上がった。廷吏ふたりが被告を席から連れ出した。クライヴ・ダンスキンは早く昼食をかきこみたくてたまらないかのように、足早に歩いていった。首のまわりの輪縄が締まってきたと感じていたとしても、そんな気ぶりはいっさい見せなかった。じつに驚くべき冷静さ。まるでいまにも口笛で愉快な曲を吹きそうだった。

「興味深い殺人に勝るものはないのだよ、きみ」報道記者室でハイドンがジェイコブに請け合った。ふたりは午前中の進展についてそれぞれの新聞社に電話報告していたが、一面を飾るようなネタはなかった。花火が上がるのは午後だ——もしクライヴ・ダンスキン自身が証人台に立つならば。

ハイドンはフリート街の犯罪報道界の長老だった。その皮肉好きは、メリオネスシャーに生きた彼の祖先が長老派教会に捧げた信仰と同じくらい揺るぎなく、被告席についた著名な殺人者を全員見てきたというのが自慢である。クリッペン医師と愛人ル・ネーヴから、浴槽の花嫁殺しのジョージ・ジョゼフ・スミスや、毒殺弁護士のハーバート・アームストロングとハロルド・グリーンウッドまで。もしいま記者席にいる青二才の新米記者が罠にはまって、エセル・ル・ネーヴもハロルド・グリーンウッドも無罪になったじゃありませんかなどと言おうものなら、ハイドンは、ほら来たとばかりに鼻の横を軽く叩き、初心者の浅知恵を大声で笑うだろう。

「サー・エドガーは殺人を証明できたと思いますか？」ジェイコブは、黒い法服の法律家が集まった法廷を指しながら真顔で訊いた。「ダンスキンの弁護士は技師の専門的な証言に穴をあけようと全力を尽くしていましたが」

ハイドンはふんと鼻を鳴らした。彼の書く法廷記事は、セックスとスキャンダルとセンセーションがけばけばしく混じり合った砂糖菓子のようだった。ライバルの記者のなかのお調子者たちは、もしハイドンが小説を書いたら、サッパーとサックス・ローマーを合わせたより売れるだろうと言っていた。ハイドンにとって重要なのは雰囲気だ。被告がひれ伏して泣きながら慈悲を乞うときの恐怖のにおいや、告発された女性を陪審が無罪放免にしたときの耳を聾するほどの喝采。事実はあってもなくてもいい香辛料であり、ただの添え物だった。事実は小説より奇なりという場合か、名誉毀損の訴えを阻む最後の手段にするために取っておく。

「無駄なあがきだよ、きみ。悪あがきだ」

ハイドンは豊かな白髪に指を通した。五十五歳だが、七十歳にも見える。顔のしわは溝のように深く、目は潤み、記者席に坐ると太鼓腹が通路をふさいで誰も通れなくなる。服は防虫剤と饐えたビールのにおいがする。ジェイコブは彼が酔っ払っているところをめったに見ないが、完全に素面でいるところは一度も見たことがなかった。

「あれほど圧倒的な検察側の主張をまえにして、どこの陪審員がためらう？　評決を出すのに三十分もかからないさ。クリッペンが二十分で死刑宣告された話はしたことがあったかな？　本件はつつがなく終了だ。憶えておくといい。ダンスキンは夏が終わるまえに無名の墓に埋められるよ」

　ジェイコブは嫌な気分になった。「すべて状況証拠ですよ」

「ほかに何が欲しいのだ?」ハイドンはわざと驚いたふりをして、ふさふさの眉を動かした。「火のついたマッチを小汚い手に持って、いましも車に放火するダンスキンの写真か?　いやまったく、この法廷で無邪気に無実を信じているのは、きみだけだよ」

　ジェイコブが前任者の不慮の死のあと昇進して半年足らずだった。ハイドンは誰彼かまわず、自分がジェイコブをかばって、ありとあらゆることを教えてやったのだと吹聴していた。ジェイコブのほうは、そうした出まかせも含めて彼とつき合うことを愉しんでいたが、この先輩の嘲りは嫉妬の裏返しではないかと思わずにはいられなかった。ジェイコブの仕事ではなく、若さに対する嫉妬である。

「ダンスキンはたしかに不愉快な悪党です」ジェイコブは言った。「自分の魅力をうまく使って、貧しく純朴な人々を食い物にしている。嘘つきで詐欺師ですが、だからといって人を殺すとはかぎらない」

「賢くて若い洒落者にしては、きみはロバ並みに頑固になるな。ダンスキンに手段も機会もあったことは、老エドガーが充分証明したじゃないか。加えて彼はたいへんな努力を払って、犯行の動機まで説明してくれた。それがなくたって陪審は有罪を宣告できただろうに。善良で誠実な十二人の男たちがこれ以上何を望めるというんだね？」

ハイドンの芝居がかった話しぶりは、ヒッポドローム劇場の演技過剰の役者を思わせた。ことによると法廷弁護士になりたくてなれなかったとか？　かつらと法服を与えれば、その空想は完成する。

「生きるか死ぬかという問題なら」ジェイコブは言った。「疑わしきは罰せずの原則が適用されるべきではありませんか？」

「そこまで情に流される人間だったとはな。そのうち絞首刑反対とか言いだすんじゃないか」

「ぼくはボールドウィン（当時の保守党党首。首相を三度務めた）より右寄りですよ」ジェイコブは言い返した。「反対尋問のとき専門家の意見があいまいだったと言いたいだけです。浮浪者の事故死ではないと断定できますか？　かりに殺されたのだとしても、ダンスキンが見ず知らずの男を自分の車に入れて放火したってことがどうしてわかるんです？　もし彼が真実を話していたら？」

「豚も空を飛ぶさ、きみ」

「本当にダンスキンの車が盗まれて、善意の第三者が彼をロンドンまで乗せたのだとしたら？　彼のアリバイを証明するために誰も名乗り出ないことがそんなに重要ですか？　むしろそのほうが真実らしいのでは。だってでっちあげるなら、もっと説得力のある話にするでしょう」

「言わせてもらえば、与太もいいところだ。私なら、ダンスキンが警察に最初に尋問されたときにパニックに陥って、そんな戯言を思いついたと考えるね。そしてそのあとは供述を変えなかった。変えて信用を失うのが怖かったからだ」

ジェイコブは降参したというように肩をすくめた。ハイドンは彼の肩をぽんと叩き、ドアを指差した。

「さあ、昼食だ。ダンスキンのようなペテン師がここから無罪で出られると思っているのは、体の具合が悪い証拠だぞ。頭が妄想に支配されてるんだろう。そのガリガリの体にちゃんとした食べ物を入れることだ。〈カササギ〉でポークカツとポテトフライをギネスで流しこむのはどうだね？」

オールド・ベイリーの通りの向かいにある〈カササギと切り株（マグパイ・アンド・スタンプ）〉亭はハイドンの第二の家だった。彼はバー全体の注目を集めて、十八番のヴィクトリア時代の商売の話で人々を愉しませるのが大好きだった。十九世紀、ある家主が金持ちの野次馬たちに二階の部屋を貸し出し、ニューゲート監獄のまえでおこなわれる公開処刑を最高の場所から見物させたというのだ。それで満足できない客たちは、首吊り（ハンギング）ステーキ朝食（吊り下げて焼いたステーキを含むボリュームのある朝食）や、悪魔的（デヴィルド）キドニー（マスタード、赤唐辛子などの香辛料を使って煮たキドニーで、トーストにのせて食べる）を貪り、エールとポーターを腹いっぱい飲んだという。彼らの子孫は涎を垂らしながらクラリオン紙やウィットネス紙の法廷記事を読んでいるのだろうか、とジェイコブは居心地が悪くなった。

「いいえ、お誘いはありがたいのですが。弁護側の主張をはっきりした頭で聞きたいので」

「へべれけになっていたほうが頭に入りやすいと思うがね。ロンドンまで車に乗せてくれたという例の架空の男についてダンスキンが質問に答えはじめたとたん、老エドガーがぎゅうぎゅうに締め上げるだろう」

「ダンスキンは証言すると思いますか？」

「正直言って、証言しなければ地獄、しても地獄だ。殺人の容疑者みずからを証言台に立たせることについて、ある判事が、それは残忍な思いやりだと言ったことがある。たいていそのせいで絞首刑になるからな。ダンスキンは店の娘を口説き落とすことにかけては弁が立つが、殺人事件の法廷で裁判官と陪審に作り話をするとなると、もうまったく別の難題だ。一方、ラングが彼を証言させないことにすると、陪審はダンスキンが窮地に陥るのを怖れていると考える。どちらにしろ、勝ち目はない。きみもハイドンおじさんの言うことを信じたまえ」

「いずれにしろ、記事を書かなきゃいけないので」ジェイコブはぼそぼそと言った。

「私はすでに書き上げた」

ハイドンは、めでたいというふうに太鼓腹をぽんと叩いた。ふたりは外に出ていく人々の流れに加わった。ジェイコブはどうしても疑わずにはいられなかった。

「もし彼が無罪になったら？」

「同じ草稿が使える。多少調節して。分量が通常の半分になって、なかのページに移るだけだ」ハイドンはニヤリと笑い、隙間だらけの茶色の前歯がのぞいた。「だがその質問は、為にする議論というやつだ。現実にはならない。だから私を信じろって、きみ。クライヴ・ダンスキンは真っ黒の有罪だ。神よ、彼の魂に慈悲を」

4

ハイドン・ウィリアムズが元気になる飲み物を求めて足音高く歩き去ったあと、ジェイコブは外の湿った空気を吸うだけでよしとした。オールド・ベイリーはニューゲート監獄の跡地に建てられたが、もう古の監獄の悪臭は漂っていなかった。体を洗っていない囚人たちの病原菌と体臭を振り払うために判事が花束を持ち歩いていた時代は終わったが、いまも換気はどうしようもなく不充分だ。ジェイコブは息が詰まりそうな法廷内の空気から逃れられたのがうれしかった。

すっかり上の空になっていたせいで、雨に濡れた敷石で足をすべらせ、すぐまえに立っていたがっしりとした体型の女性にぶつかった。彼女は建物の円屋根にのったブロンズ像をじっと見上げていた。法廷画家の眼を惹きつけたあの魔女だ、とジェイコブは気づいた。

「失礼」彼は言った。「歩きながらまえを見てませんでした」

「何も問題はないわ、お若い人」

魔女の高笑いからほど遠い口調だった。心和む懐かしのヨークシャー訛りさえ聞き取れた。法廷では六十歳くらいの未婚女性だろうと思ったが、近くで観察すると、それより十五から二十は若そうで、未婚の想定もまちがっていた。彼女が唯一身につけた宝飾品が金の結婚指輪だったのだ。白鳥のような首と圧倒的な両の胸、太った農夫なら似合いそうなツイードのスーツの上に、あざやかな藤色のケープをまとっていた。

「いえ、すみませんでした」

「馬鹿げてる。あなたの進路に立ってたわたしが悪いのよ」彼女は円屋根の上の像に傘を振った。正義の女神（ユースティティア）が右手に剣、左手に司法の天秤を持って立っていた。「古い伝説によると、正義の女神は地上の邪悪なるものに絶望して、自分が汚れないように天上に引っこんだそうね。わたしはここに来るたびに、こうやって敬意を表するの」

ジェイコブはブロンズ像を見上げた。「彼女は目隠しをしていませんね」

女性は鼻を鳴らした。「目隠しなんて一度もしたことがない。少なくとも、オールド・ベイリーではね。古代ではあの威厳としとやかな姿で悪人は充分怖がり、善人は勇気を与えられた。正義は盲目だという考えが出てきたのはもっとあとで、中世になってからよ。そこでおかしな方向に行ってしまったの。裁判官は、むしろはっきりものを見なければならない。とくにダンスキン事件のような複雑な裁判ではね」

「単純明快だとは思わないんですね？」

「単純なわけないでしょう。ダンスキンに対する証拠は揺るぎないように見えるけれど、誰にわかる？　サー・エドガーはつねに自信満々な人だから。でも今回は威張り散らすのが早すぎたかもしれない。彼が丹念に築き上げた論理が、じつは砂の上に立っていたことがわかったとしても、わたしは驚かない」

流れに逆らうのが好きな女性だ、とジェイコブは思った。もしかすると変人の類い、ただ知性はある。死刑制度に反対する活動家だろうか。死刑を宣告された殺人者が朝八時に絞首台に向かうたびに、ひとり監獄の門の外で徹夜の抗議をしているような？

「懐疑主義者なのですね、ミセス……？」

「ドーベルよ、名前は。それと、むしろ現実主義者と呼んでほしいわね、ミスター・フリント」

ジェイコブは愕然とした。「ぼくのことをご存じなんですか？」

「わたしには眼がちゃんとふたつついてるの、お若い人。あなたはほかの記者といっしょに坐ってるし、毎朝、裁判が始まるまえにクラリオン紙を読んでるじゃない」

ジェイコブは急に興味が湧いた。「事件に関心があるんですね？　もしかして、ダンスキンの親戚のかたとか？」

「はっ、まさか」彼女は間を置いて言った。「ありがたいことにね」

「有罪判決が出そうだから？」

「いいえ、そうじゃない。その職業上の習慣から離れなさい。言ってもいないことを言ったことにしないで。わたしはただ、死刑裁判の被告と近しい人は、さぞつらいだろうなと思うだけ。苦しむのは被告だけじゃなくて、まわりの人たちもよ。被告とつながりのある友だちや家族も無傷ではいられない。彼らの人生はめちゃくちゃになる」あふれる感情で声が震えた。「ダンスキンは鼻持ちならない男だけど、だからって殺人者になるとはかぎらないでしょう？」

「ええ、まあ、でも……」

「それにまだ弁護側の陳述が残ってる。この段階で彼が犯罪者かどうか、どうしてわかるの？　それともクラリオンは予断がお好き？」彼女の視線は鋭く、ジェイコブを責めているようだった。

「すみませんでした。もちろん、おっしゃるとおりです。疑わしきは罰せずでないと」

「新聞がめったに思い出さない原則ね」彼女は言った。「長年働くうちにあなたがそれを忘れないことを祈ります」

「これまでに出た証拠についてどう思われますか？」

彼女は首を振った。「検察側は鉄壁の議論を展開した。でも、予期せぬことはつねに起こるものだから」

「ダンスキンは見た目ほど黒ではないと？」

「誰にわかる？　泥は体にくっつくし、投げる泥はいくらでもある。それでも……」彼女は傘を円屋根のブロンズ像のほうに振った。「裁判は不思議な方向に進むことがあるの、ミスター・フリント。そこに永遠の魅力がある」

彼女はそっけなくうなずくと、道の先に歩いていった。


「あなたの名前は、グレンヴィル・フィッツロイ・ウィットローですね？」

「そうです」

ジェイコブが勅選弁護士パーシヴァル・ラングにつけた渾名は〝カメ〟だった。弁護からは用心深さがにじみ出ているし、じっくり考えながら話を運ぶさまは、無気力に見えるほどだった。対照的にサー・エドガーは生まれながらのウサギである。カメがまれに異議を述べるときには、ひどく遠慮がちで、検察側の弁論をさえぎることを申しわけなく思っているかのようだった。そもそも死刑裁判で名高い弁護士ではなく、ふだんは不文憲法の薄暗い抜け道を政府の役人に助言するのが専門だった。彼の冒頭陳述を聞いたジェイコブは、嘆かわしいほど演技力に欠けると思った。ダンスキンの命がかかっているときに、怒っているより悲しんでいるように見えるのでは話にならない。

燃えた車のなかにいた男がひどい事故の犠牲者ではなく殺害されたということを、サー・エドガーは証明できていない——カメはそう主張した。依頼人のアリバイが不正直なっちあげであるということも、ただの言いがかりである。こうした問題があるので、依頼人には証言させないことにする。検察が彼の有罪を証明しなければならないのであって、彼が自分の無罪を証明する必要はない、と説明した。思いきった作戦だが、自暴自棄の表われとも言えた。

カメは途方もなく長い時間をかけて摘要書をめくった。何事も急がない。相手の苛立ちが限界を超えて爆発することを狙っているのだろうか。そのためにわざと動作を遅くしている？　みなが待っているあいだ、サー・エドガーは小声で何かつぶやいていた。

「お詫びしなければなりません」カメが出し抜けにしゃべりだした。「あなたは殊勲従軍勲章をお持ちのグレンヴィル・フィッツロイ・ウィットロー少佐ですね、と申し上げるべきでした」

証人は痩せ型で鉤鼻、黒い短髪だった。所作が唐突で堅苦しく、態度もぶっきらぼうだった。右手は上品な仕立てのブレザーのなかに入れたままだった。

「はい」

「一九一七年秋の軍功により、その勲章を授けられました」

「はい」

「憚り(はばか)ながら確認させていただきますが、ウィットロー少佐、その秋の戦闘で痛ましい怪我を負われたという理解でよろしいでしょうか?」

証人の灰色の眼は、上着の内側から右手を出したときに少しも動じなかった。ただし、それは手ではなく、鉄の鉤爪だった。

傍聴席に坐っていた人々からもれた低い驚きの声は、たちまち気まずい沈黙に変わった。

「進攻中に吹き飛ばされたのです」少佐は言った。「その日、わが隊は五十ヤード前進しました」

「現在のご職業は何でしょうか、ウィットロー少佐?」

「ホワイトホール(ロンドンの官庁街)で働いています。主として内務省と外務省のあいだの連絡業務です」オックスフォード大学の談話室で聞くような歯切れのよい口調だった。「敵側に侵入して作戦を遂行した際にいくつか言語を学びましたので、その能力を活用しています」

「当局の期待どおりご活躍のことと思います」カメは言った。「国の安全保障分野に立ち入るつもりはまったくございませんが、あなたは最近、非常に緊急の任務にたずさわられたと申し上げてよろしいでしょうか？」

「けっこうです」

「ありがとうございます」まずこの証人を呼び出した理由を明らかにしたところで、カメはまたひとしきり書類めくりに耽った。「今年の二月三日の夜に何をなさったか、話していただけますか？」

ウィットロー少佐は背筋を伸ばし、胸を張った。ジェイコブは彼が練兵場を行進しているところを思い描いた。どんな部隊もこの男を不機嫌にしたいとは思わないだろう。

「ウェストモーランド州カークビー・ロンズデールに住む母親の家から、車で自宅に向かっていました」

「日付はまちがいありませんか？　誤解しておられる可能性はありませんね？」

「まったくありません」

「ほう。それはなぜでしょうか？」

ウィットロー少佐が眉をひそめたことから、自分の正直なことばを疑われることに慣れていないのがうかがわれた。「確信できる理由があります。その翌日、緊急の案件で無期限のヨーロッパ出張に発つことになっていたからです。母は心臓が弱く、健康上の問題を長く抱えていました。だから出発するまえにどうしても会っておきたかったのです」

「つまり」カメは静かに同情する声音で尋ねた。「また会えるかどうか、わからなかったからですね、あなたの……任務が完了して帰国されたときに？」

ウィットロー少佐は頭を垂れたが、声は落ち着いていた。「そうです」

「その運転中に何があったか、説明していただけますか？」

「ある人物を車に乗せました」

「それはどのような状況で？」

「ランカシャー北部で道路脇に立っていたのです。あたりは暗く、その人物は帽子を振って私を停めました。きちんとした身なりでしたが、上着は着ていませんでした。寒い冬の夜で霧雨も降っていましたから、尋常ではないと思いました。彼は手にバッグの類いも持っていませんでした。焦っているように見えたので、停まって何か助けられるか尋ねるしかないと感じました」

「彼はなんと言いましたか？」

「車を運転していたときにヒッチハイクの男を見かけて停まったと。その男は浮浪者でした」

「浮浪者？」

「はい。非常に寒い日でしたし、一日じゅう歩いていたとその浮浪者が言うので、気の毒になって乗せてやったそうです。ランカスターまで送ってやるつもりでした」

「なぜランカスターだったのですか？」

「彼は販売員で、その日はほとんど車で移動していて疲れたということでした。だからランカスターに泊まり、翌朝早く起きてロンドンに帰る予定だったのです」

「その浮浪者を拾ったあとで何が起きたと言っていましたか？」

「車の調子が悪くなったので、停めてボンネットを開けて確認していたのだそうです。そのとき誰かに頭を殴られたと」

「誰かとは？」

「浮浪者だろうとは言っていましたが、気を失ったので何が起きたのかはわからなかった。意識が戻ると車は消えていて、上着もなかった。浮浪者はいなくなり、財布と、車のトランクに入れていた旅行カバンもなくなっていたそうです」

「あなたはその人物の説明をどう思いましたか？」

「奇妙な話でした」ウィットロー少佐は言った。「しかし、これはあくまで私見ですが、彼は本当のことを言っているという印象を持ちました。親切な行為の結果、恐ろしい体験をしてしまったのだと」

サー・エドガーはむっつり顔で隣の助手に何かつぶやいたが、まだ出撃準備という体だった。ジェイコブは裁判長をちらっと見た。カメは証拠のルールの際どいところを攻めていた。ここで反論されたら、もっとも重要な点はダンスキンが本当に襲われたかどうかではなく、彼が救出者に語った内容だと主張するつもりかもしれない。いずれにせよ、伝聞にもとづいて判断するしかなく、ウィットロー少佐から漂う威厳はまるで催眠術のようだった。

「そう思われたのはいつでした？」

「何があったか、彼が説明したときです」

「そんなに早くから？」

「すばやい判断はいまの仕事にも不可欠ですので」証人は裁判長を見上げた。その鋭い視線に、かつらをつけた厳しい老人も眼をしばたたいた。「戦時に身につけた習慣です」

「戦地で生き残れるかどうかは、その判断が正確かどうかにかかっているのでしょうね？」

カメは異議を期待しているかのように検察席を見やった。ウサギは坐ったままだった。証人は戦争の英雄であり、従軍中に個人的な犠牲を払ったことは誰の眼にも明らかだった。

「まさしく」

「どうしてあなたはその人のことばを信じたのか、説明していただけますか？」

「脳震盪の症状については戦場で実際に見てきました。彼の態度と話は矛盾していませんでした。はっきりとわかる外傷は見当たらなかったものの、見当識を失っているようでした」

「ほかにも何か理由がありますか？」

「彼が立っているのを見かける五分前に、モーリスのブルノーズ・オックスフォードとすれちがったのです」

「モーリスのブルノーズ・オックスフォードですか」法廷内にこの車種の重要性を理解しない人が万が一にもいないように、カメはくり返した。

「そうです。私とは反対方向に走っていて、安定しない運転だったので気になりました。私は衝突を避けるためにブレーキを踏まなければなりませんでした。運転者は酒に酔っていたのかもしれませんが、率直に申し上げて、人にはあまり注意を払わなかった。それより自分自身と車の安全が心配でしたから」

「なるほど。その運転者について何か見えたものはありましたか？」

「いいえ、何も。ただ道路脇にいた人物が、自分の車はモーリスのブルノーズだと言ったときに、私は彼が本当のことを話しているという当然の結論を出したのです」

「そしてあなたは彼を乗せていくことにした――どちらまででしょう？」

「彼は私自身の行き先を尋ねました。まっすぐロンドンに帰ると答えると、それが自分にもいちばん都合がいいという返事でした。浮浪者との一件があったので、もうランカスターには寄りたくなくなった、私さえよければいっしょに帰りたいと」

「それで、あなたはどうされました？」

「できるだけ早く病院で診てもらい、警察にも連絡するようにと助言しました。戦闘の経験から、頭の怪我に関してはどれほど用心してもしすぎではないことがわかっていたので。すると彼は、ただもう家に帰りたいと言いました」

「それにどう応じられましたか？」

「私は同意して、彼をロンドンまで乗せました」

「帰ってくる途中で、何かほかのことが起きましたか？」

「いいえ。ひどい出来事のあとで疲れ果てたと言うので、後部座席で寝られるようだったら寝ればいいと勧めました」

「彼は実際に寝たのでしょうか？」

「ロンドンに着く直前まで赤ん坊のように眠っていました」

「どこでおろしましたか？」

「ノース・サーキュラー・ロードです。真夜中すぎでした。そこが自宅に近いということで。もちろん所持品はありませんでした。車といっしょに盗まれてしまったからです。家のまえまで送ろうと私が言うと、それには及ばない、もう充分親切にしてもらったと断わりつづけました。私はそれでも送ろうとしましたが、彼は私も疲れていると思ったようです。こういう……ハンディキャップがあるのに運転するのはたいへんにちがいないと言って」

「まさしく」カメは唇をすぼめた。「その人物は名乗りましたか？」

「はい」

「なんという名前でしたか？」

「ダンスキンです」

「あなたが車に乗せたとおっしゃるその人物は、本日この法廷内にいますか？」

そこで初めてウィットロー少佐は被告席のほうを向いた。この裁判のあいだじゅう、クライヴ・ダンスキンはおとなしかった。しかし長い審理のなかで初めて、うわべだけの落ち着きに割れ目が生じた。彼はウィットロー少佐に眼をすえ、かすかにうなずいた。

「あそこにいます」鉤爪が被告席を指差した。「被告がその人です」

＊

「窓から槍とはこのことだ」ハイドン・ウィリアムズが汲めども尽きぬ決まり文句の井戸からひとつ汲み上げて言った。「ゲームセット、試合終了。なんという驚きの展開だ！」

クライヴ・ダンスキンの無罪判決は、法廷でウィットロー少佐が彼を指差した瞬間に不可避となった。ダンスキンは人格に汚点ひとつなく釈放されると宣する裁判長の声は、傍聴席からの大歓声になかばかき消された。ウィットローが、浮浪者の運転するモーリスのブルノーズとすれちがった数分後にダンスキンを拾ったのだとすれば、検察側の主張はトランプカードで作った家のように崩れてしまう。

「少佐は完璧な証人でしたね」ジェイコブはハイドンと出口に歩きながら言った。「昨夜イギリスに戻ってきたばかりだということで、これまで表に出てこなかった理由もわかる」

「極秘作戦？　だったとしても驚かんね」ハイドンはため息をついた。「それが記事のネタになるのはまちがいないが、あの殻をこじ開けて牡蠣を取り出すことはできんだろうな」

「やってみても損はありませんよ。ぼくは少佐の職場を訪ねてみようかと思います。何か言ってくれるかもしれませんし」

「期待薄だな」ハイドンは言った。「予言しておくが、つき合ってはくれないさ」

そういう悲観主義は見せかけで、ウィットネス紙がありとあらゆる手練手管で他紙を出し抜こうとするのはジェイコブも知っていたが、ハイドンには、そうですねとだけ答えておいた。

「いつものことだが、きみ」年長の男は満足げに言った。「ハイドンおじさんを信じたまえ。本当のことを言えば、暗い路地であの少佐と出くわしたくはないね。ああいう輩は、なんのためらいもなく相手の喉を切り裂く。良心の呵責も道徳的抑制も、何ひとつなく」

「記者に似てなくもない？」

ハイドンは思いがけない攻めにびくっとした。「おいおい、プロとしてのプライドをどこに捨てた、ハナタレ小僧？　まあとにかく、ここでこうしてきみたちと時間をつぶしてる暇はない。記事になんとか手を入れないとな。尻つぼみにしたくないから。もちろん、何カ月も無実を訴えてそれでも絞首刑の判決が出た男の最後の告白に勝るものはない。人間の興味とはそういうものだ。しかし、慰めもないではない。謎に包まれた証人はつねに読者をわくわくさせるのだ」

ジェイコブが外の通りに出ると、クライヴ・ダンスキンがカメの手を握って上下に勢いよく振っていた。まだ小雨が降りつづいているのに、彼らは喜ぶ女性の支持者たちに囲まれていた。そのうち五、六人は、まるでダンスキンが舞台か銀幕の憧れのスターであるかのように、うっとりと彼を眺めている。

「無罪放免を勝ち取ってくれた弁護団のすばらしい働きに感謝します」ダンスキンは宣言した。「この数カ月は思い出したくもないほど苦しかった。きちんとしたスピーチができないことをお赦しください。決して自分の話を報道機関に売りこんだりはしません。これまでずいぶんひどいことを書かれて、傷はそう簡単に癒えるものではありませんが、イギリスの司法に対する信頼は最後まで失われませんでした」

独占取材を狙ってつきまとっていた数人の記者が、ちぇっと言うように顔をそらした。人々が去りはじめると、ジェイコブは見憶えのある藤色のケープに気がついた。灰色の午後にひときわ目立つそのケープの持ち主、ドーベル夫人がクライヴ・ダンスキンの耳に何かささやいていた。ジェイコブが近づくうちに、ダンスキンは一瞬考え、彼女にすばやくうなずいた。ぽっちゃりした若い女性ファンがダンスキンの手を取り、祝いのことばをかけながら握手しているあいだ、ドーベル夫人はうしろに離れていた。

「おっしゃるとおりでした」ジェイコブは夫人に声をかけた。「裁判は不思議な方向に進みましたね。少しお話をうかがえないかと思ったのですが。どんなご意見でも、クラリオンの読者は高く評価すると思います……」

夫人の鼻がぴくんと動いた。猟犬が怪しいにおいを嗅いだときのように。「わたしはプライバシーを大切にするの、ミスター・フリント。取材はいっさい受けません。ただ、ひとつだけ言うとすれば、わたしが初めて裁判の傍聴をしたとき――あなたがこの仕事につくはるかまえだけど――裁判官の悪意に満ちた説示のせいで、陪審が無実の人に殺人の有罪判決を出したの。その裁判官は、のちに同じ法廷で自分の手首を切った。頭がおかしくなってたのね。ただ、その事実が判明しても、有罪を宣告された人にとっては手遅れだった」

「サヴァナク判事」ジェイコブは、いけないと思うまえに口に出していた。

「あなたはたしか、いまは亡きあの判事の娘さんと知り合いでしょう」夫人の尖った顎が持ち上がった。「レイチェル・サヴァナクと」

ジェイコブは相手をじっと見た。どうしてこの人が自分とレイチェルとのつながりを知っているのだ？

彼は咳払いをした。「ええ、知り合いです」

夫人の表情がゆるんで、いたずらをするような笑みになった。「この次ミス・サヴァナクと話すとき、わたしに連絡をとるように伝えてくださいな。わたしは〈キルケ・クラブ〉にいる。彼女と殺人について話したいの」

5

「ギルバート・ペインが死にました」ゴーント館の朝食室として使われている上品なガラス張りのサンルームに、トルーマンが大股で入ってきて伝えた。

室内にはケジャリーのスパイスの香りが漂っていた。レイチェルは厚いトーストにバターを塗り、最高級の蜂蜜を垂らしてナイフできれいに切った。テーブルの向かいには、館の料理人兼家政婦のトルーマン夫人がいて、窓の向こうの塀に囲まれた庭と花壇を見ていた。レイチェルはナイフを置き、両眉を上げた。「タンジールに住んでいたバートラム・ジョーンズとして？」

トルーマンは今朝のタイムズ紙を振ってみせた。ほかにも五、六紙を脇に挟んでいた。

「報道機関はそう呼んでます。上着のポケットに偽の旅券が入っていたので。それがなければ警察も身元の特定に苦労したでしょう。死体は線路の上で発見された。列車に轢かれてたいへんなことになったらしい」

「どこで発見されたの？」

「ブルックウッドからロンドンまで四分の三ほど帰ったところで。記事によれば、客車から落ちたところに、ちょうどウォータールー急行が走ってきたようです」

ヘティ・トルーマンが言った。「死体がバラバラになったのなら、ペインじゃないかもしれませんよ」

レイチェルはオレンジジュースを飲んだ。「また自分の死を偽装したというの？」

「できるでしょう？　一度やったことがあるなら……」

レイチェルは首を振った。「とても独創的な考えね、もし事実だったとすれば。でも、ここで歴史はくり返さない。ペインには代わりの死体を用意する時間がなかったから」

「記事にはなんて？」ヘティは訊いた。

彼女の夫は新聞をテーブルに放った。「終着駅で確認したところ、ペインのコンパートメントの扉はきちんと閉まってなかった。スーツケースは座席に置いたままだった」

「そこに重要なものは入ってなかった？」

「何も。ペインは危険を顧みないほうだったが、正体がばれるものを持ち歩くほど愚かじゃなかったんでしょう。たとえ持ち歩いてたとしても、彼を殺した男たちが列車からおりるまえに持ち去ったはずだ」

「もちろん記事には、問題のコンパートメントにいたのは故人だけだったと書かれたんでしょうね」レイチェルは訊いた。

「ご明察。目撃者がひとりいました。彼の隣のコンパートメントに乗っていたという牧師で、ウェストミンスター・ブリッジ・ロードに到着したときに、ロンドンに戻る旅の途中で何かが列車から飛び出すのを見たとポーターに語った。自分はうとうとしていたが、同じコンパートメントにいたもうひとりはぐっすり眠っていて、何もできなかった。ひょっとしたら気のせいだったのかもしれない、と」

「都合よくあいまいね」レイチェルはトーストを味わった。「その牧師は名乗らなかったのね？」

「名乗ったのだとしても、記事には書かれていません。ポーターによれば、植民地から来た牧師だったそうです。これからカナダに帰ると言っていたそうで」

「したがって、当局がさらに質問したくても連絡がつかない？」

「まさに」

「検死審問には出席しないということね。結果、偶発事故だったという判決が正式に出る。それを気にする親族や友人もいない。一件落着」

レイチェルは窓の外を見つめた。庭を囲む塀の上には忍び返しがついている。ゴーント館はロンドンでも選りすぐりの閑静な高級住宅地にあった。億万長者の詐欺師が、人目を避けたいというもっともな理由から巨費を投じて改装した屋敷だったが、当人はとうとう警察に捕まり、破産管財人が売りに出したところをレイチェルが購入したのだ。彼女は屋敷に自分が育った島の名前をつけた。これほどの大邸宅だが、使用人はトルーマン家の三人、ヘティ、クリフォードと、彼の妹のマーサだけだった。

「たいした手際だ」トルーマンは苦々しげに感心して言った。「あの悪漢ふたりは墓地に行くとき、わざと大騒ぎして隣のコンパートメントに乗りこんだ。もし帰りの列車で、死んだ男のコンパートメントに入るところを鉄道職員の誰かに見られたら、反論は明らかだ。たんにまちがえたと言えばいい。いとも簡単です。嘘だと証明することはできない」

「それで、フリート街の紳士たちはバートラム・ジョーンズがどうやって死んだと思ったわけ？」レイチェルは訊いた。「自殺？　それとも奇妙な事故？」

「ロンドン・ネクロポリス社の気のまわる御仁（ごじん）が早々と説明を考えつきました。バートラム・ジョーンズは眠りこみ、目覚めたものの頭がぼんやりしていたにちがいない。客車内に通路があると思いこんでコンパートメントの扉を開け、勘ちがいに気づくまえに外に転げ落ちた。数年前にも哀れな客が混乱して似たような不幸な事故を起こした。ことばにならないほどの悲劇ではあるけれど、会社に手落ちがあったとは言いがたい」

「却下する」レイチェルはカップにコーヒーのお代わりをついだ。「その気のまわる御仁の迅速な対応は、会社としては満点でしょうけどね。乗客が万にひとつの事故に遭ったのではなく、あえて自殺したということになると商売に響く。会社は〝自殺列車〟に客を呼びこみたくはないから」

トルーマンはうなった。「〝死体急行〟と言われるだけでも迷惑なのに」

「彼は旅の終わりごろまで殺されなかった」レイチェルは考えながら言った。「たぶんあのふたりは彼を尋問したのね。そうして彼がわたしに何も伝えていないことを確認した」

「彼にあなたの名前は教えていませんね？」

レイチェルはトルーマンに、無用の質問を咎めるような顔を向けたが、家政婦がすかさず割りこんだ。「たとえベールと喪服があったとしても、あなたが本来かかわる必要のないことにかかわっていると誰かが気づくまでに、どのくらいかかると思います？」

「言いたくはないが、ヘティは正しい」トルーマンも言った。「あなたは危険なゲームをしている。ロンドンにいる若い女性の何人が奇妙な殺人事件に愉しみを見いだすというんです？」

「わたしには大きな賭け事をする血が流れてるの。ふたりとも知ってるでしょう」

「見つかるのは時間の問題ですよ」ヘティが言った。

レイチェルは肩をすくめた。「わたしたちは記憶にあるかぎりずっと危険を冒してきた。四人全員でね。本当に長いあいだ待ってたことを、いまやっている。こうしてわたしたちの人生にはもっと生きる価値ができる」

「ペインはあなたと話したことを誰かにもらしたかもしれない」トルーマンが言った。

「不都合な情報は何も与えていない」

「与えたとは言ってません。ただ、もし……」

「〝もし〟は受けつけない」レイチェルは声に凄みを利かせた。「あの男たちは人を殺すために雇われた凶悪な暴漢だった。銃かナイフを突きつけて彼を尋問し、失神させて線路に放り出した。対向線路を走ってくる急行列車で彼の体がちぎれるように、慎重にタイミングを見計らって。報酬ももらった。どうしてわたしなんかにかかずらって事をややこしくする必要がある？　彼らから見れば、わたしは故ペイン夫人の死を悲しむただの親戚だった」

「しかし手をまわして、ペインの母親ともっとも親しかったふたりの女性が葬儀に出ないようにするくらい周到だったんですよ」

「わたしは彼女の遠いいとこか姪に見えたでしょう。彼らもそうやって自分を納得させる。それが単純な説明だから。人はみな易きに流れる」

「あなた以外は」トルーマンが言った。

レイチェルは冷ややかに微笑んだ。「あなたはわたしを知りすぎてる」

ヘティ・トルーマンは言わずにいられなくなった。「ペインは偽りの人生を生きていたけれど、殺されるほどのことはしてませんでした。ほかにもっと彼を説得する方法はなかったんですか？」

レイチェルは年上の女性の手に手を重ねた。「ほかの会葬者がたくさんいるまえで彼を誘拐することを除いて？」

「そうしてもよかった」トルーマンが言った。「うまくやれるのであれば」

「ペインは希望を捨てていた」レイチェルは言った。「彼の顔には〝絶望〟と書かれてた。驚きではないわ。これだけ時がたてば、タンジールの魅力でさえ薄れてしまう。思い出して。彼は自分の死を偽装して国外に逃げ出すずっとまえから偽りの人生を生きてたの。それでも母親に対する愛情は本物だった。葬儀にさえ出席すれば、あとは何が起きようとかまわなかったんでしょう。おまけで手にした時間を生きていて、恐怖に怯えて隠れているのにすっかり嫌気が差していた。偽装が失敗したとわかったとたんに心を決めたのね。終わりはできるだけ早く来るほうがよかったのかも」

「レジー・ヴィッカーズはどうなるんです？」ヘティが訊いた。「たしかにあなたは正しかった。彼がペインについて言ったことも、ペインを殺す計画があることも本当だった。正直に言えば、わたしは疑ってました。あまりにも荒唐無稽な話だったから」

「怯えすぎて嘘をつくどころじゃなかったのよ」レイチェルは言った。

「いまや彼はもっと怯えることになる」とトルーマン。「まえも言いましたが、ヴィッカーズは信用できない」

「彼がいなければ、ギルバート・ペインが生きていることはわからなかった」レイチェルは穏やかに言った。「もちろん、ペインが偽名でイギリスに戻ってくることも」

「クライヴ・ダンスキンが殺人事件の裁判で無罪になることも」ヘティが言った。「ほかの人たちのことも。ヘンリー・ローランドと例の女性のこととか。そしてモートメイン館のことも」

トルーマンが言った。「ヴィッカーズはすでに、あなたにしゃべりすぎたと思っているにちがいない」

「知っていることすべては話してない」レイチェルは言った。「まだ隠していることがある。馬鹿な人よね。これだけ話したんだから全部話してしまえばいいのに」

「おれから言ってみましょうか？」

「お願い。彼と話す必要があるの。差し向かいで」

「言ったことはすべて忘れてくれとあっちが頼んできたら？」

「あなたは忘れない」とヘティ。「でしょう？」

「ええ」レイチェルは言った。「わたしは決して忘れない」

＊

レジー・ヴィッカーズはベッドで身悶えした。頭は痛く、喉は干上がっていた。無理やり眼を開けて、小さなクルミ材の机にのった目覚まし時計を見た。

八時五分。七時に目覚ましをセットしたはずなのに。なぜこの忌々しい装置は鳴らなかった？

「きみは……」と言いかけて、ひとりでいることに気づいた。

なんとかベッドから出て、もつれた髪に指を通した。オルバニー（ロンドンのピカデリーにある高級アパートメント・ハウス）の独身部屋のいいところは、ホワイトホールの職場まで歩いてすぐに行けることだ。ビロードのカーテンを少し開けて、中庭を見おろした。今朝はそこそこ晴れていて、ありがたいことに雨の気配はない。ローズ・クリケット・グラウンドでは一日じゅう試合があるにちがいない。セント・ジョンズ・ウッドまで出かけて頭をすっきりさせ、午後はクリケットを観てすごせば、気分もすっかり回復するだろう。

昨夜は明らかにスコッチを飲みすぎた。こめかみが脈打っていることから判断すればだが。ドゥードルが言うように、酒の飲みすぎだろうか。最近ドゥードルはあまりやさしくない。ゆうべも口喧嘩した。何が原因だったのか、正確なところは思い出せないけれど。まあいい。心にあまりにも多くのものを抱えた男には、酒のボトルが恰好の避難所になる。

ベッドは空で、きれいにたたんだドゥードルの服もどこにもなかった。もしかすると、目覚ましが鳴ってドゥードルが出かける支度をしているあいだも、ずっと寝ていたということか？

何もはかずに寝室のドアを蹴り開けて呼びかけた。「そこにいるのか？」

返事なし。

レジーはうなった。ドゥードルが機嫌を損ねていなければいいが。とりわけこっちが元気をなくしているときに、それだけは避けたい。

バスルームに転がりこんだ。しっかりシャワーを浴びれば、いつも効果は抜群だ。服を着るころには気持ちが軽くなっていた。ドゥードルが朝食のテーブルでうつむいて不満をくすぶらせていたとしても、気にすることはない。今夜、最高級ディナーを約束すれば、嘘のように上機嫌になるだろう。〈クライテリオン〉なら文句なしだ。ドゥードルは〈ヴィーラスワミー〉が好きだが、レジーはインド料理が好みではなく、そのレストランは植民地帰りの退役軍人向けのカレー・クラブと変わらないように思えた。

廊下の鏡に映った自分の姿を見ながら、彼は大きく息を吸って顔に明るい笑みを張りつけた。昨夜はじつによく飲んだが、さほどボロボロには見えない。両眼の下の隈もすぐに薄くなるだろう。腰まわりに容赦なく肉がついてきたのは心配だが、知ったことか、まだ三十二歳の若さだ。墓穴には片足すら突っこんでいない。

陽気に挨拶するつもりで台所に入った。朝食のテーブルに封筒が置いてあるのを見て、出かかったことばは消えた。封筒はコーヒーの缶に立てかけられ、ドゥードルのきれいな手書きの文字で宛名が書いてあった。

レジーは、あっと驚きの声をあげた。封筒を開けるまでもなく、なかの手紙にドゥードルが何を書いているかはわかる気がした。

「ジェイコブ・フリントはどうするんです?」ヘティが尋ねた。

「彼がどうしたの?」レイチェルは言った。

「もう興味がなくなったんですか?」

レイチェルはあくびをした。「あのかわいそうな人にやさしくしすぎるとあなたに責められてから、まだ五分もたっていないけど」

「すみません」家政婦は黙りこんだ。「余計な口出しかもしれませんけど、誰かが……」

「われらが勇ましい記者は愉しい人よ。ときどき役に立つこともしてくれる」

「でも、あなたは彼に耳の痛いことを言って追い払った」

「戻ってくるわ」

「それはどうでしょう」

「ジェイコブ・フリントは、いまダンスキン事件で手一杯なの」レイチェルは言った。

「昨日の大騒ぎを、息をもつかせぬ記事にしていると思う」

トルーマンが新聞の山に手を振った。「たっぷり書かれてますよ」

「ダンスキンの無罪判決についてどう書いてる？」

ヘティがテーブルに積まれた山のなかからクラリオン紙を抜き出した。第一面には〝燃える車の衝撃！〟という派手な見出しが躍っていた。〝告発された男を戦争の英雄の証人が救う！〟

レイチェルは記事を読んだ。「うまくまとめてる、編集長がまちがいなく激怒していたことを考えるとね。死刑判決が出れば号外がどっと売れるから。でも、西部戦線で戦った高潔な退役軍人の証言でひとりの人が輪縄から逃れたと思うと、いくらか慰めにはなる」

トルーマンが言った。「いくつかの新聞は、ギルバート・ペインの死に触れてすらいません」

「それはただ彼らが、線路で死んだのはバートラム・ジョーンズという無名の人物だと思ってるからでしょう」レイチェルは言った。「もし架空のジョーンズがじつはギルバート・ペインだとわかったら、死刑を免れたダンスキンでさえ、うしろのページに追いやられるわ」

＊

ドゥードルの手紙の非難めいた調子は、どれほど不満や怒りをぶつけられるよりもレジーの胸にこたえた。

ゆうべは、あなたにつまらない人間だと言われた。たしかにそのとおり。初めて会ったときには、永遠に大切な人（ヴァレンタイン）と言われたけど、あれは本気じゃなかったのがわかった。またつまらない人間に戻ります。

酔っていたにせよ、本当にそこまで愚かなことを言ったのだろうか。残念ながら、昨夜の記憶はぼやけて支離滅裂だ。そう、たしかに言い合いはしたが、今回は一線を越えてしまったようだ。お高くとまっていると言ったのは口がすぎた。軽いジョークのつもりだった、本当に。考えなしにしゃべってしまったときには、いつもこっちからすぐに謝っていた。

もう謝るチャンスもないが。最後の数行はトレンチナイフのように胸に刺さった。

ここで終わりにしたほうがいい。もう決めた。二度と戻らない。あなたのところにも、あなたの上品ぶった友だちのルルのところにも。どうか捜さないで。いいことは何もないし、捜すだけ無駄。もう二度と会わない。

それだけだった。名前もなければ、キスのX印もなし。つき合ったよしみで、そのくらいはしてくれてもいいのに。最初、レジーは焦って途方もなくみじめな気持ちになり、とにかくあとを追おうかと考えた。ただ、ドゥードルの住所はホクストンのどこかということしかわからなかった。時間をかければ突き止められるかもしれない。おそらく、みすぼらしい下宿屋の安部屋だろう。ここが住まいだと胸を張れないようなだが、彼はすぐに考え直した。ドゥードルは意地っ張りだし、手紙の内容は誤解のしようがない。ここで馬鹿な行動を起こしてはいけない。恋人のまえでえんえん泣くのは最悪だ。レジーはプライドが高いほうではないが、相手にすがりつくのは恥ずかしくて嫌だった。

靴紐を結ぶのに苦労していたとき、ひとりでいる部屋の静けさを甲高い電話の音が破った。レジーの心臓が跳ね上がった。

ドゥードルか？　説明するためにかけてきた、それとも謝るためか？　あるいはもしかして、赦してくれと懇願するため？

手遅れということは決してない。また始められる。レジーはあわてて部屋を横切り、受話器を引ったくった。

「トルーマンだ」

とたんに吐き気の波が押し寄せた。一瞬、本当に吐いてしまうかと思った。ドゥードルではなく、あのサヴァナクの女のもとで働いている野蛮な大男だった。

あんな女のことなど耳にしなければよかった。まして助けを求めるなんて、もってのほかだった。

「聞こえたか？」トルーマンが訊いた。

レジーはなけなしの勇気を奮い起こした。「いまは都合が悪い。失礼」

「切るな」トルーマンが言った。「今朝の新聞を見たか？」

「見るわけないだろう！」相手のあまりに馬鹿げた質問に頭がくらくらした。「職場に着くまで手に取ろうとは思わない」

「昨日、ギルバート・ペインが殺された」

そのことばは、みぞおちに打ちこまれたパンチのようだった。レジーは苦痛のうめき声を発した。

「列車から投げ出されて別の列車に轢かれた」トルーマンは無慈悲に続けた。「警察は事故と見なすかもしれないが、あんたもおれも事情を知っている。だろう？」

レジーの胃の中身がせり上がった。次から次へとボディブローが打ちこまれる。あと何発耐えられるだろう。

「ミス・サヴァナクがあんたと話したいそうだ」

「断わる！」

「数日前には助けてくれと懇願してきたのにな」

レジーは歯噛みして、無理に話しつづけた。「彼女はギルバートを救えなかった。彼は死んだ。それで……すべてが変わる」

「何も変わらない。モートメイン館で起きることは……」

「いいか！　おれはできることをみんなした。これで終わりのはずだ。もう連絡しないでもらいたい。あんたからも、彼女からも」

「もう引き返せないところまで来ている」

「おれはこのことすべてから手を引く。これ以上……」

「あんたが彼女と話したことは誰も知らないだろうな？」

間ができた。「誰も」

「信じられないな」

「おれは誰にも、ひと言も言ってない。誓う」レジーは大きく息を吸った。「もう一度懇願する。もうほっといてくれ」

「彼女は今晩、ゴーント館であんたを待っている。七時に」

「無理だ」

「来るしかない」トルーマンは言った。

　受話器を架台に戻しながら、トルーマンは仲間を見つめた。「根性なしだ」

「臆病者ね」ヘティが言った。「本性を現わしたってところ」

「怖くて震え上がってるのよ」レイチェルが言った。

「このまえ、ヴィッカーズは知っていることをすべて話したと言いました」トルーマンが言った。

「それは嘘だった」レイチェルは言った。「不幸にもペインの死は彼に衝撃を与えた。彼はもう自分が助かることしか考えていない」

*

毎朝、クラリオン紙の上級記者たちは紫煙が眼にしみる狭苦しい部屋に集まって、その日取り上げる記事について議論していた。統括編集長のウォルター・ゴマーソルは、話題が不運なマクドナルド政権に降りかかった最新の災難から離れると、さっそくジェイコブ・フリントのほうを向いた。

「ダンスキン事件の記事はよかったぞ、きみ。彼が絞首台から逃れたのは残念だったが、あまり贅沢を言ってもな」

「悪魔並みに強運なやつだ」金融街（シティ）担当編集長のプレンダーリースという厳格なカルヴァン主義者がうなった。「これでまた自由になって、なんの邪魔もされずに、意志の弱い人間やだまされやすい女性を心置きなくカモにできるというわけです。抜け作の裁判長は、人格に汚点ひとつなく釈放すると宣(のたま)った！　この世に正義はないと人々が思うのも無理はない」

ゴマーソルはパイプを吸った。「例の謎の少佐が無口なのは残念だが、少なくともウィットネスの連中も、彼から話を引き出す喜びは得られないからな。どうせダンスキンは長く黙っていられないだろう？　どうだね、きみ？　奇妙な事件だ。名なしの犠牲者に、謎めいた出火。私に言わせれば、まだこの先いくらでも出てくる」

「ダンスキンの弁護団によると、これ以上公式発表をする気はないそうです」ジェイコブは言った。「騒ぎがおさまったあとで彼らと話しましたが、ダンスキンは警察にした説明がすべてだと言っているそうで。浮浪者が彼を昏倒させて車を盗んだ。そこから数キロ先で車が故障し、浮浪者はマッチの火をつけて調べようとしたにちがいない。その火が燃え移って彼は死に、車は焼け、証拠はほとんど灰になった」

「そしていま専門家たちが、焼け跡から拾い集めたあれこれの解釈を議論しているんだな」ゴマーソルは不機嫌な声で言った。

「ダンスキンはしゃべりませんよ。自分の命がかかってるときでさえ宣誓証言しなかったんですから」

「それは反対尋問を怖れたからだろう。われわれと話すときに宣誓する必要はない。うまく丸めこむんだ。いまこそ事実を明らかにするチャンス、体験した悪夢を世に知らせなさいと」

「彼は今回の苦難で健康を害していると弁護団は言っています」

プレンダーリースが鼻を鳴らした。「ストリングスの伴奏が必要か？」

「ダンスキンの体の具合が悪い理由を教えようか」ゴマーソルが言った。「妻と、各地にいる愛人たちに釈明しなきゃならないからだ。もちろん債権者たちにも。離婚は高くつく。死ぬほど現金が欲しいはずだ。見映えのする弁護団にも大金がかかる。クラリオンの独占記事で包み隠さず話して小遣い稼ぎができるなら、願ったり叶ったりだろう？」

ジェイコブは首を振った。「思いつくかぎりの方法で弁護士には持ちかけたんです、本当に。でも成果はありませんでした。浮浪者は死んで埋葬され、誰も彼の名前を知らない。ダンスキンも金の心配をしていないようです。むしろこういう悲劇から利益を得てはいけないと思っている」

「んな馬鹿な！　突然良心が目覚めたなんて言わんでくれよ。かならずほかに理由がある。賭けてもいいが、おいしい話は取っておいて、あとで本を書いて儲けるつもりだな」ゴマーソルはうなった。「わかった。ほかのネタを探れ。さて、あと何かめぼしいものは？」

「昨日線路で見つかった死体はどうです？」

「葬儀列車から落ちてバラバラになった男か？」ゴマーソルは顔をしかめた。「彼がどうした？　事故だったということで鉄道会社は納得しているようだが」

「当然でしょう」ジェイコブは言った。「ネクロポリス社は遺族を怖がらせて遠ざけたくない。ケンサル・グリーン墓地はブルックウッドより近くて便利です。悪い評判が立つと商売が傾くので」

「そのとおり、だが警察は興味を持ってない。死んだ男は長年タンジールにいたから、まあそれでどうなるか、想像がつくだろう。私の意見を言えば、自殺したのさ。いずれにせよ、うちにとって使い途はない」

「それでも調べる価値はあるかもしれません」

「まったく頑固な若造だな」ゴマーソルは煙の輪を吐き出した。「何を考えてる？」

「彼について調べさせてください。タンジールで実際何をしてたのか。彼の不幸を願うような者がいたのか」

ゴマーソルは手のひと振りで、その提案をパイプにたまった灰のように捨てた。「そうとう見込み薄だ」

「わかりませんよ。今回だって、みんな昨日までダンスキンがあの浮浪者を殺したと信じきってたわけですから。ジョーンズは事故で線路に落ちたのか、それとも誰かに押されたのか。もう見出しが眼に浮かびます」
「ほう、どういう？」
ジェイコブはサー・エドガーかと思われるほど声を張り上げた。「〝モロッコから帰ってきた謎の男は殺されたのか？〟」
「ギルバート・ペインが死んだからには、これで終わりかもしれませんよ」ヘティ・トルーマンが言った。
レイチェルはテーブルの上にあった一枚の紙を取った。そこには彼女のきれいな手跡で四人の名前が書かれていた。
ギルバート・ペイン
シルヴィア・ゴーリー
ヘンリー・ローランド
クライヴ・ダンスキン
「いいえ」レイチェルはギルバート・ペインの名前を線で消しながら言った。「ヴィッカーズが言ったことを思い出して。これは始まりにすぎない」

「あなたがかかわる必要はありませんよ」

「わたしはひとりの男が死んでいくところを見たの。当然もうかかわってる」

「これ以上、何もできないかもしれない」

「できることはあるわ」レイチェルは言った。「モートメイン館に行ける」

6

レジー・ヴィッカーズは午前中、ぼうっとしてろくに働けなかった。昨夜の大酒が原因のひとつではあるが、ドゥードルが去ったこととギルバート・ペインが死んだことは、二日酔いとはまったく別の問題だ。おまけにレイチェル・サヴァナクのところにいるごろつきが脅しをかけてきた。あの女のことなど知らなければよかった。ギルバートとモートメイン館のことを話すのは言うに及ばず。どうしてあんな馬鹿なことをしてしまったのだろう。

頭がうずいて胃が痛み、腰の具合も悪かった。熱もありそうで、何かの病気だろうかと思った。仕事に打ちこんでも心のみじめさを消すことはできない。未処理トレイに積み上がったくだらない書類にどうして集中などできるだろう。正直なところ、自分が毎日片づける無意味な雑務のことなど誰も気にしていないから、かえって気楽だ。

彼の仕事は閑(ひま)だった。クライスツ・ホスピタル校とケンブリッジ大学ピーターハウス校で受けた一流の教育のおかげで、世の中に出たときには有力なコネがあり、洗練されたテーブルマナーも身につけていた。ブリッジの四人目にもなれたし、クリケットのボールも正しく打てた。大戦末期には王立陸軍航空隊に所属した。操縦士になる訓練中、単座複葉戦闘機（ソッピース・パップ）を農場に墜落させ、背骨を損傷した。また歩けるようになるころには、停戦協定のインクもすっかり乾いていた。五体満足で生き延びられて運がよかったと人には言われたが、気持ちが暗く沈むこともあり、そうなると背中の痛みより、戦争に充分貢献できなかったことがつらかった。大事なものに手が届きそうで届かない、彼の人生はそういう物語だった。

　ケンブリッジに戻ったあと、公務員になる気はないかと持ちかけられた。個人教授から推薦されたらしく、大学で怠けていたことを考えると、願ってもない話だった。ただ、遠い先までの計画はなかったにせよ、机にかじりついて朽ちていくのは気が進まなかった。小学校時代はミドルセックス州のクリケットの代表選手になるのが夢だったが、大学ではチームの先発にも入れなかったし、どこかの魅力的なチームから声がかかりそうな気配もなかった。やがてシティの大立者だった父親が、くも膜下出血で亡くなり、予想外に多額の借金を残していたことがわかると、レジーは手詰まりに陥った。まっとうな生活を送りたければ、ホワイトホールで働く以外、選択肢はほとんどなかった。

おもしろいことに、初対面の人に自分は名ばかりの事務職員だと話すたびに、相手は彼が冗談を言っているか、恐ろしく謙虚だと考えた。ドゥードルなど、秘密情報部員かもねと冗談を言って、その思いつきに興奮した様子だった。レジーも国が傾かないようにささやかな役目を果たしてはいるが、現実は味気ないものだ。最初のころは、ときおり課外任務にたずさわる機会があることがうれしかった。といっても、危険でも厄介でもない、カバン持ちのような仕事である。

もとより好奇心に欠けることが仕事のうえで役立った。不都合な質問をして波風を立てることがなかったからだ。何年ものあいだ、万事が調子よく進んだ。イギリスを英雄にふさわしい国と呼ぶのは大げさかもしれないが、少なくともボリシェヴィキの進出は食い止めているし、煽動者たちによるゼネストが瓦解してからは世情も安定している。だが、権力者は決してのんびり構えない。レジーもここ一年は以前より面倒な任務が増えて、これからどうなるのだろうと不安になりはじめていた。ギルバート・ペインがじつは生きていて、死の危険にさらされているのがわかったときには、パニックに襲われた。

国土防衛法の改正案に関する報告書に当たり障りのないコメントをいくつか書きこんで、もう今日の分は働いたと思うことにした。国土防衛法を見ると、かならずやる気が失せる。机の上をきれいにして、帽子とコート、書類カバン、傘を取り、そそくさと階段をおりた。

外のホワイトホール街に出ると、空は青く、太陽は高かった。タクシーが走ってきて、レジーは運転手にホクストンまでと告げたい衝動に駆られた。ドゥードルが理性を取り戻してくれたら！　もちろんそれは無理な相談だ。たとえ彼がひざまずいて懇願しても、何も変わらない。ドゥードルは計り知れないと同時に、執念深い。心変わりしてくれる見込みはない。希望などまったく……。

「やあ、ヴィッカーズ」

レジーは飛び上がった。学校で習って長く忘れていた詩の一節が頭に浮かんだ――〝不意をつかれた罪人のように打ち震え〟。ウィリアム・ワーズワースで思い出せるのはその一行だけだった。馬鹿げている。何に罪を感じろというのだ。神経が苛立っているとしても、このところの経験からすれば当たりまえだ。自分の考えに没頭していたせいで、ウィットロー少佐が庁舎から出てきたのに気づかなかった。

「あ、お疲れさまです、少佐」

「どこかへ出かけるのかね？」

レジーは顔が火照るのを感じた。思いはたちまち少年時代に引き戻された。ある日の午後、ほかの生徒たちが体育館にいるときにサボっていたら、舎監のポンゴ・イヤーズリーに見つかったのだ。あの出来事はレジーの記憶に刻まれていた。ポンゴが彼の不品行に高い代償を払わせたからだ。

レジーは無理に笑いをもらした。自分の耳にもその笑い声は嘘っぽく響いた。「朝からものすごく働いていたんです。ちょっと休もうと思いまして」

「ほう？」

少佐の赤と黄色のストライプのネクタイを見て、レジーは突然閃いた。それはメリルボーン・クリケット・クラブの会員限定のネクタイだった。レジーも同じ会員で、今日はテストマッチ（国際クリケット評議会が認定した十二のナショナルチームがおこなう最高レベルの国際試合）の第二戦が始まっている。イングランドとオーストラリアが優勝骨壺（ジ・アッシズ）を手にするために戦っているのだ。

「じつはローズで午後のセッションを観られればと」

仕事を除くと、少佐の人生で不変の情熱の対象はクリケットだった。彼は薄い唇をすぼめた。「ふたつの頭が考えることはひとつだったか、え？　私の目的地も同じだ。いっしょにタクシーで行こうじゃないか」

レジーは大きく息を吐いた。この忌々しい一日でようやく何かをうまくやりとげた。部署のお偉方と愉しい時間をすごして損はない。それが少佐ならなおさらだ。

「ありがとうございます、少佐」

「タクシー！」

少佐が手を上げると、すぐに一台のタクシーがまえに停まった。振り上げられた鉤爪を見逃す運転手はいない。

＊

机でチーズとピクルスのサンドイッチを食べながら、ジェイコブは次に何をしようかと考えた。午前中はバートラム・ジョーンズと彼の死について調べてみたが、無駄に終わった。ロンドン警視庁にいる知人たちもなんの助けにもならず、みなジョーンズが不幸な事故に遭ったということで満足していた。ロンドン・ネクロポリス社はできるだけ何も言わない方針だった。万が一にもジョーンズの遺族が現われて運行の安全性について騒ぎたてては困るからだ。ここまででジョーンズについては、帰国後わずか一日で死んでしまったこと以外、何もわかっていなかった。ピムリコの宿に泊まって人を避けていたようだ。

なぜジョーンズは葬儀列車に乗っていたのだろう。愛した誰かに別れを告げるためにイギリスに帰ってきたのか？　問題は、昨日ブルックウッドで埋葬された人のなかにジョーンズという名前が見当たらないことだった。つまり彼は友人の葬儀に出席した？

奇妙な話ではあるが、おそらくゴマーソルが正しいのだろうとジェイコブは思った。ダンスキンの事件に別の角度から光を当てるほうが、ましな結果が得られるだろう。ドーベル夫人は追ってみる価値がある。なぜ彼女はオールド・ベイリーの常連なのか。ダンスキンの無罪をどうして予言できたのか。

そして、なぜ殺人についてレイチェル・サヴァナクと話したいのか。

ジェイコブはミルクティーでサンドイッチを流しこみながら、半年前に会ったあの若い女性についてぼんやり考えはじめた。レイチェルが首都にやってきたのは去年のことだ。カンバーランド海岸の沖に浮かぶちっぽけなゴーント島で育ち、サヴァナク家伝来の屋敷で暮らしていたが、サヴァナク判事が亡くなったあと莫大な遺産を相続した。絞首刑判事として悪名を轟かせた老人は精神の不調で自殺を試み、法曹から引退したのち、残りの人生は世捨て人のように島に引っこんで狂気の深みにどんどん落ちていったのだった。

ジェイコブのたくましい想像力をもってしても、レイチェルがどうしてそんな荒涼たる僻地で病んだ放縦野蛮な老人との生活に耐えられたのかは理解できなかった。トルーマン家の三人が異常なまでに献身的に彼女を支えたのは事実で、彼らがいなければ生き延びられなかったとレイチェル自身も言っていた。懲役刑とさして変わらなかったにちがいない。彼女が当時のことを決して語らないのも無理はない。

ロンドンですらレイチェルは孤独な生活を送っている。音楽が大好きだが、趣味はクラシックではなくポピュラー音楽だ。芸術も愛しているが、涙が出るほどの大金を投じるのはシュルレアリスムの絵画で、ジェイコブの眼には意味のない線や絵の具の飛沫にしか見えない。先頃、一連の異様な殺人事件にレイチェルがかかわったときには、これはぜったい記事になる、彼女について書くのは自分しかいないと思った。しかしその調査でジェイコブは命を失いそうになり、彼女の非情さにぞっとした。と同時に、不思議と興奮も覚えたのだった。

ジェイコブは当惑しつつ、レイチェル・サヴァナクには敵わないと認めていた。あれほどしたたかな女性には会ったことがない。ほかの人の頭のなかがどうなっているのか、これほど理解したいと思ったのも初めてだった。レイチェルは殺人事件に取り憑かれているが、彼女が正義に注ぐ情熱は精緻な法制度とはいっさい関係がない。彼女は自分の曲で踊っている。ジェイコブはレイチェルを称えながら怖れてもいた。

素人心理学者を自任するジェイコブは、彼女の冷たさはある種の偽装だと確信していた。ゴーント島で受けた残酷な仕打ちに対処するひとつの方策なのだ。いつかレイチェルがすべてを打ち明けてくれることを夢見ていた。彼女の同意がないかぎりひと文字も記事にしないと、すでに本人のまえで誓っている。

彼女の仮面は一度もはがれなかった。フェンシングの達人のように、レイチェルはいとも簡単に質問の切っ先をかわす。ジェイコブが最後にゴーント館を訪ねたときには、つい苛立ちの堰が切れてしまった。ヴィンテージの赤ワインをつい飲みすぎて、調子づいてもいたのだろう。あなたはぼくを愚か者扱いしていると文句を言ってしまった。彼女は肩をすくめ、軽くあしらわれていると思うなら帰ってもらっていいと言った。ジェイコブはカッとなって帽子とコートを取った。レイチェルは何も言わず、彼が去るのを見ていた。

それ以来、連絡は途絶えていたが、彼女のことを考えない日は一日たりとなく、いまドーベル夫人が彼女と話すチャンスを与えてくれた。ジェイコブは電話に手を伸ばした。

「すべて順調かな、ヴィッカーズ？」

「もちろんです、少佐」

「本当に？　どうも……やつれて見えるが」

この質問の裏に何があるのだろう。少佐は部下の幸せを気遣うことで知られた人ではない。レジーは横目でうかがったが、いつもながら少佐の顔はイースター島の巨像のように無表情だった。

正直な答えを返したくないときの最善の安全策は、真実をいくらか編集したバージョンを使うことだ。レジーははるか昔にそう学んでいた。

そこで自信ありげな笑みを浮かべて言った。「ワインを飲んで寝たせいです、少佐。ゆうべは飲みすぎたかもしれません。おかげでわかりました。もうぼくは夜遅くまで飲んで羽目をはずすには歳をとりすぎました」

年上の男は答える代わりにうなった。不快に思ったのか？　レジーは歯嚙みした。いつもひと言多いのだ。ここは誤解されないように、しっかり説明したほうがいい。

「考えなしにしゃべったってことじゃありません。少々疲れてはいましたが」

「安心した」少佐はレジーの眼をまっすぐ見た。その石のように冷たい視線にレジーは身震いした。「われわれの仕事は平凡に見えるが、社会の安寧はわれわれが誠実かどうかにかかっている。数多くの秘密を握っているからな」

「おっしゃるとおりです、少佐。もちろん何も……」

「人生は危険に満ちている。用心してしすぎることはない。内なる敵に注意するのだ」

「まったく同感です、少佐」レジーはすかさず言った。「飲みすぎることはめったにありません。だから昨日はアルコールが頭にまわったんでしょう。慣れていなかったもので」

レジーがまた横を盗み見ると、少佐は顔を背けてタクシーの窓の外を見ていた。レジーのことばを聞いたのかどうかもわからなかった。

「あなたが正しかった」ヘティ・トルーマンが言った。「ジェイコブ・フリントから電話ですよ」

「おどおど心配しながら」彼女の夫が言った。

レイチェルは読んでいた本のページをめくった。「いま忙しいと言ったら、心が狭いと思われるでしょうね」

彼らはゴーント館の屋上庭園でのんびり昼食をとったところだった。レイチェルは食欲が湧くようにプールを十五往復したあと、緑のシルクの水着姿のままデッキチェアでくつろいでいた。

「そう言われても、しかたありませんよ」ヘティは内線電話機のほうを見た。「伝言を聞いておきますか？　それとも、あとでまたかけてもらいます？」

「いいえ」レイチェルは木製の小さなサイドテーブルに本を置いた。「珍しく彼のタイミングはぴったりだった」


セント・ジョンズ・ウッドの中心部では、三万人の人々が暖かい日差しを浴びながら、クリケット界で最古のライバル同士がくり広げる戦いに夢中になっていた。ローズ・クリケット・グラウンドは超満員だったが、レジーと少佐はMCC会員の特典でまっすぐパビリオンに向かい、ロング・ルームの見晴らしのいい席につくことができた。

　レジーはこの由緒ある聖地――煙草と歴史の香りが漂う男の領域――が大好きだった。夢のなかでは、たびたびテストマッチの出場選手になった。防具をつけ、バットを腕に抱えて、母国のために人生最大の試合に出ていくのだ。レジーは、更衣室から階段を駆けおりてこの満席のロング・ルームに入る自分の姿を想像した。往年の名選手の絵が並ぶまえを通りすぎ、葉巻の濃厚な煙を吸い、会話のさざめきを聞き、いざ新鮮な空気のなかに出て、観客席の横の階段をおり、白いピケットフェンスのゲートを抜けて、神聖な芝生の上に立つ。

　スコアボードを見ると、ピッチの状態は有利なのに、イングランドのバッツマンはやたらとウィケットを倒されていた。デュリープシンジの天性の勘だけがオーストラリアの投手（ボウラー）たちを押しとどめていたが、その彼のイニングもいま不甲斐なく終わろうとしていた。打った球が平凡なフライになったのだ。ところがボールはオーストラリアのキャプテン、ウッドフルの手をすり抜けた。それが地面に落ちると、観衆はどよめいた。

「下手くそ（バターフィンガーズ）！」レジーは叫んだ。敵のスキッパー（キャプテンのこと）が簡単な球を捕り損ねたのを見て、喜びを抑えられなかった。「あれは高くつきますよ。若いデュリープはこのまえの週、ブライトンで一日三百得点（ラン）稼ぎましたからね」

「人生のルールだな」少佐はつぶやいた。「チャンスを与えられたら、つかまなければならない。好機は二度と訪れない」

哲学的な発言は少佐らしくなかったが、レジーはそのとおりだと思った。クリケットは偉大な平等主義者だ。ある瞬間にはバッツマンがボウラーをこてんぱんに打ち負かして、グラウンドじゅうにボールを飛ばしているかと思えば、次の瞬間には無駄な大振りでアウトになり、すごすごとパビリオンに引きあげている。心奪われる試合だった。この世の気苦労を忘れたいなら、クリケットの試合に勝るものはない。ギルバートは死んでしまった。レジーは少なくとも旧友にできるだけのことはしてやった。あいにくサヴァナクという女が彼を救うことはできなかったが。そしてもしドゥードルに二度と会えないとしても……いや、考えるのはよそう。明日は明日の風が吹く、だ。

数分のうちに、ウッドフルの凡ミスがいかに大きな痛手であったかが明らかになった。デュリープがボールを次から次へとバウンダリーに飛ばしつづけたのだ。喝采は頂点に達した。インド人のデュリープはあっという間に名誉英国人、そしてイギリスのヒーローになるだろう。チェルトナム・コレッジからケンブリッジ大学に進み、イギリスの紳士に求められる資質をすべて備えていて、すぐれた人脈もある。おじは偉大なランジ、イングランド有数のクリケット選手で、のちにナワナガル藩王国の統治者(ジャム・サヒブ)となった人物だ。そのまぎれもない王族の血統と、バッツマンとしての神のごとき技量から、デュリープの肌の色を気にする者などいなかった。

＊

罪の赦しを求める悔悟者のように、ジェイコブはレイチェルに電話をかけた理由を説明していた。なぜ言うべきことを事前に練習しておかなかったのだろう。彼女のおもしろがっているような皮肉な調子が耳に痛かった。

「オールド・ベイリーでした。ダンスキン裁判が終わりかけたころ……ある女性に会ったんです」

「それはよかった」

「いや、つまり……その、われわれと同年代ではなくて、ずっと年上です。見た目は魔女のようで。ダンスキンの絞首刑は確実という流れになったとき、それでも無罪になるかもしれないと言った。変わった人ですが、頭はいい」

「女性にしては？」

「失礼しました。でも何が言いたいかというと、彼女はあなたを知っていた。というか、あなたのことを」

沈黙。

「あなたと殺人について話したいそうです」

「そうなの、いますぐに？」

レイチェルがあまりに無関心なので、ジェイコブはまぬけな奇術師になった気がした。派手な身ぶりでアシスタントを半分に切ったら、観客がみなぐっすり寝ていたような。

「ええ」彼は弱々しくつけ加えた。「なかなか……興味深い人で」

「なんという人？」

レイチェルはすでに答えを知っている――なぜそんな気がするのだろう。

「ドーベル。ミセス・ドーベルです」ジェイコブはつかえながら言った。「すみません、ファーストネームはわからなくて」

「心配しないで。知ってるから」レイチェルは言った。「今晩九時に来てくれる？　何か飲みながら、彼女の話を聞かせてもらいます」

「すばらしいプレーです、少佐」レジーは叫んだ。デュリープが情けないボールを弾き飛ばして、さらに四ランを獲得したのだ。このペースでいくと、拍手のしすぎですぐに手が痛くなる。隣の少佐は動かなかった。むろん鉤爪で拍手をするのはむずかしいが、変わった人で、どんなことにも興奮しないようなのだ。おそらくあれだけの体験をしたせいで……。

ドイツ兵が自国で少佐を捕らえて拷問にかけた。少佐は極限状態（イン・エクストレミス）でも決してイギリス軍に危険をもたらす情報をもらさなかったと言われる。彼が右手を失った経緯については噂が絶えない。なかにはぞっとする話もあるが、多くは勝手な憶測だ。誰も詳細は知らない。本人は戦時中の体験をひと言も話さないのだ。行政府における具体的な仕事と同様、私生活についてもまったくわからない。

まえの席の観客ふたりが、朝の試合中に飛んできた飛行船のことを思い出して話していた。まるで空を泳いできた巨大な鯨のようだったという。レジーはそんなすごいものを見逃したのが残念だった。帝国飛行船計画はイギリス航空業界の誇りであり喜びだった。技術の粋を結集し、最高に贅沢な空の旅を提供する。空軍省の友人がよく大臣の野望について得々とレジーに語っていた。燃料補給が必要ない飛行船で、世界に散らばる大英帝国の自治領をつなぐのだと。

レジーは少佐に身を寄せ、秘密を打ち明けるようにささやいた。「Ｒ１０１はパワフルな化け物ですよ。空軍省の大臣は、デュリープもそれに乗れば船や飛行機の何分の一かの時間でインドに帰れると言っているそうです」

「社会主義者の飛行船の奇跡だな」少佐は唇をゆがめた。「飛ぶか落ちるか、そのうちわかるさ」（イギリスと自治領のあいだに大型飛行船による空路を作る計画だったが、建造した二機のうちＲ１００はカナダまで航行したものの、Ｒ１０１はインドへの飛行中に墜落し、計画自体が一九三一年に頓挫した）

意気阻喪したレジーはティータイムまで口を閉じていた。ふたりは黙ってロング・ルームの木の床を歩き、隣のバーに入った。レジーは少佐にスコッチをおごってもらい、たどたどしく礼を言った。前夜の飲みすぎを赦してもらえたのがありがたかった。

「クリケットに」少佐はグラスを持ち上げて言った。「もうすぐマスカレーダーズの試合がある。そのあと同じチームともう一試合。つまり、ヨークシャーの荒地で数日すごすということだが、きみも来るかね？」

「もちろんです！」

レジーは喜びを抑えきれなかった。ホワイトホールの片隅で働いていると、たまにクリケットの試合に誘われることのほかに社交の機会はほとんどない。マスカレーダーズは、イ・ジンガリやフリー・フォレスターズのように、ホームグラウンドを持たずに放浪するチームだった。試合スケジュールも不規則で、国内の辺鄙な場所でプレーするのは当たりまえ、天気やグラウンドコンディションがひどいときや、通常のシーズン外に試合をすることもある。チームはレジーの部の年長者たちで構成され、業務に差し障りがなければ少佐自身が出場してキャプテンを務めた。少佐は左手で巧みにスピンボールを投げる。

「くわしい情報を伝えるようにペニントンに言っておく」少佐はウイスキーを飲んで腕時計を見た。「彼の車に乗せてもらえるだろう、きみがあの運転に耐えられればだが。さて、私は会合に出席しなければならない。失礼する」

　少佐はそう言って去った。レジーは酒を飲み干し、もう一杯注文した。タクシーで来る途中は怖くてたまらなかった。あれだけ注意したにもかかわらず、少佐に何か悟られたのだろうかと思った。彼の態度が不可解だっただけに、いっそう威圧感があった。

　マスカレーダーズでまたプレーしろという誘い——というより命令——は二重の意味でありがたかった。クリケットの遠征に加われば、たとえ数日でも、共用机で奴隷のように働くよりはるかに愉しい。しかも幸い、まだ信頼されているようだ。レジーは安心した。犯したミスは致命的ではなかったのだ。彼はやる気に満ちて胸を張った。少佐がチャンスを与えてくれたのなら、つかまなければならない。

　気持ちが少し落ち着き、レジーは試合の最終セッションで両チームの運命が移り変わるのを見た。デュリープは夢のダブルセンチュリー（二百ラン）を目前にして、頭に血がのぼった。疲れ知らずのグリメットからバウンダリー越えを二本放ちはしたものの、そのあと無用な大振りでブラッドマンに捕球され、アウトになった。

レジーはグラウンドから出ていく人の流れに加わって、図に乗ることは誰しもあると自分に言い聞かせた。まちがうのが人間だ。至高の才能に恵まれた王子でさえつまらないヘマをするなら、ふつうの人間がしないわけがない。少佐の言いたいことは明白だった。これからは慎重に慎重を重ねて行動しよう。危険は冒さないほうがいい。疑問や質問は忘れ、ドゥードルがいなくなったことも、ギルバート・ペインが無残に死んだことも忘れるのだ。もうわが身のことだけを考えればいい。

自分の忠誠心がどこにあるかはわかっていた。

ドゥードルのことは本当に残念だったが、それが人生というものだ。いっしょにいたあいだは愉しかった。ギルバート・ペインについては、最大限できることをした。良心に恥じることはない。レイチェル・サヴァナクは地獄に堕ちろ。

顔を上げると、明るい空を背景に暗い人影が見えた。大観客席の上の風向計が、大人ほど背丈のある、鎌を背負った時の翁（おきな）をかたどっていた。夕刻の日の光はまだ暖かいのに、レジーは背骨に寒気を覚えた。

死神がじっと彼を見おろしていた。

7

オルバニーに戻って数分のうちに、レジーは電話に出ないという決意を試されることになった。電話が二度鳴り、彼は横柄な呼び出しを二度無視した。誰からだろう。ゴーント館に行き損ねた理由を、レイチェル・サヴァナクのところにいるごろつきが知りたがっているのか。まあ、放っておけ。勝手に鳴るがいい。

それともドゥードルだろうか。どうしても仲直りしたいとか？　赦してと言ってくるのを無視できるほど自分の心は頑ななのか？

電話が三度目に叫んだ。レジーはためらって、手を伸ばした。

「はい？」

「約束の時間に来なかったな」トルーマンが言った。

レジーは己の弱さを呪った。ドゥードルの感情を傷つけたくない一心で降参してしまった。思いやりが彼の致命的な欠点だった。ギルバート・ペインのことをあれほど憐れまなければ、レイチェル・サヴァナクに秘密を打ち明けることもなかったのだ。口に酸っぱい味が広がった。苛立ちが募りに募って、彼は強気を取り戻した。

「もうあんたとはかかわりたくない」彼はぴしりと言った。「あんたの女主人とも」

「危険を冒しているぞ。火遊びだ。ギルバート・ペインに起きたことを……」

「脅すんじゃない！」レジーは叫んだ。「警察に通報してやる！」

　レジーは受話器を架台に叩きつけた。度胸があるところを見せてやった。事務員生活で柔になるまえ、王立陸軍航空隊でもこうすればよかった。いままわりに見物人はいなかったが、レジーは満足してうなずいた。拍手喝采する人や、いっしょに祝ってくれる人はいなくてもいいが、ドゥードルにはいてほしかった。

　まあいい。海には魚がいくらでもいる。マントルピースの金メッキ（オルモル）時計を見た。七時半。〈クラン〉に立ち寄るにはどう考えても早すぎる。〈ケトナーズ〉で食事をして、そこからソーホーに行ってみるか。

　熱が出そうな朝の不幸な気持ちは、すでに消えかけていた。〈クラン〉に行ってはいけない理由があるだろうか。昔を懐かしむだけだ。軽く一杯やって、すぐ家に戻る。だらだらと長居はしない。

　期待で体じゅうがさざ波のように震えた。

「ヴィッカーズは強情です」トルーマンが言った。

「彼は怖がっている」レイチェルが言った。

大きなため息。「どうします?」

「何もしない。ジェイコブ・フリントが手伝ってくれるわ」

「あきらめないんですね?」

「わたしがあきらめるのを見たことがある? 人知れぬ殺人を放っておくわけにはいかない。ましてギルバート・ペインがあんなことになったあとで」レイチェルは大男の背中を叩いた。「さあ、おなかが空いた。食事の時間よ」

*

ジェイコブはネクタイを調節し、咳払いをして、ゴーント館の呼び鈴を鳴らした。最後にこれほど緊張したのは、クラリオン社の面接を受けるために控室で待っていたときだった。ヨークシャーから出てきて、大都会で名をあげることを夢見ながらも、フリート街のトルケマダ(十五世紀スペインの異端審問所の初代所長)として知らぬ者のないウォルター・ゴマーソルの審問があるのかとおののいていたのだった。しかしレイチェル・サヴァナクを訪ねるときには、また別の恐怖がこみ上げた。

マーサ・トルーマンがドアを開けた。レイチェルやジェイコブと同じく、彼女も二十代だ。すらっと背が高く、豊かな栗色の髪で、初めて会ったとき、ジェイコブはショックを受けた。十一年前、ある男が彼女に酸を浴びせたのだ。顔全体にかけようとしたが、跡が残ったのは彼女の左の頬だけだった。ジェイコブは、レイチェルの言っていたことが正しかったといまごろわかって恥ずかしかった。顔の傷はあってもマーサは美しい。彼も傷跡の向こうにあるものを見ることを学んだのだ。

「久しぶりですね！」屋敷がある広場がしんと静まり返っているので、彼の挨拶は不自然に大きく響いた。もう一度言ってみた。「調子はどうです、マーサ？　元気そうに見えるけど」

メイドは苦笑をもらした。ジェイコブに対するマーサの態度は、トルーマン夫妻ほど疑り深くはないが、雇い主に倣ってか、ことばの無駄遣いはしない。

「書斎に坐ってお待ちください。レイチェルはすぐ参ります」

ゴーント館の小さな世帯の奇妙な点は、レイチェルとトルーマン一家が対等の関係にあることだった。屋敷のなかで使用人は決して彼女を〝様〟づけで呼ばず、特別な敬意も示さない。レイチェルのほうから進んで親しくしているし、トルーマン一家は気が向いたときにしか制服も着ない。このように因習を無視した態度は常識では考えられないが、そもそもレイチェルは常識を蔑んでいる。四人は島で長年寄り添って暮らすうちに、血縁より強い絆を結んだのだ。その仲のよさは尋常ではなく、まるで暗い秘密を共有しているかのようだった。

ジェイコブはメイドのあとについて長く広い廊下を歩いた。分厚い絨毯が敷かれているので足音はしない。クルミ材の大型振り子時計が九時を知らせた。レイチェルが急いで挨拶に出てくることはなさそうだった。がっかりして眉間にしわの寄った自分の顔が鏡に映った。頭のなかは質問だらけだが、レイチェルは自分に都合がよくなるまで何も話さない。ジェイコブを待たせることによって、そのことを思い知らせていた。

「テーブルにシーバスリーガルがあります」マーサが彼を書斎に案内しながら言った。「ご自由にどうぞ。レイチェルから、飲みながら読書でもなさっていてくださいとのことです」

マーサが出ていき、ドアが閉まった。少なくとも、最後にここを訪れたときに飲みすぎたことは赦してもらえたようだ。収穫がなかった長い一日のあと、タンブラーに上等の酒というのは心休まるもてなしだった。たっぷり注いで、ふかふかのウィングチェアに腰をおろし、なめらかな喉越しのウイスキーを味わった。

　ジェイコブがこの書斎に入ったのは初めてだった。幅五メートル、奥行き六メートルほどで、四方の壁は天井まで本棚。窓はひとつもなく、人が読むことを想像できないような子牛革装丁の古書から、カラフルに輝く新刊のペーパーバックまで、何千冊という本が並んでいた。サヴァナク家の人々は愛書家として知られ、亡くなった判事の蔵書は個人所有のものとしては最上と言われている。レイチェルはロンドンに来てから、そこに新しい本を大量に加えていた。

　彼女が珍しく打ち明けてくれた話では、島のサヴァナク荘にあった本で独学し、岩を登ったりアイリッシュ海で泳いだりして細い体を鍛えたという。サヴァナク家の莫大な富にもかかわらず、ほとんど囚人のようにゴーント島に閉じこめられていたあいだ、そうやって時間をすごしていたのだ。その長く孤独な年月がいまのレイチェルを作った。だが実際、彼女は何者なのだろう。ジェイコブは知りたくてたまらなかった。

　ジェイコブが坐った椅子と別の椅子とのあいだにあるローテーブルに、赤と黄色の派手なカバーのかかった分厚い本が、表紙を下にして置いてあった。誰か――たぶんレイチェルだろう――が白い房のついた栞を挟んでいた。彼女は何を読んでいるのだろう。例によって好奇心に駆られ、ジェイコブは本を取って、ひっくり返してみた。

タイトルは『高貴なる殺人』、出版社が高らかに告知する著者はレオ・スレイターベックだった。カバー袖の紹介文を読むと、スレイターベックは高名な犯罪学者で、この本はイギリス上流階級の人々が命を奪われた数々の殺人事件を取り上げて分析しているようだった。

レイチェルの栞は、シルヴィア・ゴーリーがかかわった殺人事件について、ほんの三年前に開かれた裁判の説明が始まるところに挟まれていた。ジェイコブはその名前になんとなく聞き憶えがあったが、はっきりとは思い出せなかった。三年前というと、新米記者として梯子の最下段に足がかかったかどうかというところだ。遠いロンドンの法廷事件を追うより、リーズでおこなわれたサッカーの試合について書くほうに興味があった。

レイチェルは第二段落に青いインクで下線を引いていた――〝ゴーリー裁判は傍聴者にイーディス・トンプソンの悲劇を思い出させた（一九二二年、イーディスは浮気相手の若者を手紙でそそのかして夫を殺させた。手紙は殺人を直接依頼するような内容ではなかったが、若者とともに彼女も逮捕され、翌年同時に処刑された）。だが、そこにはひとつ大きなちがいがある。トンプソン夫人は死刑になった（われわれの多くは、彼女の罪は殺人ではなく姦通と考えているが）。一方、シルヴィア・ゴーリーのほうは、先人とちがって無実の女性として法廷をあとにした〟。

どうしてレイチェルはこの事件に興味を抱いているのだろう。ジェイコブはウイスキーをもう一杯ついだ。彼女がいつもの態度で姿を現わすまで、スレイターベックによるシルヴィア・ゴーリーの説明を読んで時間をつぶすことにした。

シルヴィア・ハードマンの父親は、ノーフォーク州で工務店を経営していたが、建設業者のストライキの余波で破産した。シルヴィアはこの災難にめげなかった。人目を惹く輝かしいブロンドの髪を武器に、人生でかならず成功しようと決意していた。タイピストの訓練を受け、戦争勃発の数カ月前にロンドンに移り住んだのは十八歳のときだった。

首都に来ると、彼女は政府機関に安定した職を見つけたが、一九二一年にロンドン・スクール・オブ・エコノミクスの事務員として働きはじめ、そこで講師をしていた経済学者のウォルター・ゴーリーと知り合った。四十代後半の知識人、思想家として当世指折りの影響力を持っていたゴーリーは、兵器製造業者だった父親から二十五万ポンドの遺産を受け継ぐと、世界平和と一般労働者の大幅な待遇改善のために資金とわが身を投じていた。

初対面から六週間で、彼とシルヴィアは夫と妻になっていた。ふたりの結婚は、ゴーリーのまわりにいた全員を驚かせた。夫婦のあいだには共通点がほとんど見当たらなかったし、みなウォルターを〝あえて結婚しない男〟と認識していたからだ。スレイターベックの記述によると、彼が〝一般労働者の女性の大幅な待遇改善〟にみずから乗り出すとは誰も思っていなかった。

シルヴィアは夫が住むソールズベリー郊外の家に引っ越した。テニスコートと観賞用の湖まであるジョージ王朝様式の大邸宅だった。もう働く必要もなくなり、数々の富の象徴を愛でていればよかった。湖で泳いだり、次々と出てくるハンサムな若いコーチにテニスのフォアハンドを習ったりしていないときには、新品のミンクのコートを着て買い物に出かけるか、愛車のサンビーム・ツアラーを乗りまわしていた。

ゴーリー夫妻の社交生活はないに等しかった。夫を取り巻く集団は経済学部の学生や、国会議員、労働組合のリーダーなどと男ばかりで、ウォルターは水泳も車の運転もできず、テニスは大嫌いだった。一方のシルヴィアは、夫の心の糧である政治的な議論を聞いているると眠くなった。時がたつにつれ、夫婦の気持ちは冷めてきた。

ゴーリーはよく妻を家に残してロンドンに出張した。手間暇のかかる子供がいなかったので、シルヴィアはアマチュア劇団に加わった。スレイターベックは一連の浮気について書いていた。そのいくつかは真剣で短命な恋愛に発展したが、やがて彼女はラルフ・カラートンにのぼせ上がる。

カラートンはシルヴィアより九歳若かった。保険仲介会社の事務員として働いていたが、事務作業は大嫌いなうえ、救いがたく無能だった。おじが会社のシニアパートナーでなかったら、とっくに賊になっていた。軟弱でもハンサムだったので、人気俳優になることを夢見ていたが、彼がオールド・ヴィック劇場の舞台に立つことは、月の上に立つことよりむずかしそうだった。演技はなってないし、そもそも頭が空っぽなので台詞を憶えられなかったのだ。劇団の仲間たちから見て、彼の長い髪や愛嬌のある表情、日常的に不機嫌な態度は物笑いの種でしかなかった。

シルヴィアはすっかりラルフに夢中になった。ゴーリーがたびたび不在になるのをいいことに、ふたりはいくらいっしょにいても飽き足らないほど親密になった。駆け落ちして、遠いどこかの地――嫉妬深い人たちが彼女の低い出自や彼の有名舞台俳優への憧れを嘲笑わない場所――で新しい生活を始めようかと話し合った。

当初はシルヴィアがラルフの台詞の練習を手伝う代わりに、ラルフはシルヴィアにバックハンドの打ち方を教えていたという。しかし、どちらも人目を盗んで会うだけでは満足できなくなった。お互い相手から長く離れていることに耐えられず、手紙を送り合って、ときにはそれが日に一度ではすまなかった。

〝ラルフとシルヴィアは、相手への情熱が燃えたぎる拙い表現があふれた手紙をやりとりした〟とスレイターベックは書いていた。〝ふたりとも社会常識として受け入れられた礼儀などわきまえず、粗暴な港湾労働者も赤面するようなことばを用いた。ラルフの文字の綴りと文法のひどさは十一歳の子供でも恥ずかしく思うほどだった〟
シルヴィアは夫婦の性生活で満ち足りたことがなかった。離婚より婚姻無効を申したててもよかったが、ゴーリーを厄介払いしたくても、贅沢な暮らしを放棄するのは嫌だった。パニックに駆られてラルフに宛てた手紙では、お願いだからどうにかしてと訴えた。ラルフからの返事はあとにいくほど捨て鉢になった。最初の衝動は、父親の古い軍用リボルバーで自分を撃つことだったが、シルヴィアがやめてほしいと哀願した。

愛しいあなた、そしたらわたしはどうなるの？

もっとロマンチックな選択肢として、ラルフは心中を提案した。シルヴィアは愕然として断わり、そんなことよりウォルターをどうにかしてもらいたいと思っていることが明らかになった。何をしてもいいから、と彼女は書いた。何をしても。

彼を話してかたをつける。ラルフは約束した。文法などにかまっている暇はなかった。
シルヴィアは愛人の決断をうながした。どうなってもわたしがついている、と。

やるよ。胸に十時をきって約そくする。

翌日の午後二時、ウォルター・ゴーリーがロンドンでの会合を終えて、ソールズベリーに帰ってきた。晴れだろうと雨が降ろうと、ティータイムに健康のために湖のまわりを散歩する習慣だったので、この日もそうした。四月の雨で草は濡れ、敷石の道はすべりやすかったが、水際を歩くうちに太陽の光が射した。ウォルターは物思いに耽っていて、ラルフ・カラートンがオークの木の陰から銃を振りながら出てくるのに気づかなかった。

「ラルフ！　お願い！」

愛人が夫に立ち向かうところを、シルヴィアが家の裏のテラスから見ていた。彼女は大声で叫び、ふたりのほうへ走りだした。メイドのひとりが騒ぎを耳にして、台所の窓にへばりついた。のちの彼女の証言によると、ラルフ・カラートンが恋敵を殴りつけ、いっとき激しくもみ合ううちに、地面から浮いたヨーク石でゴーリーがバランスを崩した。彼は痛みに叫びながら頭から水中に落ちた。

ゴーリーの凄絶な悲鳴を聞いて、カラートンは麻痺したように動けなくなった。シルヴィアが息をあえがせ、泣きながら湖まで行ったときに、ようやく彼はわれに返った。ウォルターのあとを追って彼自身も湖に飛びこもうとしたかに見えたが、シルヴィアが苦悩で気がふれたように彼の胸に両手の拳をぶつけた。メイドはふたりが取っ組み合いになるのを見ていた。彼女自身もたまらず悲鳴をあげたことで執事のワンも事態に気づき、警察に電話するようメイドに命じて、みずからは外に駆け出した。シルヴィアは靴を脱いで水に飛びこんだ。カラートンもあとに続き、ふたりは動かなくなったウォルターとともに水のなかで格闘した。

ウォルター・ゴーリーは湖から救い出されるまえに死んでいた。

シルヴィア・ゴーリーとラルフ・カラートンは、ウォルター・ゴーリー殺害容疑で起訴された。ラルフは、ウォルターを脅して離婚に同意させ、妻に慰謝料を払わせようとしただけだと主張した。銃も芝居の小道具に使う偽物だった。シルヴィアと交わした手紙の内容はたんに恋愛上の戯言であり、どちらも端(はな)から本気のことばだとは思っていなかった、と言い張った。

「互いへの献身のことばも含めてですか?」検察を率いる法務長官が質問した。

「それは別です!」

ほかにもいくつか愚かな答えを返したことで、ラルフ・カラートンの首にかかった輪縄はきつく締まった。

レオ・スレイターベックの記述によると、シルヴィアは、みずから不用意な証言をして命運が尽きたイーディス・トンプソンの痛ましい先例から学んでいた。つまり、証言台に立つことを拒んだのだ。彼女の弁護士によると、検察側の主張は哀れを催すほど的はずれなので、反論によって、さもその主張がまっとうであるかのような印象は与えたくないということだった。

危険をともなう判断であり、スレイターベックは検察側が正しいと思っていたようだ。つまり、シルヴィアはラルフをたんにけしかけただけでなく、おそらく夫を殺すよう仕向けたのだと。ラルフの襲撃に彼女が激しく反応したために、ラルフはウォルターを水中から救い出せなかった。シルヴィアが遅れて夫を助けようとしたことも、むしろ害になったのだ。

運命は彼女に味方した。裁判官は黒い帽子にひたすら執着する厳格な老人で（かつて裁判官が死刑を宣告する際に黒い帽子を着用した）、老いによる衰えが如実に現われていた。死刑裁判も長年司っておらず、法曹界の大御所の多くは彼が最後の仕事を与えられたことに驚嘆した。その裁判官は審理終了時の説示でシルヴィアを猛烈に非難した。彼女の道徳心のなさを大声で責めたて、記者たちですら青ざめるほどだった。しかし被告席のシルヴィアは動じず、静かな威厳で陪審員たちにかえって好印象を与えた。三十分とたたないうちに彼らは無罪を言い渡し、シルヴィアの頬にまだ涙が流れているあいだに、裁判官は雷が轟くような声でラルフ・カラートンに死刑を宣告した。

ラルフ・カラートンは一カ月後に絞首刑となった。スレイターベックは、彼が裁判官より長生きしたと書いていた。そちらは死刑執行の前日に脳卒中で死んだのだ。

肉汁たっぷりの鹿肉の蒸し煮を、グルナッシュのフルボディの赤ワインで流しこんで満腹になったレジー・ヴィッカーズは、レストランから穏やかなソーホーの夜のなかへ出た。九時半で、通りは静かだった。夏至からほんの数日なので、まだ日の光があった。この地区が完全に息を吹き返すのは闇がおりてからだ。

レジーはソーホーが大好きだった。明るいライトににぎやかな笑い声。レストランやパブから流れてくるにおい、夜の訪れとともに空中に漂う危険な雰囲気。無邪気な愉しみもあれば、禁じられた歓びもある。無聊を持て余した土曜には、よくバーウィック・ストリート・マーケットをぶらぶら歩いて、スパイスとコーヒーのにおいを嗅ぎ、いつも無性に食べたくなるコンビーフ・サンドイッチを思いきり頬張った。商品に水を注入していると いう噂の果物売りが、「どのオレンジもグラス一杯のワインの味わい!」と叫んでいる。

この夜、レジーは少し足元がふらついていた。不快ではない。酔ってはおらず——ほろ酔いですらない——ただ奇妙な一日のあとで集中力が途切れただけだった。彼はまた自由気ままなひとり暮らしになった。昔に戻ったようだ。もう〈クラン〉から距離を置く理由はない。そんな必要はまったくない。

ドゥードルのことは残念だったが、レジーは哲学者になった気分だった。グルナッシュのおかげでもある。すぐにふたりの関係を、ちょっとした懐かしさとともに思い出せるようになるだろう。じつを言えば、最初からうまくいっていなかった。たどってきた人生がちがいすぎた。そういうことは大事だ。ドゥードルをつまらない人間呼ばわりしたことは反省しているが、それはまちがった評価だと断定できる者がどこにいる？　いっしょにいた期間は一瞬と言ってもいいほどだ。ドゥードルに去られた当初の痛みが薄れるにつれ、成り行きまかせの関係を終わらせる責任を負うよりましだと思えてきた。悲しいことだが、しかたない。

そう、〈クラン〉に戻るのも愉しいだろう。長居はしない。一杯だけ。カード遊びもしない。思い出の小径をたどるだけだ。

そうして何が悪い？

8

「ああ、わたしの大好きな殺人の数々」レイチェル・サヴァナクがジェイコブの肩越しに本を見て言った。

ジェイコブはスレイターベックの語りにすっかり引きこまれて、書斎のドアが開く音に気づかなかった。話しはじめたレイチェルから香水のにおいがした。スミレの花のかすかなにおい。ジェイコブはうしろを振り返った。レイチェルの黒髪は細くて柔らかく、シフォンのようだった。机に本を置きながら、彼は赤面していることに気づいた。傍から見れば誰もが、ひそかに持ちこんだ『チャタレイ夫人の恋人』に没頭しているところを見つけられたと思っただろう。

「こんばんは」ジェイコブは腕時計を見ずにはいられなかった。「ご招待ありがとうございます」

レイチェルは彼と向かい合うウィングチェアに腰をおろしたが、何も言わなかった。雑談には興味がなく、ジェイコブをたっぷり三十分待たせた失礼を詫びる人でもない。レイチェル・サヴァナクはつねに勝手気ままに行動する。

ジェイコブは少しむくれて言った。「シルヴィア・ゴーリーに興味があるんですか？　栞を挟んでいたから。このスキャンダルで彼女の人生はめちゃくちゃになったんでしょうね」

レイチェルは肩をすくめて否定した。あっさりしてエレガントな黒いクレープ織のドレスが似合っていた。贔屓にしている大陸のデザイナーに最近作らせたものだろうとジェイコブは想像した。値段はおそらく彼の年収より高い。

「とんでもない。裕福な家の出ではないのに、彼女はこれまで驚くほどうまく生きてきた。もう劇団の気晴らしも必要ない。人として耐えがたい悲劇を勇敢に生き延びた立派な寡婦という新しい役柄を演じているから。この先永遠に毛皮や衣装に不自由しない富を手にして」

「でも、それだけつらい思いはしたわけでしょう？」

「裁判が過酷で風評が不快だったとしても、代わりに得たものは充分だった。彼女はいまもソールズベリー郊外の豪邸に住んでいる。例の観賞用の湖のまえを歩くときに、どんなことを思い浮かべるんでしょうね」

「それでも、愛した男を失って……」

「本当のところ、カラートンのこともどれだけ好きだったんだか」

「際どいところで絞首刑を免れたわけですし」

「彼女は運がよかったと思うの？」

「スレイターベックは明らかにそう思っているようですよ。名誉毀損に関するひどい法律があるから、表現には気をつけなきゃいけませんが。裁判官があれほど偏っていなければ、陪審は有罪判決を出したのではないかと。一般人なら……」

「〝世論〟法廷ね」レイチェルはあくびを抑えるそぶりを見せた。「でも検察側は状況証拠しか示せなかった。それに、彼女がカラートンに宛てた手紙には殺人のことなど一度も書かれていなかった」

「彼を焚きつけたわけでしょう。カラートンは愚かで、彼女は強欲だった。そして罪もない夫が死んだ」ジェイコブは次第に我慢できなくなって、話題を変えた。「ぼくを招いたのは、ゴーリーの事件について話すためじゃありませんよね。正しかったにせよ、まちがっていたにせよ、昔の事件だ」

「ダンスキン裁判とちがって？」レイチェルは言った。「あなたはオールド・ベイリーでミセス・ドーベルに会った。彼女がわたしと話したがっているとか？」

「ええ、殺人について」ジェイコブは困ったように首を振った。「彼女は戦前、あなたのお父さんが司った裁判を傍聴して強い印象を受けたそうです」

「判事に会った人は、たいてい彼のことが忘れられなくなる」

レイチェルの顔にうっすらと笑みが浮かんだ。彼女は何のゲームをしているのだろう。ジェイコブは歯噛みした。夜も遅くなってきた。自分でも認めたくないほどレイチェルに再会したかったのは事実だが、彼女は教訓を授けたくてたまらないらしい。記者として苦役のような一日をすごしたあとで、ジェイコブは相手の機嫌をとりたい気分ではなかった。

「謝ります」レイチェルが出し抜けに言い、ジェイコブは口をぽかんと開けた。レイチェル・サヴァナクからの謝罪は稀覯品だ。「招待主として失格ね。あなたのタンブラーが空になってる。お代わりをつぎましょう。もう少しわたしにつき合って」

「ありがたいけど、けっこうです。一部の記者は明日の仕事のために早起きしなければいけないので」つまらない切り返しだが、上位者ぶられるのはもうたくさんだった。「メッセージは伝えました。彼女は〈キルケ・クラブ〉にいるそうです。そろそろ失礼します」

ひと言も発さずにレイチェルはデカンタを取って、ふたりのタンブラーを満たした。一瞬互いに顔を見合わせたが、ジェイコブは眼をそらした。これがむずかしいところだ。彼女はたんに美しいだけではない。不思議な魅力を持っている。

「あと三十分だけ、ジェイコブ、お願い」

ジェイコブはうれしくなってしまった。この女性は人の弱みをつく方法を心得ている。ジェイコブもそれなりに抜け目ないので、彼女が人心操作の達人であることはわかるが、対処法をまだ学んでいなかった。

レイチェルはグラスを持ち上げた。「犯罪に」

「犯罪に」

彼女はまた微笑んだ。今回の笑みに嘲りは含まれていなかった。「ミセス・ドーベルの話をさせて」

ジェイコブは考えた。「クラリオンの記事にしろということですか?」

「いいえ」

どう答えろと? ジェイコブはウイスキーを少し飲んだ。「どうぞ」

「よかった」レイチェルはウィングチェアの背にもたれた。「レオノーラ・ドーベルは魔女ではない。イギリスでも最高クラスの犯罪学者のひとりよ」

ジェイコブは眼を見開いた。「え?」

「本を二冊書いていて、どちらも批評家から絶賛されている。あなたにもわかると思うけど。最新作を読んだのだから」レイチェルは『高貴なる殺人』に手を振った。「もちろん、著者名には旧姓を使っている」

「スレイターベック?」ジェイコブはうなった。「レオはレオノーラということですか?」

レイチェルはウイスキーをゆっくり味わって、話を再開した。

「戦争が終わるころ、彼女はヨークシャーの旧家で生まれ育ったフェリックス・ドーベルという男性と結婚した。北東部の海岸にあるその家は、モートメイン館と呼ばれている」


「いっしょに素敵な時間をすごさない?」

ソーホーは闇に包まれていた。その女性は小豆色の髪で、キツネの模造毛皮のコートを着ていた。口紅は毒々しいほど赤い。声の明るさは嘘臭く、両肩は疲労でがっくり落ちていた。安い香水がレジーの鼻孔をくすぐった。この裏道は彼女の縄張りで、レジーは〈クラン〉に行く途中、何度もその姿を見かけていた。

「悪いね。今日はやめておく」

レジーは礼儀正しく笑みを浮かべて首を振った。こういう道を歩いていると、かならずこの種の誘いがあるが、彼はいつも断わっていた。多くの男とちがって、どれほど下品に誘われても努めて丁寧に答える。腹を立てるのもばかばかしいし、報復されたら目も当てられない。こっちはこっち、あっちはあっち。面倒事はなんとしても避けたい。

　パブのまえを通ると、夜気にビールのきついにおいが漂っていた。店のなかで誰かが調子はずれに歌っている。陰になった入口から大きな男がひとり出てきて、舗道に足音が高く響いた。レジーはうしろを振り返らなかったが、その男が横を追い越していけるように歩みをゆるめた。しかし男はすぐうしろについたままだった。さっきの娼婦を守っている用心棒だろうか。ありがたいことに、不文律があった。怒りだすか、金を払おうとしない客だけが痛めつけられるのだ。

　五十メートルほど先に、目的地につながる路地があった。かりにうしろの男が強盗を企てているとしても、〈クラン〉に逃げこめば安全だ。尾けられても過度に心配する必要はない。夜ソーホーを歩くときには金時計は家に置いてくるし、現金もさほど持ち歩かない。多額の金が必要になったら借用書（IOU）を書いていた。

　レジーは急いで路地に入った。入るなり走りだした。短距離ならいまもかなり速く走れる。うしろの男も追うのをあきらめるかもしれない。

〈クラン〉はすぐそこだ。レジーは夜の空気を胸いっぱい吸いこんだ。角を曲がると、立った姿勢からまたスタートを切ったが、いきなり別の人間とぶつかった。こちらもやたらと図体の大きな男だった。

ことに気づいた。罠にはまってしまったのだ。

レジーはよろめきながら、ローズのデュリープシンジよろしく判断ミスに追いこまれたことに気づいた。罠にはまってしまったのだ。

＊

「なぜミセス・ドーベルがオールド・ベイリーに入り浸ってるのか、これでわかりましたよ」ジェイコブはタンブラーの酒を飲み干した。「ペンネームにだまされた。スレイターベックが女性だとは思ってもみませんでした」

「ありがちな策略ね」レイチェルは言った。「彼女のいちばんのライバルは、もうひとりの女性犯罪学者だけど、やはりF・テニソン・ジェシーという名前を使ってる。出版社は大衆の好みに敏感だから。殺人事件に関する本は男が書かなければ、読者はまじめに受け取らない」

「いや、ぼくはそんな……」レイチェルの固い表情を見て、ジェイコブの声は小さくなった。「わからないのは、ぼくとあなたが知り合いであることをミセス・ドーベルがどうやって知ったかです」

「あなたは約束を守った？」レイチェルは訊いた。

プライバシーを断固守る彼女の態度は病的なほどだった。ジェイコブもこれほど秘密主義の女性には会ったことがなかった。この年の初め、レイチェルはジェイコブの命を救った。感謝されることに興味はなさそうだったが、ジェイコブには彼女のことをほかの誰にも話さないと真剣に約束させた。

「当然です。ぼくが信頼できるのはわかってるでしょう」

レイチェルは、病理学者が人体組織を調べるときの冷たく超然とした視線でジェイコブを見た。「わたしが信頼しているのはトルーマン一家だけよ」

「ぼくのことばに嘘はありません」ジェイコブ自身の耳にも、哀れなくらい古臭く、言いわけがましく聞こえた。

「むきにならなくてもけっこう、ジェイコブ」彼女はシーバスリーガルを味わった。「たまたま、わたしはレオノーラ・ドーベルに興味があるの。著作を読めばわかるように、彼女は綿密に調査する。そして地位の高い人たちのあいだに根気強く人脈を広げていると思う。とりわけスコットランド・ヤード（ロンドン警視庁本部）のなかに。オークス警部とも知り合いだし、サー・ゴドフリー・マルハーン総監ともいっしょに食事をする仲よ。わたしたちの友人でもある親切な警部の口は堅いから、誰かから情報がもれたとすれば、マルハーンでしょうね」

ジェイコブは攻撃の矛先がそれたことを内心喜んでうなずいた。警視庁総監は見栄っ張りでおしゃべりだ。あの調子のいい老人が、故サヴァナク判事の美しい娘と知り合いであることを自慢しているところは容易に想像できた。

「何杯か飲んだあと、ぺらぺらしゃべっているサー・ゴドフリーの声が聞こえてきそうです」ジェイコブは肩を揺すってふんぞり返り、朗々と声を張り上げた。「なんとも魅力的な娘だぞ、あれは。私が二十歳若かったらな、はっ！　だがいいかね、彼女の父親はそうとうな変わり者で、娘も父親に生き写しだ。ちょっとまえには妙な事件に首を突っこんできた。コーラスガール殺害事件、あの騒ぎを憶えておるかな？　明かせないことは多いが。トップシークレットだ、正直言って。ありがたいことに、うちの連中が真相を解明したがね。あれは優秀な男だよ、オークスは。ヤード最年少の警部で、頭もいちばん切れる。記者の命を救ってね、フリントとかいう。まあ、せかせかした若者だ、まちがってもトップクラスではない。だが、記者とはそういうものだろう。警察の仕事を楽にすることはない。厄介なだけだ。ときどき、あいつらはどっちの味方だろうと思うよ」

レイチェルは彼のものまねに拍手を送った。眼が喜びに輝き、笑い声は音楽のようだった。めったに聞けない愉快な声だ。

「ブラヴォー！　もしクラリオンを馘になっても演芸で食べていけそうね。そしてそう、マルハーンはまさにそうやって話をもらす。口が軽すぎる」

「まあ、どうでもいい。でしょう?」ジェイコブは気がゆるんできた。ウイスキーのせいで眠くなっていた。

「わたしは自分のことを人に知られたくない」

ジェイコブはあわてて退却した。「ええ、もちろんです。それはともかく、ミセス・ドーベルと話すんですか?」

「ええ、興味深い人だから」

「次に書く本でダンスキンの事件を取り上げると思います?」

「いいんじゃない? 多面的な謎はあらゆる嗜好を満足させる。身元不明の死体、疑わしいアリバイ、驚きの証人。しかも最後の最後に被告は絞首刑を免れる」レイチェルはそこで間を置いた。「シルヴィア・ゴーリーのように」

「ふたつの事件はまったくちがいますよ」

「そのようね」

「でも、あなたは疑っている」

レイチェルは肩をすくめただけで何も言わなかった。

「燃えた車というのは記事としては悪くない」ジェイコブはタンブラーの底を見つめた。

「最後は拍子抜けでしたけど。あれだけ騒がれたあげく、浮浪者は殺されてなかったわけだから」

顔を上げると、レイチェルの視線が刺さった。まるで彼に試練を与えているかのようだった。

「車が燃えたのは、ただの悲劇的な事故だったと思うの？」彼女が訊いた。

「ほかに何がありますか？」ジェイコブはため息をついた。「昨日の午後の線路転落事故と似たようなものですよ。ウォータールー急行に轢かれた男がいたでしょう」

「新聞で読んだ」レイチェルは無表情だった。

「あれはもしかすると、ダンスキンの事件と正反対かもしれないという気がするんです。殺人はあったけれど、まったく疑われないという」

＊

路地にいた男は、仲間の男が見ているまえでレジーの喉にナイフの刃を当てていた。

「お願いだ」レジーは哀れな声で言った。「金はやる。手持ちの現金はすべて……」

「金は必要ない」男は鋭く言った。「これまでに誰と話した？」

レジーはまばたきした。「誰とも話してない。本当だ」

「ドーベルという女か？」

レジーはどきっとした。「誰だって？」

ナイフの刃が肌を引っかいた。レジーは眼を閉じた。自分はこんな終わり方なのか？

暗いゴミだらけの路地で？

「話したら命はないぞ」

「誓う」レジーは言った。「誰にも、ひと言も話してない」

「ナイフの味を知りたくなかったら黙っておけ」

レジーはかすかな希望を感じた。まだ生き延びられる？　この襲撃者は話せばわかる人間にちがいない。大男で力もあるが、ならず者ではなかった。信じられないことに、かなり上流のパブリックスクールで教育されたような節度ある口調で話している。

男は紳士だった。


レイチェルの顔からは何も読み取れなかった。ジェイコブはもっと説明せざるをえないと感じた。「バートラム・ジョーンズが殺されたと考えることはそれほど突飛ではありません。むしろ中年男性が客車から線路に落ちて、そこに反対方向からじつにタイミングよく急行が走ってくるほうが不自然です」

「そういう事故はまえにもあった。同じ路線でね。そのときには誰も殺人だとは考えなかった」

「都合のいい先例ですよね、人を殺して事故を装いたいとしたら。今日、いくつか心当たりに問い合わせてみたんです。でも、何も得られなかった」

「それは残念」

「ええ。警察は不運な事故死と見なして終わり。ネクロポリス社は誰かがこのことで騒ぎだすのを警戒している」彼はあくびをこらえた。「故人のために事件を問題視して声をあげる親戚や友人はいない。彼がブルックウッドで葬儀に出席したのかどうかさえわかりません。一度現地に出かけて、彼を葬儀や墓のそばで見かけた人がいないか確認しようと思っています」

「わたしだったら、墓地のまわりをうろついて時間を無駄にしたりしない」レイチェルは言った。

ジェイコブはたちまち復活した。「そうですか？」

レイチェルは決然と首を振った。

「なるほど」ジェイコブは慎重にことばを選んだ。「では、あなただったらどうします？」

レイチェルは椅子で伸びをした。猫のようにしなやかで美しかった。「ひとつ秘密を教えてあげる、もしこれから言うことをクラリオンにひと言も書かないと約束すればだけど」

「どうしてそんなに気を持たせるんですか？」

「性格の欠点ということにしておいて」かすかな笑み。「欠点はそれだけじゃないけど。さあ、どう？」

「ぼくはプロの新聞記者ですよ。そんなことを言われても……」

「あなたが望むなら、別にこの会話はなかったことにしてもいい」

ジェイコブはやむをえず受け入れた。「約束します」

「ありがとう。あなたの左の書棚に初版本が並んでいる。そのなかにひどく派手なオレンジ色のカバーがついた『殺人と謎』という本があるのがわかる？」

ジェイコブはすぐさま立ち上がり、その本を取り出した。「ほかでもない、レオ・スレイターベックの著作ですね」

「その二冊を家に持って帰りなさい。とても思考を刺激されるから。彼女には、事件ごとに事実を淡々と述べながら、真相は見た目とはまったくちがうことをにおわせる手腕がある。読めばそのことがわかるでしょう。『殺人と謎』のなかに〝ギルバート・ペインの死〟という章がある」

「それがジョーンズの線路転落死とどうかかわるんです?」

「殺された男の名前は」レイチェルは言った。「ジョーンズではなく、ギルバート・ペインなの」


レジー・ヴィッカーズは襲撃者ふたりが去るときに気を失った。腎臓を蹴りつけられ、ゴミ袋のように路地に捨てられたのだ。まわりには腐りかけたゴミやがらくたが散らばっていた。

意識を取り戻したものの、まだ生きているのか死んだのか、わからなかった。耳鳴りとめまいがして、何もかも現実とは思えなかった。腎臓が痛く、ナイフの刃が当たった首はヒリヒリした。朦朧とした頭で怯えながら喉に触ってみると、指先がぬるっとして血がついた。

切られたのだ。恐怖のあまり気づかなかっただけで。

こわごわ探ると、傷口が大きく開いているわけではなかった。レジーはハンカチを取り出して喉に当てた。ふらつきながら塀に手をついて立ち上がった。住んでいるアパートメントは歩いて五分。腎臓の痛みをこらえ、足を引きずってなんとかたどり着くことができた。

重要なのは、まだ生きているということだ。


ジェイコブはレイチェルを見つめた。「ジョーンズはなりすましだったんですか？」

「ペインは殺されてテムズ川に投げこまれたと誰もが信じていたけれど、レオノーラ・ドーベルは独自に調査して、事件の公式発表を疑いはじめた。そんな彼女も、真相のすべては知らなかった。彼は死亡を演出してからずっと、タンジールに隠れてたの。イギリスに帰ってきた理由はひとつで、愛するお母さんが亡くなったから。ブルックウッドに行ったのはそのためよ」

「どこからそれだけの情報を得たんですか」

「ヴィッカーズという彼の友人から話を聞いた。彼はペインの身の安全をとても心配していた」

「その心配が的中したわけだ」

「ええ。でもペインが死んだことで怖くなって、それ以上何も話さなくなった」

「つまり、ぼくの直感は正しかった」ジェイコブは言った。「彼は殺された。あなたはぼくに調べさせたいんですね？　何か見つかるかもしれないから？」

レイチェルは肩をすくめた。「わたしの代わりにトルーマンが動いてくれている。あなたがどうするかは自分で決めて」

ジェイコブの頭はフル回転していた。「誰がペインの死を望んだんですか？」

「いい質問ね。ペインの私生活は……複雑だった。姿を消すまえは、ソーホーのいかがわしい集まり（ドミモンド）の常客（アビチュエ）だった。〈クランデスティン〉というクラブがあるの。たんに〈クラン〉とも呼ばれる。〈ギャリック・アンド・ザ・リフォーム〉（十八世紀の俳優・劇作家・劇場支配人のディヴィッド・ギャリックと一八三二年改革法にちなんだクラブ名）とはまったく種類がちがうクラブだけど、彼はそこにかよいつめていた」

「そこで敵ができたと考えているんですか？」

「わたしが考えているのは、あなたはわが身をしっかり守るべきだってこと。レオノーラ・ドーベルも同じよ」

「彼女にも危険が迫っている？」

「ヴィッカーズはそう考えている」レイチェルは言った。「とにかく忘れないで。ギルバート・ペインとレオノーラ・ドーベルのことを調べれば、あなたの命も危険にさらされる」

9

ジェイコブはあまり眠れなかった。ふだんウイスキーは飲まない。レイチェルに何杯もお代わりをつがせるべきではなかった。言いくるめられやすいのが彼の問題で、レイチェルはそこにつけこんでいる。しかしジェイコブは彼女に魅了されていて、こうして都合よく使われることを耐えがたい侮辱とは考えなかった。ただ悩ましいのは、彼女が具体的に何を考えているのか、さっぱりわからないことだった。

レイチェルとすごしたあとは、かならず感情が乱れてしまう。誰かのまえで決して認めることはないが、ジェイコブは胸の鼓動が速くなるくらい彼女に惹かれていた。外見だけではなく、あの性格の強さに。それでも、突き放したような態度なので近寄りがたい。彼女には愉しい相手だと思われているようだが、同時に、いざとなったらなんのためらいもなく犠牲に差し出されるという気もしていた。

ジェイコブはベッドのなかで落ち着かなかった。思考がはるか遠くまでさまよった。このギルバート・ペインとレオノーラ・ドーベルの件。レイチェルの警告をどこまで真剣に受け止めるべきだろう。レイチェルはメロドラマ風味が大好きだ。こっちを奮起させるため、脅威を大げさに言いたてているのかもしれない。とはいえ……。

六時になり、ジェイコブはどうにかベッドから出た。寝室のカーテンを開けて、外の通りを見おろした。すでに人が何人か歩いている。彼は春のあいだに、エクスマウス・ストリートのチーズ販売業者の上の階に引っ越していた。ロンドンのこの界隈は大好きだった。歩いてすぐの店や屋台やパブで必要なものはすべて手に入るし、どれほど金を積まれても食べたくないウナギのシチューのような珍味まで売っている。通りは夜明けから日暮れまで活気に満ち、大気にはキャベツとコーヒーのにおいが漂っている。商人たちの威勢のいい啖呵も耳に心地よく、クラリオン・ハウスにも徒歩二十分で行ける。自転車ならもっと早い。

ジェイコブはポットに紅茶を淹れ、トースト二枚にバターを塗った。土曜の午前中は仕事だが、八時半に出社すればいい。レイチェルからは『殺人と謎』だけでなく『高貴なる殺人』も読めと言われていた。興味深い話がひとつふたつ見つかるかもしれないということだった――たとえば、ウィラルのバンガローの殺人事件。

なぜレイチェルに努力しろと言われた気がするのだろう。シルヴィア・ゴーリー事件とダンスキン裁判のあいだにつながりがあるというヒント——あれをヒントと呼べるなら——も同じくらい歯がゆかった。パズルのピースをいくつかもらったものの、全体の絵は完成していない。彼に危害が及ばないようにという配慮だとしても、腹立たしいことに変わりはなかった。子供じゃあるまいし、自分の面倒くらい自分で見られる。

ジェイコブはおもしろくない気分で狭い居間のソファに腰をおろし、〝ギルバート・ペインの死〟の章を読みはじめた。


レジー・ヴィッカーズは一睡もできなかった。仰向けに寝て寝室の天井を見つめ、死ぬより不眠症になるほうがましだと自分に言い聞かせていた。

首が痛み、腎臓もずきずきするが、まだ運がよかったほうだ。あのナイフは喉を一方の耳からもう一方の耳まで切り裂いてもおかしくなかった。血はけっこう流れたが、傷は浅かった。跡が残って、説明は必要になるだろう。人に訊かれたら、剃刀でひげを剃っていたときに手がすべってひどい怪我をしたと言おう。ありうる話だ。嘘っぽくはない。

「サヴァナクの女の家に行かなかったことを、幸運の星に感謝しろ」彼は胸につぶやいた。もし彼女に話したことを誰かが耳にしようものなら……。

あの女の手下の圧力に屈しなくて本当によかった。最初に彼女に近づくときに細心の注意を払ったのも正解だった。心のなかの霧が晴れるにつれ、脅迫された理由がわかってきた。

ギルバート・ペインの死の知らせで動揺して弱気になると思われたのだ。もはや信頼できないと見なされたにちがいない。あの男の警告は先手を取った動き、もしひと言でも口をすべらせたらどんな危険が到来するかを知らせる周到なメッセージだったのだ。

かといって、正直なところ、多くを知っているわけではない。必要最小限のことを聞いただけだった。

何も言わなければよかった。ドゥードルにも、レイチェル・サヴァナクにも。ドゥードルについては、感心させようとしてうまくいかなかった。実際には、ドゥードルがいなくなったことがペインの死を忘れるのに役立った。もともと哀れなギルバートにあまり先はないと思っていた。急行列車にはねられるのはひどい死に方だが、少なくとも苦しみは一瞬だ。

だからドゥードルはいいとしても、問題はレイチェル・サヴァナクだった。レジーはベッドから転がり出て、小学校で年上の少年ふたりに殴られたとき以来初めて祈りを唱えた。

「どうか神様、あの女が追ってきませんように」

＊

「よく寝られましたか？」台所に入ってきたレイチェルに、マーサが尋ねた。

「正しき者はよく眠る」

　ふたりの女性は笑みを交わした。マーサはティーポットを火にかけた。ちょっとしたジョークがふたりの朝の儀式になっていた。メイドはいつものやりとりを愉しんでいたが、レイチェルは、よく眠れたかとは訊き返さなかった。昔、顔に酸をかけられてから、マーサは何度も同じ悪夢に悩まされていた。サヴァナク判事が亡くなり、家族であの小さい島からここに越してきて、ようやく若いころの恐怖が薄らいだのだ。顔の火傷跡も少しずつ消えてきている。

「ジェイコブ・フリントに、ジョーンズはギルバート・ペインだったと教えたんですね？」

「レオノーラ・ドーベルが火遊びをしていることもね。それで彼は食いつくでしょう。危険があることは伝えたけど、あの人は怖れ知らずだから。あるいは、世間知らず」

「両方かも」マーサは言った。「専門の探偵に調べさせるより本当にいいと思います？なんと言っても、彼はふつうの若者でしょう？」

「どんな私立探偵より粘り強いわよ。そこは信頼していい」

「かもしれませんね」

レイチェルはちらっと横目をやった。「彼のことが好きなのね？」

マーサは赤面し、また十六歳に戻ったように見えた。「あの、でも、彼はわたしのほうを見ようとしません。ほかのところを見られるなら、かならずそっちを向いてる」

「それはあなたの思いこみ」レイチェルは手を伸ばしてメイドの髪をなでた。「あと、これも憶えておいて。ごくふつうに見えるところは、ジェイコブの武器なの。みんな簡単に彼を見くびってしまうから」


ギルバート・ペインは裕福な家に生まれた。高齢の両親のひとり息子で、シュロップシャーの田舎の屋敷で育った。父親はマンチェスター出身の毛皮商、母親はオスウェストリーの旧家の出だった。セシリア・ペインは何度となく流産をくり返し、もう妊娠して子を産むことはできないだろうとあきらめた時期に妊娠した。そうして生まれた息子を眼に入れても痛くないほどかわいがり、ギルバートが五歳でポリオに罹って死にかけてからは、ますます世話を焼いて甘やかした。ギルバートは足を引きずるようになったが生き延び、母親はどこまでも彼を溺愛した。

レオノーラ・ドーベル、またの名をレオ・スレイターベックの筆は容赦なかった。ギルバート・ペインは繊細で知的だったが、親の過干渉のせいで弱々しかった。学校ではいじめられ、本に逃避した。ケンブリッジで奨学金を得たあと、薄い本にまとめられるくらいの詩を書いた。誰も出版したがらなかったので、みずから五百部作成して限定版と称した。

その詩集は批評家に無視され、世間には知られずじまいだったが、ペインの努力は無にはならなかった。出版業の喜びと怖さを味わったことで、これを生涯の職業にしようと決意したのだ。大学卒業後、ボネル社に職を得たが、やがて独立。父親が死去すると、シュロップシャーの家と地所を売り、ハムステッドに母親の家、チェルシーに自分のアパートメントを買って、新たに興した事業に大金を投じた。

当初は詩を専門として、ときどき政治や哲学にまつわる研究論文も出版していた。目標は文壇で名を成すことだったが、資金は見る間に減っていった。転機が訪れたのは、ペインがかよっていたクラブでの何気ない会話からだった。

「出版業者はイギリスの若い愛国者には見向きもしない」友人のひとりが彼に言った。「ブルームズベリー・グループ（二十世紀初頭から第二次世界大戦期まで活動した芸術家や学者の組織。経済学者ケインズや、小説家のヴァージニア・ウルフ、E・M・フォースターらがいた）なんか、ちっとも注目されてないだろう。ありがたいことに戦争は終わったけど、ぼくたちはまだ興奮を求めてる。冒険の物語を。勇気を奮ってドイツ野郎を打ち負かした男たちを描く物語。最高の男が勝利する物語だ」

　そして驚くなかれ！　とレオノーラは強調していた。そこから数週間でペインは大成功する。負傷で近衛擲弾兵連隊を離れたひとりの少佐が、血沸き肉躍る物語を書き上げたのだ。主人公はライオン・ロンズデールで、停戦協定などおかまいなしに熱い戦いをくり広げる。もとはページの角が折れた『アルデンヌの戦闘』という原稿だったが、二十以上の出版社に断わられた末、ペインの机にたどり着いたのだ。新しいタイトルを冠した物語は五万部売れ、『男のなかの男が勝利する』はライオン・ロンズデールの長いシリーズの幕開けとなって、ギルバート・ペインはひと財産を築いた。

　ペインは結婚するタイプではなく、ソーホーの暗い角に足繁くかよっては、まっとうな社会の最果てにいる人々と親しくつき合っていた。ある夜ウェストエンドで、ライオン・ロンズデールの最新の冒険譚の出版を祝うパーティを開いた。散会になると、ペインはまわりにいた人たちに、これから行きつけのクラブでナイトキャップをやると言った。それを最後に、誰も彼の姿を見た者はいなかった。

　翌朝ペインが職場に現われなかったので、秘書が警察に連絡した。事前に何も言わずいなくなるのは彼らしくなかったからだ。ライムハウスの近くのテムズ川の泥から死体が上がったことで、殺人事件の捜査が始まった。鉤竿で殴られて顔は崩れていたが、水中で服はさほど脱げていなかったので、ペインの遺体だろうと推定された。安置所で取り乱したペインの母親が腕時計を息子のものだと言い、遺体はほぼ息子の身長、体重、年齢に合っていると確認した。

誰が彼を殺したのか？　レオノーラ・ドーベルは著書のなかで、ありふれた強盗から、腹を立てた恋人による復讐まで幅広く推理したが、容疑者を名指しすることは注意深く避けていた。結論を読んで、ジェイコブは妙に歯切れの悪い書き方だと思った。

〝もうひとつ、わずかながら悩ましい可能性が残っている。もしテムズ川で見つかった死体がギルバート・ペインでなかったとしたらどうだろう。ペインが本人にしかわからない理由で姿を消したのだとしたら？　彼はいまもわたしたちにまぎれて、別人として通りを歩いているのかもしれない。しかも、それだけでギルバート・ペイン失踪の謎は解けない。まだ根本的な疑問が残っている。すなわち――

なぜ彼は消えたのか？〟

「思いがけない喜びです」レオノーラ・ドーベルが言った。レイチェルが〈キルケ・クラブ〉に電話をかけたときだった。

「ジェイコブ・フリントがあなたのメッセージを伝えないと思いました？」

「あら、彼は善意がありそうに見えましたよ、新聞記者にしては。あなたがわたしと話したいかどうか、そこがわからなかったんです。あるいは、わたしが何者か知りたいかどうか」

「謙遜なさりすぎです」レイチェルは言った。「お察しのとおり、わたしも犯罪について学んでいます。あなたの本を読んで、殺人者に対する深い洞察に興味を惹かれました。あなたご自身について質問したくてたまらないんです」

「そうですか？」相手の女性の声がいくらか用心深くなった。

「あなたの過去を調べました。わたしとのつながりについても。というより、わたしたちの父親同士のつながりですね」

また間ができたあと、レオノーラ・ドーベルが言った。「だとしたら、わたしたちに共通する探偵趣味もおわかりね。どうでしょう、会ってお話しするというのは？」

「喜んで」レイチェルは言った。

「いろいろ調査しているときには、ここ〈キルケ〉にいるのですが、今日はこれから列車で家に帰ります。夫の体が不自由で、看護師にはまかせられませんので」

「ご心配ですね」レイチェルは言った。「すぐにロンドンに戻ってこられます？」

「ええ、もちろん。ちょっと帰宅して、とにかく使えない看護師のバーニスにいろいろ指示するだけですから。月曜の午後には戻ってきます。何時がよろしいかしら？」

「たとえば、三時にバーリントン・ハウスの外でいかがですか？」レイチェルはそこでひと呼吸置いた。「そのとき、殺人者をひとりご紹介できるかも」

そして返事を待たずに電話を切った。


クラリオン社の朝の定例会議が終わると、ジェイコブはまたギルバート・ペインを巡る謎について考えはじめた。自室のドアを閉め、椅子にゆったりかけて、両足を机にのせた。レオノーラ・ドーベルの本からわかったことは何だろう。彼女はペインの失踪に見た目以上の意味があると考えたが、その推論を裏づける証拠は見つけられなかった。もっとも、名誉毀損にならないように、発見したことを本に書いていない可能性もある。これは新聞記者もよく直面するジレンマだ。真実のすべてを書くことはできない。つねに証明できるわけではないからだ。

彼女が危険にさらされているのだとしたら、誰かを怒らせたにちがいない。『殺人と謎』の上梓は去年の秋だ。その後九カ月は何も起きていない。何が変わったのだろう。

ペインの母親が亡くなった、とジェイコブはつぶやいた。そしてペインは正体を明かすしかなくなった。そう、それが答えにちがいない。ペインが異国のタンジールで安全に暮らしているあいだ、彼はまだ生きているなどと言えば、口から出まかせの憶測として相手にされなかっただろう。その彼がイギリスに戻ってきて、すべてが変わった。

レオノーラはレイチェルほど確実な情報を入手していなかった。もしペインが葬儀に戻ってきたことを知っていたら、のんきにオールド・ベイリーになどいなかったはずだろう？

レイチェルはジェイコブに探偵をやらせたがっているが、すべてを語っていないし、記事にすることすら認めない。一方的な取引で不公平きわまりないけれど、それが彼女の条件である以上、ジェイコブとしては受け入れるか、受け入れないかの選択しかなかった。彼女に逆らう勇気はない。レイチェルはつねに自分のルールにしたがって行動するのだ。


「ローズでオーストラリアが打ちまくってる」同僚のクリケット狂のバジル・ペニントンが、レジー・ヴィッカーズに声をかけた。昼食時に庁舎の外に出るときだった。「こっちの下位打線はさっぱりだった。敵は最初から好調だ……あれ？　その首どうした？」

「ああ」レジーは答えを用意していた。「古い剃刀でひげを剃ったときに切ったんだ。不器用にもほどがあるよな。昨日あの簡単なフライを取り損ねたオーストラリアみたいだろ？」

「気をつけろよ」ペニントンが言った。

「ああ」レジーは静かにつぶやいた。「そうする」

午前中、彼の気分は明るくなっていた。腎臓の痛みは鈍くなったし、サヴァナクの女もあれ以来、連絡してきていない。ありがたいことに元気が湧いてきた。彼女はこちらのメッセージを受け取ったにちがいない。

これからは何もかもうまくいく。

10

「ペイン？」電話の向こうから野太い笑い声が聞こえてきた。「ふん、出版業にぴったりの名前だな。作家に言わせれば、彼らとのやりとりは苦痛（ペイン）でしかない」

ジェイコブは無理して相手の笑いにつき合った。クラリオン・ハウスで、ペインのリストに載っていた作家に次々と電話をかけてきたが、ここまで新しい情報は何も得られていなかった。いま話している相手はアレクサンダー・マディ。七十代で、もう何年も文字が印刷されていない。ブラック・ウォッチ（かつてロイヤル・スコットランド連隊を構成していた歩兵連隊）の元将校で、ボーア戦争で戦い、インドのパンジャブにも駐屯した。大戦の停戦協定のあと、マッキントッシュ・トゥルーブラッドの豪快な活躍を描くスリラーを半ダースほど書いて、短いあいだ人気を博した作家だった。ジェイコブは思春期にその全巻を貪るように読んでいた。

「彼の殺害に関する記事を書くために取材しています。未解決の謎でしたが、憶えておられますか？」

「残念だが、役には立てんな。彼が死ぬだいぶまえから音信は途絶えていた。一時期は原稿を書いてくれとうるさかったものだが、こっちは井戸が涸れてしまってね。新しいアイデアが湧かなかったのだ」

ジェイコブがトゥルーブラッドのシリーズを読んで憶えているかぎりでは、そのずいぶんまえにアイデアは枯渇していた。どの話も完全にワンパターンだったはずだ。

「彼をよくご存じでしたか？」

「会ったのは一度きりだ。彼が担当する作家を集めてパーティを開いたことがあってね」

マディは舌打ちした。「一度で懲りた。ロンドンに行くとめまいがする。スコットランド低地（ローランズ）がいちばんだ」

「彼について何か憶えておられますか？」

「死者の悪口を言っちゃいかんが、ペインにあまり好感は抱かなかったね。どちらかと言うと、詩人や政治にうるさい連中と仲よくやるタイプだった。変わり者や煽動者たちとね」

ジェイコブは思わず同調していた。「それはまた……」

「そうだとも。でもって、まだ足りないと言わんばかりに、友だちやら知り合いの三文文士やらも呼んでいた。とにかく風変わりなやつらさ。ひとりの若いのは、やたらとペインに媚を売ってな。見てるほうが恥ずかしかった。あれじゃブラック・ウォッチではやっていけない」

「その若者に何か訊けるかもしれません。名前はわかりませんか？」

「悪いが、こっちの頭は空っぽだ。あの夜は神に感謝したいくらい酒が出たぞ。それでなんとか耐えられた。ほかに話せることはほとんどないね」

「ふとしたことでその若者の名前を思い出したら、お電話をいただけますか」

「まあ、あんまり期待せんこった、ミスター……誰だっけ？　フリントか」また大笑い。

「私の冒険本を読んだと言ったかな？　たまたまだが、また何か書いてみようと思っていてね。もしインタビューしたければ……」

「ありがとうございます」ジェイコブはみなまで言わせなかった。「トゥルーブラッドの話はまたの機会にしましょう。あなたが名前を思い出して、こちらにかけてきたときにでも」

＊

ジェイコブは電話取材をひと休みして、足の向くままクラリオン社の資料室に入った。

競合紙もいくつか含めた新聞のバックナンバーに加えて、さまざまな分野の書籍や定期刊行物が保管してある。

レオノーラ・ドーベルについて何か見つかるかもしれない。彼女の本の表紙には著者の経歴が何も載っていなかった。既刊の新聞を調べてみると、書評はいくつかあったが、彼女自身については結婚後の名前でもペンネームでも何も情報がなかった。

謎の女性だ、たしかに。しかし世捨て人ではない。オールド・ベイリーではジェイコブとうれしそうに話したし、レイチェルによれば、スコットランド・ヤードの警官ともつき合いがあるらしい。棚から最新版の名士録を取ってページを繰ると、業績が評価されたのだろう、彼女の項目があった。


スレイターベック、レオノーラ（レオノーラ・ドーベル夫人）。犯罪学に関する著作家。一八八七年、オズボルドウィック生。父は故N・O・スレイターベック。一九一八年、フェリックス・ドーベルと結婚。学歴：ハロゲート・レディース・コレッジ卒。著作：『殺人と謎』、『高貴なる殺人』。趣味：裁判の傍聴。住所：ヨークシャー州、モートメイン館。

簡潔明瞭だ。彼女は編み物や料理やフラワーアレンジメントに興味を示したり、時間をかけたりする女性ではない。その一意専心はレイチェルを思い出させた。それにしても、彼女がこれほど犯罪や、法と正義の仕組みの研究に身を投じる動機は何だったのだろう。

地名辞典によると、モートメイン館は二百年にわたってドーベル家が所有していた。何世代もの家族に受け継がれてきた邸宅に住む気分はどういうものだろう。ジェイコブは自分が育ったアームリーのテラスハウスになんの懐かしさも感じないが、上流階級の人々が物事をちがった眼で見ることは推察できた。

モートメインの地所は、ヨークシャー北部の海岸から北海に突き出した半島にあった。ジェイコブも、活気に満ちたスカーバラの街や、漁村のロビン・フッズ・ベイ、古い修道院があるウィットビーならよく知っているが、モートメインは知らなかった。

その地に最後に注意を払ったのは古代ローマ人だったようで、信号塔をひとつ建てていた。くねくねと走る海岸の道は小さな集落を避けて通る。モートメインは何もない僻地に取り残された寂しい場所で、ジェイコブは、北東から吹きつける強風と逆巻き荒れ狂う灰色の波を想像するだけで体が震えた。

「本当にここだけの話、私はあの男が最初から気に入らなかった」

五時半だった。チャールズ・ボネルがクラブで食前のブランデーをやるからとジェイコブを招いていた。ジェイコブが〈ブックマンズ・クラブ〉に入ったのは初めてだったが、この招待主は会社よりここにいる時間のほうが長いのではないかと思った。ボネルは四十五歳で顎が垂れ、頬ひげには白髪が交じって、二十歳は老けて見えた。髪も薄くなり、眼も潤み、痛風でいつも痛そうにしている。ボネル出版帝国の三代目で、四代目はないだろうとジェイコブはひそかに考えた。すでにこの社長は、経営の鍵は従業員にすべてをまかせることにあるなどと蘊蓄を垂れている。おそらく本人は会社の利益を消費する仕事に大忙しなのだ。

「信頼できなかったのですか？」ジェイコブは訊いてみた。

「イエスでありノーだね、法律屋の言い方をまねれば」ボネルは突き放すように言った。「つまり、仕事はできなくはなかったよ、文学者気取りが鼻につきはしたが」

オロロソのナッツのような風味がジェイコブの味蕾を刺激した。まわりの家具の革と煙草のにおいもした。ジェイコブは高級なシェリー酒を飲み慣れていなかった。彼がいつもビターをあおるフリート街やエクスマウス・マーケットのパブは、混んでいてうるさい。ところがここでは、単語の発音されないhの音まで聞こえそうだった。

ギルバート・ペインの知人たちに取材を試みて、ほとんどなんの成果もあがらなかったあと、ジェイコブの運は上向いた。ボネルが妙に話したがったので最初は面食らったが、新聞記事に載りたいというより夕食前の飲み仲間を探していたことがわかってきた。ボネルが言うには、妻が去った半年前から一度も家で食事をしていないらしい。

「父がペインを雇ったんだ、わかるだろう。私ならああいう男に会社の部屋は与えない。詩人になりたがってたが、ほとんどの詩作で韻すら踏めなかった。乗馬と狩りをいっしょにしようなんてのは、いい考えじゃない。出版者になるのか詩人になるのか、どちらかに決めないと。彼はそれがわかるまでに数年かかった」

「わかったあと、どうなりました?」ジェイコブは先をうながした。

「どうなるも何も、辞表を提出したのさ」ボネルは恩知らずの不敬な行為に舌打ちした。「父は手取り足取り、知っていることすべてを彼に教えた。そしたらいきなりさようならだ。ありがたいことに、わが社の人気作家を引き抜こうとはしなかったがね。ロマンスとコメディ、そこにミステリを少々というのが、うちの必勝レシピだ。彼についていった作家はひとりだけで、もともとうちのラインアップには向いてなかった。パパがペインを雇ったのは、同じ学校の卒業生だったからだ。正直、あの男はくだらんボリシェヴィキだった。いや、もっと性質(たち)が悪かったかもしれない」

「政治的な志向のせいで信頼できなかったのですか?」

ボネルはたるんだ顎を震わせて重々しく答えた。「私の頭にあるのはそういうことではない。ペインはアカの連中と仲よくやってたし、自称社会主義者だったが、立派な家の出だ。なぜああいう思想にかぶれたのかわからんよ。あのあほうのマクドナルド（イギリス初の労働党出身の首相。任期は一九二四年と一九二九〜三五年）がどれだけ国を混乱させたか見てみたまえ。一目瞭然だ！」

ジェイコブは見たくなかった。政治論議は心が沈む。「だとすると、何が頭にあるのですか？」

ボネルはシェリーを一気に片づけ、指を鳴らして給仕を呼んだ。「もう一杯どうだね？　率直なところ、彼の会社は好きではなかった。出版というのは因果な商売でね、ありとあらゆる需要に応えるのだ。私も寛容なことでは人後に落ちないが、やはりどこかで線を引かなければな」

「ギルバート・ペインは……」ジェイコブは穏当な言い方を考えた。「事業と快楽を混同していたとか？」

「いや、知るかぎりそれはない」ボネルはあわてて言った。「少なくとも、わが社にいたあいだは。公平を期して言えば、独立してからもいくつかいい本は出していた。トゥルーブラッドやロンズデールのような地の塩のような男たちの物語を」

「でしたら……」

「噂というのは聞こえてくるものだ」ボネルは言った。「出版界で噂は霧のように渦巻いている。こっちはいつも注意を払っているわけじゃないがね。彼がわが道を行きだしてから、つき合いはほとんどなくなっていた」

「ペインは〈ブックマンズ〉の会員ではなかった？」

「なかったよ、ありがたいことに。彼にはまじめすぎたんだろう」

ふたりの背後で誰かがいびきをかいていた。喫煙室はただでさえ眠気を催す雰囲気なのに、暖炉で無用の火が焚かれているものだから、誰のまぶたも重くなる。部屋の片隅で、頬ひげを生やした老人ふたりがマッチを点棒にしてベジークをやっていた。頭上の金色の額に入ったウィルキー・コリンズの油絵が、遠くはよく見えないという顔でこちらを見おろしていた。壁にはほかにもヴィクトリア朝の文豪たちの絵が飾られている――サッカレー、ディケンズ、ハーディ、トロロープ、そしてブルワー＝リットンも。エリオットやギャスケル、ブロンテ姉妹の入る余地はなく、ましてブラッドンやオリファントの出番はない。ローズのロング・ルームと同様、ここは男性の憩いの場だった。

「ですが、彼はクラブ好きだったのでは？　誰かがそう言っていたような……」ジェイコブは大げさに悩んで思い出すふりをした。「たしか〈クランデスティン〉でしたっけ？」

「ああ」ボネルのむくんだ両頬に赤みが差した。「そうかもしれない。そんな名前を聞いたことがある。それについて話せることは何もないけどね」

「電話帳で調べてみましたが」ジェイコブは言った。「何もわかりませんでした。載ってなかったんです」

ボネルは顔をしかめた。痛風の足に痛みが走ったのだろうか。「それにはもっともな理由がある、ミスター・フリント。そのクラブにはきわめていかがわしい評判があるのだ。よろしくない種類の人間を引き寄せるというか……母親べったりの男を。言いたいことがわかるかね？」

ジェイコブにはよくわかった。「彼は私生活のなんらかの事情のせいで殺されたんでしょうか」

「だとしても驚かないね、正直」ボネルのくたびれた眼に不安げな表情が浮かんだ。「この話はすべてオフレコにしてくれよ、もちろん」

「お約束します」ジェイコブは精一杯純真な少年聖歌隊員の顔になった。「ご覧のとおり、メモ帳はオフィスに置いてきました」

「けっこう。いずれにせよ、この神聖なる扉の内側で仕事をするのはよろしくないからな、実際。ペインについてどういう記事を書くつもりだった？」

「じつを言うと、彼の記事を書いても出版の許可はおりそうにありません。クラリオンは家族向けの新聞ですし、いまのお話からすると……ともかく、お時間をありがとうございました。文学担当の編集長に、忘れず御社の最新のカタログを見てもらいます」

「それはご親切に。いまは経済がこんなだから出版もなかなかむずかしくてね」

給仕がシェリーのお代わりを持ってきた。ボネルがグラスをたちまち空にするあいだ、ジェイコブは故郷のヨークシャーのことを考えていた。あちらでは農家がいつも不景気を嘆いているが、ロンドンの出版業界も何かにつけ市場に絶望している。どちらの世界でも悲観主義は永遠だ。

「川から引き上げられた遺体がペインだったというのは」ジェイコブは何も知らないような口調で訊いた。「まちがいないんですよね？」

「まちがいない。彼の母親は、気の毒に半狂乱になってたよ」

「妙な事件です」ジェイコブは考えこんだ。「誰が彼を殺したかったんでしょう」

ボネルは突き出た腹を叩いた。「まったく妙だな。スコットランド・ヤードも結局、真相を解明できなかった。痴情のもつれというやつさ、私に言わせれば。あの連中のあいだのもめごとは収まりがつかなくなることがあるからね」ジェイコブが問いかけるような顔つきになったのを見て、彼はすぐに言い添えた。「人から聞いた話だがね、あくまで」

「個人的な動機があったと思うんですね？　恨みとか、復讐とか、嫉妬とか」

「ほかに何がある？」ボネルは大声で笑った。「印税をネコババされたと思いこんだ作家が犯人だったなんて言わんでくれよ！」

「彼の死後」ジェイコブは言った。「あなたが事業を引き継ぎました」

「そのとおり」ボネルは眉根を寄せた。「セシリア・ペインに事業の才覚はなかったからね。愛する息子の死で悲嘆に暮れて、とても出版社の経営責任を担えるどころじゃなかった。そこで父と私が救いの手を差し伸べたのだ」

ジェイコブには想像できた。ペインの会社は繁盛し、彼が去った会社は低迷していたが、彼の母親が交渉でボネル父子に勝てるわけがない。セシリアは二束三文で息子の会社を売り払った。社交クラブの英雄たちの血気盛んな愛国主義や殴り合いは時代遅れになりつつあったとはいえ、その買収はボネル社にぜひとも必要だったカンフル剤になったのだ。

「するとこれからは、あなたの会社でライオン・ロンズデールのシリーズや、ほかのすべてを出版することになるのですね？」

「不可避なことだが、作家のひとりふたりは脱落するだろう。出版とはそういうものだ」

「政治や哲学について書く作家ですか？」

「政治と哲学がこの国をいまの混乱に陥れたのだ」ボネルは言った。「読者がわれわれに望むのは上質のエンターテインメントだよ。それ以上でも以下でもない」

たか？　それとも戻ってこなかった？」

「ペインが引き抜いた作家がひとりいたとおっしゃいましたよね。彼も御社で歓迎しましたか？　それとも戻ってこなかった？」

ボネルはため息をついた。「本当にここだけの話だ、きみ。彼の書くものは最初からわが社向きではなかった。われわれはユートピアに住んでいるわけではない、ミスター・フリント、いまもこれからも。それに彼はここ数年、わが社では何も書いていない。世界を変えるのに忙しすぎてね。うちのリストに形だけ載っていたが、それもあの悲劇までだった」

「悲劇？」ジェイコブはわからないという顔をした。

「そう、哀れなことに、妻の愛人に殺されたのだ。ショッキングな事件だった、いろいろな意味で。彼の妻は愛人といっしょに起訴された。男は絞首刑になったが、彼女は無罪を言い渡された。誰も驚かなかったがね。陪審はきれいな顔に弱い。もし私が誰かを殺したくなったら、若い娘のふりをしよう」

ジェイコブは訊かずにはいられなかった。「その女性の名前は？」

「シルヴィア・ゴーリーだ」

＊

ボネルはいまビーフ・ウェリントンに舌鼓を打っているだろうか。それともロブスター・テルミドール？　シャトーブリアン・ステーキ？　ジェイコブはエクスマウス・ストリートのフィッシュ・アンド・チップスの店を出ながら推測ゲームをした。彼自身の食事は新聞紙にくるまれていた。喜ばしいことに、油と酢がたっぷり染みた新聞はクラリオン紙ではなく、ウィットネス紙だった。

気持ちのいい夜だったので、〈ブックマンズ・クラブ〉から家まで自転車で帰ることにしたのだ。途中で黒い車に尾けられている気がした。グレイズ・イン・ロードに入ったところで、思いきって振り返ってみたが、車はどこにもいなかった。

チーズ販売業者のショーウィンドウの横のドアまで来て、ポケットから彫りこみ錠の鍵を取り出した。まわりを見ると、〈エクスマウス・アームズ〉のそばに黒いオースティン・トゥエンティが駐まっていた。珍しいことではない。ジェイコブは家のなかに入り、何もないのにつまらない心配をするなと自分を叱った。

数分後、台所のテーブルで残りの食事をすませた。出版業者は〈ブックマンズ〉の名高い高級フランス料理（オート・キュイジーヌ）を腹いっぱい食べていればいい。リーズ出身の記者の幸せな食事は、HPブラウンソースをたっぷりかけて塩をパラパラと振ったタラとポテトフライだ。それを食べても体重が少しも増えないほど、若くて健康なのもありがたい。

ジェイコブはぼんやりと考えた。ギルバート・ペインとウォルター・ゴーリーが知り合いだったのはまったくの偶然だろうか。ジェイコブは偶然を信じないが、だとすると、どういうことだろう。ペインとゴーリーはどちらも裕福な知識人で、著作と密接にかかわっていた。むしろふたりの道が交わらないほうが不思議ではないだろうか。ロンドンは広大な都市だが、小さな集団や親しい仲間が集まった狭い世界だ。誰を知っているかが、何をするかと同じくらい重要になる。

手と顔を洗ったあと、小さな居間に行った。サイドボードにはレオノーラ・ドーベルの本が置いてあったが、ジェイコブはこの日、ギルバート・ペインとはもう充分つき合っていた。〈エクスマウス・アームズ〉にふらっと出かけてビールの一、二杯でも飲もうかと思ったが、面倒くさくなった。すでに酒も充分飲んでいた。シェリーはふだん飲まないので、こんなに酔うとは思っていなかった。

あくびをしながら窓の外の通りを見た。オースティン・トゥエンティはどこにもいない。店の入口あたりに隠れた暗い人影もない。確認したくなった自分に腹が立った。想像力を暴走させる必要はないではないか。レイチェル・サヴァナクのせいだ。危険が迫っているなどと彼女が言ったから、不安になる。

五分後、ジェイコブは〈ブックマンズ・クラブ〉にいた会員もかくやというほど大きないびきをかいていた。

チャールズ・ボネルはたいてい〈ブックマンズ〉に一日の最後までだらだらといる。この夜も例外ではなかった。いっしょに食事をした仲間がおやすみと挨拶して去ったあと、痛風の痛みを和らげるために、帰宅途中で一杯やろうかと考えていた。いや、やめておこう。祖父さんみたいな老いぼれの酔っ払いにはなりたくない。ぐらつく足で立ち上がると、食堂からよろよろと出て、クロークの隣の奥まった場所まで行った。小さなチッペンデールの机に電話があり、彼はまわりに細心の注意を払いながらダイヤルした。

「話をしました……えー……新聞記者と」なんてことだ、まさか呂律がまわってない？

「心配する必要はありません」

「本当に？」電話の向こうの落ち着いた声が言った。

「あまり利口そうじゃなかったし、もちろん本物の紳士でもない。北部訛りで、おめでたい田舎者です。食事には誘いませんでした。いまごろたぶん、むさ苦しい寝ぐらに帰って藁でも嚙んでるでしょう」

「その男はペインについて何を知りたがった？」

「見たところ、たんにいろいろ探りを入れているだけでした」

「ペインの死について訊いてきたか？」

「話のついでに出た程度です。ボーイフレンドとの痴話喧嘩にちがいないと言っておきました。その手のもめごとは収まりがつかなくなるからと。それであっちも納得したようで」

「ほかには？」

「〈クランデスティン〉の名前が出ました。ペインの行きつけのクラブだったことは知ってましたが、彼が嗅ぎつけたのはそこまでです」

「それは確かか？」

「自画自賛はいけませんが、実際うまく切り抜けたと思います」彼は咳払いをした。「ところで、例の投資について……」

「かならず何か手配する」電話の声はすんなり言った。

「早ければ早いほどいいんです、正直なところ。少しまえに銀行の頭取に呼びつけられたときにはちょっと危なかったので。これからどうなるか気になるでしょうね。心配はいりません。ジェイコブ・フリントは恐るるに足らずです」

11

「葬儀急行、まもなく発車です！」

夢のなかでジェイコブは、蒸気を吐きながら動きだした列車に乗ろうと、果てしなく長いプラットホームを走っていた。黒い帽子をかぶった車掌が、すぐ横を駆け抜ける彼の手に切符を押しつけた。

間一髪のところでジェイコブは最後尾のコンパートメントの扉の把手をつかんだ。扉を開けて、なかに飛びこんだ。

そのコンパートメントには、厚いコートを着て古風なボンネットをかぶった年配女性がひとりいるだけだった。彼女はジェイコブから顔を背けた。

「これはどこ行きですか？」ジェイコブは荒い息で尋ねた。

女性は椅子で体を動かして、ジェイコブに顔を向けた。が、そこに顔はなかった。微笑む頭蓋骨だけがあり、それはジェイコブにささやき声で話しかけた。

「線路の終わりまで」

ジェイコブは握った拳を開き、車掌に手渡された切符を見た。そこにはただふたつの単語が書かれていた。

〝帰還不能(ノー・リターン)〟

＊

ジェイコブは目覚めた。寝汗をかいていた。〈ブックマンズ〉のオロロソにこんな一撃が含まれているなんて誰が思っただろう。

カップについだコーヒーを飲んで生き返った。朝食をとりながら朝刊各紙を読んだあと──テストマッチ二日目のイングランド・チームの不調についても書かれていた──『高貴なる殺人』を手に取った。

レイチェルの言うことが正しいなら、レオノーラは命の危険にさらされている。彼女の著作や調査によって誰かの名誉が傷つけられたのだろうか。もしレオノーラがこの皮肉な展開を知ったら、おもしろがるだろうか。

これほど天気がいい日に家にいるのは犯罪に等しい時間の無駄遣いだと思い、本を持ってウィルミントン・スクウェアに出かけた。ローズベリー・アベニューのはずれにある心地よい緑のオアシスだ。アスファルトの小径は、キックスケーターに乗って競走する子供たちでいっぱいだった。老人たちが噴水式の水飲みで喉を潤している。ジェイコブは空いたベンチを見つけて坐り、レイチェルが印をつけた章を読みはじめた。レオノーラはそこを〝ヴィラルのバンガローの殺人事件〟と名づけていた。

一九二八年九月の金曜の夕刻、ディー川とマージー川に挟まれた半島の海辺を、若いカップルが仲睦まじく散歩していた。かつて派手な行楽地だった海岸沿いのニュー・ブライトンは、大戦で損傷した巨大な観光タワーが解体されてから人気を盛り返すことはなく、休暇シーズンが終わったこともあって、はるばるやってくる観光客はまばらだった。人を呼び寄せる遊園地の乗り物や、頬張りたくなる綿菓子もなかった。アイリーン・オコナーとジム・アシュトンは、年下の兄弟姉妹に邪魔されないように、ソーガル・マシーの村からよくここに自転車で出かけてきていた。年下の兄弟たちは、なぜふたりが誰もいないところですごしたがるのか理解できなかった。

海辺はふたりにとって完璧で、低い砂丘はプライバシーまで与えてくれた。一日のこの時間、恋人たちと犬の散歩中の数人を除くと、いつも人はほとんどいない。この日のふたりは運がよく、ほかに人の姿はなかった。見渡すかぎりふたりきりだった。太陽が海の向こうに沈むにつれて空はオレンジと紫の縞模様に染まり、ジムはアイリーンの腰にまわした手で彼女をぐっと引き寄せた。

屈んでアイリーンにキスをしかけたとき、甲高い叫びが静寂を切り裂いた。その声はくぐもった悲鳴に変わった。

「いまの聞こえた？」アイリーンが訊いた。「何？」

「女性だね」ジムは言った。「パニックになった声だった」

「砂丘にいるのかな。誰かに襲われたとか？」

「どうだろう。ちょっと見てくる。きみはここにいて」

「ぜったい嫌。いっしょに行く！」

砂丘のなかを蛇行する狭い道をふたりが急いでいくと、車のエンジンがかかる大きな音がした。ジムは足を止めた。

「聞こえた？　誰かが車で逃げてる！」

砂丘を越えた先の窪地に小さな木造のバンガローがあった。壁はライムグリーンで、低い白のフェンスに囲まれていた。庭はシダや低木がからまり合った茂みだった。建物の窓にはカーテンが引かれ、人の気配はなかった。小石の道がバンガローからまばらに生えたブナの木のあいだを抜けて、最寄りの大きな道路まで続いていた。

　車はどこにも見えなかった。

「どうする？」アイリーンが訊いた。「何か聞こえたか、バンガローにいる人に訊いてみましょうか」

「誰もいなそうだけど」

「警察に知らせなきゃ」

「その必要はないよ」

「もし何か恐ろしいことが起きてたら？　あとで良心が咎めるのは嫌よ」

「馬鹿言うな。きっと誰かがふざけてたのさ」

「そんなに自信があるなら……」

　ジムは後日警察に、まったく自信はなかった、厄介事にしたくなかったのだと認める。あるいは、その夜を台なしにしたくなかった。ただ、悲鳴で気分はすっかり冷めてしまい、ふたりは黙って自転車を漕いで帰宅した。

　翌日、アイリーンは良心の呵責に耐えられなくなった。自転車でメルズまで行った折、いとこに若い巡査がいたことを思い出したので相談すると、心配するほどのことではないだろうと言われた。海岸近くで事件は何も報告されていなかったが、巡査はやる気があるところを見せて、一応現地を調べてみることにした。

彼がバンガローの玄関ドアを叩いても、返事はなかった。裏窓のカーテンの隙間からなかをのぞくと、一瞬でいとこの予感が当たっていたことがわかった。

彼女は正しかったのだ。何か恐ろしいことが起きていた。


死体は二十歳そこそこの女性だった。髪をブロンドに染め、口紅は目が覚めるような真紅。結婚指輪と、杏色の繻子（しゅす）のシュミーズ以外には何も身につけていなかった。誰かが素手で彼女を絞め殺していた。

狭く殺風景な寝室にダブルベッドが押しこめられ、シルクのシーツが敷いてあった。衣装簞笥や整理簞笥に入っている服は少ないながら高価で、死んだ女性のサイズだった。警察は衣装簞笥の横に、小さな空っぽのスーツケースを見つけた。おそらく彼女はバンガローに住んでおらず、週末をすごすだけの生活用品を持ってきたのだろうと考えられた。

現地での聞きこみで、グリーンというリヴァプールの実業家が一年半前にこのバンガローを建てたことがわかった。グリーンの姿をしっかり見たことのある人はいなかった。断固として人目を避けるその態度から、地元ではさまざまな噂が飛び交い、みなこのバンガローは〝愛の巣〟だということで納得して悦に入っていた。いちばん近い隣人は、飼っているコリー犬を毎日砂丘の散歩に連れていき、バンガローに不審な行動の証拠はないか目を光らせることを、みずからの責務と心得ていた。彼女は過去数ヵ月で二、三回、ずいぶん着飾った若い女性が敷地内をうろついているのを見かけていた。その女性は見られたことに気づくと、あわてて家のなかに消えた。いかにも怪しい行動だ。女性の髪と姿形は故人と一致した。

警察がバンガローの持ち主を特定するのにさほど時間はかからなかった。グリーンは偽名で、本名はヘンリー・ローランド、ガーストンの一大エンジニアリング企業の会長かつ筆頭株主だった。過去十年間、彼は妻や息子たちと、セフトン・パーク（リヴァプール最大の公園）をはるかに見晴らすダブルフロントの邸宅に住んでいた。しかし刑事たちが訪ねてみると、ローランドのその家はもぬけの殻だった。

その後得られた情報では、息子ふたりは寄宿学校にいて、ローランド夫人は直前の週末に去り、実家の母親と暮らしはじめていた。母親は寡婦で、死んだ夫がローランドを徒弟として雇い入れたのだった。彼はローランドと娘の結婚を機に引退し、高額の年金と引き換えに会社の所有権を義理の息子に譲ったのだが、その六ヵ月後に心臓発作で死亡し、会社は一年とたたないうちに社名を〈ローランド鋳造〉に変更した。

そこから十年で、街はずれにあった小さな会社は業界で随一の規模となった。ローランドはたゆみない努力と決意で、ベンツを運転する億万長者になったのだ。目標のためには手段を選ばない辣腕の経営者という評判を打ち立て、商売の世界でひとつずつ野望を叶えていきながら、若く美しい女性をがむしゃらに追いかけることにも力を注ぎはじめた。その直近のターゲットが会社の秘書だった。彼女も結婚していたが、そんな些事を気にかけるローランドではなかった。フィービー・エヴィソンに夢中になりすぎて、彼の妻は神経衰弱の手前まで追いつめられた。

ジムとアイリーンが聞いた車の発進音は、おそらくローランドのベンツだったが、その車も行方不明になった。彼がバンガローから車でどこへ向かったのかは、誰にもわからなかった。

ローランドを即刻逮捕せよという要請は、法医学者がもたらした情報でますます強まった。殺人犯は被害者を素手で締め殺していて、彼女は妊娠十週目だったのだ。

死んだ女性がフィービー・エヴィソンであることは、警察がローランド夫人から話を聞くまえにわかっていた。被害者の特徴が公表されるや、フィービーの姉のメイジーが現われたからだ。フィービーは二十二歳、タイピストとして〈ローランド鋳造〉に入社して半年で会長のお抱え秘書になっていた。給与はリヴァプールの基準からすると異例の高額だったが、その職についたことで夫と仲たがいした。

「それはどうして?」同情した部長刑事が訊いた。

「生まれつき厄介者なんです、ダーモット・エヴィソンという男は。嫉妬深くて、ひねくれ者で。フィービーが成功するのを見たくなかった。彼自身は失業中で、将来まともな地位を得る見込みもなかった。彼から見たら、ローランドは労働者を食いものにする汚れた資本主義者で、フィービーは敵とよろしくやってた。でもフィービーに言わせれば、エヴィソンが友だちとやっている片手間仕事の収入には頼れなかったんです。食べていかなきゃいけないので」

「彼女はヘンリー・ローランドとどんなふうにつき合っていたんですか?」

「フィービーは美人で、その自覚もありました。それにあの子はきれいな恰好をするのが好きだった」

「フィービーは美人で、その自覚もありました。エヴィソンはなんの役にも立たない男だって警告してやったんですけどね。それにあの子が注意を払ったか? 払わなかったみたい。かわいそうに、とにかく頑固だったんです、あのフィービーって子は。何を言っても聞きゃしない」

「彼女とローランドは男女の関係だったんですか?」

メイジーは鼻を鳴らした。「金持ちの男がきれいな娘を雇うとき、狙いはたいていひとつでしょ。無料で教えてあげるけど、それは書類を整理することじゃありません」

ただちにヘンリー・ローランドの金曜午後の動きが追跡された。納入業者と昼食をとったあと、彼は会長室でフィービー・エヴィソンと三十分すごし、技術主任と打ち合わせをした。そしてきっかり五時に、秘書を残して工場をあとにした。その後の足取りはつかめていない。

捜査官たちはその後の展開を想像することができた。ふたりは別々にバンガローに行き、フィービーはナイトガウンに着替える。ロマンチックな雰囲気を盛り上げておいて、赤ちゃんができたという大ニュースを伝えるわけだ。

その爆弾が落ちたときのローランドの反応は容易に予測できた。それは自分の子なのか、それとも夫の子なのか？　ローランドにとってはどちらでもよかった。問題を消し去るためなら、必要なことをなんでもするつもりだった。

だがフィービーのほうは、どうしてもわが子が欲しかった。妊娠はローランドを離婚させ、自分の情けない夫との結婚も終わらせる申し分のない理由になった。そのうえで彼女は仕事を辞め、三人で幸せに暮らす。

口論がどう始まったかは誰にでもわかる。なだめても効果はなく、不満と非難のことばが飛び交う。互いに脅し合って声が大きくなる。怒ったふたりはどちらも引かない。怖くなった女はドアを開け、シュミーズ姿で外に逃げ出そうとする。わざと派手な行動をとって相手に恥をかかせるために。

男は女を止めなければならない。腕をつかむと彼女は悲鳴をあげる。この女を黙らせなければ。そこで喉に手を当てて締め上げる……。

やがて女は静かになる。体がだらりと垂れる。男はやりすぎてしまった。

彼は恐怖で動転する。逃げろということしか考えられない。家にはとうてい帰れない。隠れなければ――永遠には逃げられないと心のなかでわかっていても。

そう、こんな感じだったにちがいない。


フィービーは週末の計画をまわりに話していなかった。よくあることだ、とほかのタイピストたちは言った。みな彼女を図々しい策略家だと思っていた。上司を誘惑する気満々で、腹立たしいことに見事に成功したと。フィービーはフィービーで、同僚たちをできるだけ無視していた。誰も彼女のスーツケースには気づかなかった。その日フィービーは朝いちばんに出社し、最後に退社するように注意していたのだ。そしてひとりでタクシーに乗り、ウィラルに旅立った。

ダーモット・エヴィソンは、警察がヴォクソールにある彼のみすぼらしいテラスハウスのドアを叩いたとき、家にいなかった。彼について質問された左右の住人は眉間にしわを寄せた。数日前から彼をわずかでも見かけた人はひとりもおらず、しかもみな、どうせならこのままいなくなってほしいと思っていた。

エヴィソンは煽動者だった。それまでの人生でずっと、流行遅れの大義に猛然と身を投じていたが、四十歳になると情熱も衰えてきた。ギネスビールと、ちょっとしたことで爆発する癇癪が彼の弱みだった。いまではみじめな自己憐憫で泣き崩れるか、怒りで火を噴くかのどちらかといった体たらくだった。

フィービーとの結婚はエヴィソンにとっては再婚だった。最初の妻は長年、エヴィソンの不倫と度重なる家庭内暴力に耐えていたが、乱闘で彼が刑務所に送られたあと、ようやく離婚することができた。

しかし、そうなるまえから彼は警察に知られていた。ダーモット・エヴィソンについて刑事たちがもっとも驚いたのは、彼がかつて自分たちの仲間だったという発見だった。戦後の六カ月、エヴィソンはリヴァプール市警で巡査を務めていたのだ。

ヘンリー・ローランドは物事を中途半端にすます男ではなかった。当局に出頭するとなったら地元警察などでは満足せず、スコットランド・ヤードに直接出向いた。

身だしなみがよく、物腰が柔らかな実業家はいまやすっかりやつれ、ひげも剃っていなかった。すべて包み隠さず話したい、訊かれたことを一々言下に否定して人の知性を蔑むつもりはない、と切り出した。そう、あのバンガローは偽名で買った。動機についても正直に話す。家から直線距離で数キロだが、川を挟んでリヴァプールの反対側なので、不義の密会に便利だったからだ。目立たないように注意すれば、自分だと認識される怖れはまずなかった。バンガローを購入してから連続して友人を連れていった。あのレディたちにはなんの思い入れもない。だが、フィービー・エヴィソンはまったくちがった。

フィービーの快活さには、あの外見と同じくらい惹かれたが、防御を崩すのには時間がかかった。〝死がふたりを分かつまで〟を信じる既婚女性であることに彼女があまりにこだわるので、かえって欲望が高まった。ついにフィービーがひと晩だけバンガローでいっしょにすごすことに同意したときには、人生で最高の幸せを感じた。

フィービーのおかげで若返った気持ちになった。ふたりはともにいまの配偶者と別れ、適度な時間を置いて結婚しようという計画を立てはじめた。フィービーは死ぬ一週間前のバンガローでの逢瀬で、妊娠したことを明かした。疑問の余地なく自分の子だった。彼女は何カ月もまえに夫との関係を絶っていたからだ。彼女のことばに嘘はないと確信した。彼女フィービーとふたりで子の親になると思うと、天にも昇る心地がした。もう適度な時間など設けている場合ではない。一刻も早く結婚すべきだった。

フィービーにそう告げると大喜びしたが、注意してとも言われた。ダーモット・エヴィソンは嫉妬深いだけでなく乱暴だから、慎重に事を進める必要があると。次の週末に細かい計画を相談しよう、その間に自分は妻に喧嘩を仕掛けて、彼女を家から追い出す――それが離婚の第一段階だった。

そこからの一週間は夢のように幸せだった。妻と激しく口論しても、その幸せは揺るがなかった。妻が荷物をまとめて出ていくと、週末はセフトン・パークの自宅に来ないかとフィービーを誘ったが、彼女は首を縦に振らず、エヴィソンと別れるまではいつもどおりバンガローで会うと言った。夫がわたしたちの関係を疑っている、密会に腹を立てたエヴィソンがあなたに危害を加えるといけないから、と。危害どころか殺しかねないという話だった。

ここまで話したところでローランドは強張った上唇をゆがめ、わっと泣きだした。涙がおさまると告白を再開して、約束の時間にバンガローに行ったと言った。フィービーは先に行って新しい繻子のシュミーズで待っていると約束していた。

しかし、ローランドは遅すぎた。彼が到着するまえにダーモット・エヴィソンがバンガローに現われたのだ。

エヴィソンは殺しもできると考えていたフィービーは正しかった。彼女のまちがいは、エヴィソンが彼女の愛人を殺すと信じていたことだった。エヴィソンはフィービーを絞め殺すことで復讐を果たしたのだ。

警察はこのローランドの告白を鵜呑みにしなかった。疑問点が多すぎたのだ。なぜ工場からまっすぐバンガローに行って愛人を迎えなかったのか？　彼の説明によれば、スーツケースに荷物を詰めるのを忘れていたので一度家に帰ったということだが、近所の誰も彼の姿を見ていなかった。

フィービーはバンガローの合鍵を持っていた、とローランドは言ったが、その鍵は見つからなかった。さらに、ジムとアイリーンが聞いた悲鳴と、そのすぐあとで車のエンジンがかかった音は何だったのか。ローランドの説明は、フィービーの死体を発見して、ただもう恐怖と驚愕で叫んだということだった。若いカップルが女性の悲鳴という結論に飛びついたのもわからなくはないが、まちがいだったというわけだ。

ローランドは、怖かったのでバンガローから逃げたと説明した。愛した女性が無残に殺され、おそらく夫が犯人だ。どうせ死刑になるなら、ひとり殺そうがふたり殺そうが変わらない。ローランドには、ダーモット・エヴィソンが彼も殺そうとバンガローの近くにひそんでいるとしか思えなかった。

ショックで感覚が麻痺したローランドは、車であてどなく夜の道をさまよった。セフトン・パークの自宅には戻れなかった。事件が人の目にどう見えるか、考えるだけで怖かった。彼の愛人が彼のバンガローで扼殺（やくさつ）されたとなると、エヴィソンにどれほど強い動機があろうと、ローランドは明らかに容疑者だった。事件に関するその後の報道で、彼の怖れたとおりだったことが裏づけられた。

移動の記憶があいまいである点にも不満が残った。ローランドは土曜の夜中すぎに車内で一、二時間寝たあとロンドンに戻ったと主張した。それからハックニーのみすぼらしい宿に泊まったが、どの新聞を読んでも事実上フィービーの殺害犯扱いされていたので、ここはいかなる犠牲を払っても出頭して、みずから嫌疑を晴らすしかないと覚悟を固めたのだという。

リヴァプールでは、警察がダーモット・エヴィソンの人生を探る情報を集めていた。エヴィソンは何度となく上司への不服従で解雇されていた。戦場で大怪我を負ったあとは戦時の大半を軍病院ですごし、戦争が終わると警察に入ったが、不名誉なかたちで退職する。根っからの急進派なので、新しくできた全国警官刑務官労働組合の地元支局に加わり、一九一九年のストライキで先頭に立ってピケラインを組織したが、交渉に敗れ、警察から追放されたのだ。

以後、エヴィソンは職を転々とする。飲み仲間は政治活動家たちで、どこへ行っても賃金引き上げと職場環境の向上を声高に求めていた。あるとき現場主任との口論が殴り合いの喧嘩になり、エヴィソンは相手をこっぴどく殴ったことで刑務所に入れられた。

妻からは離婚されたが、釈放されたその日にフィービーと出会い、彼女を籠絡した。そこから六週間でふたりは夫婦になったが、ゼネスト以来、雇用主たちはエヴィソンや彼の仲間たちを煙たがるようになっていた。なんとか生活を維持するために、エヴィソンは雑用めいた仕事に頼るしかなかった——それと、賢く若い妻の稼ぎに。

彼の妻が殺されて三日後、警察はエヴァートンにあった廃屋に突入した。そこはエヴィソンの旧友の家だった。工具製作者でコミュニストの友人自身は当時、国道の通行妨害により服役中だった。

天井の梁からエヴィソンの死体がぶら下がり、足元の床に書き置きがあった。乱暴な殴り書きを警官たちはやっとのことで解読した。

〝彼女は自業自得だが、おれは彼女なしで生きられない〟

最後のページまで来たジェイコブの額を、太陽がじりじりと焼いていた。帽子を持ってくるのを忘れたのだ。公園は話しながら散歩をする親たちでいっぱいだった。彼らの子供の歓声が大気を満たしていた。若いカップルがくっつくようにしてベンチのジェイコブの隣に坐り、うるさい音を立ててキスしはじめた。

三百キロほど離れたところで、ヘンリー・ローランドもおそらく同じ陽光を浴びている。警察は彼を起訴しなかった。ローランドの告白には奇妙な点や穴がいくつもあったが、嘘だと証明することはできなかった。騒ぎもファンファーレもなく、捜査は尻すぼみになった。フィービーの検死審問では、エヴィソンの経歴に加え、自殺と書き置きによって陪審の仕事が楽になった、と監察医が仄めかした。察した陪審員たちは、フィービーを殺害したのはエヴィソンだと結論した。

レオノーラ・ドーベルによると、ローランドは無傷でこの不祥事から逃れたわけではなかった。妻からは離婚を言い渡され、会社の経営も傾き、持ち株を当初の四分の一の価格で競争相手に売ると、チェシャー州の静かな村に隠居した。しかし、まだ裕福であり、あと数十年は生きられる。

レオノーラのこの章を結ぶ数段落は、政治家の言い逃れを思わせることば遣いだとジェイコブは思った。死者は恰好の標的になっているが、生者を告発することは抜け目なく避けていた。とりわけ彼らが金持ちで、法廷で撃ち返す武器弾薬を持っている場合には。

　とはいえレオノーラは、フィービーを殺したのは彼女の夫ではなくヘンリー・ローランドだと考えている。ジェイコブはそう確信した。

12

「ぜったい確かですか？」ジェイコブはオフィスの椅子の背にもたれ、いま言われたことの意味を考えていた。

「ええ、確かです」

電話の向こうの声が氷のように冷たくなった。ハロゲート・レディース・コレッジの秘書は、自分の発言がまさかロンドンの記者に疑われるとは思っていなかった――たとえその記者がヨークシャー訛りでしゃべるとしても。

「どこかで、ほんの短い期間でも？」

「当校の記録はどこよりも正確なのです、ミスター・フリント。スレイターベックという生徒の記録がないことは保証します。では、ほかに用事があるので失礼します」

秘書は電話を切った。取り残されたジェイコブは、机に積み上がった電話帳の山のまえで眉をひそめた。レオノーラ・ドーベルについて何かわかることはないかと、午前の半分を使って調べたのだ。順序立てて調査するつもりだった。初めから始めよ、とゴマーソルも記事の下調べをする記者たちに助言する。しかしジェイコブも、レオノーラの〝初め〟が謎に包まれているとは思わなかった。

スレイターベックは珍しい姓だが、ジェイコブがいくら記録をたどっても、レオノーラも彼女の父親もいなかった。まるで彼女は結婚するまでこの世に存在しなかったかのようだ。先日、彼女のページに栞を挟んでおいた社内常備の名士録をもう一度開き、じっと見ているうちに、ようやく真相がわかった気がした。

名士録の記述は立派な人々の善意を当てにしている。与えられたすべての情報の正誤を逐一確認しているわけではなさそうだ。あの老いた魔女は、冗談で父親の名前をN・O・スレイターベックとしたのだ。

これは文字どおり、〝いないスレイターベック〟という意味だ。

「お目にかかれて光栄です、ミス・サヴァナク」レオノーラ・ドーベルは挨拶の手を差し伸べた。ふたりはバーリントン・ハウス内にある王立芸術院の正面入口のまえにいた。「他人のようには思えないけれど。わたしたちには共通点がたくさんある。ずっと昔からの知り合いという気がします」

「あなたは犯罪心理を研究しています」レイチェルは年上の女性の手を握った。「わたしは心配すべきなのかもしれませんね」

「でも、あなたはお父様に似ているという噂です。判事は何も怖れない人でした」

「皆さんそうおっしゃいます」レイチェルは言った。「判事とわたしは仲がよくなかったんです」

「もちろん彼が老いて、だんだん弱ってきたら……」

「ひとつだけ言えることがあります。彼が死んだときには誰も涙を流しませんでした。当然、わたしも」

レオノーラは暗号の意味を探るかのようにレイチェルをじっと見た。「悲しいものです、家族の不和というのは。わたし自身は父に尽くしました。サヴァナク判事については……まあ、わたしがこれまでにしてきたことはすべて、判事に触発されたおかげと言っていいでしょう」

レイチェルは相手の輝く黒い眼を見つめた。レオノーラも鋭い視線を返した。フェンシングで対決する敵同士のように、互いに相手の動きを見きわめようとしていた。

「あまり彼のことは考えたくないんです、ミセス・ドーベル」レイチェルは言った。「それとも、ミス・スレイターベックとお呼びしたほうが？」

「レオノーラでお願いします」年上の女性はにっこりした。「形式張ったことが大嫌いなの。あなたも同じように感じているのでは？　あなたがロンドンに移ってきたと聞いたときから、ずっと会いたいと思っていたんです」

「殺人についてわたしと話したい。ジェイコブ・フリントにそう言ったとき、何をお考えなのか、彼にくわしく説明しませんでしたね」

「ミスター・フリントは若くてチャーミングだけど、インクがにじんだ指の先まで記者よね。あんなふうに無邪気に見えても、あなたは彼に何か言うときには、かならずことばに注意を払ってるでしょう。わたしも同じ」

「彼とはたまたま出会ったんですか？」

「彼はそう思ってる」レオノーラは意味ありげな笑みを浮かべた。「ここだけの話、彼と確実に会話が始まるように働きかけたの。あなたと知り合いだと聞いたものだから」

「情報通ですね」

「それがわたしの仕事ですから。研究のためにスコットランド・ヤードとつねに連絡をとっていますが、そこでふとあなたの名前を耳にして。もっとも、誰もあなたのことはくわしく知らないようでしたけど。ジェイコブ・フリントでさえね。あなたは殺人事件に夢中。それは誰が見てもはっきりしている。でも、それほどはっきりしていないのは……なぜ夢中なのか」

「あなたにも同じことが当てはまるかもしれない」レイチェルは言った。

レオノーラは彼女を凝視した。「一本取られた(トゥーシェ)」

レイチェルはバーリントン・ハウスの壮麗なパッラーディオ建築の内装を指すように手を振った。「あなたは美術愛好家ですよね。モートメイン館のコレクションはヨークシャーでも指折りでは？」

レオノーラはため息をついた。「あいにく地所と建物の維持にはぞっとするくらい費用がかかるんです。夫には介護が必要だし、わたしの印税はすべて日々の生活費に流れてしまう。屋根から雨もりがしたり、カーペットを替えなければいけなかったりすると、請求書を支払うために油絵を競売にかけるしかないの」

「きわめて実用的な考えです。ご主人も認めているのですか？」

「最近、フェリックスの人生はジグソーパズルと看護師に手を出すことでまわっていますから。いまの女性はとりわけ厄介で、夫をけしかけて、わたしの悪口を言わせようとするんです。でも、彼女の給料はどこからともなく出てくるわけではない。だから絵を売るしかありません。ほかに選択肢はないことを夫も理解しています」

「ジレンマですね」

「もうひとりの管財人の老マルケリンもそう考えています。わたしもフェリックスによく言うんですが、どこかの大物実業家に頼んであの屋敷を取り壊し、バンガローを五十軒建てたほうがいいんです。ドーベル家は昔からとにかく土地と建物だけは手放さないという覚悟でしてね」彼女はレイチェルに微笑んだ。「家族は我慢が大事という信念は広く行きわたっている。サヴァナク家も同じじゃありません？」

「わたしは家系の最後のひとりなので」レイチェルは言った。「ゴーントにはなんの未練もありません」

「まだお若いから。でもいつかお子さんができますよ」

「人に世話をされるのは好きではありません」

レオノーラは眉根を寄せた。「わたしに殺人者を紹介してくださるという話でした」

レイチェルは皮肉な笑みを浮かべた。「彼は王立芸術学校のなかにいます」

「一般人は学校のなかに入れないのでは？」

「ええ、でもわたしはイタリア美術展のあとでここの後援者になりましたので」

「わたしも一月にあの展示を観ました」レオノーラは心のなかで『ヴィーナスの誕生』を思い浮かべているかのように眼を閉じた。「ボッティチェッリ、ラファエロ……」

「言うまでもなく、プロパガンダの巨匠、シニョール・ムッソリーニも来ました」レイチェルは顔をしかめた。「王立芸術院は独裁者がわがもの顔で歩きまわる舞台ではないのだけれど」

「イル・ドゥーチェ（〝指導者〟の意。ムッソリーニを指す）は誰もが好きになるタイプではないわね。でも、やるべきことはやる人ですよ」レオノーラはふうっと息を吐いた。「この国には力強いリーダーシップが悲しいほど欠けている」

「それならば」レイチェルは淡々と言った。「わたしが先頭に立ちましょう」

レオノーラの欺瞞を発見したジェイコブの興奮も、ほんの数分で冷めた。なんと言っても彼女は作家であり、作家がペンネームの陰に隠れるのは当たりまえだ。名士録にでたらめを書くのは冗談としてやりすぎだが、彼女は独特のユーモアの感覚を持つ女性である。

レオノーラの著作のページをまためくっているうちに、ジェイコブは、それぞれの本の献辞にレイチェルが下線を引いているのに気づいた。これがパズルを解く鍵だろうか。『殺人と謎』の献辞は、たんに〝父の思い出に〟だった。『高貴なる殺人』のほうはもっと長く、〝ジョージ・R・シムズ、ウィリアム・ラフヘッド、そして不正と戦うほかの活動家たちに〟だ。

シムズとラフヘッド？　この名前には聞き憶えがあった。調べてみると、すぐに答えがわかった。シムズは記者、ラフヘッドはスコットランドの犯罪学者で、殺人の濡れ衣を着せられたふたりの男のために果敢に活動したことでともに尊敬されていた。男たちの名前は、アドルフ・ベックと、オスカー・スレイターだった（シムズ、ラフヘッド、ベック、スレイターは実在の人物）。

　レオノーラは、法の失敗の犠牲者たちの名前からスレイターベックというペンネームを考案したのだ。

*

　皮をはがれ、両腕を左右に伸ばした老人の死体が、木製の十字架に釘で打ちつけられていた。ひどく苦しんでいる人間が解剖学の標本のようにむき出しになっている。ふつうの人の正視に堪えないグロテスクな姿だった。

　レオノーラは息を呑んだ。

「石膏像です、信じられないかもしれませんが」レイチェルが言った。「生身の人間で、このジェイムズ・レッグよりリアルに見えない人もいますね」

　ふたりは、学生ではなく使用人が使う廊下を通ってこの部屋に来ていた。いつも鍵がかかっているが、レイチェルはポーターから鍵を借りていた。

「ほとんどの剥皮像（エコルシェ）は〝ライフ・ルーム〟に保管されています」レイチェルは皮をはがれた死体の対面の壁にあるドアを指差した。「わたしたちは道徳的な理由からあそこへの入室を禁じられています。なかに入れる女性は、みずからの意志で服を脱ぐモデルだけ。画家志望者たちが女性の体の繊細な線を学ぶところだからです」

レオノーラは十字架に架けられた男を指差した。「この哀れな人はどうしてここに？」

「ジェイムズ・レッグは当時七十代、チェルシーで年金暮らしをしていました。ところが、ある日突然、王立病院（十七世紀に作られた退役軍人の隠居所）に同居していた人を銃で撃ち殺した。認知症を患っていたけれど精神錯乱の訴えは認められず、裁判官は絞首刑と死後解剖を宣告しました」

「世に不公平の種は尽きない」レオノーラは低い声で言った。

「その処刑のおかげで芸術院の人々はある議論に決着をつけることができました。彼らは、キリストが磔にされたという聖書の叙述は解剖学的に正しくないと考えていたのです。そこで、芸術の信頼性に資するために彼の体で実験したいと当局を説得した。レッグの死体はまだ温かいうちに絞首台からおろされ、この十字架に釘で打ちつけられた」

「驚くばかりです」レオノーラは息を吸った。

「死体は著名な医師の手で剥皮されました。皮と脂肪がすべて取り除かれ、体の内部があらわになった。磔刑が人体に及ぼす効果を若い芸術家たちが精密に観察できるように、彫刻家がこの像を作成して王立芸術院に納めました。戦争中、無情なツェッペリンがこの建物に爆弾を落としましたが、レッグは傷ひとつなく生き延びた。恵まれた生き方、というより、死に方でした」

レオノーラはその死体にすっかり魅了されたようだった。「そして奇妙なかたちで不滅の評判を打ち立てた」

「ほかの多くの名高い殺人者たちと同じく」レイチェルは言った。「有罪は無罪よりはるかに記憶に残りやすいので。わたしたちはみなジョージ・ジョゼフ・スミスを憶えている。でも、彼が浴槽で溺死させたかわいそうな花嫁たちの名前を憶えている人がどれだけいます？」

「誰もいない」レオノーラは言った。「あなた同様、わたしも皮肉屋なの。それはともかく、どうしてあなたに会いたかったかというと、近々モートメイン館でちょっとしたパーティを開く予定なんです。それにおいでいただけると、とてもうれしいんですけど」

「わたしは社交嫌いで有名です」

「本当に特別な集まりなんですよ」

「ほかにどなたがいらっしゃるの？」

「あなたも名前はご存じでしょう」レオノーラは骨張った指を折りながら数え上げた。「シルヴィア・ゴーリー、ヘンリー・ローランド、そしてクライヴ・ダンスキン」

「どういう風の吹きまわしでここに来たね、お若いの？」ハイドン・ウィリアムズがめったにない息継ぎのあいだに訊いた。

彼は〈カササギと切り株〉亭で仲間に囲まれ、あえて耳を傾ける人たちを相手に、殺人はもう昔とはちがうと論じていた。おなじみの死刑相当の犯罪でさえ拍子抜けだ、古き良き時代から様変わりしてしまった、と。

ジェイコブは泡立つ大ジョッキふたつをバーカウンターに置き、先輩記者の横の席にうまく入りこんだ。それ以上の合図を待たずにハイドンの聴衆は忽然といなくなった。オールド・ベイリーで死刑裁判が開かれていないので、ジェイコブもさほど推理力を働かすまでもなく、尋ね人の居場所を探り当てることができた。レオノーラ・ドーベルの過去に関する自分の推論が正しいかどうか確かめたかったのだ。こと古い殺人事件についてはハイドンは生き字引である。

「乾杯。じつはお知恵を拝借したかったんです」

ハイドンはぐいっとビールを飲んだ。「犯罪担当記者として上をめざしているのかね？

考え直すことだ、きみ。これはもはや過去の職業だよ。昨今の犯罪者は昔よりはるかに劣る。新聞業界で長く働きたければ、くだらんクロスワードパズルを考案するほうがましだ」

「ぼくが知りたいのは過去の犯罪なんです。それこそ、この道の権威に訊くべきだと思いまして」

「猫もおだてりゃ木に登る、か」ハイドンはげっぷをした。「ウィットネス紙を出し抜くつもりなら協力できんがね」

「そんなことは毛頭考えていません」それは嘘だった。「華々しく一面を飾るネタじゃないんです。法の失敗について特集記事が書けないかと思ってまして」

ハイドンはビターもうひと口の助けを借りて返答を考えた。「気をつけるんだな、きみ。ゴマーソルは輪縄から逃れたがる変人どもに肩入れするのが嫌いだから」

「それは困るな。当事者が死にかけた古い事件を調査してみようと思ったんです。被告とか、証人とか」そこで間をあけた。「判断をまちがえた判事とか」

「判事のいいところを教えようか、きみ。彼らは屈辱を受け入れる。こっちが何を書いても訴えたりしない」

「恐るべきサヴァナク判事でさえ？」

「彼ならなおさらだ」ハイドンは特ダネを嗅ぎつけたかのように鼻にしわを寄せた。「彼の娘に会ったことはないかね？」

「彼女は公の場に姿を見せないようで」ジェイコブはことばを濁した。「ほとんど世捨て人です」

ハイドンは彼の横腹をつついた。「いろいろ嗅ぎまわってたんだろう、え？　噂ではたいした美人らしい。父親にそっくりということではないようだ」

「父親とはあまり仲がよくなかったようです」

「全盛期には人を恐怖で震え上がらせたからな、あの判事は」

ジェイコブは記憶を探るふりをした。「彼が有罪にした例の男の名前は何でしたっけ？　あとで無実だったのがわかった男ですけど」

ハイドンは太く短い指を振った。「忘れてはならんぞ、誰かを有罪にするのは判事ではない。有罪無罪の評決を下すのはつねに陪審だ」

「それはかならずしも真実ではありませんよね。一部の陪審員は羊のようにおとなしくて、判事の説示を間に受けてしまう。もし判事が悪意に満ちていたら……」

ハイドンはビターの残りを一気に飲み干した。「厳格な男だった、サヴァナク判事は。あのビーズのような眼を向けられるたびに、こっちも何か罪を犯したような気分になったものだ。まだ私が記者席のハナタレ小僧だった時代さ。まあとにかく、脳みそが溶けだすまで彼はナイフのように切れ味鋭かったよ」

「さっき言った事件を思い出せませんか？」ジェイコブはわざとがっかりした顔を見せて挑発した。ハイドンは驚異的な記憶力が自慢なのだ。

「待て、待て。ちょっと考えさせてくれ」ハイドンはジョッキをカウンターの扉にぶつけた。ジェイコブはバーテンダーに合図して、お代わりを頼んだ。

「老サヴァナクのまちがいは多くなかったが、例外は、ジーの裁判だ」

「それです！」ジェイコブは感嘆の声をあげ、さらなる幸運を祈って背中のうしろで指を交差させた。

ハイドンは頭の横を軽く叩いた。「ここにはロンドン図書館より多くのものが詰まっているのだ。そう、きみが考えているのはジー裁判にちがいない。悲しい話だった」

「本当に涙を禁じえませんでした」ジェイコブは同意した。「もう一度、くわしい内容を教えていただけませんか？」

「毎度おなじみ」ハイドンはため息をついた。「妻殺しだ、もちろん」

ハイドン自身の妻は二十年前に集金係の男と逃げ出していた。ハイドンはことあるごとに、自分が輪縄を免れたのは、ひとえに妻がいなくなってくれたからだとうそぶいていた。

もっとも、もし彼女が家に残っていたら正当殺人の好例になっただろうがな、と。ジェイコブはどちらかと言うと、元ウィリアムズ夫人に同情していた。

当て推量で言ってみた。「窒息死じゃありませんでした?」

「いやいや、ちがう。火かき棒でめった打ちにされたのだ。自宅の裏手の応接間でね。現場はひどい有様だった、本当に」ハイドンはまた満たされたジョッキを持ち上げた。「犯罪に乾杯だ。さあほら、きみ、飲みなさい」

ジェイコブはひと口飲んで、口のなかの酸っぱい味を洗い流した。「単純明快な事件だったようですね」

「その顔についている鼻くらい単純明快だったよ。ジーはヨーク近郊の学校で教師をしていた。尻に敷かれるタイプだ。妻は年上でズボンをはいていた。ある日ついにプッツと切れたんだろうというのが警察の見立てだった。彼のアリバイは恥ずかしくなるほど頼りなかった。あれで信じろというのは、ほとんど知性への冒瀆だった」

「誰も彼のアリバイを証明しなかったんですか?」

「誰ひとりな。ジーは、知らない人から電話があって伝言されたと主張した。ある夜、緊急の用事があるから学校で校長に会えと言われたと。ところが、彼が学校に行っても誰もいなかった。しばらくそこにいて、そのあと家に帰ったら妻が殺されていた。そんな彼の話を信じた人はひとりもいなかった。校長はメッセージなど送っていないと言った。警察署長にとってはそれで充分だった。彼は部下たちに命じて、最強の態勢でジーの家に突入させた。彼らはジーを脅して、彼の供述から逮捕に足るだけの矛盾を引き出した。あまりに凄惨な事件だったから警官たちの感情も昂っていたのだ。ジーは老サヴァナクのまえに引きたてられた。私は記事を書くために法廷に送られたんだが、判事の説示を聞いて骨の髄までぞっとしたよ。いまに至るまで、あれほど辛辣で残酷なことばは聞いたことがない」

ハイドンがビールを飲むためにひと息入れたところで、ジェイコブは言った。「判事はジーに偏見を抱いていたんですか？」

「個人的に含むところはなかった。みんなを憎んでたのさ、あの食えない爺さんは。ジーは有罪だと確信していて、検察側の主張にゆるいところがあったから、陪審が同情して判決が無罪に振れてはいけないと思ったんだろう。ジーは被告席でみじめなものだった。証言しても、その場で適当に答えをでっちあげているように聞こえた」

「そして妻殺しで有罪になったんですね？」

「ああ、そうとも。真犯人が捕まらなかったらそのまま吊るされてたところだ」

「真犯人は誰だったんですか？」

ハイドンはまたビールひと口の力を借りて記憶を探った。「学校の管理人だったな。マクリーンという男だ。彼は、ジーがグランド・ナショナルでけっこうな額を当てたと話すのを耳にした。私の記憶が正しければ、五十ポンドだ。ビギナーズ・ラックだよ、ふだん賭け事なんてしたことがなかったんだから。ジーの娘は寄宿学校にいて家にはおらず、ミセス・ジーはおばさんを訪ねているはずだった。マクリーンは作り声で電話をかけてジーを家の外に誘い出した。ありふれた空き巣狙いだ。ところが運悪くミセス・ジーが偏頭痛で家に残って、ベッドで寝ていた。彼女はマクリーンが侵入する音を聞いて階下におりた。マクリーンはあわてふためき、手近にあった火かき棒は使われるのを待っていたかのようだった」

「ジーは釈放されたんですか？」

「内務大臣が急いで許可した。世間の声は厳しかったし、議会でも質問が出ていた。あの騒ぎのせいで判事はついに正気を失ったのではないかな。だからといって、ジーが救われたわけではないが」

「どうしてです？」

「裁判のせいで彼の人生はめちゃくちゃになった。妻を失い、犯してもいない罪で有罪を宣告された。心臓が弱い男にとっては耐えがたかったんだな。家に帰ってわずか一週間後に死んでいるところを発見された。まさに妻が殺された同じ自宅の応接間で」ハイドンはまたジョッキを傾けた。「これをどう呼ぶかわかるかね？」

「いいえ」

ハイドンは物憂げに中空を見つめた。「詩的不正義だよ」（因果応報という意味の〝詩的正義〟のもじり）

「ずいぶん人選にこだわった集まりですね」レイチェルが言った。「殺人の容疑をかけられた三人の招待客。全員、死刑宣告から際どく逃れた人たち」

「そして全員、法の失敗の犠牲者よ」レオノーラが言った。

彼女の黒い眼にふてぶてしい光が宿っていた。またしてもふたりの女性はフェンシングの構え（アンガルド）になり、皮をはがれた殺人者の死体のまえで決闘をする者たちのように向かい合った。

「もちろん彼らは過去をなかったことにしたいんでしょうね？」レイチェルが訊いた。

「わたしはその気になれば、かなりの説得力を発揮できるんですよ」レオノーラが静かに言った。「またとない機会です。心惹かれませんか？　ぜひおいでください」

「そんな機会に声をかけていただくとは、なんとご親切な」レイチェルの表情が和らぎ、笑顔になった。「おっしゃるとおりです。とても行かずにはいられません」

〈カササギと切り株〉亭を出て五分後、ジェイコブはクラリオン・ハウスに戻った。ハイドンは資料室で過去の記録をあさるのに充分な手がかりを与えてくれた。玄関ホールに入ったときに、ジョージ・ポイザーと鉢合わせした。

「こんなに忙しいときにどこへ行ってた？　今朝の会議ではずいぶん静かだったな。スクープをつかんだなんて言わないでくれよ」

「だといいんですが。古い裁判の記録を調べたいんです。あなたは憶えているかもしれませんね。ジーという男が妻を撲殺したということで有罪になったんですが、真犯人が見つかって絞首刑は免れました」

「ジー、と言ったか？」ギョロ眼のニュース編集者はぼんやり遠くを見る顔になった。ポイザーは犯罪の専門家ではないが、記憶力は超人的だ。「うーむ、聞き憶えのある名前だな。もう少しヒントをくれるか？」

「四分の一世紀ほどまえにヨークシャーで起きた事件です。警察がどうやって真犯人を見つけたのかはわかりません。どうしてジーが起訴されて有罪を言い渡されるまで、真犯人が見つからなかったのかも」

「悪いね、どうもはっきり……いや、待て！　そのジーには娘がいなかったか？　十七歳か十八歳の？」

ジェイコブは不意をつかれた。「ええ、いました」

「それだ！」ポイザーは自己満足で顔を輝かせた。「いっとき大騒ぎになって、すぐ忘れられた事件だ」

「どうして娘のことを？」

「彼女が探偵の役目を果たしたのだ。その娘がいなければ、問題の殺人事件は解決しなかった」

＊

「望みのものが手に入ったんですね」クリフォード・トルーマンが言った。

レイチェルはトルーマン家の三人とゴーント館のサンルームにいた。外の蔓棚にからまったバラが真っ赤な花を咲かせていた。開けた窓からダマスクローズの香りが入ってきた。

「彼女はいつもそう」夫人が言った。

トルーマンは肩をすくめた。「裕福より幸運に生まれつきたいものだ」

「この人は裕福であり、幸運でもある」ヘティは言った。「その証拠に、わたしは彼女がいちばん好きなスープを作りました。キクイモの」

ヘティはビートン夫人の家政書を愛読していた。レイチェルは笑った。「それだけの働きはしたわ。わたしたち、モートメイン館に招待されたの」

「ミセス・ドーベルはなんと言ってました？」マーサが訊いた。

「まず大事なのは、ヴィッカーズがわずかながら知っているなかで真実を語っていたこと。あの館でパーティが開かれる。招待客には、シルヴィア・ゴーリーとローランドに加えて、ダンスキンもいる。モートメインの貴重な美術品は、彼女が恥ずかしげもなく売り払っている。夫に文句を言われる筋合いはないって。家族の信託財産にも手をつけていいと弁護士から言われたようね。顧問はウェストエンドの〈マルケリン・アンド・モーガンズ〉法律事務所で、かなり世評は高いと聞いている」

ヘティが鼻を鳴らした。「ありそうな話です」

「わたしは彼女の言うことを信じるけど。いまのこの時代、地方で家と土地を維持しようと思ったら莫大な費用がかかるから。そして、もちろんそういうときには世評の高い弁護士がからむでしょう」

「誰かを信じるなんて、あなたらしくありませんね。彼女は何を考えてるんでしょう」

「死刑裁判の被告になった三人と、嗜虐的な判事の娘を招いて領主夫人を演じられることにわくわくしてるのはまちがいない」

「彼女だけが愉しむために？」

「だとしても不思議じゃないわね。ところで、わたしがなぜ彼女のやることに首を突っこむのか気になる？　なぜなら、そうすることが可能だから。そしてわたしは好奇心旺盛で、解くべき謎があるから。少なくとも、彼女はつまらない催しを開いても作家として言いわけが立つ。それを題材にして本が書けるから」

「殺人はゲームじゃありませんよ」

「ゲームだって生死をかけた真剣勝負になりうるでしょう」

「ほかにもあります」マーサが言った。

島でいっしょにすごした長年のあいだ、マーサはめったにしゃべらなかった。ロンドンに来てさえ、人の話を聞いて自分の意見は口にしないことのほうがはるかに多かった。だからほかの三人は驚いて彼女を見た。

レイチェルが静かに言った。「何？」

「レオノーラ・ドーベルから見たら、判事はあなたのお父さんです」

「彼女はそう思ってる、ええ。みんなそう思ってくれないとね、永遠に」

「つまり彼女は、あなたのお父さんが彼女の父親を有罪にして殺したと思っている」

「ヒューバート・ジーは絞首刑にされたのではない」トルーマンが言った。「でもマーサの言うとおりよ」レイチェルは言った。「あの裁判が彼を破滅させた」「それがあなたにとってどういう意味を持つか考えました？」マーサは腕を組んだ。「もしレオノーラが父親の復讐を企んでいるのだとしたら？」

13

午後のあいだ、ジェイコブはクラリオン社の資料をしらみつぶしに見ていき、ジーの悲劇の全貌をつかもうとした。ハイドンの記憶は確かだった。プリシラ・ジーの殺害はあまりにむごたらしく、それだけで最大の報道価値があった。学校の教師が第一容疑者というのは、記者たちのケーキにのせるトッピングだった。死んだ女性は口やかましく、気の弱い夫に飼い犬のような生活をさせていた。警察はただちに夫を逮捕して起訴につなげ、ほかの捜査にはほとんど時間を割かなかった。

夫妻には娘がひとりいたが、報道で触れられたのは、父親が死刑判決を受けたあとのことだった。マクリーンの逮捕が報じられた時点で、裁判の結果に恐怖を覚えたレオノーラ・ジーが、父親の無実を断固証明すべく素人探偵になったことがわかったのだ。

彼女は、部下の尻を叩いて早急にジーを逮捕させた警察署長に恨みを抱く、若く剛健な警官と親しくなっていた。その警官はあわよくば自分も有名になりたいと、いろいろ質問してまわり、殺人事件のあとでマクリーンがこの世の終わりかというほど金をばらまいていたことを発見した。レオノーラはこの学校管理人に偽名で電話をかけ、犯罪後にジーの家から出る彼を見たと主張して、黙っている代わりに十ポンドを要求した。

そうしてマクリーンが電話で彼女の父親をだましたのと同じ手口で、彼女なりの正義を実現したのだ。ここでも単純な策略が功を奏した。マクリーンは待ち合わせの場所に指定されたヨークの空き倉庫に現われたが、紙幣が詰まった封筒ではなく丸頭ハンマーを持ってきた。レオノーラは友人の警官を説得して倉庫でいっしょに待っていた。警官はマクリーンにさらなる攻撃の機会を与えず、自分の警棒を味わわせたのだった。

レオノーラ・ジーは衆人の注目から身を引いた。新聞記事は金色の巻毛、えくぼ、バラ色の頬のヒロインを熱望したが、ごくふつうの外見にぶっきらぼうな態度、しかも父親を有罪と決めつけた報道機関を憎む若い女性は求めていなかった。これから咲き誇る男女のロマンスへの期待があえなく裏切られると、記者たちの困惑はますます深まった。若い警官は表彰され、有名人になって喜んだが、それで彼の目的は達せられたのだ。レオノーラが彼とまた会うことはなかった。

父親が亡くなると、レオノーラの感情は崩壊した。ジェイコブが最後に見つけた情報によると、彼女は二週間入院したあと、年老いたおばのもとで暮らしはじめた。取材の申しこみはいっさい受けつけなかった。老女は記者を悪魔の化身と見なしていた。ヒューバート・ジーをあれだけつけまわした記者たちが、弱った娘まで苦しめることは断じて許されない。

報道機関は処刑を報じる機会すら奪われた。マクリーンが監房で靴紐を使って自殺したからだ。もう書くべきことはなくなった。ほとんど誰もプリシラ・ジーの死を悼まなかったし、夫の友人もほんのわずかだった。今日の大事件も昨日の情報になり、レオノーラ・ジーは公衆のまえから姿を消した。ジェイコブはその先、彼女の名前を見つけることができなかった。

しかし一九一八年、彼女は婚約発表とともに再浮上した。ミス・レオノーラ・スレイターは、モートメイン館の主であるフェリックス・ドーベルと結婚する。戦前の著名事件とのつながりは、どこからもうかがえなかった。プリシラとヒューバートのジー夫妻は死に、埋められ、忘れ去られたのだ。

「ブライス、ちょっといいかな？」

ロンドン警視庁の犯罪担当総監補ウェズリー・ブライスの骨張った肩を、力強い手がつかんだ。ブライスはスコットランド・ヤードの仕事の合間を縫ってクリケットを三十分愉しもうとローズにもぐりこんでいた。たまには休憩が必要だ。彼はそれを食事中に水で口のなかをすっきりさせることにたとえていた。ただいかんせん、イングランドのボウラーはオーストラリア人に打ちまくられていたが。

振り返ると、ヘミングス大佐の冷たく青い眼があり、ブライスは授業をサボっているところを見つかった小学生のような気分になった。自分がロング・ルームにいることを期待して大佐がわざわざやってきたと考えるのは馬鹿げているだろうか？

「こんにちは、大佐」ブライスは試合中のフィールドに手を振った。「すばらしいゲームですね」

「相手に好き放題やられてるじゃないか」大佐は脇道にそれる人ではなかった。「フリントという新聞記者がいる」

「クラリオン紙の記者ですね」ウェズリー・ブライスは、仕事ができて最新情報につうじていると見られるのが好きだった。いまの警視総監が引退する折には、その座につく可能性もあるのではないかと希望を抱いていた。「ヤードで彼は知られています。オークス警部が……」

「そう、今年初めにあの事件があった」

ブライスは顔をしかめた。「ご存じで？」

「定期的に物事を把握しておかないとな」大佐の表情からは何も読み取れなかった。ブライスが彼を嫌う理由のひとつがそれだった。「フリントは傍迷惑な男だ」

「申しわけないことで」ブライスは言ったが、少しも申しわけなさそうではなかった。

「やたらと質問してきますよね？　記事も書いたり？　記者というのは、自分の時間を埋めるためにかならず何かしてなきゃならんのでしょう」

皮肉は戦車に当たった散弾のように大佐に弾かれた。「彼は古い石炭をほじくり返している。賢明ではないな。まだそれで火傷をすることもあるのに」

「石炭とは、具体的に？」

大佐は眼を細めた。「名前がなければ面倒もない」

「少々対応がむずかしいかもしれません、そういう……」

「彼は犯罪担当記者だ。きみも知っているように、この街には報道すべき犯罪が山ほどある。みなロンドンの通りを歩くのは危険だと言っているくらいで」

ブライスは歯嚙みした。「こちらも人員不足でして……」

「やめさせるのだ、いいな？　何か危害が及ぶまえに。頼んだぞ」

大佐の口調はさりげなく、まるで試合の展開について話しているかのようだった。六月最終日のロング・ルームは暖かかったが、ブライスは急に寒気を覚えた。

「ここは自由の国です」抵抗すべきときだった。「報道機関を取り締まるわけにはいきません」

「ここが自由の国でいられるのは、われわれが苦労して国益を守っているからだ」大佐は穏やかに言った。「オークスに彼と話させろ」

「フリントは記者です。彼には……」

「きみの有能な手にまかせるとしよう」ふかふかの緑の帽子をかぶったオーストラリアのバッツマンがまたしてもバウンダリー越えの一発を放って四ランを稼ぐと、観客席のあちこちからあきらめたような歓声があがった。「私は仕事に戻る。きみもそうしたらどうだね。請け合ってもいいが、未決箱はいっぱいだろう。どうせこの試合は負けだ」

「試合を投げるのはまだ早いでしょう」ブライスは言い返した。「あきらめるべきじゃない」

「ときには負けを認める必要もあるのだ」大佐は言った。

「ロー・ソサイエティに問い合わせてきました」帰宅したトルーマンが、サンルームにいたみなに加わって言った。

「成果はあった？」レイチェルが訊いた。

「思ったよりずっと。話しかけた若い女性がとても協力的で」

ヘティが不満の声をもらした。「あなたは協力的な若い女性に会いすぎよね、クリフ・トルーマン」

「まさに」レイチェルは言った。「無骨な外見にだまされやすいけど、この人は自在に魅力を発揮できるから」

「話してもかまいませんか？」トルーマンは訊いた。

レイチェルはレモネードを飲んだ。「もちろん」

「例の法律事務所にはパートナーがふたりいます。仕事を仕切っているのはマルケリンで、用心深いことで知られています。彼から情報はあまり得られないでしょう。もうひとりのパートナーのモーガンズは一年前に亡くなりましたが、その直前に息子が事務所に入りました。息子のほうは毛色のちがう問題児で、最初、家業を継いで法律家になることを拒んでいました。聞いたところでは、なよなよしていて、作家になることを夢見ている」

「それはたいへん」レイチェルは言った。「何を書くの？」

「詩とか、そういうものを」詩に関するクリフの趣味は、ヘンリー・ニューボルトの『ヴィタイ・ランパーダ』で止まっている。「父親が病気になって、やむをえず仕事に専念し、事務所に入ったのです。マルケリンには好事家の趣味につき合っている暇はないし、ジュニアのゴシップ好きなところも疎んじている」

「広く知られた真実だけど」レイチェルは言った。「莫大な財産を所有するひとり身の女性には、どうしても法律顧問が必要になる。わたしもモーガンズの若息子に電話してみるべきね。ゴシップをやりとりして愉しめるかもしれない」

電話が鳴り、ヘティが出た。しばらく聞いたあと、彼女は口を動かした。「ジェイコブ・フリントです」

「話させて」レイチェルは受話器を受け取った。「こんにちは、ジェイコブ。宿題はすんだ？」

「ギルバート・ペインについて調べてみました」息を切らして興奮しているような声だった。

「〈クランデスティン・クラブ〉のことも？」

「そこはできるだけ早く訪ねてみます。ヘンリー・ローランドに関してですが、行間を読むと、レオノーラ・ドーベルは彼がフィービー・エヴィソンを殺したと思っているようですね。シルヴィア・ゴーリーについても、夫の死に責任があるというようなことを仄めかしている」

「レオノーラは火遊びが好きなの」

「さらに、彼女の旧姓がスレイターベックではなく、ジーであったこともわかりました」

「よくできました」レイチェルは言った。「おめでとう」

「知ってたんですね？」ジェイコブは声から落胆の色を消せなかった。「彼女自身の父親が殺人で有罪になったことも？」

「ええ」

「何を話してもあなたはすでに知っていそうだ」ジェイコブはふてくされて言った。

「わたしは有利なスタートを切っているから」レイチェルは言った。「島に住んでいたとき、フォイルズが毎月大量の本の小包を届けてくれた。判事は犯罪と法律に関してあらゆる最新情報を仕入れていたの。ほかにも彼自身が集めた書類があった。判事の頭が本格的におかしくなると、わたしはせっせとそれらを読んだ。彼の書斎はわたしにとって大きな贈り物だった。どんな大学だってあれほどの教育は受けられないほどよ。ジーの事件について学んだのは、もう何年もまえになる。ごく最近、それがレオノーラ・スレイターベックと結びついた」

「どうして彼女は名前を変えたんです？　筋が通らない。彼女のおかげでヒューバート・ジーは汚名をすすいだ。彼も妻と同じくらい犯罪の犠牲になったのに」

「判事の犠牲になったという意味ね。でもわからない？　レオノーラは殺人と裁判のことをどうしても忘れたかった。父親の死後、体調を崩したのも当然でしょう。あんな記憶につきまとわれて誰が耐えられる？　もしわたしが彼女の立場だったら、同じように名前を変えた」

トルーマンがちらっと警戒の表情を見せ、ヘティは口に手を当てた。レイチェルは舌の先をちょっと出した。

「そのあと」ジェイコブは言った。「彼女は結婚してドーベル家に入った」

「戦時中、モートメイン館は軍病院になったの。レオノーラは救急看護奉仕隊に加わって、そこで働いていた。やがてフェリックス・ドーベルがフランスで重傷を負い、患者として家に帰ってきた。そして前妻が亡くなったあと、レオノーラに眼を向けた」

「彼女に会いましたか？」

「ええ。でもこの週末はヨークシャーに帰るようよ。家で開くパーティにわたしを誘ってくれたの」

「モートメイン館ですか？」

「ええ。招待客は厳選された少人数、自分で言うのもなんだけど。あなたも知っている名前でしょう。シルヴィア・ゴーリー、ヘンリー・ローランド、クライヴ・ダンスキン」

ジェイコブは大きく息を吐いた。「いったい何をするつもりなんです？」

「すべてはこの週末に明らかになる」

「気をつけてください。彼女の父親はサヴァナク判事の説示で有罪になったようなものですから」

「わたしが危険にさらされると思うの？」レイチェルは笑った。「偉大な精神は似たようなことを考えるのね。マーサからもこのまえ、くれぐれも注意しろと言われたばかりよ」

「招待を受けるんですか？」

「どうして断われる？」

「ですが……」

「自分の面倒は見られるわ。むしろ心配なのは、あなたのほう」

「ぼく？」

「ことに〈クランデスティン・クラブ〉に行くならね」

「あのクラブについて何を知ってるんですか？」

「たいしたことは知らない。でも、ギルバート・ペインがどうなったかは知っている」

「フリントに最近会ったかね？」ウェズリー・ブライスは、総監補室から出ていこうとしたフィリップ・オークス警部に訊いた。

オークスはドアのまえで立ち止まった。フランスからの麻薬密輸の捜査の状況が知りたいということでブライスに呼ばれたのだった。オークスは警官にしては珍しく、現実世界だけでなくケンブリッジ大学キーズ校で正式な教育を受けていた。その華々しい学歴、見た目のよさ、鋭い知性ゆえに同僚の警官からは敬遠されがちだが、懸命に働く意欲と成果をあげる能力があるので、慢性的な偏見の持ち主以外はしぶしぶながら彼を尊敬していた。

「しばらく会っていませんね。ダンスキン裁判の記事を書いています。私も読みましたが、みなと同じように彼もあの判決には驚いたようです」

「きみはクラリオンを読むのかね？」ブライスは、とくにこれからむずかしい会話になりそうなとき、気軽なやりとりが抜群の効果を発揮すると信じていた。ただ、親しくなりすぎてはいけない。「てっきりタイムズを読むタイプだと思っていたが」

「タイムズも読みます、総監補。つねにさまざまな情報に触れておきたいので」

「すばらしい」ブライスの励ますような笑みが消えた。「じつはひとつ気になることがあってな。そのフリントが、きわめて重要な人物をひとりふたり不快にしているようなのだ。私が聞いたのは、古い石炭をほじくり返しているということばだけだが。そこでだ、きみのほうからちょっと肘でつついてみてもらえないかね？」

「肘でつつく、ですか？」オークスは無表情だった。

「わかった。まだるっこしい言い方はやめよう」ブライスは言った。「要するに、フリントにしっかり警告して余計なことをやめさせろと言われたのだ」

「何が余計なことかわからないのにですか？」

ブライスの上機嫌の上っ面がはがれ落ちるのに時間はかからなかった。噛みしめた薄い唇がほとんど見えなくなった。「とにかくだ、知ってることはすべて伝えたぞ。やってくれるな？」

「わかりました、総監補」


ジェイコブがレイチェルとの会話を終えるが早いか、スコットランド・ヤードから電話がかかってきた。オークスがいつもの挨拶のあと、久しぶりに会えるとうれしい、おごるから何か食べようと言った。ジェイコブは、どういうつもりだろうと思った。飛ぶ鳥を落とす勢いの刑事はただ愉しむために犯罪担当記者に昼食をおごったりしない。

それにしても、レオノーラ・ドーベルは何を企んでいるのだろう。無罪放免になった殺人容疑者をモートメイン館のパーティに招待する？　どこかからこっそり観察したいものだ。あの女性には見た目以上のものがどっさりある。それに〈クランデスティン・クラブ〉とは？　レイチェルの警告は彼の好奇心を駆り立てただけだった。

ジェイコブは資料室に戻り、名士録を取り出してレオノーラの夫の名前を引いてみた。説明は短かった。

ドーベル、フェリックス。地主。一八七九年、モートメイン生。故オズウィン・ドーベルの唯一の生存子。長男あり（死亡）。一九〇六年、エルスペス・バーンズ（死亡）と結婚。一九一八年、レオノーラ・スレイターベックと結婚。学歴：ギグルズウィック・スクール卒。趣味：ジグソーパズル。住所：ヨークシャー州、モートメイン館。

ジグソーパズル！　体の不自由な人が時をすごすひとつの方法だろう。隙間風が入るような古い屋敷に閉じこめられて生きるのは、充実した人生とは言いがたい。とりわけ年老いて、体も弱く、ひとり息子が死んでいるなら。レオノーラがロンドンに逃げたのも無理はない。ジェイコブは彼らの結婚について考えた。残りの人生を他人とすごすという決断は、途方もない賭けのように感じられた。彼の両親は、父親が戦時中に亡くなるまで仲よく暮らしたが、そのように恵まれた人生を送る夫婦はまれだ。ジェイコブも女性といっしょにいるのは大好きだが、誰かと永遠にいっしょに暮らしたいという心境に近づいたことは一度もなかった。

書物にドーベル夫妻の情報はほとんど載っていなかった。そろそろ別の手段を探るべきだ。上流階級の噂話の専門家、グリゼルダ・ファーカーソンに相談してみよう。非常に威圧的で多弁な女性との会話は、気の弱い人間には重荷だが、幼いころから社交界でもまれてきたグリゼルダは、上流社会にかけては並ぶ者のない知識を蓄えている。クラリオンのほとんどの社員が彼女を避けているなかで、ジェイコブはわりと彼女が好きだった。グリゼルダの俗物性と軽薄さには風刺の切れ味があった。

その日の記事を書き上げて署名したあと、ジェイコブはロビーにふらりと出ていった。クラリオン社はメインの受付デスクに新しい女性を雇っていた。スコットランド出身の美人で、その巻毛、智天使（ケルビム）のような顔立ち、心をくすぐるユーモアのセンスは、女優のルネ・ヒューストンを思わせる。ジェイコブは彼女とふざけて話すのが好きで、一度飲みに誘おうかと考えたこともあった。見ると彼女は帽子をかぶり、コートを着ようとしていて、ジェイコブはすでに五時半になっていたことに驚いた。

「引き止めたくないんだけど、マギー、最後にひとつだけお願いできないかな？」

「あなただったら、ミスター・フリント、なんでもどうぞ」彼女は眉を吊り上げた。「こんなこと、みんなに言うわけじゃないんですよ。とくにものすごく急いでいるときには」

「ありがとう。でも何度言えばいい？　ぼくの名前はジェイコブだよ」彼はニヤリとした。

「グリゼルダ・ファーカーソンの連絡先はわからないかな？」

マギーはくすっと笑った。「ちょっと手を広げすぎてるんじゃありません？　彼女は百歳かもしれないけど、まだ男を手玉に取るって話よ」

「ご心配なく。自分の面倒は見られるから」

「勇ましいおことばね、ジェイコブ」彼女は手帳を見て、紙に大きな字で電話番号を走り書きした。「はいこれ。もっと話していたいけど、どうしても遅れられないから」

「ありがとう、マギー。そんなに急いでどこへ？」

「お友だちから食事に誘われたの。そのあとはライシーアム劇場」またくすっと笑った。

「彼が選んだ出し物が何かわかる？」

「推測するのは苦手だから」

「そうよね！　記者だから、でしょ？　とにかく答えを言うと、『花嫁来たる』なの。すごく人気みたい。あなたも何曲か聞いたことがあるはず」マギーは数小節歌ったが、ジェイコブにはどういう曲かさっぱりわからなかった。「誰にも言わないでね、でもたぶん彼、わたしにプロポーズするんじゃないかと思う」

ジェイコブは無理に笑みを浮かべた。どっちみち彼女はあまり趣味じゃなかった。「愉しんできて」

「もちろん！」

そう言ってマギーは去った。ジェイコブは今夜もまたひとりでエクスマウス・マーケットに行くことになった。

14

〈マルケリン・アンド・モーガンズ〉法律事務所は、何世代にもわたって富裕層の秘密を守ってきた。その目立たないオフィスは、慎重な姿勢で知られる会社に似つかわしかった。建物の入口はアルベマール・ストリートをはずれた路地の奥にあり、塀についた大昔の真鍮の表札の文字は色が落ちてほとんど読めないほどだった。ドアは灰色で、そのまえの階段もだいぶくたびれている。呼び鈴はなく、不機嫌そうなフクロウの顔をかたどった鋳鉄製のノッカーがあるだけだった。

レイチェルのノックに応えてドアが開くまでに、たっぷり一分はかかった。しなびた顔が出てきた。テイレシアス（ギリシャ神話の盲目の預言者）を思わせる老人で、その謎めいた風貌はスフィンクスの顔さえ表情豊かに見えるほどだった。

「レイチェル・サヴァナクです。正午に予約を入れました」

テイレシアスは老斑の浮いた手で待合室を指し示した。部屋を飾っているのは、死んで久しい事務所歴代のパートナーたちの黄ばんだ資格証だけだった。タイムズ紙が机に置かれている。壁の本棚は名士録、デブレットの貴族名鑑、クロックフォードの聖職者名簿、法曹名簿の類いで埋まっていた。

ドアが開き、問いかける声が響いた。「ミス・サヴァナク？」

恰幅がよく、禿げ隠しに茶色の髪をむなしくなでつけている五十代の男が現われた。患者の診察で症状を探る田舎医師よろしく、金縁の鼻眼鏡（パンスネ）越しに彼女をじっと見た。レイチェルはまばたきもせず視線を返した。弁護士は負けを認めたというように咳払いをした。

「自己紹介させてください」と顔を輝かせ、なめらかに入院患者への最高の接し方に移行した。「シニア・パートナーのアンガス・マルケリンです。初めまして」

レイチェルは立ち上がった。握手をすると、弁護士は彼女の握力にうっと顔をしかめた。

「ミスター・モーガンズにお目にかかるものと思っていました」

「ああ、そうですな」マルケリンはまた咳払いをした。「よろしければ、私に少々時間をいただけますか？」

答えを待たずに短い廊下をよたよた歩いて、己の領地である大きな部屋に入った。壁一面の本棚には判例集が時系列に並んでいる。家具はシェラトン・スタイル、カーペットはペルシャ絨毯だった。

マルケリンはレイチェルに椅子を勧め、自身は机の向こうに坐った。彼のうしろには頭の禿げた男の油絵がかかっていた。じつに立派な茶色の口ひげを生やし、金縁のパンスネをかけた十九世紀の先祖だった。パンスネはマルケリン家に代々伝わる品にちがいない。

「あなたにお会いするのは特別な栄誉なのです、ミス・サヴァナク。父上が長く闘病された末に亡くなられたのは、イギリス法曹界にとってまことに痛ましい損失でした」

「よくそう言われます」

「残念ながらいっしょに仕事をさせていただく機会はありませんでしたが、父上は刑法の分野で赫々(かくかく)たる名声を博された。対する私は遺言、信託、検認の分野で細々と働いております」

これまでに会ったほかの専門家たちもみなそうだが、マルケリンも腰が低いとレイチェルは思った。「こちらの事務所名をモートメイン館のレオノーラ・ドーベルから聞きました。長年、ドーベル家のお仕事をなさっているのでしょうね」

マルケリンは取り入るような笑みを浮かべた。「当然ながら、存在の有無も含めて依頼人との関係に触れるのは職業倫理に反しますが、どちらからでも推薦のことばをいただけるのはありがたいと申し上げることはできます」

マルケリンの守秘義務へのこだわりは、トルーマンが言ったとおりだった。レイチェルはもう一度餌をまいてみた。「彼女はあなたのことを高く評価していました」

「いやはや、じつにありがたいことです。私の能力で可能なかぎりお手伝いいたしますが、何か……」

「お赦しください、ミスター・マルケリン。無礼とか感謝の気持ちが足りないように見えたら申しわけないのですが、こちらの予約ではあなたのパートナーを指名いたしました。これ以上あなたに無用のご迷惑をかけたくありません」

マルケリンの茶色の眉がぴくっと引きつった。それが彼のいちばん驚きに近い反応なのだろう。「もちろんです、お嬢様、おっしゃるとおりで。しかしまず説明させていただけますか。こう言ってよろしければ、私は三十年間、大法官裁判所で研鑽を積んできました。この法律事務所はわが国でも有数のご家族に仕えてきました。ルイス・モーガンズの父君と私は三代目のパートナーになります。ルイスはハンフリー・モーガンズの早すぎた死の直後にこちらに加わりましたが、まだ若くて……」

「ミスター・モーガンズが経験不足でも、わたしはかまわないのです。必要があれば、いつでもあなたから賢明な助言が得られるでしょう」

「当然です、お嬢様。しかし――」

「サヴァナク判事の財産は、法律家の繊細なことば遣いで言えば、決して少ない額ではありません。判事が管理を一任していたゲイブリエル・ハナウェイは、今年初めに亡くなりました」

「あ、そうですね。あれはたいへんな悲劇でした」マルケリンの哀悼はおざなりだった。

「今後どの法律事務所と長くつき合えるか考える必要があります。ですから、私としては結論を出すまえに、この分野を担当する若手と話さなければならないのです。おわかりいただけると思いますが」

　また眉が引きつった。「つまり、こういうことでしょうか……同じ専門分野のほかの法律事務所とわれわれを比較なさりたいと？」

　レイチェルは手を口に当てた。「失礼だと思われたら申しわけありません。たんに世慣れたビジネスのやり方を知らないのです。わたしのわがままを聞いていただけますか？」

　アンガス・マルケリンはだてに三十年間、研鑽を積んだわけではなかった。既成事実(フェタコンプリ)が眼のまえに現われれば、そうとわかった。しつこく咳払いをして、避けられない事態を受け入れる時間を稼いだ。

「たしかに斬新なやり方ですな、ミス・サヴァナク。そこまで心を決めておられるなら……」

「決めています」レイチェルはにっこりと笑って腕組みをした。

「承知しました」また咳払い。「あなたの……型破りなところにルイスも共感するかもしれません」

レイチェルには、マルケリンが悪い状況のなかからとにかく最大限のものを引き出そうとしているのがよくわかった。サヴァナク家の財産を管理して得られる顧問料は、咳払いでどうこうできるものではない。彼がベルを鳴らすと、ルイス・モーガンズが部屋に入ってきた。

マルケリンは両者を紹介して言った。「ふたりはあっという間に意気投合すると思います」

レイチェルは愛想笑いをしたくなる衝動に逆らえなかった。「あら、本当にそうなるといいのだけれど」

「サヴァナク判事ですか？」ルイス・モーガンズが訊いた。「なんと、これは予期せぬ展開だな。彼が裁判官だったのは、ぼくがここに入るずっとまえのことだけど、噂は多少耳にしましたよ。そうとうな強面だったんでしょう？」

彼らはジュニア・パートナーの小ぢんまりした部屋に落ち着いていた。そこはマルケリンの領地の数分の一の広さだった。暖かい日で、部屋のなかがむっとしたので、モーガンズが上げ下げ窓を開けると、路地のゴミ容器のにおいが流れこんできた。ものを置ける場所という場所に、ピンクのリボンでまとめた書類が放ってあった。熟考すべき法律問題を与えられるたびに経験豊富なパートナーに相談し、必要なことをやらせて難を逃れてきたのだろうとレイチェルは推測した。

彼女は秘密を共有するように相手に身を寄せた。「ここだけの話ですけど、彼は手に負えない老人でした」

モーガンズは打ち明け話にニヤリとした。「親ってそういうものですよね？」

ルイス・モーガンズは青白く、眼は眠そうで顎は弱々しい男だった。握手の力はさらに弱かった。茶色の長髪とまばゆいほどの黄色のネクタイは、いかにもわかりやすい自由奔放主義（ボヘミアニズム）への目配せだった。気怠そうな態度は、ソファでくつろいで片手に葉巻用パイプ、もう一方の手にジン・リッキーのグラスを持っているほうが似合いそうだった。レイチェルは、この性格は母親の賛美と父親の軽蔑で形作られたと診断した。

彼女は部屋の隅に積まれた書類保管箱に手を振った。上からふたつ目に〝ドーベル〟と書かれていた。「レオノーラ・ドーベルからこちらの名前を教えてもらってよかった」彼女は言った。「正直に申し上げれば、法律問題は苦手ですから」

「ぼくも正直言って、ミス・サヴァナク、同じ気持ちです」モーガンズは慎みに欠けるニヤニヤ笑いを見せた。「請け合ってもいいけど、たいていの問題よりずっとつまらない」

「どうかレイチェルと呼んでください」少し色っぽい口調だった。

「いいですね！　こっちはルイスで」またニヤリ。「さて、専門家の手引きが必要なんですね？」

「ご迷惑でなければ」

「迷惑どころか！　もう法律の細かいことは気にしなくてけっこうですよ。お父さんは去年亡くなったんでしたっけ？　遺言の検認なんかもすんで？」

「手続きはすべて終わっています。わたしはこれからのことを考えたいんです、過去のことではなく」

「お仕えできるのは光栄です、レイチェル。個人的に最大限のお世話をしますよ」

「ご親切にありがとう、ルイス。これで心の重荷がおりました」

「どういたしまして。うれしいかぎりです」モーガンズはきれいに手入れした手を振った。

「ところで、そのうち食事でもどうです？　もちろんぼくが払います。タクシーみたいに時間や値段を気にする必要はありません。お互いもっと深く知り合うために」

「素敵ですね！　ぜひお願いします」

モーガンズは机の抽斗から革表紙の手帳を探り出して言った。「いつがいいですか？」

「たまたま明日の夜が空いています」

モーガンズの眉が跳ね上がった。「それはすばらしい！　七時でどうです？」

「お望みのままに」

演技過剰だっただろうか、とレイチェルはちらっと思ったが、ルイス・モーガンズのニヤニヤ笑いから、当然彼女が言うことを聞くと思っているのは明らかだった。

「ソーホーの〈フォイブルズ〉はご存じですか、ひょっとして？　ふたりだけの席を秘書に予約させます……誰にも邪魔されずに話せるように。じつはあそこの給仕長とソムリエの両方と親しくしてましてて」彼は椅子の背にもたれた。「それが秘訣なんです、レイチェル。すべては、誰を知っているかということです」

「もちろんです」レイチェルは素直に認めた。「それより真実をついたことばはありません」

クリフォード・トルーマンの車でゴーント館に戻ったあと、レイチェルは〈ジャンセン〉の魅力的なカーマインレッドの新しい水着に着替え、屋上プールを六往復してから、トルーマン一家に加わった。髪をタオルでふきながら、アルベマール・ストリートを訪ねた話をして、マーサとヘティを喜ばせた。

「明日の夜、わたしはモーガンズからレオノーラと彼女の夫についてたっぷり聞き出す。その間にクリフはちょっとした住居侵入ができる。ドーベルの書類保管箱の中身を見てみたいの」

「箱の場所はわかるんですか?」マーサが訊いた。

「モーガンズのオフィスのわかりやすいところに置いてある。あの上げ下げ窓は簡単に開く。たとえモーガンズが明日の終わりに閉めたとしてもね」

「モーガンズがレオノーラについて話すと思います?」ヘティが訊いた。

「わたしの魅力で充分口が軽くならなかったとしても、莫大な収入の見込みでそうなるでしょう。ギルバート・ペインのことも訊いてみる。どちらも詩が好きだから、ことによると、会ってるかもしれないでしょう」

「〈クランデスティン・クラブ〉で?」マーサが訊いた。

「ほかにどこがある?」

＊

「つまりこういうことですか?」ジェイコブは口いっぱいに含んだペール・エールで子牛

肉とハムのパイの最後の一片を流しこんだ。「ぼくは誰か偉い人にかかわることで不始末をしでかした。しかしあなたは、それが誰かも、どうやったのかも、理由は何だったのかもわからない。それでもぼくは古い石炭をほじくり返したことで有罪である。石炭の意味がなんであれ」

オークスはスープのスプーンを置いた。彼らはパントン・ストリートの〈ストーンズ・チョップハウス〉で昼食をとっていた。ジェイコブがここを選んだのは、料理が山盛りで、ビールが美味いと聞いたからだが、給仕がみな本当に茶色のニッカボッカと赤いベストを着用しているのか確かめたい気持ちもあった——噂は本当だった。

「まあそういうところだ」オークスは食事相手を見た。「きみならどういう話かわかるだろう」

「わかるかもしれないし」ジェイコブは言った。「わからないかもしれない」

「わかるほうに賭ける。私に秘密をもらしたくなったかね？」

ジェイコブは顎をなでて考えた。「ダンスキン裁判の記事を書いたことで、過去の法の失敗について興味が湧きました」

「聞いたところでは」オークスはすぐに言った。「ダンスキンの無罪放免は法の失敗だったようだな」

「発言に気をつけたほうがいいのでは、警部」ジェイコブはニヤリとした。「彼は無実でしょう？」

「法廷ではそうなった」と言いながらオークスは首を振った。「私が担当した事件ではないが、専門家たちは確実な物証がないなかでも、彼が明白な犯意を持って車に火をつけたと確信していた。証明となると話は別だがね。合理的な疑いの余地なくというのは、かなりハードルが高い」

「無実の人ひとりが有罪になるより、百人の犯罪者が自由に歩いているほうがましです」

「たとえ私が大切に思う人を犯罪者が殺したとしても、私はあくまでも厳しく証拠を要求する」

「でも警部自身が無実で犯罪に巻きこまれたとしたら、そこまでの証拠は要求しない？」

「かもしれない」オークスはスプーンでテーブルを軽く叩いた。「いまどんな事件を調査しているのか、話す気はないだろうね？」

「いいえ、かまいませんよ」ジェイコブは不誠実に答えた。ギルバート・ペインがバートラム・ジョーンズとして甦ったことに触れるつもりはなかった。「ウィットネスやトランペットにもらさないと約束してくださるなら」

「約束しよう」

「ひとつはウィラルのバンガローの事件。もうひとつはゴーリーの裁判です」

　オークスは眉間にしわを寄せた。「かなりまえの事件じゃないかな？　思い出させてくれ」

「リヴァプールの実業家が、愛の巣のバンガローで愛人を絞め殺した容疑で逮捕されました。しかし最終段階で、彼女に裏切られた夫が犯人ということになった。ミセス・ゴーリーのほうは、ボーイフレンドが彼女の夫を殺しましたが、彼女自身も訴追されました。ボーイフレンドを焚きつけたにもかかわらず、彼女は無罪になりました」

　オークスは彼に鋭い一瞥をくれた。「それだけ？」

「だから、あなたが受けた苦情に心当たりがないんです」

「まあいい。きみにメッセージは伝えた。この先起きることは、私の関知するところではない」オークスは勘定を頼んだ。「ところで、ミス・レイチェル・サヴァナクは最近どうしてる？」

「彼女にはほとんど会ってません」

「驚きだな。あんなに並はずれた女性なのに」

「なかなか知り合いになれない人です」

「それは想像できる」オークスは何か考える表情でジェイコブを見た。「もっと知り合いになりたいかね？」

「彼女は裕福で賢くて美しい」ジェイコブは笑った。「結論はご自身で出してください。もしぼくが裕福で賢くてハンサムだったら、まだチャンスはあるかもしれませんが」

「彼女は寂しくないのかな」

「何百万という人がいるロンドンで？」

「ロンドンだからこそだよ」

ジェイコブは身を乗り出した。「ひとつ質問してもいいですか？」

「したまえ」

「警部は〈クランデスティン・クラブ〉について何を知ってます？」

オークスは顔をしかめた。「どうしてそんなことを訊く？」

「とくに理由はありませんけど」

「記者はとくに理由もなく質問しない。警官と同じだ」ジェイコブは何も言わなかった。

「きみがほじくり返している古い石炭と関係があるのかな？」

「シルヴィア・ゴーリーとヘンリー・ローランドですか？」ジェイコブはギルバート・ペインに興味を抱いていることをまだ明かしたくなかった。「ぼくが知るかぎり、彼らは〈クランデスティン・クラブ〉とはなんの関係もありません」

「ならなぜ訊く？」

「名前は聞いたものの、そこのことを何も知らないので。無邪気な質問というやつです」

「〈クランデスティン・クラブ〉に無邪気なところは何ひとつない」

「好奇心をそそられますね。〈クランデスティン〉について何を知ってるんですか？」

「きみに未婚のおばさんがいたら、悪徳の掃きだめと言うだろうね」

「なおさら興味が湧きました」

オークスはうなった。「〈クラン〉はソーホーの煙が充満した地下にある。ここから歩いて十分もかからない。ドアには何も書かれていないし、公式の電話番号もない。内情を知る者たちだけのクラブだ」

「警察はどうしてそこを閉鎖しないんですか？」

オークスはジェイコブを睨みつけた。ソーホーのクラブについては、ロンドン警視庁の警官たちが賄賂を受け取って眼をつぶってきたという気まずい歴史があることを、ふたりとも知っていた。

「〈クラン〉は昔ながらの悪の巣窟ではないのだ。ふつうナイトクラブを経営するのは、客から好きなだけ金を巻き上げたいからだろう。経営者たちは気が短くて身勝手だから、安易な道を選び、ルールを破る。あまりに管理が杜撰（ずさん）なので、そういう場所は無秩序の家と呼ばれるくらいだ。免許制度などおかまいなしだし、犯罪者や娼婦の隠れ家になって、ありとあらゆるメンバーが集まる。そのくせ、そこに平服の警官がまぎれこむと図々しく文句を言ってくるのだ」

「一方、〈クランデスティン・クラブ〉は合法な組織なんですね？」

「退廃的な富裕層が安らぐ場所だよ。だがありがたいことに、私は夜のソーホーを取り締まる責任者ではない。ここだけの話、〈クラン〉が自分の担当でなくてよかった」

「しかしながら？」

「なんとなく腐ったにおいがする。まあ、勘のようなものだ」オークスはため息をついた。

「時代遅れの堅物の勘かもしれないが」

「そのクラブが望ましくない人物を引き寄せるのなら、警察は手入れをすればいいじゃないですか。ある夜踏みこんで何人か逮捕して、メッセージを伝えては？」

「言うは易く行うは難しだよ。ダンスキン事件と同じく、合理的な推定はできるものの、そこから刑法上の有罪にするのは大きな山を登るようなものだ。伝聞や醜聞や噂は、われわれの大事な手持ちの材料だ。それはきみたちの仕事でも同じだろう。だが、それだけでは法廷に持ちこめないのだよ」

「〈クラン〉を扱った報道は見たことがありません」

「ほかのナイトクラブは評判が広まることで繁栄する――いい評判でも、悪い評判でも。だが〈クランデスティン〉はその名のとおり、秘密を保つのだ」オークスは大きなため息をついた。「誰もニュース・オブ・ザ・ワールド紙に話したりしない。クラブ内の犯罪が報じられたことは一度もない。設立は十年前、ほかの似たようなクラブが会員の減少で次々とつぶれるなかで生き延びてきた。有閑階級はいまや絶滅危惧種なのだ」

ジェイコブはニヤリとした。「ウォール街の崩壊で少なくともひとつ、いいことがありましたね」

オークスは軽口につき合う気分ではなかった。「クラブで飲むクリュッグ・シャンパンは〈クライテリオン〉で出るものより安いと聞いている。会員は金銭的に搾取されているのではない。彼らはありきたりの望ましからざる連中ではないのだ」

「ならどういう連中なんです？」

「財産があり、育ちもよく、立派な経歴を持つ人々だ。そして趣味は……風変わりだ、もちろん」

「それは警部の見解かもしれない」

オークスは疲れたように肩をすくめた。ふたりは出口へ進んだ。「きみが質問したから、正直に答えたまでだ」

「ありがとうございます」ジェイコブは言った。「〈クラン〉は誰が所有しているんですか？」

「それがわかればな。持ち株会社や、子会社や、表に立つ人物が入り乱れている。誰が財布の紐を握っているのかは知らない。彼らが誰であれ、優秀な顧問がついている。警察の強制捜査能力は、人々が思うほど高くないのだ」

「あるいは、スコットランド・ヤードが思わせたがっているほどには？」

警部の哀しげな笑みがすべてを物語っていた。彼らは通りに出た。日は高く、空には雲ひとつなかった。「悪事の証拠がないのに何ができる？」

「つまり、あきらめている？」

オークスはまわりを見た。声が届く範囲には誰もいなかった。「まだオフレコかね？」

「信用してもらってかまいません」

オークスの笑いがぴたりと止まった。「ほかの記者と同じくらいな」

「褒めことばと受け取っておきます」

「調子に乗るなよ。そもそも私は記者をこれっぽっちも信用していない。地域担当の警官たちが一、二度踏みこもうとしたんだが、いずれも失敗に終わった。〈クラン〉の運営者たちはつねにわれわれの一歩先を行くのだ。賢明な友人たちが差止命令でもなんでも、そういうものを要求する厳しい手紙を警視総監に送った瞬間に、総監は逃げ出す」

「警視総監は来年引退でしたっけ？」

めったにないことだが、警部の声に鋭い嫌悪が感じられた。「彼は静かな生活だけを望んでいる」

「みんなそうじゃありませんか？」

オークスはジェイコブの眼を見た。「きみと私はちがう。〈クランデスティン〉の調査がはかどることを祈っているよ。運を味方につけることだな」

ジェイコブは警部と握手した。「調査するとは言いませんでしたけど」

「もちろん言わなかった」オークスは寒々しい笑みを送った。「ちなみに、きみに警告して〈クランデスティン〉から遠ざけろとは、誰からも言われていない」

「そこまでうまく運営されているのなら、会員でないぼくはどうやって入りこめばいいんでしょうね」

オークスは一瞬考えた。「明日は空いているかね？　よろしい。私のほうで考えておく」

「ありがとうございます」

「本当に好奇心に駆られたのなら、〈クラン〉の裏にいる人々は無慈悲だということを忘れないように。身辺に気をつけたまえ」

15

「ジェイコブ、ダーリン、なんてうれしいの！」

グリゼルダ・ファーカーソンの挨拶のキスは、豊かな黒い巻毛や、コールのアイシャドー、頬の白粉と同じくらい濃厚だった。ショッキングピンクの口紅がシフォンドレスに合っていて、仕上げにトレーンがドレスの両肩から流れ落ちていた。ラベンダーの香水がきつすぎて、ジェイコブの目に涙がにじんだ。これまで五、六回しか会ったことがないのに、グリゼルダはその豊満な体でジェイコブを長く消息不明だった息子のように抱きしめた。

あまりに強い抱擁で、ジェイコブは息ができなくなった。感情の爆発は、ハイゲート文学科学院の厳粛な雰囲気に似つかわしいとは言えない。読書室は本来、静寂のオアシスであるべきだ。アルコーブには胸像、入口の横の壁には歴代の院長の肖像画が飾られ、その下に大きな地球儀があった。部屋の奥の階段は司書室につながっていて、階段室のドアの横に呼び鈴があった。

　ドアにはのぞき穴がついていた。司書がのぞいて、グリゼルダがいないことを確かめるのだろうかとジェイコブは思った。なかにいる人たちは本や新聞に没頭していて、誰も不機嫌そうに舌打ちしたり、グリゼルダを黙らせるためにシーッと言ったりはしなかった。彼女をどう脅してしたがわせようとしても、うまくいかない運命なのだ。グリゼルダは自分だけの法にしたがう。上品だが激しやすく、うぬぼれ屋だが愉しく、気取っているが生きる喜び（ジュワ・ド・ヴィーヴル）に満ちている。自然の力のような存在なのである。

　もっとも、彼女の外見に自然なところはまったくない。ジェイコブには、彼女がかつらをかぶっているのか、変わった趣味のヘアドレッサーを雇っているのか、わからなかった。年齢もまったくわからない。六十五歳、七十歳、それとも七十五歳？　まさか八十歳？　驚くべきだましの手口で、誰にも歳を悟られないようにしている。

「三十分もの時間をありがとうございます」ジェイコブはまた息ができるようになると、言った。

「とんでもないわ、ディア・ジェイコブ。仲間の記者にしてあげられる最小限のことよ」

　グリゼルダはクラリオン紙の社交欄の週刊コラムを、かれこれ二十年間書いていた。購読層は労働者階級から下位中流階級の新聞なので、有閑階級――あるいは株式市場崩壊後のその生き残り――のゴシップなど、パントマイムの讃美歌のように見当はずれに思えるが、読者は彼女が書く上流生活の話が大好きなのだ。グリゼルダをはずそうという提案があっても、ウォルター・ゴマーソルはいっさい耳を貸さず、まじめひと筋の記者たちがグリゼルダは冗談だと指摘しても、クラリオンの漫画には反対しなかったじゃないかと言い返す。グリゼルダはネタ切れになると法螺話をでっちあげていると誰かが仄めかせば、ゴマーソルは、事実は小説より奇なりだろう、とりわけイギリスの上流階級においては、と反論した。

「ありがとうございます。調査の邪魔をしてすみません」

グリゼルダはハイゲートに住んでいた。電話では、暇さえあればこの学院で自分の家族の系譜を調べていると言っていた。ジェイコブが知っているのは、彼女が三人の夫に先立たれたということだけだった。口さがない同僚は、その三人は精魂尽き果てて死んだと言う。

「謝る必要なんてありませんよ！　このところ古い人名簿を一冊ずつ読んでるの。わたしは生まれも育ちもハイゲートの女よ。母は地元の大きなお屋敷でメイドとして働いてた。どの屋敷のご主人がわたしの父なのか、見つけようとしてるの」

「そうなんですか？」ジェイコブはほかにどう言えばいいのかわからなかった。

「あらまあ、赤面しないで！　わたしが婚外子ってことは知ってたでしょ？　別に恥ずかしかしいことじゃないわ。気にするのは潔癖症の人だけ。どんな上流の家族にも婚外子のひとりやふたりは必要不可欠（ド・リグール）、あなたもそう思わない？」

ジェイコブは上流の家族とつき合ったことがほとんどなかった。しかたなく黙ってうなずいた。

「ママは若い娘のころ、すらりとした美人だったの。ほら、わたしは彼女から頬骨と鼻の形を受け継いでる。わたしを産んだ半年後に、彼女は〈スパニヤーズ・イン〉の給仕と結婚して、わたしはエドナ・ブラットとして育った。どこにでもある名前だけど、わたしは根がロマンチックだから、子供のころから自分はイングランドでも屈指の旧家の子孫、グリゼルダ・ファーカーソンだと想像してきた」

「そしていま、自分のルーツを見つけようとしてるわけですか」

「過ぎ去りし日々、わたしは空想するほうが好きだったの、ディア・ジェイコブ。現実の生活よりはるかに滋養があるでしょ、そう思わない？　でも最近感じるようになったの。別に遺産の相続権を主張するとか、そういうことじゃなくて。未婚で生まれた子供に対する法律上の偏見が恥ずかしいってこと。だから、わたしはこれから婚外子の紋章を堂々と見せてやろうと思うわけ」

おしゃべりの洪水に溺れることはいともたやすかった。ジェイコブは、取るに足りないことをこれほど完璧に思い出せる人物にこれまで会ったことがなかった。

「電話で言ったように、ドーベル家のことでお知恵を借りたいと思っているんです」

「喜んでお貸しするわ、ディア・ジェイコブ。ちょっと休憩、お茶でもしましょうか」

グリゼルダとドレスのピンクのトレーンが波打つように部屋から出ていき、ジェイコブは航跡に取り残された。五分後、彼らはハイ・ストリートの〈ミシズ・ウィリアムソンズ〉ティールームでメニューを見ていた。ウェイトレスは五十を軽く越えていたが、グリゼルダは自分の娘であるかのように挨拶した。

「わたしは甘党でね」彼女は大きなポット入りのダージリンと、フェアリーケーキがいくつかのった皿を注文してから打ち明けた。「昔チェルシーに、それはそれは素敵なかわいいカフェがあったの。神々しいくらいのメレンゲとマシュマロを出す店でね……」

「ドーベル家についてですが」ジェイコブは、グリゼルダが人間メレンゲになったイメージを頭から追い払いながら、断固とした口調で言った。

「ああ、そうだったわね。とっても不幸な家族」

「不幸？」

「次から次へと悲劇にみまわれたのよ」グリゼルダは明るい声で言った。「本当に悲しいこと」

「ヨークシャーの家族ですよね。ぼくの故郷です。あなたが彼らのことをご存じかどうか、ちょっとわからなかったのですが」

「ああ、見渡すかぎりの大地！ ブロンテ姉妹の土地。ハワースの牧師館に『嵐が丘』！ なんてロマンチック。荒々しくて謎めいている」テーブルの下で、グリゼルダのぽっちゃりした脚が愛想よくジェイコブの脚にすりつけられた。「もちろん、わたしはあそこまで北に行ったことがないけれど」

「もちろんそうでしょう」ジェイコブは言った。「どういう経緯でドーベル家のことを知りました？」

グリゼルダの眼に夢見るような表情が浮かんだ。「わたしはすごく若いときに結婚したの、ジェイコブ。最初の夫は――彼よ安らかに眠れ――わたしのお祖父ちゃんぐらいの歳で、若い花嫁についていけなかった。わたしはパーティが大好きで、ちょっと不良っぽい人たちとつき合ってたんだけど、そのころ、オズウィン・ドーベルというチャーミングな独身男性と出会った」

「オズウィン？」ジェイコブは名士録のフェリックスの項目を思い出そうとした。グリゼルダは一八七〇年代までさかのぼっているにちがいない。

「彼は画家になる野望を実現するためにロンドンに出てきていた。彼の父親のアラリックは素人水彩画家だったけれど、やがて美術品の蒐集に身を投じた。ミレーとか、そういう人たちにヨークシャーの風景を描かせたりしてね。オズウィンはラファエロ前派を愛する父親の趣味を受け継いでいたけれど、女性をもっと愛した」

「あなたも彼を愛したんですか？」

グリゼルダはいたずらを仕掛けるような笑みを向け、鼻の横を軽く叩いた。「女の子はみんなそうよ。なかでもかわいいデビュタントにキューピッドの矢が当たった。彼女が妊娠したことがわかると、オズウィンは紳士らしく結婚を申しこんだ。でも彼女は体が弱くてね。結局流産し、結婚式の一カ月前に彼の腕のなかで死んだ。かわいそうにオズウィンは悲嘆に暮れた。でもその反動で准将の娘と結婚して、モートメインに連れ帰った。わたしの夫はその半年後に死んだの。もし少し時期がちがっていれば、と考えることがよくあるわ」

「オズウィンの息子のほうは？」ジェイコブは言った。「彼とも知り合いでしたか？」

「息子はふたりいたの、ひとりじゃなくて。モーリスとフェリックス」お茶と、ケーキが山積みになった皿がふたつ運ばれてきた。「母親はその息子たちが若いころに亡くなった。当時わたしは再婚してたから、オズウィンとわたしが結ばれることは――」

「息子たちはどうなりました？」ジェイコブはきっぱり言った。

「ああ、そうね。住みこみの家庭教師が世話をしてた。若くて魅力的な女性たちが次々と雇われて、オズウィンの世話もしてた」グリゼルダは声を立てて笑った。「そして最後の人が彼の秘書になったの。美しい婉曲表現よね、そう思わない？　最終的にその人が彼の二番目の妻になった。あれはたしか――いつだっけ――一九〇〇年のことだった。アラリックが亡くなる直前よ」

「その年なら息子たちは成人してますよね。どうなったんですか？」

「モーリスはサンドハーストの士官学校を出て、近衛擲弾兵連隊に入った。母方の親戚がみんな軍人タイプだったのよね。軍役が大好きだった」

「フェリックスは？」

「芸術家タイプ。お兄さんより温和な性格だったのね。彼はオズウィンの跡をたどって、ロンドンに移った。わたしは一度か二度、会ったことがある。フェリックスとくっついた女優が彼の子を産んだ。彼女は神経衰弱になるタイプで、よくヒステリーを起こしてた」

「ほう」

ジェイコブはほかにどう言えばいいかわからなかった。グリゼルダはフェアリーケーキに注意を向けた。チョコレートケーキで、ひとつずつマジパンがのっていた。

「フェリックスはヴァレンタインの養育費を払うと言ったけど、結婚は問題外だった。そこは完全に理解できるわね。お相手はとうてい地位が高いとは言えなかったから。礼儀作法もなってなかった」

「悲しいことに」

「世の中の自分の居場所を知ってることはとても大切、そう思わない？　でなきゃ社会は機能しないでしょう？　気の毒に、彼女はどうしようもなく情緒不安定になった。ブルームズベリーのホテルに投宿して、五階の窓から身を投げたの。こともあろうにヴィクトリア女王の葬儀の日にね！」グリゼルダはフェアリーケーキをもうひとつ、ぺろりと食べた。「とんでもなく身勝手よね。人々が女王陛下に静かに敬意を払いたい日だったのに。でもまあ、長い目で見れば、それがいちばんよかったんでしょうね」

ジェイコブは言わずにはいられなかった。「女優本人を除いて」

「もしかすると彼女にとってもよ、ディア・ボーイ。何もかも自分の手に負えなくなったって遺書を残したんだから。ありがたいことに、フェリックスには罪がないとはっきり書いてた。そういう品位は持ってたみたい。でなきゃ彼は自分を責めたでしょうからね」

「ひどい話だ」ジェイコブは息を吸った。「フェリックスの結婚ですが……」

「いまから話します」グリゼルダはマジパンがついた指を振った。「男の人はいつも急ぐのよね。レディを急かしちゃいけませんよ、ジェイコブ。そういえば、そのころちょっとハンサムな若い殿方がいて――」

「申しわけありません」ジェイコブは自棄気味に言った。「あなたのドーベル家の話にすっかり魅了されてしまいました。彼らの不幸について話してましたっけ？」

「本当に悲しい話よ」グリゼルダはナプキンで口元をふいた。「オズウィンの二番目の妻はかわいそうに、出産で死んでしまった。子供も死産。そのあとオズウィンはやつれていった。フェリックスのほうはお金がなくなった。祖父のアラリックはフェリックスを受け入れなかったけれど、アラリックが死ぬと放蕩者は家に戻ってきた。この父にしてこの子ありって言うでしょう。オズウィンとフェリックスには共通点がたくさんある。唯一のちがいは、フェリックスが、軍人の娘じゃなくて警察署長の娘と結婚したことね。傲慢な女性だったわ、エルスペスは。でも家族には財産があって。それが重要なことだった」

「つまり、ボヘミアンの芸術家が、経済的な安定と田舎の立派な地位のために野望を犠牲にしたと」

グリゼルダはため息をついた。「死ぬほど退屈、そう思わない？　フェリックスは魅力的な人だけど、けっこうわがままだった。勇気がなかったわけじゃないの。戦争が始まると、すぐ軍隊に入ったから。そのころにはオズウィンがかなり弱っていて、エルスペスが家のことを取り仕切ってた。ほどなくフランスで何千という兵士が負傷して、一般の病院や介護施設が人であふれ、モートメインみたいな地方の家は協力せざるをえなくなった。そこでエルスペスはモートメイン館を軍病院にしたの」

ジェイコブは安堵のため息をついた。ようやくグリゼルダが本題に入りつつある。

「戦争の最後の一年は、ドーベル家全体にとって破滅的だった。引きも切らずに災難が降りかかったのよ」

「いったいどんなことが？」

「まずモーリスが狙撃手に撃たれて死んだ。それだけでもひどいのに、ほんの手始めにすぎなかった。フェリックスのかわいそうな婚外子がフランスに出征して一週間のうちに、砲弾ショックで記憶喪失になった。軍から一度脱走したんだけど、銃殺されなくて運がよかった。臆病者だったのね、わかるでしょ、お母さんみたいに。フェリックスは彼が休暇で帰ってきたときにそれを知って、一ペニーも与えずに勘当した。あの子は前線で死んだほうがよかったくらいよ」

グリゼルダは長々と、低いため息をついた。「フェリックスのほうが臆病だったらよかったのに！　彼はまたすぐ塹壕に戻って、献身した甲斐もなく爆弾に吹き飛ばされた。次にモートメインに帰ってきたときには脚を一本失って、抜け殻のようになってたの。けれど、それで終わりじゃなかった」

「それだけでも充分ひどいのに」ジェイコブ自身も砲弾ショックになった気分だった。

グリゼルダは首を振った。「フェリックスが怪我をしたという知らせを受けてすぐに、エルスペスが病気になって死んだ」

「スペイン風邪ですか？」

「胃炎だったと思う。そして気の毒にも、一カ月とたたないうちにオズウィンの心臓がついに動かなくなった。信じられる？　フェリックスから見たら、家族全員消されたようなものよね。まるでモートメイン館と、あそこに関係した人全員に呪いがかかったみたい」

静かな、芝居がかった口調でジェイコブは言った。「ドーベル家の呪い？」

グリゼルダは重々しくうなずいた。「フェリックスは生き残ったけど、何もかも変わってしまった」

「でも、慰めはありましたよね」ようやくジェイコブは会話をレオノーラに持っていくことができた。「二番目の妻を見つけたのだから」

グリゼルダはふんと鼻を鳴らした。「彼の看護師ね」

「レオノーラ・スレイターーベック」

「それが彼女の名前なの？」グリゼルダは鼻にしわを寄せた。「わたしももう、ドーベル家に追いつけなくなったみたいね。彼らのことは何年も聞いてないわ。あれだけ繁栄しそうだったのに、なんにもなくなった。悲劇と言うしかない」

「すると、レオノーラについては何も話せないとか？」

「何ひとつね、マイ・ディア。下層階級の人よね、たしか。戦争がこの国に与えた影響はそこよ。あらゆることが上下逆さまになっちゃった」

じつのところ、グリゼルダがレオノーラについて語ったことがあった。改名が成功したということだ。彼女は秘密を隠しおおせた。レオノーラとジー事件とのつながりをグリゼルダが知らないなら、誰も知らない。フェリックスでさえ彼女の本当の身元を知らないのではないか？　知ったらフェリックスは気にするだろうか。

グリゼルダはジェイコブの脇腹をつついた。「こら、わたしばかりしゃべってるけど、あなたはちっとも話してくれないのね、どうしてそんなにドーベル家に興味を持ってるのか」

「フェリックスの奥さんがこの週末、ぼくの知人をモートメインに招待してるんです」

「驚いた。パーティってこと？　素敵すぎる」グリゼルダは最後のフェアリーケーキをつまんだ。「わたしのコラムに使えそうなエピソードがあったら、なんでもいいから教えてね。最近、世の中がしみったれてるでしょ。みんなお金がなくて、世界が鬱陶しくなってて。読者は上流階級の生活をのぞき見して晴々した気分になりたいのよ」

「でしょうね」

「それと、わたしがよろしくと言ってたって、ぜひそのお友だちからフェリックスに伝えてもらいたいの。彼はわたしのこと憶えてないと思うけど」

ジェイコブはここぞと思いやりのある笑みを送った。「あなたを忘れられる人がいます?」

*

「もうすぐだ！」ペニントンが陽気に叫んだ。

彼は自分の車を愛していた。ブガッティ38ツアラーは、風のごとく駆け抜けるために作られていた。ヨークシャーまでの道中、レジー・ヴィッカカーズは車が猛スピードでカーブを曲がるたびに、あらぬかたへ吹き飛ばされるのではないかとヒヤヒヤした。ペニントンは二時間以上早く着くと自慢したが、レジーの神経はすり減って、それどころではないくらい寿命が縮まっていた。エンジンの轟音やら、ブガッティのどこそこの作りがすばらしいというペニントンのうるさい解説やらで、眠ることもできなかった。シングル・オーバーヘッド・カムシャフトと言われても何のことかわからないし、トリプル・ボールベアリング・クランクシャフトになるとなおさらだ。

「愉しいショーだ」レジーは食いしばった歯のあいだから言った。

少なくとも、クリケットの試合は待ち遠しい。上司たちが大のクリケット好きであることは、レジーの仕事のもっとも魅力的な特典だった。というより、彼が毎日嫌々こなして少しもはかどっていない書類仕事を誰も気にしていないことを除けば、職場でたったひとつのいいところだ。ロンドンの外に出られたのも、ドゥードルやルルや、あの忌々しいサヴァナクの女を心から締め出すことができたのもうれしかった。アクセルを踏みこむペニントンの横でレジーが気にしているのは、五体無事に目的地までたどり着けるかということだけだった。

「ここがタニクリフか！」ペニントンが急ブレーキを踏み、レジーの体は大きく揺れた。車は屋根に時計塔がついた守衛所のアーチ型の入口を通り抜けた。「ふうーっ、危うく見落とすところだった！」

「助かった」レジーは小さくつぶやいた。「一杯やりたい気分だ」

「きみは運がいい。ここの招待主の地下室には酒壜がぎっしり詰まってるらしいぞ」ペニントンは高笑いした。「抜群の時間に着いたよ。のろまたちが到着するはるかまえに酔っ払える」

タニクリフの敷地を燦々と照らす太陽の下、車は疾走した。私道の両側に続くポプラ並木は、整列した儀仗兵のようだった。楕円形の湖があり、クリケットの白いサイトスクリーンと藁葺き屋根のパビリオンがちらっと見えた。前方に家が現われた。赤煉瓦でできたジャコビアン様式の広大な建物だった。まえの所有者が戦後の不況で没落し、タニクリフをサー・サミュエル・ダッキンスに売ったのだ。

かつてサミー・ダッキンスは石鹸会社を興し、ヨーロッパで最大規模にまで育てたが、五十歳でそれを売却すると、売上金で引退生活に入った。世界を探検したのち、タニクリフを購入して領主となり、余生をその仕事に捧げていた。精力旺盛なヨークシャー人だった彼がまず手がけたのは、敷地内の労働者からなるクリケットチームを結成し、みずからそのキャプテンを務めることだった。

ウィットロー少佐からマスカレーダーズとの対戦を申しこまれると、ダッキンスは一も二もなく受け入れた、とペニントンは言い、ふざけてつけ加えた。「少佐の右手がまだあったら、かぶりついて食いちぎってたんじゃないかな」

ブガッティは美しい石の彫刻の噴水を通りすぎ、私道の最後のカーブを曲がって、車寄せの屋根の下に急停止した。レジーは思わず出かかった安堵の声を呑みこんだ。

「到着！」ペニントンが叫んだ。「つき合ってくれてありがとう、ヴィッカーズ。くだらん職場でせこせこ働いてると、お互いをちゃんと知ることはむずかしいからね。そこがクリケット旅行のいいところだ。団結心（エスプリ・ド・コー）を高めるのにうってつけ。なんせ愉しく話ができてよかった。きみがこんなに車好きだったとはな」

レジーがよろよろと車からおりて待っていると、ペニントンが楽々とふたり分のスーツケースとクリケット道具をおろした。彼は肩幅が広く、身長は百八十センチを超え、ホワイトホール用のピンストライプのスーツより、ツイードの上着とフランネルのズボンが似合う男だった。

遠くの吠え声が静寂を破った。

レジーはペニントンのたくましい腕をつかんだ。「あれは何？」

「たぶんライオンだ」

「おいおい、ペニントン。長いドライブのあとで馬鹿げた冗談を聞く気分じゃないんだ」

「もっとぼくを信用すべきだぜ、きみ。ダッキンスは動物に目がないんだ。クリケットと同じくらい動物を愛してる。半端じゃない。若いころはベルギー領コンゴに何年もいた。ほら、石鹸の製造でヤシ油の利権があったから。あの吠え声はそこからイギリスに連れてきたやつにちがいない」

「ここは暗黒大陸アフリカじゃない。ヨークシャーだ。ライオンを飼えるわけないだろう」

ペニントンは大声で笑った。「的はずれもいいとこだよ、きみ。ちなみに、ダッキンスはライオン一頭じゃ満足しない。ヒョウやキリン、ほかにもとんでもない珍獣を集めてる。ここタニクリフには州内最高の私設動物園があるのさ」

また咆哮が聞こえた。今度はもっと近かった。暖かい夕方なのに、レジーは身震いした。

16

ジェイコブがオフィスに戻ったとたん、電話が鳴った。特別な届け物があって、使いの人はその封筒をどうしても直接ジェイコブに手渡すと言っているらしい。

ロビーにおりると、がっしりした体格の若者が待っていた。ふつうの服を着ていなければ、彼が警官であることに有り金すべてを賭けてもいいくらいだった。

「ミスター・フリント？」

「特別な届け物ですって？　今日はラッキーな日だ。いったい誰から？」

「かならずあなたに渡せと言われただけです、ミスター・フリント。ぜったいほかの人には渡すなと」

若者はジェイコブの手に小さな薄茶色の封筒を押しつけて去ろうとした。

「ちょっと待って。誰の使いなんです？　どこで働いてるんですか？」

若者は肩越しに振り返った。「すみません、ミスター・フリント。あなたの質問に答えろとは言われてないので。ただ封筒を渡せと。では」

「へえー」若者が出ていってドアが閉まると、マギーが言った。「なんかわくわくする」

「隠れファンが親展でくれたメッセージだ」ジェイコブはニヤリとして、彼女の婚約指輪を指差した。「ところで、食事と観劇は大成功だったようだね。ふたりともお幸せに」

ジェイコブはオフィスに戻って封筒を開けてみた。出てきたのは赤い長方形の厚紙一枚だけで、黒い文字でジェラード・ストリートの住所が書いてあった。会員証のようだが、名前も会員番号もない。指紋採取用の粉を振っても、何も出てこないほうに賭けたいくらいだった。添え状もなかったが、ジェイコブには疑問の余地なく出どころがわかった。

オークスはぜったいに認めないだろう。しかし警部は〈クランデスティン・クラブ〉のドアを開ける鍵をジェイコブに渡したのだった。


〈フォイブルズ〉はシャフツベリー・アベニューからほど近く、壁という壁は劇場のポスターでごてごてと飾りたてられていた。愛想のよすぎる給仕長がレイチェルとルイス・モーガンズを席に案内した。ブースはオークのパネルで仕切られ、赤いビロード張りの椅子の背もたれが高かった。親密な雰囲気と宣伝されているが、窮屈なことの婉曲表現だ。

ほかの客は店の奥寄りにいるひと組だけで、若いブロンドの女性と、完璧なピンストライプのスーツを着た銀髪の男性だった。見たところ、失業中の女優とシティ勤めのシュガーダディが贔屓にするレストランのようだ。女性がかなり肌を露出したドレスを着ているのは、暖かい夜だからか。レイチェル自身の桃色のシルクのシフォンドレスはもっと想像の余地を残していた。

「ハイランド赤鹿のジビエをお薦めします。ちょうどいい具合に焼いてある」メニューを見ながらモーガンズが言った。「お酒はどうします？　ぼくの好みだと、一九二〇年のシャトー・ムートン・ロートシルトなんかいいと思いますけど」

「おまかせします」

モーガンズは注文し、煙草に火をつけた。「あなたは本当に驚きだ。想像とはまったくちがいました。つまり、お父さんがあああいう……」

「判事の話はやめましょう」レイチェルは言った。「あなたのことを何から何まで知りたいの、ルイス。もちろん、法律事務所のことも。レオノーラ・ドーベルはあなたを褒めそやしていました」

「ドーベル家は過去百年にわたって、うちのクライアントなんです。ぼくはいわば彼らの骨折り仕事をしてましてね。書類に記入したり、日常の手紙をやりとりしたり。正直言えば、ものすごく退屈です。アンガスはぼくにクライアントをまわすのが嫌いで」

「わたしを例外にしてくださって、よかった」

「あなたがぼくにどうしても会いたがるから、えらく不機嫌でしたよ」モーガンズは大声で笑った。「あなたがぼくのことを胡散臭くて信用できないと思うのが怖かったんでしょうね」

「わたしはとても心が広いんです」レイチェルは言った。「そう言えば、ミスター・マルケリンは、レオノーラがドーベル家の絵を売らざるをえなかったことに同情していましたね」

「われわれにはどうしようもないことです。税金の取り立てが厳しすぎて、地方の邸宅所有者は危機感を募らせています。ドーベル家はほかの多くの家よりましでしょう、フェリックスの体が不自由で介護が必要なことを考えれば。あの老人も気の毒に。いっそドイツ兵が楽にしてやったほうがよかったのかもしれない」

「フェリックスが亡くなったらどうなるんでしょう」レイチェルはため息をついた。「心配ですよね、相続税の支払いとか、その他もろもろ……」

「歳とった妻のほうは安泰かと」ルイスは言った。「ぼくの親父――彼の魂に平安あれ――がよく言ってましたけど、金と結婚するだけじゃ足りなくて、金がたくさんある家族と結婚しなきゃいけないんです。彼女にとっては幸いなことに、老オズウィン・ドーベルは気むずかしいほうじゃなかった。家族の取り決めで、後継者が亡くなると、その夫人は家族の財産に生涯権を与えられることになってます。レオノーラが亡くなったときには、あの屋敷は解体されるか、下宿屋になったりするんでしょうけど、家族の財産は彼女がかなりの歳になるまでもちますね。あと三、四十年生きたってだいじょうぶ。あの人、見た目ほど年寄りじゃないんです」

「レオノーラに会ったことがあるんですね？」

彼の眼が急に用心する表情になった。「短時間ですが、ええ。でも、仕事の話はこのくらいで。あなたについて聞かせてください、レイチェル」

「あまりにも世間から離れた生活を送っているので」彼女は言った。「話せることはほとんどありません。それよりあなたの話を聞くのが愉しくて」

「本当に謙虚な人ですね、レイチェル。ぼくは控えめな女性が好きだ。いまどきのフラッパーはどうも好きになれません。出しゃばるのは、やはり女らしくない」

「女性は聞かれるより見られるべき？」

「はっ！　これは傑作！」彼は鼻を鳴らして笑った。

「あなたは作家だそうですね。というより、詩人だとか。なんてすばらしい！」

「ロバート・グレーヴズ（イギリスの詩人・小説家。『アラビアのロレンス』の作者）というわけにはいきませんけどね」

この責任放棄と軽い笑いをきっかけに、イギリスの詩と、ルイスがそこに貢献することに憧れているという話になった。オードブルからメイン料理に進み、シャトー・ムートン・ロートシルトが二本空くあいだ、そんな会話が続いた。レイチェルはワインをグラス一杯しか飲まず、つぎ足されるのを毎回断わったあと、デザートも食べなかった。

「詩のことはあまり知らないんです」彼女はコーヒーが出てきたときに言った。「でも、好きなものはわかります。何年かまえ、そういう人がいました。たしか、ギルバート・ペインという名前だったような。彼をご存じでした？」

「ペイン？」ルイスは持っていたスプーンを置いた。「彼は死にましたよ」

「それはひどい。知り合いだったんですね？」

「出版社をやっていて、くだらない本を出して大儲けしてました。大衆向けの冒険小説の類いです」舌がもつれるのを防ごうとするかのように、注意深く話していた。「でも、ぼくたちと同じように、彼が求めていたのも……その、ちょっとちがうものだった」

「ちがうとは？」

モーガンズは眼にかかった髪を払った。もう眼の焦点はあまり合っていなかったが、できるだけ射貫くような視線で彼女をしたがわせようとしていた。「どうして死んだギルバートのことなんか訊くんです？　久しく彼の名前は耳にしてなかったけど」

「たんに興味があって。彼の名前がふと出てきたんです、あるクラブとのつながりで……えーと、何でしたっけ？」彼女は考えた。「そう、〈クランデスティン〉」

モーガンズは大儀そうに立ち上がり、あたりを見まわしてから、テーブルの彼女の側に移動すると、ビロードの椅子の彼女の横にどさっと坐った。レイチェルは彼の体温と、自分の腿に彼の腿が押しつけられる圧力を感じた。

「〈クランデスティン〉だって？」モーガンズは忍び笑いした。「どうやらあなたは見た目ほど初心じゃないようだ。あなたみたいな娘っ子が〈クランデスティン・クラブ〉の何を知ってるんです？」

「あら、なんだかそのクラブには……不穏なところでもあるんですか？」

彼はくすくす笑った。「不穏？　いいですね、それ。クラブのことを誰から聞きました？」

「ギルバート・ペインの質問をしていました。亡くなったなんて残念です。何があったんですか？」

モーガンズは長いたてがみのような髪を振った。「何か知ってますね、レイチェル？あなたには何か隠していることがあるという気がしてきた」

「まあ、だといいんですけど、ルイス」恥じらうような笑み。「じつは〈クランデスティン〉のことを口にしたのは、レジー・ヴィッカーズだったかも。彼が言うには、ギルバート・ペインは……」

「レジーともつき合ってる？」彼は顔をレイチェルに近づけた。その息はアルコールと、煙草と、焼きすぎた肉のにおいがした。「おとなしそうに見えるわりに、社交的じゃないですか。けど彼からは何も聞き出せなかったんだろうね」

「それはどういう意味なのか……」彼女は言った。「わたしはただ……」

モーガンズは彼女の膝に手を置いた。「ギルバート・ペインとレジー・くそヴィッカーズのことは忘れなさい。あなたは質問する相手をまちがえている。ぼくは彼らとはちがう」

レイチェルは彼の手を引き上げた。「ルイス、お願い。そこの女性がずっとわたしたちを見てる」

モーガンズは人差し指を彼女の唇に当てた。「しいーっ。別にかまわない。あなたが何を企んでるかわかりましたよ。多少時間はかかったが、ついにわかった。反対はしませんが。そう、まったく反対しない」

「興味が湧いただけです」

「しいーっ」彼はくり返して、また手を彼女の膝に置いた。「何に興味があるか話さなくてもいい。何か変わったものを求めてるんでしょう？　見捨てられた絶海の孤島でずっと暮らしたあと、ロンドンにやってきたんだ。刺激が欲しくなるのもわかる。失われた年月を取り戻したいんだね」

「わたしはただ、ギルバート・ペインが……」

「ぼくは彼のことをほとんど知らない」モーガンズは彼女をさえぎった。「さて、そろそろ行こうか。ぼくは心やさしい人間なんで、あなたを〈クランデスティン〉にお連れしますよ。お求めのものを少し味わいますか」

「ありがとう。でも、お断わりします」

「そうつれなくしないで」モーガンズは彼女の腿をつねった。「いまさら……」

彼は痛っと小さく叫んだ。レイチェルが腿から彼の手首をひねり上げたのだ。

「横にどいて」レイチェルは小声で言った。「怪我をするまえに」

立ち上がろうとしたモーガンズを、レイチェルは椅子に引き戻した。

「思わせぶりだけかよ」彼の眼に涙がにじんでいた。「あんた本当に……」

レイチェルはテーブルにのった彼の手を取り、掌に鋭い指の爪を食いこませて、ささやいた。「この会話があったことは忘れなさい」

モーガンズは掌にできた血の筋を見つめながら、つぶやいた。「いったい何を……」

「あなたはこの会話をひと言も思い出せない」テーブルの端に彼女のグラスがあった。レイチェルはそれを肘で押し、赤ワインを彼の膝にこぼした。「でしょう？」

モーガンズは自分を抱きしめ、情けなくて泣きそうになるのをこらえていた。青白い両頬がまだらに赤くなっていた。

「わかった？」レイチェルは念を押した。

モーガンズは彼女を睨みつけようとしたが、顔が怒りと混乱でくしゃくしゃになって、果たせなかった。

「ええ」彼はかすれた声で言った。「われわれは会ったことがない」

隣のブースの若いブロンドの女性が好奇心むき出しで彼らを見ていた。給仕長があわてて駆け寄ってきた。

「ムシュー・モーガンズ、何か問題がございましたでしょうか。もしお手伝いできることがあれば？」

「なんでもありません」レイチェルはモーガンズの濡れた膝を指差した。「ちょっとこの紳士がグラスを倒しただけで。ところで、赤鹿は少し固かったようです。ごきげんよう」

外の通りに出たレイチェルが左右を見ると、トルーマンが待っていた。二十メートルほど先に駐めたファントムのなかで、制服を着て運転席についていた。トルーマンは彼女を見て、手袋をはめた親指を立てた。

レイチェルが隣に乗りこむと、彼は言った。「予定より十分ほど遅れた。離れがたかったとか？」

レイチェルは彼の横腹に拳を当てた。「あなたに充分な時間を与えたかったの。ドーベルの書類は見つかった？」

「ウインクするより簡単でしたよ。窓に鉄格子もないし、鍵もかかっていない。不用心でしょう。金庫の現金を除くと、盗む価値のあるものなどないと思っているにちがいない」

「書類はオフィスに戻した？」

彼はうなずいた。「うちの三人で、レオノーラによる絵の売却を許可する手紙の雛形の写しを作りました。家族の取り決めの証書も。まわりくどい言い方の博覧会のようですよ。弁護士は二十語使えるときに決して一語ではすまさない。モーガンズのオフィスに再度侵入して、すべてをもとどおりにしたら、ここに戻ってくるのは時間ぎりぎりでした」

「すばらしい」

「レオノーラが家の財産を横取りしているとまだ思うんですね？」

レイチェルは首を振った。「絵の売却は目くらましのようね。まわりに隠そうともしてないから」

「だからといって、彼女があなたをヨークシャーの根城に呼び寄せる腹黒い理由がないとは言えない」

「慰めをありがとう」

「どんな情報を得ました？」

「モーガンズはペインと知り合いだった。さらにレジー・ヴィッカーズも知っていた」

「あのふたりは似たもの同士だ」

「モーガンズは、わたしを〈クランデスティン〉に誘ってくれた」

トルーマンは横目で彼女を見た。「心が動かなかったとは言わないでしょうね」

「もちろん動いた。でもわたしたちは、行くのはまちがいだということで合意している」

「天使も踏むを恐れるところ」（あえて危険に飛びこむ状況を指す慣用句で、E・M・フォースターの小説のタイトルでもある）彼はつぶやいた。

レイチェルは笑った。「ジェイコブ・フリントは平気で飛びこんだかしらね」

17

ジェイコブはジェラード・ストリートに曲がると、帽子を目深に引きおろした。手持ちでいちばんの中折れ帽(フェドーラ)をかぶり、つばをあえて斜めに傾けて、さながらフリート街の皇太子という出立ちだった。もっとも、彼の王室御用達の帽子は裏地つきのラビットフェルト製ではなかったが、太陽がソーホーの向こうに沈んだ黄昏のいまなら、人目もごまかせる——殺人でさえ。

表札のない〈クランデスティン・クラブ〉の入口まで階段がおりていた。呼び鈴はなく、ノッカーさえついていなかった。一階は仕立屋で、夜に向けてシャッターがおりている。

ジェイコブはためらった。ロンドンのこの地域で夜起きた暴行事件をたびたび報じてきたので、危険だということはわかっていた。そのとき、両脚に何もはいていないのに毛皮のコートを着た厚化粧の女性がふらふら通りを歩いてきて、彼の心は決まった。ジェイコブは急いで階段をおり、ドアを叩いた。

反応なし。また叩いた。

ドアが数センチ開き、深い声が言った。「はい？」

ジェイコブが会員証を見せると、男はドアを開けて彼をなかに入れた。ジェイコブの眼のまえにいたのは、身長が二メートル近くある筋骨隆々の男だった。タキシードを着ているが、軍曹の服のほうが似合いそうだった。

「いらっしゃい」彼はクロークルームに親指を振った。「帽子をお預かりしますか？」

「ありがとう」

ジェイコブは大切な中折れ帽と別れ、男のあとについてまた短い階段をおり、狭苦しい部屋に入った。小さなバーカウンターのまわりに、洗練された服装の男女が数人、くつろいだ様子で立っていた。年嵩のピアニストが白鍵を軽く叩いて、少し調子はずれの『シャルメーヌ』を演奏していた。

ジェイコブは、入口にいた男の半分の背しかない下町訛り（コックニー）のバーテンダーにジントニックを注文して、まわりをゆっくり観察した。壁はヘシアン・クロスで覆われ、装飾は縁の欠けた植木鉢で干からびたシュロだけだった。バーにいるほかの人たちはカクテルをちびちび飲んでいるが、どことなく眼の焦点が合っていない。みな麻薬の常習者なのか、たんに眠いだけなのか、ジェイコブにはわからなかった。

　拍子抜けの感覚は、グリゼルダ・ファーカーソンの香水の不快臭並みに圧倒的だった。警察がソーホーの悪徳の掃きだめを浄化できなかったとしても、世の不況が代わりに彼らの仕事をしたのは明らかだった。

　ピアニストが『イン・ア・リトル・スパニッシュ・タウン』を弾きはじめ、禿げ頭の五十代の男と、いっしょにいた眼鏡の若者が、ダンスフロアになっている正方形のスペースに進み出た。年配の事務員と彼の秘書だろう、とジェイコブは推測した。〈クランデスティン〉に出かけることが、違法な一夜の情熱へのプレリュードなのかもしれない。ふたりの表情から判断して、どちらもこれからの可能性に興奮しているようには見えなかった。ジェイコブとしては、喜びはあとのために取ってあると想像するしかなかった。

　彼自身の一夜の情熱の可能性はどこにもなかった。ほかにいるのは三組のカップルだけ。冒険を夢見るひとり身の女性はいない。ジェイコブは自分を慰めるためにジントニックを一気にあおり、カウンターに戻った。

「今夜は静かだね」彼はバーテンダーに言った。会話でギルバート・ペインの名前を出す価値はあるだろうか。何か反応を引き出せるかもしれない？

「少したてば、いくらかにぎやかになるかもしれないね。まあ、ならないときもありますけど」

ジェイコブはたっぷりチップを弾んで、バーテンダーにも一杯どうぞと勧めた。

「ありがとうございます。紳士でいらっしゃる」

「最後に来てからずいぶんたつよ」ジェイコブは言った。室内の薄暗い明かりで実際より老けて見えることを祈った。「昔とはかなり変わった、だろう？　友だちとここへ来たときのことを思い出すけど……」

「ですかね」バーテンダーは口を挟んだ。「そう変わってないと思うな。盲目の馬にとっちゃ、うなずきもウインクも同じだ。言いたいことわかります？」

「完璧にわかる」ジェイコブはグラスを持ち上げた。じつは相手が何を言っているのか見当もつかなかった。「乾杯(チン・チン)」

「すると、階下(した)に行きたいんですね？」

ジェイコブはもう階下にいると思っていた。だが、乗りかかった船だ……。「そうだね」

バーテンダーは軍曹に手を振った。「このかたが階下に行きたいそうだ」

大男がカウンターまでやってきた。「失礼しました。ちょっと飲むだけに寄られたのかと」

ジェイコブは謝るほどのことでもないと手を振った。「長い一日のあとで元気づけにジンを一、二杯飲んで困る人はいないだろう？」

「おっしゃるとおりです」

男はジェイコブの先に立って、踊る男たちの横を通りすぎ、ビロードのカーテンを引き開けた。そこはマホガニーの板張りの玄関口のようなところだった。男が壁板に触れると、それが横に開いて木製のドアが現われた。彼はベストのポケットから鍵を取り出し、ドアの錠を開けて、ジェイコブに先に進むよううながした。

足元から長い螺旋階段が続いていた。煉瓦の壁のところどころに窪みがあって、置かれた蠟燭が階段を照らしている。背後でもう引き返せないというふうにまた鍵がかかる音がした。ジェイコブは胸が締めつけられた。だが自分の意志でここに来たのだから、最後まで見なければならない。

おりる途中、かすかに甘ったるいにおいがした。二十段を数えると下に着き、すぐそこに別のドアがあった。今度は鋼鉄製だった。把手を押し下げたが、ドアは開かなかった。

もし罠にはまったのだとしても、口先でごまかして撤退すればいいだけだ、と自分に言い聞かせた。過去にはもっと厳しい状況をくぐり抜けたこともある。たんに警備を念入りにしているだけかもしれない。これなら〈クランデスティン・クラブ〉が警察の強制捜査を逃れてきたのも無理はない。

ノックするしかなく、ジェイコブはそうした。

ドアが音もなく開いた。眼のまえにタキシードをぴしっと着た小柄な男が立っていて、明るい歓迎の笑みを浮かべた。

「ようこそおいでになりました」

「こんばんは」ジェイコブはナイフを持った暗殺者に迎えられなかったことに安心するあまり、思わず両腕で男を抱きしめた。「ぼくは……」

「お待ちください。しばらくおいでにならなかったのだと思いますが、お忘れなく。ここでは誰も名乗りません」

「そう、そうだな」嫌なにおいはいっそう強くなっていたが、ジェイコブはにわかに自信を取り戻してきた。「もちろんだ。戻ってこられてうれしいと言おうとしただけだよ」

「ああ、そうですか、失礼しました。会員証を拝見できますか？」ジェイコブは、ほらとばかりにポケットから会員証を出して見せた。「けっこうです。どうぞこの先でくつろいでください」

男は竹の葉の模様をあしらったビーズのカーテンを指差した。その向こうから『今夜はひとりかい？』を官能的に歌う女性の声が聞こえた。

「どうもありがとう」

ジェイコブはカーテンの奥に進んだ。洞窟のように広い地下室に人があふれていた。歌が終わり、どっと拍手喝采が湧いた。前方の長いバーカウンターは大盛況だった。熱気は息苦しくなるほどで、かなり奥行きがある部屋なのに、弱まる気配はどこにもなかった。照明は暗く、紫煙が立ちこめる濃厚な空気でジェイコブは眼が痛くなった。

壁と天井は極彩色の布で覆われていた――オレンジ、真紅、黄色、紫。ここにはベージュのヘシアンも干からびたシュロもない。人々は赤いビロードの長椅子でくつろいだり、部屋のいちばん奥にあるステージのまえでチークダンスを踊ったりしていた。半ダースの小さなテーブルはどれも、シャンパンの入ったアイスバケットと、飲み物が残ったグラスで埋まっていた。

裾の長いイブニングドレスを着た背の高い女性が、四人編成のバンドをともなってステージに立っていた。彼女は『エイント・シー・スウィート』を歌いはじめた。

ジェイコブは眼を凝らして、長椅子にいる人々を見ていった。からまり合っている体がいくつかあった。女性にキスをしている男性もいれば、顔を赤らめて愛撫し合っている男同士もいる。ジャケットにズボン、ネクタイ姿の女性ふたりが情熱的に抱き合っていた。似たような恰好のもうひと組のカップルも歌に合わせてもつれ合い、セレナードによる求愛の風刺画のようだった。室内のにおいは大麻かもしれなかった。

ジェイコブは自分を世慣れた人間だと思っていた。クラリオン紙に叩かれる人々の道楽も、彼に手ひどい衝撃を与えることはなかった。社内で口にすることはないが、〝自分は自分、他人(ひと)は他人(ひと)〟が彼の哲学だ。それでも限度はあった。一度、元同僚にだまされて男同士が求め合うナイトクラブに連れていかれたときには、適当に言いわけして去った。しかし、ここまで激しい色欲の場面に遭遇したのは初めてだった。どこを見ればいいのかもわからなかった。

暗がりに眼が慣れてきて、ジェイコブはいちばん近い長椅子にいるカップルを見た。男のスーツを着てネクタイを締めた女性が、歌の歌詞をなぞるように、大胆なイブニングドレスで細い体の線を強調したはるかに若い女性を喜ばせていた。男役の手は娘のむき出しの肩にのっていた。

娘のブロンドの巻き毛がふんわりと広がっていた。バラ色の唇と真ん丸の眼で、ジェイコブは大好きな女優のクララ・ボウを思い出した。彼女を見ていたので相手のほうに眼が行かず、年上の女性が誰なのか、気づくまでに少し時間がかかった。彼女が相手に口の形だけで〝ぜったい秘密〟と言っているときに、ジェイコブは気づき、彼女と眼が合った。

彼は以前に魔女だと思った女性を見つめていた。

レオノーラ・ドーベルを。

レオノーラはジェイコブを見たとたんに眼をそらした。ジェイコブは気まずさを隠すために、カウンターに群がった人々のなかに飛びこんだ。飲み物を手にするまでに五分かかり、酒で勇気を奮い起こしてうしろを振り向いたときには、先ほどの長椅子は空いていた。レオノーラの姿はどこにもなかった。

「あなたが怖がらせたのよ」声がつぶやいた。

ジェイコブの横に、レオノーラといっしょにいた女性が立っていた。煙草と大麻の煙で淀んだ空気のなかでも香水の甘い香りが漂ってきた。近くで見るとクララ・ボウにはあまり似ていなかったが、顔の作りが小さく、繊細な魅力があった。

ジェイコブは咳払いをした。「すみませんでした。よくわからずに……」

「あら、謝らないで。驚いただけだから。あんなにあたしを愉しませてくれてたのに、次の瞬間あなたを見たら、もうよくなったみたい。さっと立ち上がって、さようならだもの」娘は笑った。「あなたが来ると、変わった女性はみんなああなるの？」

「そのようです。ぼくを見たらみんな逃げ出す」

彼女は丁寧に書いた眉を持ち上げた。「一見それほど怖そうじゃないけどね。きっと奥に秘めた何かがあるんでしょう」

「ええ、すごくうまく隠しているので。飲み物はいかがです？」

彼女はブールバルディエを所望した。ジェイコブはそんな飲み物を聞いたこともなかったが、バーテンダーは受けつけ、数分後、ジェイコブは彼女と長椅子に坐って、その夜三杯目のジントニックを飲んでいた。

「自己紹介します。ぼくはジェイコブ」

「本名はほかの人に名乗らないことになってるんだけど」彼女は言った。「それがこのクラブの大事なところでしょう？　秘密（クランデスティン）を保つことが」

「あなたには喜んで例外を認めます」ジェイコブは言った。「〝謎の女〟でいつづけてもらってもかまいませんが」

彼女はカクテルに口をつけ、美味しいというように微笑んだ。「わかった。デイジーと呼んで」

「初めまして、デイジー」

ふたりは気恥ずかしげに笑みを交わしたが、握手はしなかった。まわりの男女が想像しうるかぎりもっとも淫らに戯れているのに、型どおりに挨拶するのは馬鹿げている。

「ほんと言うと、あたしに謎めいたところは何もないの」彼女は小声で言った。「それどころか、平凡そのもの。ここへ来たのも初めてなの」

「本当に?」ジェイコブは胸を刺すような失望を感じた。レオノーラのことや、このクラブ自体のことをもっと聞けると期待していたのだ。「でも、ここは会員制ですよね」

「ゲストにもなれるわ、もし正しい人を知ってればだけど」デイジーは言った。「でも、あたしがいっしょに来た人は正しくなかったみたい」

「レオノーラと来たわけじゃないんですね?」

「それが彼女の本名? レオと名乗ってたけど。彼女に会ったのは、あなたがここに現われて彼女をビクッとさせる五分前だったの」

ジェイコブは彼女に身を寄せた。「誰と来たんですか、もし訊いてよければ」

「よろしい」デイジーはわざと厳粛に答えた。「じつは、ある大佐」

「それはすごい」

「運が向いてきたと思ったのに」彼女は口を尖らせた。「あたし、ゲイエティ劇場のコーラスガールだったの。でも二週間前に馘になって、ずっとその日暮らしだった」

「気の毒に」ジェイコブは言った。「コーラスラインはほかにもあるでしょう」

「どうかしらね。劇場のスターのひとりに嫌なことをされたのよ。その苦情を音楽監督に言ったら、印象が悪くなったみたい。俳優よりあたしを辞めさせるほうが簡単だった。あたしがトラブルメイカーだという噂を広めるのは、もっと簡単。演劇の世界じゃ、みんながみんなを知ってるでしょう、大昔からそうだけど。汚名は犬に与えよってやつね」

　歌手の歌が『スターダスト』になった。ジェイコブはまたジンを飲んだ。歌詞はいまの雰囲気にぴったりだった――〝メロディがわが空想にまとわりつづける〟。彼は哲学的な気分になってきた。

「人生は不公平だ」

「バカ正しいわね――失礼。それで今日の午後、たまたまハイド・パークで見るからに立派な紳士と話したら、食事に誘われたの。断わる理由はないでしょう？　あたしのお父さんと言っていいくらいの年寄りだったけど」

「そして食事のあと、ここに連れてきてもらった？」

「長年、会員なんですって。あたしはすぐそこの角に住んでるんだけど、ここの噂すら聞いたことがなかった。とにかくすべて極秘って感じ。でもわくわくした。パンとチーズと水だけで三日間すごしたあとだから、わくわくするものは歓迎だった」

　デイジーはカクテルを飲み干した。ジェイコブはそれぞれのお代わりを買ってきた。オークスが言ったとおり、値段はまったく法外ではなかった。ジェイコブは長椅子に戻って、デイジーのすぐ横に坐った。彼女の香水はアルコールと同じくらい頭をクラクラさせた。

「その大佐は名前を言いましたか？」

「トムと呼んでって」また口を尖らせた。「たぶん本物の大佐じゃなかったのね。たんに奥さんから逃げたい既婚のビジネスマンだったのかも」

「ここに来たあと何が起きたんですか？」

「入口にいる大きな人が、あたしをなかに入れるかどうかで騒いだの。どうも売春婦だと思ったみたい。信じられない！　トムはきちんと話をつけてくれたけど、議論で腹が立ったのね。ここにおりてきて、カクテルを買ってくれたと思ったら、帰っちゃった。あたしはしっかり愉しんでたのよ、まわりのこういうのを見ながら！」デイジーは、一メートルほど向こうで抱き合っている口紅を塗ったふたりの男に手を振った。「ニュース・オブ・ザ・ワールドで読むようなことでしょ？　あれより悪い。いや、いいのかな。どっちにしろ、現実とは思えない。トムは、やることがあると言って人混みのなかに消えた。それきり見てないの」

「そうしてあなたを見捨てたんですか、そんなに簡単に？」

「あたしの人生はいつもそうよ、ジェイコブ。問題は、男の人たちがあたしを品がないって思うこと。しかも安いって。いちゃつくのは好きよ、それは認める。でも安易な女じゃないの。で、彼らはがっかりすると不機嫌になるのよ」

歌手は『ブルー・スカイ』に移った。ジェイコブは、カクテルをちびちび飲んでいるデイジーの脚が自分の脚に押しつけられるのを感じた。彼女は食事中に飲みはじめているから、すでにかなりまわっているにちがいない。

「レオノーラとは偶然会ったんですか？」

「あたしが途方に暮れて心細そうに見えたんだって。だから、どうしたのって訊いてきた。説明したら、男があたしみたいなかわいい娘を置いて出ていけるなんてショックだと言って、ブールバルディエをおごってくれた」またひと口飲んだ。「断わるべきだったけど、彼女が何を求めてるかはわかった。ぞっとしたのよ。でも、みじめな気分だったし、だから……とにかく、何もなかった。間一髪のところであなたが現われて、彼女を追い払ってくれた」

「あの人のことはほとんど知らないんです」ジェイコブは言った。「会ったのは一度だけで、それも仕事がらみでした。ここで出くわしたのが恥ずかしかったんだと思います」

「男みたいな恰好をしてたから？」

「ええ、考えてもみなかったんです、彼女が……その、わかりますよね」

ジェイコブは、レオノーラは結婚していると言いかけて、際どくこらえた。彼女が私生活で何をしようが知ったことではない。レオノーラがロンドンに長く滞在する理由がわかった。この広い、誰もが匿名の都市では、ヨークシャーの鄙(ひな)びた土地では不可能なやり方で愉しむことができる」

「どういう仕事をしてるの?」

「記者です」

デイジーは眼を皿のように丸くした。「わあ、なんてすばらしい。どの新聞?」

「クラリオンです」

「だったら憶えておいて」彼女はくすくす笑った。「次のミュージカル評では、〝あのコーラスラインにデイジー・スミスのような美脚の持ち主がいたら!〟って書くのよ」

彼女に話しすぎただろうか。どうせ明日の朝にはいまの会話をほとんど忘れているだろう、とジェイコブは自分に言い聞かせた。美しい大きな眼がぼんやりしてきたように見えた。ほどなく彼女はうとうとしはじめた。

「そろそろ帰ったほうがよさそうだ」彼は言った。

デイジーはあくびをした。「同じく。もうここに未練はないわ。カクテルも飲みすぎたし」

ジェイコブは立ち上がった。一夜の仕事としては悪くなかった。ギルバート・ペインのことは何もわからなかったが、レオノーラに関しては予想を超える収穫があった。

「あなたに会えてよかった」ジェイコブは言った。

「彼女を追い払ってくれてありがとう。でなきゃ自分でなんとかしなきゃならなかった」

デイジーは苦労して立った。「ひとつお願いするわけにはいかない？」

「言ってみてください」

「家まで送ってもらえないかしら。ドアのまえまででいいから。ここからたったの五分だけど、夜のこの時間だと怖い人たちがいるの。レディがひとりで歩いてたら、カモが来たと思うかもしれない」

送って何が悪い？　人には親切にしてあげたい。それに、よく見ると彼女はやはりクララ・ボウに似ている。

「わかりました、デイジー」

「ありがとう。あなたはいい人だってわかってた」

部屋の入口の伊達男は、おやすみなさいと大げさに挨拶して、ふたりを外に出した。彼らは階段をのぼり、のぼりきったところのドアを叩いた。軍曹が現われて、そっけなくうなずいた。

「あなたは帽子ですね。こちらのレディはコートとバッグでしたか？」

ジェイコブは中折れ帽を受け取り、軍曹にチップを渡して、夜気のなかに足を踏み出した。建物の外の階段のまえでデイジーが合流し、ふたりはいっしょに頭上の星を眺めた。

「きれいね」デイジーが言った。「人生にまだ生きる価値があるって思い出させてくれるのは、『ブルー・スカイ』だけじゃない」

「もちろん生きる価値はあります！　うまくいかないことがあっても、かならず明日は来る。新たなチャンスが訪れる」

「あなたは運がいいわ。仕事もあるし。やさしい奥さんかガールフレンドもいるんでしょう。銀行にいくらか貯金もある。みんながみんな、そんなに恵まれてるわけじゃない」デイジーは彼と腕をからめた。「ごめんなさい、泣き言を言うつもりはなかったんだけど」

迷路のような通りをふたりで歩きながら、ジェイコブは彼女が言ったことを考えた。いつかクラリオン紙を手に取ったとき、請求書が支払えなくてガスオーブンに首を突っこんだ元コーラスガールの記事数行を読むことになるのだろうか。なんとか彼女に仕事を見つけてやりたい。

「奥さんもガールフレンドもいませんよ」ジェイコブは言った。「それと、もし疑ってるのなら、ボーイフレンドも」

デイジーは彼を案内して理髪店の角を曲がり、狭苦しく不衛生な路地に入った。左右は平屋の工場で、ほとんど廃業していた。前方には、これも幅の狭い薄汚れた茶色の煉瓦の連棟住宅があった。明かりがついた窓はひとつもない。街灯の薄暗いレモン色の光に照らされて、ドブネズミが舗道をさっと横切るのが見えた。

「仕事と結婚してるの？」デイジーが訊いた。

「そう言ってもいいかも」

「足元に気をつけて。石がゆるくなってるところがあるから」彼女は突き当たりの幅の狭い住宅の横についたドアのまえで止まった。「着いた。ほんとにありがとう、ジェイコブ。運がいいのか悪いのかわからないけど、あなたは紳士ね。そういうふうに言える人ってけっこう少ない」

彼女は爪先立ちになって、ジェイコブの頬に軽くキスをした。また彼女の香水のにおいがした。

「おやすみなさい、デイジー」

クララ・ボウの眼が彼をじっと見た。「ナイトキャップはもういいわね？」

「明日は朝から仕事なので」

「怖がらないで。貞操は守ってあげる。一杯だけで解放するから。約束する」

ジェイコブはまごついた。ジンの飲みすぎもよくなかった。「もちろん、あなたはとても魅力的です」

「あたしは娼婦じゃないのよ、もしそれを怖がってるなら」初めて彼女の声が険しくなった。「ただのナイトキャップ、ほんとにそれだけ。どう？」

つき合って何が悪い？　じつのところ、ジェイコブは彼女といっしょにいたかった。それに、たとえナイトキャップのあとでふたりがわれを忘れて流されたとしても、まあ、どちらも大人だし、自分たちだけを責めればいい。

「わかりました。つまり、そう、飲みましょう。ありがとう」

デイジーはバッグから鍵を取り出して言った。「ここの屋根裏部屋に住んでるの。冬は隙間風が入るし、夏は茹で上がるくらい暑い。でもあと数週間は家賃を払える」

彼女はジェイコブの先に立って、めまいがするほど急なむき出しの階段をふたつのぼった。立った場所は狭いうえ天井も低く、ジェイコブは背を屈めなければならなかった。

「どれほどみすぼらしくても」デイジーは静かに歌うように言った。「わが家に勝るところはない」

ジェイコブは彼女のあとからなかに入り、黴の強烈なにおいに襲われた。デイジーは屈んでマッチの火をつけた。ジェイコブは彼女のすぐうしろにいたが、いきなり頭を激しく殴られた。そしてすべてが闇のなかに消えた。

ジェイコブが目覚めると、頭のうしろがずきずきした。何が起きたんだ？　屋根裏部屋に強盗が入ったのか？　頭が思うように働かなかった。方向感覚もない。無理やり眼を開け、まばたきして涙を払った。

彼はベッドに寝ていた。むっとする黴のにおいが鼻を突いた。部屋は真っ暗だった。

しかもジェイコブは、何も着ていなかった。

そっと手を持ち上げて、人差し指で後頭部に触れてみた。頭皮に固まった血がねばつく感触があった。

うめいて体の向きを変えると、なめらかでひんやりした別の体に触れた。彼はひとりではなかった。ベッドはダブルで、隣に誰かが寝ている――やはり裸で。

なんてことだ。気を失っているあいだにデイジーにベッドに連れこまれたのだ。

いや、ちがう。何かがひどくおかしい。ジェイコブはあまりに混乱して、ものが考えられなかった。デイジーの裸の背中に触れてみた。冷たい。彼女の脇腹に手をまわして、こちらを向かせた。

ジェイコブは叫ぶ力もなく、恐怖で弱々しく泣いた。

まちがっていた。デイジーが隣にいたのではなかった。

ベッドで死体に添い寝していたのだ。

そこにあるのは裸の男の死んだ体だった。

18

ジェイコブはベッドから硬い木の床に転がり落ちた。床が軋んで抗議した。立ち上がると、痛む頭が低い天井にぶつかりそうになった。吐き気がして頭がぐるぐるまわった。何度も強くまばたきして、眼の焦点を合わせようとした。カーテンの隙間から月の光が入っている。一歩踏み出すと、何もはいていない足に床から飛び出した釘が刺さった。小さく叫んだが、痛みなどどうでもよくなっていた。足を引きずって窓に近づき、カーテンをすばやく開けた。

人っこひとりいない路地を三日月が照らしていた。蜘蛛の巣のかかった窓越しに、その先の通りも見えた。物陰に動きがあった。黒い人影。路地は見張られていた。

部屋の隅に唯一のドアがあった。デイジーのあとからここに入ってきたときに、誰かがあの横に立っていたのだ。襲撃者は待ち伏せしていた。すべて計画されていたにちがいない。あの娘は〈クランデスティン・クラブ〉の連中と組んでいて、彼をここに誘いこみ、意識を失わせたのだ。そして襲撃者と彼女は、気絶している彼をベッドに運び、死んだ男といっしょに寝かせた。

死体を見てジェイコブの胃のなかのものがせり上がった。驚きと無念の思いをふまじめに表現したような、おぞましくゆがんだ顔だった。茶色の髪は長く、頰は青白く、肩幅は狭い。痩せていて、筋肉らしい筋肉はついていない。見たところジェイコブより少しだけ年上だった。

その胸に大きな傷が開いていた。ベッド脇の床には、木の柄がついたステーキナイフが落ちていた。汚れた刃を見れば、何に使われたかは明らかだった。

まずまちがいなく、ナイフのあらゆるところにジェイコブの指紋がついているだろう。

胸が苦しくなった。いますぐ逃げなければ。ほかに選択の余地はなかった。残っていれば、これを企てた者のなすがままになる。ジェイコブが殺されなかった理由はただひとつ、この男を殺した罪を着せるためだった。これまで会ったこともなかったこの男を殺したという。

こんな卑劣な犯罪を起こす動機がどこにあるというのだろう。自分が赤の他人を殺したなんて、誰が信じるというのか。

ジェイコブは無理に死体に眼を向けて観察した。その口のまわりの汚れが答えになった。

死んだ男は口紅を塗っていた。

ジェイコブは加熱した頭でストーリーを組み立てた。完全に筋が通る話だった。まずこの男は〈クランデスティン・クラブ〉でジェイコブと会い、彼をここに連れこんだ。ジェイコブは誘惑されてベッドインしたものの、喧嘩になった。恥ずかしくてたまらなくなったか、怒りが湧いたか。両方かもしれない。手近なところにナイフがあった。突然ジェイコブは理不尽な怒りに駆られ、知り合ったばかりの男の心臓にナイフの刃を深々と刺した。ベッド脇のテーブルにジンの空き壜とグラスがふたつあった。奔放な夜遊びの図だ。ジェイコブの頭のなかに、嬉々として騒ぎたてるウィットネス紙一面の大見出しが浮かんだ。

〝恐怖の家の惨劇――クラリオン紙の記者逮捕〟

彼らは舌なめずりするだろう。立てつづけに号外を出す。ふいに、ハイドン・ウィリアムズが〈カササギと切り株〉亭で客たちの注目を集め、首を振りながら、まえまえからあの若者にはどこかおかしいところがあると思っていたと言っている姿が見えた。どことはっきり特定はできないが、たしかに……と。

だめ、だめ、だめだ。ジェイコブはこみ上げるヒステリーを抑えこんだ。ここから脱出しなければ、待っているのはよくて嘲笑と破滅だ。最悪の場合には頭巾をかぶせられ、首に輪縄が巻かれる。

ドアが開くか試してみた。当然ながら施錠されていた。ドアの板は安物で腐っているから、肩からぶつかれば簡単に壊れるだろう。それでも一階のドアが残っている。そこも破って出ていけば、物音に気づいた見張りが走ってくる。

窓はどうか。屋根裏の高さを考えると、とても無理だが、死体から逃れられるならどんな危険も冒すつもりだった。窓は閉まって錠にボルトが挿さっている。長年開けられていないのだろう、ボルトは錆ついていた。ジェイコブは三十秒ほど動かそうとしてみて、あきらめた。もうひとつの選択肢も無理だ。ガラスを割るのは大きな音が出すぎる。

上を見ても天井窓はなかった。天井部分に取りついたとしても、そこの瓦がはがれていなければ外には出られない。むろんこのじめじめした地獄の穴から出られるなら、なんでもするつもりだが。

一歩下がったときに何かを踏んだ。今度は釘ではなかった。屈んで拾ってみると、木槌だった。部屋に入った彼を殴るのに使った武器は、これだったにちがいない。頭はものすごく痛いが、もっと悪い結果もありえた。全力で殴られていたら一撃で死んでいたかもしれない。

そろそろスコットランド・ヤードに通報が入る時間かもしれない。本名がなんであれ、あのデイジーには演技の才能がある。声を震わせて、このろくでもない路地で血も凍るような悲鳴が聞こえたと説明するだろう。そして警察に、お願いだから突き当たりの連棟住宅を調べてみてと言う。警察は彼女を公共心に富んだ娼婦と考える。彼女はジェイコブが意識を取り戻すのに充分な時間を置いてから電話をかける。急がないはずだ。警察がこのみじめなあばら屋に踏みこんだとき、ジェイコブがまだ気絶していては都合が悪いからだ。

実際に警察が来れば、ジェイコブの頭の怪我に説明が必要になる。経験豊富な刑事なら、起きたことを順序立てて考えられるだろう。おそらくこう推論する——喧嘩の最中、死んだ男が家にあった古い木槌でジェイコブを殴る。致命傷にはならなかったが、ジェイコブはそれで怒り、相手を刺し殺す。

服はどこだ？　デイジーは服を持ち去っていないはずだ。警察が踏みこんで裸の男ふたりを発見し、そこに服がなければ、当然ながら第三者が介入したと結論する。

ベッドの下をあちこち探ると、服があった。中折れ帽も。死者の持ち物といっしょに放りこまれていた。ジンをひと壜振りまかれたかのように、靴下に至るまですべてが酒臭かった。しかし誰が気にする？　ジェイコブは気にしなかった。たんに服を着るだけで、自分が人類に属することを思い出せた。とはいえ時間がない。デイジーはいまにも警察に電話をかけるだろう。もうかけたかもしれない。この瞬間、警察車がすでに下の路地に急行している途中だとしても不思議はない。

ジェイコブはまた窓の外を見た。見張りはおらず、物陰に動きもなかった。角の理髪店には張り出し屋根がついていた、だろう？　見張りはそこに隠れて、時間つぶしに煙草でも吸っているのかもしれない。路地に眼を惹くものはなかった。

思いきって窓を割ってみるか？　気持ちがそちらに傾いて、手に持った木槌の重みを確認した。襲撃者がスパナを使わなかったのは残念だった。スパナがあれば、錆びたボルト錠をなんとか壊せたかもしれないのに。だが木槌でやるしかない。ボルト錠を叩き壊す以外の選択肢はなさそうだった。その過程で窓ガラスが割れないことを祈るしかない。

全力で木槌をぶつけた。何も起きなかった。もう一発。ガラスは揺れたが、ボルトはびくともしなかった。胸が悪くなりながらも殴りつづけた。おとなしくここに坐って人生が終わるのを待っているよりずっとましだ。どうせ終わるなら、めそめそするよりガツンとやりたい。

木製の窓枠は湿気で腐っていた。ジェイコブは息を吸い、人差し指で触れてみた。崩れて凹む感じだった。木槌をもう一度振り上げた。六回目でボルト錠にひびが入った。あと二回で窓枠からはずれそうだった。肩が痛くなったが、警察車がソーホーめざして疾走しているところを想像すると、窓枠を叩きつづける力が湧いた。腐った木がついに割れて、錠がゆるんだ。

もう少しだ。ジェイコブは両手で窓枠をつかみ、力いっぱい揺すって引いた。窓が枠ごとはずれた。ガラスが落ちて割れたが、怖れたほど大きな音ではなかった。ジェイコブは壁にできた四角い穴に立った。夜の空気が顔に冷たかった。下の路地に動きはまったくなかった。

次はどうする？　窓の下に建物から張り出している部分があった。狭いが、ぎりぎり足を置ける幅がある。体重をかけて崩れないことを祈るのみだ。もし崩れたら、かなりまずいことになる。建物の横に地面まで達する雨樋があった。手を伸ばせば届きそうで、ジェイコブを誘っているかのようだった。そこを伝っておりられたとしよう。隣の工場の平らな屋根に飛び移れるかもしれない。そこまで行けば、あとは運を天にまかせて脱出する。

ジェイコブは眼を閉じて、無言で祈りを唱えた。危険は非常に大きいが、時間がなかった。会ったこともない男を下劣な痴話喧嘩で刺し殺したと言われるくらいなら、なんだってする。逮捕されることなど考えたくもなかった。まだこっちに賭けるほうがいい。路地で見張っている男に攻撃されたら、死ぬまで戦う。

最後の勇気を振り絞るときだった。彼は運動選手でも曲芸師でもなく、不器用で、自分のためにならないほど好奇心旺盛なただの若者だった。この混乱から無事逃げ出せたら……いずれにせよ、生き残ったときのことを考えるべきだ。

死んだ男のシャツを破り取り、ドアの把手や木槌、その他触った記憶があるものすべての表面をふいた。怖がっている場合ではないので、ナイフの柄もふいた。中折れ帽を置いていくなどもってのほかだから、かぶった。次にベッドを窓際に引き寄せ、外に出るための踏み台にした。ベッドを引いたら死体が反対側に転がり、床板にどさっと落ちた。警察が到着したときには、混沌とした犯行現場を見ることになる。

体を持ち上げ、窓の穴から足をおろして、建物から張り出している部分に踵をのせてみた。小さな石がいくつかはがれ落ちたが、突起自体は崩れなかった。凹凸のある壁にしがみつきながら、残りの体を外に出した。

一、二の三。右手で雨樋をつかんだが、足がすべり、バランスを失って死の底へ落ちかけた。

考えている暇はなかった。庭を見おろす暇もない。もう一度。今度は片手で錆びた鉄をしっかり握り、体を窓からそちらに振ってもう一方の手でもつかみ、下におりはじめた。

ジェイコブの体重で雨樋がぐらぐら揺れた。管を壁に取りつけているネジがゆるみはじめた。樋といっしょに地面に叩きつけられることになるのか、止まって確認するのは頭のおかしい人間だけだ。ジェイコブは眼をつぶり、体を右にひねって飛びおりた。両足で工場の屋根におりられますようにと祈りながら。

祈りがつうじた。両足が屋根に激しく当たり、衝撃で背骨に強い震えが走った。屋根に叩きつけられることはなく、両膝をついて持ちこたえた。雨樋もはがれていなかった。

ここまでは上々。別の雨樋にじりじりと近づいていたとき、片足で屋根の腐ったフェルトを踏み抜いた。暗闇でいちばん安全な進路を見つけることは不可能だった。屋根から工場内に落ちて大昔の機械のギザギザの歯に嚙み砕かれるまえに、おりてしまったほうがいい。

屋根の端にしゃがんで高さを確かめた。屋根裏部屋から長々と転落するのに比べれば、はるかに怖くないが、足の骨を折るか、もっとひどいことになってもおかしくない。そこで幸運に恵まれた。その倒れそうな建物の正面から古い看板が突き出ていたのだ。そこに指をかけることができる。ジェイコブは看板につかまりながら、これ以上ないほど注意を払って建物の側面を下降した。ややあって、両足が地面に触れた。

中折れ帽は？　窓から脱出したときに落としたのだ。必死でまわりを探して、例の屋根裏部屋に上がる入口の近くで見つけた。拾って、またかぶった。ささやかな抵抗の印だ。

誰かが咳をした。重い足音が響いた。見張りが路地をもう一度確かめようと近づいている。

ジェイコブは舗道から浮いた石を二個取った。誇り高いヨークシャー男子がみなそうであるように、彼もそれなりにクリケットをしてきた。試合成績はとても自慢できたものではないが、野手としてカバーのポジションが得意で、投球の腕はなかなかだった。

　彼は小さいほうの石を路地の反対側に投げた。それは遠い端にある古い修理工場の木の扉に当たった。袋小路に音がこだまし、ジェイコブには一斉射撃のように聞こえた。一秒後に見張りが姿を現わした。がっしりした男で、片方の手に棍棒、もう一方の手に懐中電灯を持っていた。音がしたほうに光を向けながら、慎重に歩いている。

　見張りが二十メートルほどまえ――クリケットのピッチより短い距離――まで来たとき、ジェイコブは大きいほうの石を投げた。石は振り向きかけた男のこめかみに命中し、男を九柱戯のピンのように倒した。ショックと苦痛の叫び声が聞こえ、重い体が地面を打った。ジェイコブは走りだした。

　路地から飛び出して、舗道をバタバタと走りつづけた。足と頭がうずき、体じゅうが痛かったが、猛烈なペースだった。命がけで走っていた。次の角で急に曲がって横の通りに入った。二軒のレストランのあいだを抜ける通路があった。店はどちらも閉まっている。何時だろうとジェイコブは思った。一時？　二時？　わからない。その通路が行き止まりでないことに賭けて飛びこんだ。走りつづけると、五十メートルほど先で大通りに出た。

　驚きのなかの驚き。そこでタクシーが近づいてきた。停まってくれと手を振ると、なお驚いたことに彼のすぐまえで停まった。こわごわと上着のポケットのなかを探った。デイジーと彼女の仲間は財布を盗んでいなかった。ジェイコブは安堵でほとんど泣きそうになった。

「どこへ行きます？」

ジェイコブは最初に思いついたことを口にした。「ゴーント館に」

「二分待ってもらえます？」ジェイコブはタクシー運転手にたっぷりチップを渡した。広場は静かで、屋敷は闇に包まれていた。「友人たちがまだ起きてるか確かめなきゃいけないんで」

運転手は彼を見つめた。「お客さん、だいじょうぶ？」

「だいじょうぶだ。ありがとう」

運転手は疑っているような声を発した。ジェイコブはあえて自分のいまの姿を想像しなかった。怪我をした若い遊び人のパロディだ。ジンのにおいをぷんぷんさせて、頭皮には血が固まっている。体は打ちのめされ、頭は混乱している。ドアを叩きながら、ここに来た理由すらわからないことに気づいた。

誰も出てこなくても、エクスマウス・マーケットに戻るつもりはなかった。石で倒した見張りの男が復讐のためにあそこにやってきたら？　彼らがこっちの住所を知っていたら？　考えだすと切りがない。もうどんなことについても確信できなかった。

体重を左右に移動しつづけていた。床の釘が刺さった足の裏が強烈に痛かった。感染症に罹るまえに医者に診てもらわなければならない。疲労困憊していることに初めて気づいた。一週間、眠りつづけたかった。

家に誰かいるにしても、気配は感じられなかった。音もしないし、明かりもまったく見えない。だが、それは予想されたことだった。ゴーント館は驚くほど安全が守られている。一階の部屋はすべて防音で、窓には鋼鉄の鎧戸がついている。以前この屋敷を改造した詐欺師には、侵入者を排除する彼なりの理由があったわけだが、レイチェル・サヴァナクはここを要塞に変えていた。

ドアのパネルが横に開いて格子窓が現われ、トルーマンの声がした。「なんの用だ？」

「レイチェルとどうしても話す必要があるんです」ジェイコブは必死の声になっているのが嫌だった。「殺人に巻きこまれてしまって」

「ちょっと待って」

ジェイコブはタクシーの運転手にうなずいた。車は夜のなかに消えた。パネルがもとに戻り、また裸眼ではほとんど見えなくなった。ドアがさっと開いた。

トルーマンがシャツ姿で立っていた。彼はいたずらをした犬を咎めるような眼でジェイコブを見た。

「入って台所に行くんだ。ヘティがすぐ出てくる」

ジェイコブは言われたとおりにして、台所の中央にある広い松材のテーブルについて坐った。レイチェルと話したかったのだが、トルーマンに口答えしないほうがいいのはわかっていた。ウェルシュ・ドレッサー（戸棚や天板、抽斗などがついた食器棚）に置かれた時計は二時半を指していた。レイチェルはたぶん寝ている。一度珍しく打ち解けたときに、不眠症だと仄めかしたことがあったけれど。

ジェイコブは椅子の背にぐったりともたれて、眼を閉じた。屋根裏部屋の床から回収した服は汚れていたが、疲れすぎてもうどうでもよかった。うとうとしかけたときに、肩をぽんと叩かれた。

「頭を怪我したんですね。よく見せてください」

ヘティ・トルーマンの厳しい声で目が覚めた。彼女はこれから料理でもするかのようにエプロンドレスを着ていたが、ヨードチンキの壜と水を張った洗面器、タオル、包帯を持ってくると、仕事に取りかかった。ジェイコブが頭皮の傷の手当てをしてもらったあと、釘も踏んだと告げると、彼女はそこも処置した。なろうと思えば優秀な寮母になれるだろう——学生を甘やかさず、ぶっきらぼうなタイプの。一、二度、ヨードチンキが沁みてジェイコブが悲鳴をあげたときにも、平然と最後まで手当てを続けた。

「完了」彼女は仕事の出来映えを確かめた。「これで生きられますよ」

「ありがとう。あなたは天使だ」ジェイコブは思わず言った。

ヘティは、ふんと言って相手にしなかった。「しかしまあ、手がかかる人ですね。夜ひとりでまともに外出もできないなんて。その恰好、猫が持ち帰った何かみたいですよ。どんな厄介事に巻きこまれたのか知りませんけど。とにかくお風呂に入らなきゃいけないし、スーツはぼろぼろ。上着の襟には血がついてるし、何もかもジンでずぶ濡れ。それを言えば、あなたの息は蒸溜所でひと晩すごしたようなにおいがする」

「それらを除けば」ジェイコブは言った。「どうにか人前に出られると思います?」

ヘティの顔に一瞬笑みが浮かんだが、すぐに消えた。「ひどい状況でできるだけのことはしました。ブランデーを持ってきますけど、飲めばきっと気分が悪くなるでしょう。ただ、ほかにいい方法はないので、贅沢は言えません」

ジェイコブは大きく息を吸った。「レイチェルは起きてますか?」

「わたしたちは訪問者を歓迎しないんです、あなたもよく知っているとおり」ヘティはいつも簡単には手助けしてくれない。「まともな人がベッドに入っている時間にはなおさら」

「でも、レイチェルはまともですか?」これだけのことがあったあとでも、ジェイコブは自分を抑えられなかった。

ヘティは顔をしかめた。「いまのは聞かなかったことにします。口が減らない困った人ね」

「すみません。つらい夜だったんです。言い直します。彼女は例外を認めてくれないでしょうか、今夜だけでも?」

台所のドアが開き、レイチェルが入ってきた。トルーマンとマーサもいっしょだった。レイチェルは手に書類の束を持ち、青いシルクに花柄の模様が入った着物ふうのローブをまとっていた。マーサは繻子の部屋着だった。へとへとのジェイコブから見ても、どちらも魅力的だった。

「こんばんは、ジェイコブ」レイチェルが書類をドレッサーに置いて言った。「どうやら調査は思いどおりにいかなかったようね」

説明しかけたジェイコブをレイチェルは手で制した。「急がばまわれ。状況はかなり混乱している。誰かが刺し殺されて、あなたはそれに巻きこまれた? そして警察から逃げている？」

「ちがう！」ジェイコブは怒った。「ぼくは何も悪いことはしてません。犯罪になるようなことは」

「いまはあなたの弁護のリハーサルをしてる場合じゃない」マーサがみなにコーヒーを淹れ、レイチェルは陶器のカップを持ち上げた。「おぞましい新聞の見出しのことは忘れて、わたしたちにすべて話して。この二十四時間に起きたことを何から何まで。ごく小さな点が決定的に重要かもしれない。あなたの記憶力は並はずれているから、ひと言も省かないで。ただ、誇張もしないように。あなたがここにいるのは新聞を売るためじゃないから」

ジェイコブはコーヒーを飲んだ。「話すことは山ほどあります。あらゆることを説明したら何日もかかってしまう」

レイチェルは時計をちらっと見た。「夜はまだ長いわ。ゆっくりどうぞ。ひとり舞台よ」

「どうしてもと言われるなら」

疲れてみじめで苛立ってもいたが、ジェイコブはレイチェルの命令にしたがうほかなかった。彼女の執念深さに苦しめられても、味方につけておく必要があった。わが身に起きたことを理解するには、彼女だけが頼りなのだ。降りかかった災難から逃れるのにも。

「どうしてもよ」

細部にかぎりなく集中し、大量に飲んだマーサの最高のコーヒーに助けられながら、ジェイコブは出来事を順番に話していった。グリゼルダ・ファーカーソンとの長くとりとめのない会話から、オークス警部との会合、会員証の到着、そして〈クランデスティン・クラブ〉を訪ねたことまで。クラブでレオノーラ・ドーベルを見かけたと彼が言う瞬間まで、誰もひと言も口を利かなかった。

「本当に興味深い」レイチェルは考えこんだ。「そこはわたしも考えたわ」

「レオノーラがクラブの会員ではないかと？」

「そう」

「どうしてそう思ったんですか？」

「彼女はギルバート・ペインのことを調べているあいだに、あの場所のことを聞いたんじゃないか。ふとそんな気がしたの。〈クランデスティン・クラブ〉はモートメイン館とはまるで別世界だから、彼女は好奇心に勝てなかった」

「既婚女性ですよ」

レイチェルはうなった。「ああ、ジェイコブ。わたしは人生のほとんどをちっぽけな島ですごしたけれど、ときどきあなたのほうがもっと世間知らずじゃないかと思うことがある」

「たしかにぼくはあなたの半分も本を読んでませんけど」彼は言い返した。

レイチェルはマーサと笑みを交わした。マーサは愉しんでいることを隠しきれていなかった。「あなたにまだ闘志が残っていてよかった。話を続けて。みんな聞きたくてたまらない」

ジェイコブはしかめ面になったが、反論はしなかった。屋根裏部屋からの劇的な脱出で興奮したあと、気持ちがじっとりと落ちこんでいた。ここから話がむずかしくなる。明るく照らされた台所にいると、皿のように丸い眼の美女に抱いた同情は、そのとき思ったほど下心がないとは感じられなかった。

ジェイコブがデイジーとの会話を再現するのを、レイチェルは無表情で聞いていた。デイジーが彼をナイトキャップに誘ったところまで来ると、こう訊いた。

「彼女はどんな服装だった？」

ジェイコブは眼をぱちくりさせた。「肌を大胆に見せる服でした。それは憶えていません」

「もちろん憶えてるでしょう。もっと説明して」

「すみません。女性の服にはくわしくないので」

「ランバンとフローリー・ウェストウッドの区別がつかなくても心配しないで。どんな色だった？」

「青みがかった緑のような、たぶん」

レイチェルはため息をついた。「だったら助け舟を出してあげる。明るい青のシフォンドレスだった？　両肩を出して、ミルク色の胸元をたっぷり見せた」

「そんな感じです」

「そして彼女はブロンドの髪、ぷっくりした唇、ドレスと同じ色のマニキュア」間を置いた。「本人にはとても及ばないけれど、少しだけクララ・ボウに似ている？」

ジェイコブは彼女を見つめた。「どうしてそれを？」

「わたしの心理パワーということにしておきましょう。彼女はその大佐という人について何か言った？」

「自分よりずっと年上だったと。それだけ」そこでしばらく考えた。「本物の大佐じゃないと思っていたようです」

「彼を大佐と呼んだのは、口がすべったのかもしれない？」

「そうですね。たいていトムと呼んでいました。本名じゃないでしょうが――もし本当にいたのだとしても」

「ああ、彼は本当にいるわ」レイチェルは言った。「でも謝らないとね。あなたの冒険物語が佳境に入っていたのに」

ジェイコブは顔をゆがめたが、話してしまったほうがいいのはわかっていた。デイジーに口説かれて屋根裏部屋に上がったこと、意識が戻ると全裸でベッドに寝ていて、隣に死んだ男がいたことを早口で話すあいだ、レイチェルとトルーマン一家は静かに聞いていた。

「あなたを殴りつけた悪漢は、そのあとあなたを部屋に閉じこめるべきじゃなかった」レイチェルは言った。

「そう思ってもらえて、じつにうれしいですね」ジェイコブはいくらか刺々しく返した。

「もし……」

「つまり、あなたが死体と閉じこめられているところを警察が発見したら、どう考えるかってこと。悪漢は警察が到着するまえに鍵を開けるつもりだったのかもしれないけど、それじゃややこしくなりすぎる気がする」

「ぼくは……」

「死んだ男はどういう感じだった?」レイチェルは言った。

ジェイコブは赤面した。「その、さっき言ったように、何も身につけていませんでした——口紅以外は。どのくらいくわしく知りたいんですか?」

「手始めに年齢は？」

「たぶん三十代。茶色の髪は長いほうでしたが、頭のてっぺんは薄くなりかけていた。眼は灰色。痩せ型で身長は百八十センチくらい。ナイフの刺し傷のほかに、片方の手にひどい引っかき傷がありました」

「なるほど」レイチェルは考えた。「あなたはその男を殺していないと誓える？　健忘や遁走の解離性障害じゃないわね？」

ジェイコブの眼が恐怖で見開かれた。「信じてくれないんですか？　もちろんあの男を刺したりしてません。まったく知らない男です。あの娘にはめられたんです。あなたのまえでは完全に正直でいるつもりなのに……」

レイチェルは微笑んだ。「念のため確かめただけ」

ジェイコブは彼女を睨んだ。「あなたはデイジーのことをよく知っているようですね。あの娘ですけど」

「当然知ってるわ。今晩、レストランで年配の男性といるところを見かけたから」レイチェルはため息をついた。「わたしはそのとき、あなたのベッドメイトと食事をしてたの」

「なんですって？」ジェイコブは息を吞んだ。「あの刺された男だなんて言わないでください」

「その男よ。彼の名前はルイス・モーガンズ。ドーベル家の顧問をしている弁護士事務所の事務弁護士」レイチェルはあくびをした。「残念だけど、彼には虫唾が走った。亡くなっても法曹界にとってたいした損失にはならないでしょう」

19

レイチェルは、ジェイコブが屋根裏部屋からの脱出について語るまで、彼の質問にはいっさい答えなかった。ジェイコブは悲しい身の上話を終えると、椅子にぐったりと沈みこみ、モーガンズとの食事についてレイチェルが簡潔に語るのを聞いた。トルーマンの住居侵入の話は出なかった。

「打ちのめされてるみたいですね」マーサが言った。同情してくれるのはマーサだけだとジェイコブは思った。「それだけのことがあったら当然ですけど」

「指紋。指紋が心配なんです」ジェイコブはつぶやいた。「全部ふき取ったつもりだけど、ぜったいどこかに残ってる」

マーサはレイチェルのほうを向いた。「警察はどう考えるでしょうね」

「ジェイコブの言うとおり」意外にもレイチェルが言った。「おそらくその女性は警察に通報している。いまごろ死体が見つかってるでしょうね」

「ぼくを訪ねてくると思いますか？」ジェイコブはかすれ声で訊いた。

「額の汗をふきなさい。あなたはこうして脱出した。現場にいるかいないかで状況はぜんぜんちがう。かりに指紋が残っていたとしても、警察はどうやってあなたのものだと特定するの？　誰も彼らにはあなたの名前を知らせていないのに」

「どうして知らさないんです？」

「考えてみて。警察に通報して、人気（ひとけ）のない路地で謎の悲鳴を聞いたと言うのは別にかまわない。でも、ある記者の名前を出すとなると問題よ。答えと同じくらい多くの疑問が生じる。悪口を言うつもりはないけれど、あなたの名前はとくに知られていない。顔も知られているとは言えない。となると、それはアメリカのいとこたちが〝でっちあげ（フレームアップ）〟と呼ぶものにかぎりなく近づく」

「〈クラン〉の会員証はオークスからもらったんです」ジェイコブは言った。「彼はぼくがソーホーに行くつもりだったことを知っている。ぼくの名前が警察に伝えられ、指紋を採らせてくれと言われたら、進退窮まります」

　レイチェルは首を振った。「たとえあなたが本当にその屋根裏部屋を訪ねたのだとしても、今晩だったと誰にわかる？　生きているルイス・モーガンズとあなたがいっしょにいるところは誰も見ていない」

「ほかのどんなときにあそこへ行くんです？　それを言ったら、行く理由だってない」

「屋根裏部屋の所有者が誰であれ」レイチェルは言った。「売春目的で使われていたと警察は考える。あなたは別の機会にそこへ行ったのかもしれない。たしかに不道徳だけど、違法ではない」

「でもぼくは……」

「しーっ」レイチェルは人差し指を唇に当てた。「あなたに犯罪を押しつけようとした人は、とにかく失敗したの。これからあなたを殺人犯にしようと思ったら、得られるものより問題のほうが多くなる」

「ここまで極端なことをしたのに？　ぼくをあの路地に連れこんで、そのモーガンズという男を殺して」ジェイコブは髪に指を通した。「意味がわからない」

「モーガンズが刺殺されたのは、たんにあなたに殺人の濡れ衣を着せるためだったと思うの？」レイチェルは眉を持ち上げた。「それは買いかぶりというものよ。今夜の出来事はあらゆる点でその場の思いつきと考えられる。彼らからすれば、すでに犠牲者がいて、あなたは魅力的なスケープゴートだった。一石二鳥ね」

「その場の思いつき？」ジェイコブの鼻息が荒くなった。「馬鹿げてる。殺人にそんな思いつきがあるわけない」

「殺人は厳粛でまじめなものだから？」レイチェルは首を振った。「それはまちがいよ。日常からかけ離れたことをするときにこそ即興が必要になる。殺人の取扱説明書なんてないんだから」

「警察は納得しないでしょう」ジェイコブは引き下がらなかった。「モーガンズが弁護士で、立派な社会人だったとすれば」

レイチェルは蔑むような音を立てた。「そう思うの？」

「警察も彼が殺されたことは無視できません。どこかのみじめったらしい与太者じゃないんですから」

「わたしに言わせれば、まさにそれだったと思うけど、そこはおいておきましょう。警察はこう考える――モーガンズは痴話喧嘩か、酔ったあげくに男か女の売春者ともめて殺された。そういう犯罪はソーホーでは珍しくない。このあとあまり役に立たない検死審問が開かれて、当たり障りのない報道発表がある。イギリスの大衆は、今回の事件がかぎられた集団内で起きたことであり、捜査も進められていることに安心する。法律を守る大多数の人々が怖れることは何もない。モーガンズは火遊びをして、指を火傷した。スケープゴートのあなたが見つからず、そのうち捜査が行きづまれば、人々は興味を失う。スコットランド・ヤードも含めてね」

長々と話したことでジェイコブの喉は干上がり、弱々しい声しか出なかった。「実際に職務質問されたらどうすれば……？」

「アリバイを申したてなさい」

「アリバイなんてない」

「それもまちがい」レイチェルはトルーマン一家と瞬時、視線を交わした。

「どういうことです？」

マーサが咳払いをした。「忘れたなんて言わないでくださいね」

「え、何を？」

「ジェイコブ、本当に困ります！　ひと晩ごいっしょしたあとで、そんなこと」

「最近よくここへ来るから」トルーマンが静かに言った。「レイチェルに興味を持っているのかと思ったら、そうじゃなくて、目当てはおれの妹だったのか」

ジェイコブは口をぽかんと開けた。まじめな話ですかと訊きたかったが、失礼に聞こえたり、腹を立てられたりするのが怖かった。彼らは命綱を投げてくれている。あの薄汚い路地にあった雨樋と同じように、これもつかまなければならない。

「ベッドでいっしょにすごしたわけじゃありませんけど」マーサはやさしく言った。「そこまで身をまかせようとは思わないので。ずっと話をしていて、もうあなたが家に帰るには遅くなりすぎたから、わたしが予備の部屋のベッドを用意したんです」

「温かい湯に浸かったあと、その部屋でお休みなさい」ヘティが言った。

ジェイコブは一同の落ち着いた顔を見た。この恐ろしい異常な夜で頭が混乱していたのに、いまはそれに輪をかけてぐちゃぐちゃだった。生きているというより死んだ気分だったが、彼らを信用するしかなかった。

「本当に親切だね、マーサ」ジェイコブは当惑を隠すために咳をした。「気をまわしてぼくを助けてくれて……そんなふうに。どうもありがとう」

「お似合いのカップルね」レイチェルが言った。


「あなたの言うとおりでした」ジェイコブがいなくなると、ヘティが夫に言った。「あの書類をあなたがすぐモーガンズのオフィスに戻しに行って本当によかった。警察は死体の身元がわかり次第、嗅ぎまわりはじめますよ」

「部屋は完全にもとどおりにしておいた」クリフ・トルーマンが言った。「本人が殺されるとは思わなかったが」

「まずペイン、今度はモーガンズ」ヘティは言った。「どこで終わるんでしょうね。侵入した甲斐はありました？」

「あなたたち三人が作ってくれた写しを読んだわ」レイチェルが言った。「マーサの字はあなたたちよりずっと読みやすくて助かった」

「内容はどうでした？」トルーマンが訊いた。「もしおれの殴り書きを解読できたのなら」

レイチェルはため息をついた。「レオノーラは絵を売りたくなるたびに几帳面に許可を得ていた。ずるいことをしている形跡はない」

「家族の取り決めのほうは？」

「夫が死んだあとも彼女にはモートメイン館に残る資格があるというところは、嘘じゃないかと思ってたんだけど、モーガンズは彼女の理解が正しいと言っていたし、証書もそのとおりだった。家の財産は、嫡出か非嫡出に関係なく、オズウィン・ドーベルの息子か孫に引き継がれる。該当する相続人の寡婦は生涯権を持つので、次の世代は自分の順番を待たなきゃならない」

「オズウィンはほかの遺言者よりずっと気前がよかったわけだ」

「欠点になるほどね」

「つまり、フェリックス・ドーベルがレオノーラと結婚した翌日に亡くなったとしても、彼女は残りの生涯、モートメイン館に住みつづけることができた」

「そのとおり」

「大きな殺人の動機になりますね」

「動機があまりにも目立ってしまうのが難だけど。だから結婚後十二年たっても、フェリックスは元気に生きていて、レオノーラは趣味に邁進することで満足している。看護師に夫の世話をさせて、自分はオールド・ベイリーの傍聴を愉しんだり、気が向けば〈クランデスティン・クラブ〉に行ったりして。なぜわざわざ危険を冒してフェリックスを殺さなきゃならない？　何か得るものがある？」

「おもしろ半分に夫を殺したくなったら別ですがね」クリフはゆっくり言った。「完全犯罪ができるかどうかというスリルを味わうために」

「こちらがあなたの部屋です」マーサが三階に上がったところで、開いたドアを指差した。なかには四柱式のベッドがあり、ベッドカバーの上に白いタオルが置かれていた。

「ありがとう」ジェイコブは言った。「アリバイのことも感謝してます」

マーサが微笑み、しっかりした白い歯が見えた。「どういたしまして。バスルームは左の最初のドアです。お湯が出ますから、ゆっくり浸かれますよ。気分もよくなるでしょう。でも寝ないでくださいね。あれだけのことを生き延びて、ここで溺れたら悲しすぎるから」

ジェイコブは疲れた笑みを浮かべた。「ご親切にどうも」

「背中を流してほしければ、呼び鈴を鳴らしてください」色っぽく、くすっと笑った。

「背中だけですけど」

ジェイコブがまだ赤面しているあいだに、マーサは音楽のような笑い声を響かせて階段を駆けおりていった。


彼らはジェイコブを朝九時半に起こし、サンルームでの遅い朝食に誘った。ジェイコブは時間を見て大いにあわて、出社しなければとしどろもどろで説明しはじめた。

「マーサがクラリオン社に電話しましたよ。今日は遅れて出勤するって」

「そうなんですか？」彼がレイチェルのメイドと一夜をすごしたという話を伝えられた同僚たちの顔が浮かんだ。「彼女はなんと？」

「勝手ながら、あなたの家主のふりをしたんです」マーサが言った。「あなたは報じられたばかりの殺人事件を追っていると伝えたら、皆さん納得していましたした」

ジェイコブは眼を丸くした。「殺人事件？」

トルーマンが椅子の上に積んである新聞を指差した。「昨夜、ソーホーで男の死体が見つかった。死因は刺傷。不道徳な状況での殺害だったことが仄めかされている。被害者は上流階級の男のようだが、これまでのところ名前は不明」

「名前がわかるまでさほど時間はかからない」レイチェルはトーストにバターを塗った。

「例の女性と彼女の仲間は、被害者の財布をそのままにしておいたでしょう。あなたの財布にも手をつけなかったように、ジェイコブ」

「ぼくを殴った男は、あなたが〈フォイブルズ〉で見た男だと思いますか？　デイジーをエスコートしていたという」

レイチェルは首を振った。「いいえ。彼は暴力をふるうには歳をとりすぎていたし、威厳がありすぎた。ああいう男なら、汚い仕事は人を雇ってやらせる」

「彼らは何者なんです？　どうしてこんなことをするんですか？」ジェイコブはオレンジジュースを一気に飲んだ。「そして、どうしてぼくを選んだのか」

「何者であれ」レイチェルは言った。「スコットランド・ヤードの警部をつうじてあなたを脅すことができるくらい権力がある。古い石炭をほじくり返す、という言い方だっけ？」

「このことはギルバート・ペインとつながっていると思いますか？」

「ええ」

「ルイス・モーガンズとも？　彼が全体像にどう当てはまるんですか？　モーガンズはな

ぜ殺されたんです?」

「どれもすばらしい質問ね、ジェイコブ」彼女はカップにコーヒーをつぎ足した。「わたしに答えられればいいのだけど」

「レオノーラ・ドーベルと関係があるんですか? わからないことだらけのこの事件に彼女はかかわっている?」

「最初、それはないだろうと思っていた」レイチェルは言った。「でも問題は、どの角を曲がっても彼女が現われるってことね」

「何か奇妙なことが起きている」ヘティが言った。

「あなたは控えめな表現の天才ね」レイチェルは顎をなでた。「これはまるで……」

「まるで、何です?」ジェイコブは訊いた。

彼女はしばらく考えた。「まるでセザンヌの絵を見て、ゴーギャンの筆使いに気づいたような」

ジェイコブには解釈のしようがないたとえだった。「それに、レオノーラはなぜ館でパーティを開くんですか?」

「その答えを見つけられる場所はひとつしかないわ、ジェイコブ」

「その場所とは?」

「わたしたちはモートメイン館に行く必要がある」

「来てくれたとはありがたい」ゴマーソルがクラリオン・ハウスの廊下でジェイコブを見かけ、腕時計を見るふりをして言った。

「ぼくの伝言は聞きました？」ジェイコブは特ダネを追う静かな興奮をにじませようとしながら言った。

ゴマーソルは顔をしかめた。「その眼の下の隈。ひと晩じゅう起きてたようだな。昼も夜も関係なしか、え？」

「すべて職務でした」まあ、あながち嘘でもない。「ソーホーの殺人事件ですが」

「不道徳な事件だ」ゴマーソルは鼻を鳴らした。「うちの読者が朝のポリッジを食べながら読みたい記事だと本当に思うかね？　いかがわしい場所で男が娼婦かヒモに殺された？　われわれは家族の新聞だぞ、ジェイコブ、ゆめ忘れぬように」

「もちろんです」

「懐かしの中流階級の殺人者はどうなった？」

ジェイコブの心にある光景が浮かんだ。『高貴なる殺人』の著者が男装して、年頃の女性の耳元で『エイント・シー・スウィート』を歌っている。高貴さというのは、もはや人々が思うほどの輝きを持たなくなったようだ。

「限界までストレスをためこんだ医者や弁護士が」ゴマーソルはほとんど懐かしそうに彼のテーマについて語りはじめた。「衝撃的な犯罪を起こす以外に道がなくなる。クリッペンにしろ、アームストロングにしろ……」

「ダンスキンもですか？」

「被告側の弁護士たちは利口になってきている」ゴマーソルはつぶやいた。「それがこの国の問題だ」

「ソーホーの事件を追わせてください。被害者の身元が判明したらすぐに記事を仕上げます。一級の情報源があって、これがどこにつながるか見きわめたいんです」

ゴマーソルは肩をすくめた。「きみは主任犯罪報道記者だ。ボールはそっちにある」

「おまかせください」ジェイコブは心のなかで感じているより自信をこめて言った。「月曜にはスクープが得られそうです」

「皆さんに珍しい動物をお見せしなければ」サー・サミュエル・ダッキンスは有無を言わさぬ命令口調だった。「こちらへ。試合開始までにまだたっぷり時間がある」

マスカレーダーズの面々は古い納屋を改装した食堂の長いテーブルで豪華な朝食をすま

せたところだった。ダッキンスは食事中、成功したビジネスやジャングル探検や村のクリケットの話をして、客人たちを愉しませた。どの分野でも同じくらいの決意と忍耐力が必要だという説明だった。

ダッキンスは客人たちを案内して、領主館の裏手のツタがからまった柱廊（ロッジア）を進み、敷地の境界をなす色とりどりの草花の横の小径を歩いていった。バラの香りが夏の空気を満たしていた。彼は手をかざして太陽を見ながら、最高のクリケット日和だと言った。ウィットロー少佐もぶっきらぼうにうなずいて、同意を示した。

一行が小さな礼拝堂と、それより小さな墓地の横を通りすぎたとき、鳥のやかましい声と猿たちの甲高い叫びが聞こえた。レジーはペニントンと視線を交わした。ペニントンの血色のいい頬は、抑えこんだ喜びでいまにも弾けそうだった。厩舎の区画の入口に近づくにつれ、動物たちの鳴き声が大きくなった。ダッキンスが足を止めて、手を上げた。みなは彼のまえに半円形を作った。トマス・クック旅行社のガイドのまわりに集まる観光客のように。

「厩舎を改装して、小動物とさまざまなインコの飼育棟にしたのです」ダッキンスは告げた。「彼らのおしゃべりを聞いていただきたい。いかにこの場所を愛しているかわかるでしょう」

　鳥と猿を見てまわり、当然求められた称賛のつぶやきをもらしたあと、クリケット選手たちはペンギンの池と大型動物の檻を収容する建物に入った。彼らのまえをライオンがうろつき、挨拶代わりに歯をむき出した。

「危険な動物が家のすぐそばにこんなにたくさんいて、村人は怖がらないのですか？」ターナーという小柄で熱心な男が訊いた。歳は三十前後だが、髪が薄く自信なさげにふるまうので、十歳は老けて見える。職場の統計担当として、レジーと同じ廊下のふたつ先の部屋で働いていた。

「ひとりやふたりはビール片手に不満をつぶやいたかもしれないが」ダッキンスは言った。「はっ！　物言わぬ動物たちのほうがイギリスの労働者よりずっと筋が通っていますぞ。いちばんうるさいのは農夫たちで、いつかライオンが外に出て彼らの羊を殺すとぼやいている。まったくの偽善です。なぜなら彼らの愛する群れは結局どうなります、え？　食卓にのる。そういうことだ。ラムチョップとマトンになって」

　ターナーはおとなしいのにしつこかった。彼の仕事と、オフスピンの投球で敵の得点を最小限に抑えるにはぴったりの性格だ。「野生動物を閉じこめておくのは残酷だという苦情は出ませんか？」

　ダッキンスは鼻息を荒くした。「あそこに峡谷がある。クリケットのグラウンドの向こうです。うちの飼育長があそこに動物たちを放つ。心配ご無用、逃げないように塀を巡らしてありますから。飼育棟と同じくらい安全です。それを言えば、野生の環境より安全だ。自然の歯と爪は赤く染まっていると言われるが、じつに真実をついている。ライオンがハイエナの群れに襲われて食い殺されるところを見たことがあるかな？」

ターナーはおどおどと首を振った。それからサー・サミュエルは、みなをネコ科の野生動物の檻へと案内した。雌のトラの成獣が尻尾を振り、堂々とライオンの檻のほうへ近づいていた。レジーはいつの間にか、その黄色の眼と黒い瞳孔を見つめていた。充分暖かい朝だったが、彼は寒気を覚えた。

微笑んでいるような雌トラの威嚇に、レイチェル・サヴァナクを思い出したのだ。


ウィットロー少佐がトスに勝ち、晴れわたった青空の下、打撃を選んだ。マスカレーダーズが一挙に百三十得点したところでイニングが終了し、藁葺き屋根のパビリオンでお茶の時間となった。レジーは慎重かつ巧みな打撃をおこない、ストレートの球をはずして背後でスタンプが倒れる音を聞くまでに十五ランを稼いだ。それと同じ活力で、卵とトマトのサンドイッチにかぶりついた。この二シーズンで最高の得点を記録して、食欲が湧いていた。

ペニントンは大型ジョッキのビールをがぶ飲みしていた。またたく間にハーフセンチュリー（五十ラン）を達成してチームメイトに感謝され、すっかり気をよくしていたのだ。レジーの右側から数分前にいなくなっていたターナーがまた彼の隣に戻ってきて、ピッチャーから自分のグラスにエールをついだ。レジーは驚いた。マスカレーダーズのほかの選手たちとちがって、ターナーはあまり飲まず、いつもは試合後にハーフパイント一杯で終わっていたからだ。

「酒で元気を出そうってか？」一気にグラスを傾けたターナーに、ペニントンが相変わらず陽気に尋ねた。「心配するな。おまえのスローボールに敵は惑わされるさ。ぶっ飛ばして四ランにしようか、六ランにしようかってな」

ペニントンは自分の気の利いた台詞に大笑いした。ターナーは眉根を寄せた。「シャツを着替えに行ったときに、ラジオでニュースを聞いたんだ。学校でいっしょだった男が殺されたって。どうも嫌な感じの犯罪だった」

ペニントンは腹をぽんと叩いた。「頭のおかしいやつが、この世からハロウ校の同窓生を消し去ろうとしてるなんて言わないでくれよ」

「ハロウ校出身なのか、ターナー？」レジーは訊いた。

小柄な男はうなずいた。「きみも、ひょっとして？」

「いやいや、ただ……ハロウ出身者を何人か知ってる」

「選ばれし人々と仲よくってことか、え?」イートン校出身のペニントンが言った。

ターナーはもとから顔色がよくないが、声の震えは聞きまちがえようがなかった。「笑い事じゃないんだ、ペニントン。ロンドンのまんなかで男が無残に殺された。ソーホーのいかがわしい隠れ家で。これから世の中はどうなるんだろうと思うよな」

「その男の名前は?」レジーは訊いた。

ターナーはため息をついた。「ルイス・モーガンズ」

「モートメイン?」スカーバラ駅にいたタクシー運転手がくり返した。ふさふさの眉毛が突き出ていた。「〈ドーベル・アームズ〉ですか?」

ジェイコブに人跡未踏の遠い惑星に連れていってくれと言われたような口調だった。

「まさにそこです」ジェイコブは快活に言い、タクシーの後部座席に乗りこんだ。

前夜の不運な出来事のあと、彼は落ち着き(サンフロワ)を取り戻していた。悪夢のような状況から五体無事に脱出し、怪我もすり傷や打ち身程度ですんだのだ。天気は暖かく、故郷のヨークシャーに帰っていて、来る途中で昼寝もできた。

そしてなんといっても、印刷機から出たばかりのクラリオン紙が手元にある。キングズ

・クロス駅発の汽車に乗るまえに、記録的なスピードで十段落ほどの記事を書き上げたのだ。警察より事情にくわしかったので、いとも簡単な仕事だった。ただひとつ気をつけたのは、書きすぎないようにすることだけだった。ジェイコブの記事が一面に載り、派手な見出しが躍っていた。

〝ソーホー殺人事件の被害者、著名弁護士と判明〟

〝著名〟はたしかに大げさだが、〝胡乱な〟より人目を惹く。ルイス・モーガンズの肩から上の写真が、見出しの下で薄ら笑いを浮かべていた。おぞましい屋根裏部屋でジェイコブが見た死体と同一人物とはとても思えなかった。スタジオで撮った肖像写真を写真編集係が入手したのだ。ちょっと見るだけなら、モーガンズも立派な専門職の人間と言えなくもない。

「モートメインまで行く人はあまりいないんですね？」タクシーが海岸沿いの道に入ると、ジェイコブは訊いた。

運転手は洟をすするような音を立てた。「奥地のなかの奥地ですよ。行ったって見るものも、することもないし。崖がいくつかあって、鳥の大群が迷惑なだけで」

「大きな屋敷がなかったかな。モートメイン館でしたっけ？」

「古い霊廟みたいなところだね」運転手は言った。「大昔からひとつの家族が所有してるけど、これといったことは何もしてない」

「ドーベル家、でした？　有名な絵をたくさん所蔵していると聞いた」

運転手はまた洟をすすって、貴重な絵画のコレクションを馬鹿にした。「芸術のことはわからんね」

「もしかして〈ドーベル・アームズ〉に行ったことはありますか？　ぼくは初めてで」

その地元の宿は、モートメイン館の近くで宿泊できる唯一の場所だった。マーサが電話で予約してくれた。彼女はジェイコブの妹のふりをして愉しんでいた。

「なかに入ったことはありませんね」強調するような洟の音。「お客さんはこのへんの出身じゃないんでしょう？」

「じつはヨークシャー出身なんです」ヨークシャーのなかでも柔な南の出身であることが腹立たしかった。「北区じゃなくて西区ですけど。アームリーで生まれ育ちました」

「リーズ市、かな？」

ウラジオストクほども遠くて得体が知れないというような言い方だった。運転手はそれきり黙りこみ、ジェイコブももう話しかけようとは思わなかった。

レジー・ヴィッカーズにとって、残りの試合はぼんやりとすぎた。スコアボードは変わっていったが、彼が注意を払うことはなかった。パビリオンのはるか向こう、まだ見ぬ峡谷から聞こえる咆哮にも気づかないほどだった。ライオンたちは、いることをみなに思い出させるためにときどき吠えていた。

サー・サミュエルのチームは鍛冶屋のようにたくましい庭師の果敢な打撃に頼っていた。もう一方のバッツマンがウィケットを倒されて何度も入れ替わるのに、彼は残ってボールを四方八方に打ちまくり、チームを勝利へ導いていた。レジーは外野をうろうろし、激しく飛んできた球を股のあいだで捕り損ねてバウンダリーまで転がしてしまい、ウィットロー少佐の不興を買った。

ルル・モーガンズの死はレジーを体の芯まで動揺させた。ルルとは〈クランデスティン・クラブ〉を通して知り合い、最後に喧嘩別れしていた。ドゥードルも信用できないが、ルルも同じくらい胡散臭く、レジーとルルはドゥードルの愛情がレジーに移ったことで喧嘩をしたのだった。ルル・モーガンズが殺されたのはまったくの偶然かもしれない。たんにまずいときにまずい場所にいたのだろうか。ソーホーには悪人がひしめいているから、そのうちの誰かとぶつかるのはたやすい。だがレジーは、この犯罪にはほかに何か理解できないことがあると思った。いま知っていることだけでも怖くなるには充分だった。

「捕れ！」

それまで厳しい懲罰のように打たれまくっていたターナーが、どうぞと言わんばかりにふわりと浮いたスローボールを投げ、敵の庭師がいつもの力で引っぱたいた。ボールはバットの先端に当たり、バウンダリー越えのホームランになる代わりに、ミッドウィケット方向への単純なフライになった。

マスカレーダーズの野手はまんべんなく散らばっていて、レジーは捕球に最適な場所にいた。ペニントンの怒鳴り声でレジーはびくっとわれに返り、赤いボールの下にまわりこんだ。落ちてくるまでに永遠にも思えるほど時間がかかった。レジーは基本どおりに両手をカップ状に構えたが、ボールは勢いよく突き抜けて地面にこぼれ落ちた。チームメイトの落胆のあえぎ声はどんなことばより雄弁だった。レジーはヒリヒリする手でボールを拾い、ウィケットキーパーに思いきり投げた。それが暴投になって、追加で二ランを進呈することになった。

「ごめん」彼は呼びかけた。「太陽が眼に入って」

「運が悪かった」ターナーが感情を表に出さずに言った。「次は捕ってくれな」

次がないことはふたりともわかっていた。レジーはボールを落としただけではなかった。試合が彼の指のあいだからすり抜けてしまったのだ。

レジーはとてもキャプテンのほうを見る気になれなかった。ウィットロー少佐は寛容な人ではない。

海岸沿いの道から、細い脇道が野原や森林を抜けてモートメインまで続いていた。集落はそこここに散らばったコテージ、小さな郵便局と店が一軒あるだけだった。〈ドーベル・アームズ〉亭はその最後の建物で、道はそこから雑木林をまわりこんで見えなくなり、モートメイン館に至る。宿にはペンキ塗りの看板がついていた。風雨にさらされてだいぶ傷んでいるが、ドーベル家の紋章（コート・オブ・アームズ）がかろうじて見えた。ジェイコブはタクシーの運転手にチップをはずみ、アームリー観光にも行ってみてくださいと言った。スーツケースとクラリオン紙を持って宿に入った。

なかにはバーがひとつしかなかった。天井は低く、床はたわんでいる。火の入っていない暖炉と、炉端にベンチがあった。カウンターでベルを鳴らしている客ひとりを除いて、誰もいなかった。その客はトランクを足元に置き、片手にカメラケースを持って、首から双眼鏡をさげていた。上着のポケットから英国陸地測量部の地図がのぞいていた。

ジェイコブは偽名を使わないことに決めていた。何気なく訊かれたら、つらい仕事から逃れるために短い休暇をとっていると答える。必要なら、神経を患って平和と静けさを求めているとにおわせてもいい。モートメインには観光名所がないので、ジェイコブはバードウォッチングに来たと説明することにした。この地域で羽のある友人たちが足りなくなることはなかった。カモメやほかの鳥がいくらでもいる。信憑性を高めるために、手帳、ペン、カメラも持参していたが、本物の鳥類学者に出くわすことまでは考えに入れていなかった。相手の双眼鏡を見て、ジェイコブは思わず立ち止まった。双眼鏡を持ってくるのを忘れた。もともと持っているわけでもないが。

その男は振り返り、分厚いレンズの角縁眼鏡越しにジェイコブをじっと見た。怪しんでいるような視線に、ジェイコブは頬が熱くなった。羽や色合いを観察されて物足りないと思われている気がした。あまりにもありふれている、とジェイコブは暗く考えた。ロンドンの記者の亜種だ。

「こんにちは」男が言った。

その声は甲高く、スコットランド訛りだった。髪は茶色がかっていて、山羊ひげも同じ色だった。分類するなら、休暇をすごす校長といったところだが、いまは学期中だ。

「こんにちは」ジェイコブは、カウンターの男に加わって、スーツケースを足元に置いた。

「長く待ってますか？」

「四分半」彼はまたベルを鳴らした。

この神経質で気むずかしそうな男は、ほかの人がぼろを出すのを見て喜びそうな学者気取りに見えた。ジェイコブは鳥類に多少なりともくわしいふりをするのはやめることにした。ヨークシャーの海岸でほかに求めることといえば何だろう。頭のなかを必死で探った。まわりの風景は太古の昔から変わらない。たぶんジュラ紀あたりから？　化石に興味を持っていることにした。

シャツ姿の老人がカウンターの奥のドアから出てきて、ふたりの客に顔をしかめた。

「はいはい、どっちが先？」

「ミスター・ヘプトン？」双眼鏡の男が訊いた。

「そうだが」

「私を憶えていますか？」

「たぶん」宿の主人は言った。

「インヴァネスから来たシドンズです。憶えておられるかどうか、一度ここにお世話になりました。あなたの義理の妹とかわいい姪御さんはお元気ですか？」

「たぶん」

「別館の部屋を二泊で予約しました」

主人はページの端が折れた宿帳をカウンターの向こうから押し出した。シドンズが名前を書いているあいだ、ジェイコブはこの宿に戻ってきたい人間がどうしているのだろうと思った。戸外でバードウォッチングをする環境のほうが〈ドーベル・アームズ〉のなかより親切にちがいない。もしかすると、客を引き寄せているのは、かわいい姪なのかもしれない。

ジェイコブはあくびをした。疲れが出てきた。カウンターにクラリオン紙を置き、自分が書いた一面の記事をまたひと目見た。ルノワールのような芸術家たちも、よくできた自分の作品を眺めるときにこんな満足感を覚えるのだろうか。

主人はシドンズに大きな鍵を渡し、宿の入口は十時四十五分きっかりに閉まると言った。シドンズはクラリオンの見出しをちらっと見て、驚きの声をあげた。

「殺人！　なんてことだ」彼は咳をした。「しかも弁護士！　世の中はどうなるんだか」

ジェイコブは低くうめきそうになるのをどうにか抑えた。大きなまちがいをしでかしたのだ。モーガンズの記事には彼の署名が入っていた。

宿帳に名前を書いたとたん、今日の記事を書いた当人だということがばれてしまう。主人はこれほど客に無関心だから気づかないかもしれないが、シドンズは自分のことだけを考えている人間には見えない。仕事を忘れてのんびりくつろぐためにモートメインに来たという作り話は、これで使えなくなる。

ジェイコブは外に忘れ物をしたというようなことをつぶやきながら、バーから逃げ出した。残ったシドンズが振り返って、あからさまな疑いの眼で見ていた。宿の主人はあくまで無関心だった。

宿のドアを叩きつけるように閉めたあと、ジェイコブは己の不注意を呪った。昨夜は自信過剰のせいで命まで失いかけたというのに、まだ学んでいなかったのだ。ここに来てたったの五分で自己満足に浸り、ひどく目立ってしまった。鳥のことについて何ひとつ知らないバードウォッチャー、休養に来たと言いながらしっかり働いている男として。

己の不甲斐なさに身悶えしているところをレイチェル・サヴァナクに見られなくてよかった。レオノーラ・ドーベルの企みを解明したいなら、気を引き締めなければならない。シドンズが確実に部屋に向から時間まで、ジェイコブはそのあたりをイライラと歩きまわっていた。細部にこだわる詮索好きに犯罪報道記者だと見抜かれて、ルイス・モーガンズの殺害事件に関する会話に引きこまれることだけは避けたかった。

人の関心を惹く記事の問題点はこれだ、とジェイコブはみじめに考えた。本当に人の関心をかき立ててしまう。

もうだいじょうぶと確信してから、宿のなかに戻った。スーツケースは置いた場所にそのままあったが、クラリオン紙はなくなっていた。シドンズとヘプトンもいなかった。ジェイコブはベルを鳴らしたが、今回は四分半以上すぎても主人は戻ってこなかった。

20

「モートメインにどんな用で来られたの？」主人の姪のルーシー・ヘプトンが、ジェイコブにお茶を出したあとでふらっと近づいてきた。客は彼ひとりだった。ルーシーは肉づきのいい元気なブロンド娘で、笑顔がかわいらしく、安物の香水をつけるのが玉に瑕だった。ほどなく彼女がゴシップ好きであることが明らかになった――とりわけ若い男と噂話をするのが。どこかへ行く途中で〈ドーベル・アームズ〉に立ち寄る客はいないと彼女は言った。どこかへ行く人自体がいないからだ。細い道はモートメイン岬で行き止まりになり、あとは断崖に暗く古い屋敷がぽつんと立っているだけだ。

「何日か、のんびりすごしたかったんです。ウィットビーやスカーバラはにぎやかすぎるから。しばらく平和と静けさに浸りたくて」

「それならここはぴったりね、ほんと。あなたもバードウォッチャー？」

「いいえ」彼はあわてて否定した。「そっちの専門はミスター・シドンズです」

　ジェイコブは鳥類学者がいないことにほっとした。いまいちばんしたくないのは、鳥の生態の話だった。

　ルーシーはため息をついた。「あの人、羽のある友だちに夢中なの。それしか興味がないみたい。ハリエニシダにノビタキでも止まっていたら、もう大喜びでね。ノビタキの求愛の歌は二個の小石がぶつかる音のようだ、ですって。だから彼に、世の中に変わった鳥がいるのもいいものねって言ってやったんですよ」

　ルーシーは意味ありげなウインクをした。シドンズは彼女が望むほど関心を示さなかったのだろうとジェイコブは思い、同情のつぶやきをもらした。

「いつも空ばかり見てないで、足元を見るべきでしょう。彼、一時間前に戻ってきたんだけど、足をひきずりながら、うんうんうなってて、ベッドに直行しちゃった。モートメイン岬の突端から転げ落ちて足首を捻挫したんですって。幸運の星に感謝すべきよね。首を折ったり、溺れたりしてもおかしくなかったんだから。それか両方。海に落ちるまでにけっこうあるから」

「崖は危険なんですか？」

「しっかりまえを見て歩かないと危険。道はついてるけど、シロイワヤギじゃないとおりられないかもしれない」

「ぼくは化石を探すことにします」

ルーシーは笑った。「うちの歳とったおじから始めれば？」


サー・サミュエルズの村人たちが輝かしい勝利を祝い、マスカレーダーズが悲しみをまぎらすために、ビールが盛大に飲まれた。レジーは明日がないかのように飲んだ。みな彼の背中を叩き、元気を出せよと言った。誰でも落球することはある、それが試合の一部だと。レジーはマスカレーダーズの屈辱的な敗北の原因となったミスで落ちこんでいるわけではない。そのことを誰も理解していなかった。

もはや手に負えない事態に混乱し、レジーはこれからどうすればいいのか、途方に暮れていた。わずか一週間のうちに知り合いの男がふたり殺された。ふたりの死がどうして偶然だったりするだろう。レジーはギルバート・ペインに命の危機が迫っていることは知っていた。だからこそサヴァナクの女の助けを借りようと思ったのだ。しかし、今回の二番目の殺しは青天の霹靂（へきれき）で、彼は心から震え上がった。ドゥードルが出ていってから、信頼できる相手はいなくなっていた。同僚には何ひとつ打ち明ける気になれなかった。警察などもってのほかだ。結局、レイチェル・サヴァナクと話すのを拒んだのは大失敗だったのだろうか。

　問題は、あの女性が謎であることだった。彼女の名前はあるディナーパーティでふいに出てきた。レジーの名づけ親の友人にロンドン警視庁の総監がいて、驚くべき探偵能力を持つ判事の娘がいるという話になったのだ。サー・ゴドフリーが警察の殺人事件捜査に外部者の介入を認めるということではない。それは断じてないが、レイチェル・サヴァナクはどこの馬の骨ともわからない探偵ではなく、判事の娘であり、莫大な富を所有し、殺人事件に尽きせぬ興味を示すということだった。

　レジーは、ギルバート・ペインがまだ生きていて命を狙われていることを知ったとき、彼女の名前を思い出した。正式に警察に相談するのは危険すぎた――彼自身にとっても、ギルバートにとっても。そこでサヴァナクの女を探し出し、話せるかぎりのことを話した。その異様な内容を聞いたときの彼女の冷静さに感心し、同時に嫌悪も覚えたが、いろいろ質問されたので、きっとギルバートの命を救う努力はしてくれるのだろうと思った。

　レジーはジョッキに残ったビールを一気にあおった。彼女に背を向けるのが早すぎたかもしれない。凶悪な強い力が働いている。レイチェル・サヴァナクなら闇に光を送ることができるだろうか。

　彼女は信頼できるだろうか。

「何考えてる？」声が言った。

た。

「リターンマッチは土曜だ。忘れるなよ。早く帰ってキャッチの練習をしたほうがいいかもな」レジーが人混みをかき分けていくあいだ、ペニントンはまだ大声で笑いつづけてい

「すぐ戻る」レジーは椅子から立ち上がった。「手洗いだ」

ペニントンが、ははっと笑った。「ことばの矛盾だぞ、きみ」

「忘れたことを思い出した」

「おかしな人よ、ミセス・ドーベルって」

「あまり好きじゃないんですか？」

ルーシーは食器を片づけたあと、戻ってきて椅子を引いた。ジェイコブは会話をモートメイン館とその住人のほうへ持っていったのだった。

「そういうわけじゃないの」ルーシーは言った。「彼女、あたしに特別な関心を寄せてるの」

ジェイコブは〈クランデスティン・クラブ〉で『エイント・シー・スウィート』を歌っていたレオノーラを思い出した。「そうなんですか？」

「驚くわよ」ルーシーは何かを打ち明けようとして、思い直したようだった。「その間も、

あの館はどんどん荒れ果てている。ちなみに、彼女はかなりの時間をロンドンですごしてるの」

「ロンドンで何を？」

「本を書いてるって話だけど」ルーシーは暗い声で言った。

「なんとね」ジェイコブは言った。「どういう本です？」

「よりにもよって、殺人事件の裁判に関する本ですって。うちの母はおぞましいって言ってるし、おじのボブも読むに堪えないって。ミスター・ドーベルが踏んづけてでもやめさせたほうがいいかも」彼女はニヤリとした。「むずかしいかもしれないけど」

「彼とはよく会うんですか？」

首を振った。「気の毒に、戦争であんな怪我をしたでしょ。それで男らしくなくなったって。言いたいことわかる？　看護師に世話をしてもらってる。でも看護師も長続きしないのよ。モートメインに人をとどまらせるものはない」

「あなたはとどまっている」

「二十二年ね」彼女は懐かしむように言った。「生まれてからずっと。母さんを置いていくわけにはいかないから、できるだけここで愉しまなきゃいけないの」

ルーシーは自分の椅子をジェイコブに近づけた。ジェイコブはすぐそばに来た彼女の体と、息が詰まりそうな香水のにおいを痛いほど意識して言った。「ドーベル家の人たちは……」

「ドーベル家のことばかりべらべらしゃべらせたくないでしょ」ルーシーは手を彼の膝に置いた。「上流階級の人たちはあなたやあたしとはちがうもの、ジェイコブ」

宿のドアがさっと開き、ジェイコブが眼を上げると、老人ふたりがよろよろとバーに向かってきた。ジェイコブは安堵のため息をついた。

「お客さんですよ」彼は言った。

「あなたの化石のコレクションにまたふたつ」ルーシーは小声で言った。

ジェイコブは笑って言った。「長い一日でした。もう眼を開けていられないくらいだ」

ルーシーは立ち上がりながら、疑うような顔つきでジェイコブを見た。「あなたみたいに健康な若い男性が？　きっと新鮮な空気のせいよ。ちょっと昼寝すれば、あとはなんでもできる」

レジーは、前夜サー・サミュエルが客人たちを歓待したときに、ビリヤード室に電話があることに気づいていた。レイチェルの電話番号を書いた紙を財布のなかに入れてあったはずだが、見つからなかった。時間がないのにと腹が立った。不在が長引いて、何か言われたくなかった。交換手にかけて通話を申しこんだが、いつまでたってもつながらない。待っているあいだに、ターナーがドアの向こうから顔をのぞかせた。

「いた、ヴィッカーズ！　少佐が捜してたぞ」

レジーは汗をかき、受話器を手で押さえた。「なんの用だって？」

「咬みつくように言わなくても」ターナーは傷ついた口調だった。「クリケットのことじゃないよ」

「悪かった。あの球を落としたことがまだ頭から離れなくて」

「パビリオンで何かきみの持ち物を拾ったって。まあ、少佐はそう思ってる。だから取りに来いってさ」ターナーは腕時計を見た。「急げばスープが出るまえに戻ってこられるよ」

「ぼくの持ち物？」

「落としたんだろう、きっと」ターナーは同情するように言った。

レジーは小声で悪態をついて受話器を置いた。もしかして少佐は、レイチェル・サヴァナクの住所と電話番号が書かれた紙切れを見つけたのだろうか。レジーの手書きの文字は大きくて子供っぽく、見る人が見ればすぐに彼だとわかる。クリケットの白いユニフォームに着替えたときに、ポケットから落ちたのかもしれない。だが、どうして少佐はパビリオンで会いたがっているのだろう。

答えはひとつ。ほかの人から聞かれず、誰にも邪魔されないところで話したいのだ。少佐はレイチェル・サヴァナクについて尋問するつもりなのだ。


ルーシーが化石たちにビールを出しているあいだに、ジェイコブは無事逃げることができた。階段をのぼった先に彼の狭苦しい部屋があった、あくびをしながら、ひどく疲れているとルーシーに言ったのは嘘ではなかったと胸につぶやいた。外はまだ明るく、早い時間だったが、ソーホーでの無茶な行動のつけがまわってきていた。

服を脱いでランニングシャツとパンツだけになり、念のためドアに鍵をかけた。ルーシーには心惹かれたし、健康な若い女性と浮かれ騒ぐのも愉しそうだが、ソーホーの災難から立ち直るのには時間がかかる。ベッドに寝たとたん、ぐっすり寝入った。かなりたってから、部屋のドアにノックがあった。

ノックは三十秒ほどしつこく続き、ドアの把手がガタガタ動いたが、ドアは開かなかった。そのあいだもジェイコブは目覚めなかった。


レジーはタニクリフ邸の奥にあるフランス窓から静かに外に出た。心地よい七月の夜で、太陽の光ももうギラギラと獰猛ではなかった。クリケット・グラウンドのほうへ急ぎながら、少佐をどうなだめようかと思案した。飲みすぎた後悔もあった。アルコールで短い慰めが得られたのはいいが、いまは体がだるく、ただでさえ働きの悪い脳が言うことを聞かなくなっていた。

遠くにちらっと、幹線道路につながる私道が見えた。臆病者と言われようが、いっそ逃げ出すべきだろうか。また別の日に戦うために、ここは退却したほうがよくないか？　問題は、どこにも逃げ場がないことだった。はったりでなんとか切り抜けるしかない。いざとなったら膝をついて屈服し、赦しを乞うのだ。自分は何年も忠実に働いてきた。まちがいは誰にでもある。まちがうのが人間だ。

急いだほうがよかった。少佐は待たされるのが大嫌いだ。レジーは歩調を速め、ヤマツツジの向こうへ進んだ。息が荒くなった。クリケットのスコアボードが視界に入り、パビリオンも見えた。沈む太陽に照らされた藁葺き屋根が美しかった。背筋をぴんと伸ばした長身の人影が現われ、階段をおりてきた。その人物は腕を組んでバウンダリーの端に立ち、レジーが駆け足で近づくのを見ていた。

「お待たせしましたか。すみませんでした」レジーはあえぎながら言った。

鉤爪でないほうの手で、少佐は一枚の紙を高くかざした。それはまちがいなく、サヴァナクの女の連絡先が書かれたレジーの紙切れだった。

「私ときみだけで話す必要がある、ヴィッカーズ」

「もちろんです、少佐。よくわかります」へつらう以外にどうすればいい？「大騒ぎする連中がいないところで、静かにということですね」

少佐は無愛想にうなずいた。不機嫌だが激怒しているわけではない、とレジーは思った。そこはせめてもの救いだった。希望がある。レジーは少佐のあとについて、パビリオンから延びた草の小径を歩き、イチィの雑木林を抜け、ゴツゴツした岩地をおりていった。前方には膝の高さの煉瓦塀があり、その先は小さな谷だった。少佐は塀まで行ってそこに腰かけ、レジーと向かい合った。レジーにも坐るよううながした。

「ミス・サヴァナクの名前は私も聞いたことがある」少佐は軽い調子で切り出した。「だが、彼女についてはほとんど何も知らない。きみとどういう関係なのか話してくれ」

「話せることはあまりありません、少佐」レジーも気楽な口調だった。いろいろあっても、ふたりは世慣れた男たちである。「立派な家族で、彼女は判事の娘です。こう言ってよければ、抜群に魅力的な。名づけ親の友人から名前を教えられました」

「なるほど」

レジーは嘘が得意ではなかった。真実から離れないのがいちばん安全だ。つらいのは、少佐がどこまで知っていて、どこからが推測なのかわからないことだった。もしゴーント館に入るところを見られていたら、彼女に会ったことを否定するのは危険だ。行くときに尾行されていないことは重々確かめたつもりだったが、あとで悔やむより安全策をとるほうがいい。

「一度、彼女の家に招かれたことがあります。家にこもりがちな人で、パーティやら何やらで出歩いたりはしません。いっしょにお茶を飲んで、あれこれ話して……」

「何を話した？」

レジーは顎をなでた。「ここだけの話、彼女はなかなか扱いがむずかしいんです。世間話をするタイプじゃないので。共通の話題がほとんどないことに気づきました。こともあろうに、美術が趣味のようです。家の壁に飾られているのは、ぞっとする現代アートばかりでした。クリケットについては、アームボール（ボウラーの球種のひとつで、見た目よりスピンがかからない）とレッグバイ（投球が打者に当たって捕手が後逸しているあいだの得点）の区別もつかないんじゃないでしょうか」

あえて男同士の冗談を挟んでみたが、少佐の表情はぴくりとも変わらなかった。もとよりユーモアのセンスがない人だ。

「ギルバート・ペインの名前は出たか？」

「ペイン？」レジーは大きく息を吐いた。「いいえ、まさか。彼女はロンドンに来て間もないんです。彼の名前はなんの意味も持たないでしょう」

「ペインの話はいっさい出なかったんだな？」

「誓います、少佐」正面から嘘をつくのは気が引けたが、しかたがなかった。「仕事と趣味は混同しない、それが自分のモットーですので。レイチェル・サヴァナクと会っても愉しくはありませんでしたよ、ここだけの話。女性の悪口は言いたくありませんが、彼女はあまりにもよそよそしい。今後つき合うのはやめました」

ウィットロー少佐の眉間にしわが刻まれた。「信じられない」

「少佐、それは少々厳しいおことばでは？」レジーは立ち上がりかけた。「紳士として誓います、名誉にかけて」

「坐りなさい」レジーは坐った。「ルイス・モーガンズはどうなのだ？　彼といるときにも同じくらい慎重だったのか？〈クランデスティン・クラブ〉でも、ほかの場所でも」

レジーは胃のむかつきを覚えた。彼の人生のそちら側について少佐は知らないだろうと、はかない希望を抱いていたのだ。くそっ、私生活で何をしようと人の勝手ではないか。言わせてもらえば、ただのちょっとした憂さ晴らしだ。そのうち退屈な品行方正の生活に戻る。ちゃんと結婚して——まあ、できるだけちゃんと——何人か子供を育て、彼らにふさわしい教育を受けさせる。必要なのは、きっかけだけだ。もう道楽のかぎりを尽くしたから、新たなスタートを切れる。まちがいをひとつふたつしたからって責めたてるのはフェアじゃない。誰だって正道からはずれることはある。飛んできたボールを落とすのと同じくらい簡単なことだ。

ウィットロー少佐の無表情の顔を見て、心のなかですでにわかっていたことが確かめられた。ここで憤慨しても解決策にはならない。少佐の善良な性質に訴えても無駄だった。そんなものは最初からないのだから。

「モーガンズのことはよく知りませんでした」

「きみは彼が死んだと聞いて、シーツのように真っ白になっていたが」

「いや、それはもちろん……」

「適当なことを言うんじゃない、ヴィッカーズ。ためにならんぞ」少佐は鉄の鉤爪でレジーの膝を軽く叩いた。動きはゆるやかだったが、爪の鋭い先端がチクリとした。「さあ、レイチェル・サヴァナクに何を話した？」

レジーは心が揺れて、何を言うべきか決められなかった。「その……ペインのことは話したかもしれません、少佐」

「古い友人だったんだろう？〈クランデスティン・クラブ〉の。ペインがまだ生きていて、イギリスに戻ってくるつもりだという話を聞いて、きみは彼の身に何か起きるのではと心配になった」

「当然です、少佐」レジーは勇ましくも威厳を保とうとした。「たんに……」

「きみの仕事は平凡かもしれないが、あくまで極秘なのだ」少佐の口調が堅くなった。

「神聖な信頼を裏切ったのか？」

「少佐」レジーはもがきはじめた。「誰の名前も口にしませんでした。重要なことは何も話していません」

少佐の視線が彼に突き刺さった。レジーは少佐の眼に憐れみを探したが、見つからなかった。当惑していると、少佐は突然屈んで地面から石を拾い、振りかぶって塀の向こうに投げた。石は落ちて、カランと小さな音を立てた。

下のほうから怒ったうなり声が聞こえた。

レジーはもぞもぞと体を動かした。塀で草の小径は終わり、そこから分厚い岩塊が峡谷の上にせり出していた。下で生き物が動いた。それがまた影のなかに入るときに、ふさふさしたたてがみがちらっと見えた。つまりこの下に野生動物が放たれて、自由に歩きまわっている。彼らが逃げられなくて何よりだ。

「きみは嘘をついている」少佐が言った。「そう思わないか、ペニントン？」

レジーがすばやく首をまわすと、林からペニントンの大きな体が現われるところだった。

彼は大きな右手にモンキーレンチを持っていた。

「白々しい嘘です、悲しいことに、少佐」ペニントンの上機嫌は消え去っていた。その暗く険しい表情は、レンチの一撃と同じくらいレジーを打ちすえた。

峡谷でライオンがまたうなった。

「す……すべて話します」レジーは詰まりながら言った。「ぼくはギルバートが好きでした。とても好きだった。だから、彼がイギリスに戻ってきたら危険になると……わかったとき、気が気でいられなくなったんです。馬鹿でした」

「とてもな」ペニントンが言った。

「できるなら彼を救いたかった。どうしても。警察には話していません、ぜったいに。でも、サヴァナクの女がなんとか……とにかく、まちがいでした。彼女は何もしなかった。そしてギルバートは死んだ」

「列車から落ちて、だろう？」ペニントンが訊いた。「純粋な事故だ」

「き……きみがそう言うなら」

「事故はよく起きる」ペニントンは言った。「きみは少し飲みすぎた、レジー。そして注意散漫になった。午後の落球などまだ始まりにすぎなかった」

レジーはうろたえた。塀から飛びおりて逃げ出そうとした。しかし少佐のほうが速く動き、鉤爪でレジーの首のうしろをかき切った。レジーは地面に倒れ、ショックと痛みで情けない声を出した。

「ご心配なく、少佐」ペニントンが言った。「いまの傷はライオンがつけるものとあまり変わりません。さあ来い、ヴィッカーズ。めそめそするな。事を必要以上に面倒にするんじゃない」

ペニントンはブガッティから荷物をおろすときのように、軽々とレジーを引き上げた。

「助けて！」レジーは叫んだ。

ペニントンの筋肉質の腕から逃れようともがいたが、レジーの声を聞く者も、彼を助ける者もいなかった。少佐と、ペニントンと、峡谷の動物たちしか。

ペニントンが、突き出た岩の向こうにレジーを放り投げた。レジーは悲鳴をあげながら下に落ち、峡谷の険しい壁面ではねて、ごつごつした岩だらけの谷底に頭を打ちつけた。

彼が意識を失うと、ライオンが影のなかから出てきた。

21

「すばらしい日ですね」ジェイコブは言った。

〈ドーベル・アームズ〉亭の窓から太陽の光が射しこんでいたが、朝食は静かなものだった。ほかにひとりだけいる客のシドンズが、ぽつんと坐っていた。小さなテーブルの向かい側の椅子に誰も坐らないように、双眼鏡、地図と杖を置いていた。

彼はジェイコブの挨拶に不機嫌なつぶやきで応じ、カップのコーヒーを飲み干して、つらそうに立ち上がった。怪我をした足首に力がかかると痛みに顔をしかめ、足をひきずりながら裏口に向かった。その向こうに、体裁よく〝別館〟と呼ばれる小さな離れの建物があった。

シドンズは出ていく途中、ヘプトン夫人のまえを通りすぎた。夫人はブロンドの髪が灰色になりかけた小太りの女性だった。いってらっしゃいと明るく声をかけたが、シドンズから返事はなかった。彼女はジェイコブに、太いソーセージと脂っこい卵、揚げパンののった皿を出した。

「よく眠れましたか？」

「おかげさまで、ぐっすりでした」

　ジェイコブはルーシーの誘いに乗らなかったことを後悔していなかった。ソーホーでのあの一夜のあと、誰にも邪魔されず、夢も見ずに長く寝たことで、体も気分もすっかり回復した。

「モートメインは初めてでしょう？」

　ジェイコブは食べ物を頬張る合間に、数日離れてすごしたくなったのだと説明した。何から離れるのかは言わなかった。ヘプトン夫人は、化石を探しに行くんでしょうと言った。「アンモナイトとか」ジェイコブは夫人が自分より化石にくわしくないようにと祈りながら、軽い調子で言った。「まあいろいろ……魅力的なものを」

　ヘプトン夫人はあいまいな笑みを浮かべた。ジェイコブはドーベル家について尋ねたが、新たな情報は得られなかった。今日の予定について訊かれたので、村で新聞を買って半島を散策すると答えた。

「なんならうちにある新聞を読んで」彼女は愛想よく言った。「ウィットネスだけど」

「ありがとうございます」ジェイコブは彼女の趣味を貶しそうになるのをこらえた。「ふだんとちがうものが読めるかもしれない。ぼくはいつもクラリオンなので」

新聞記者であることを明かしていなくてよかったと思った。ヘプトン一家は宿泊客にほとんど興味を示さない。昨日カウンターに置きっぱなしにしたクラリオンの記事も、誰も読まなかったのではないか。モートメインでは、ソーホーの殺人事件もハワイのハリケーンほど無関係な話なのだろう。

少しあとで夫人が新聞を持ってきた。もとは明るい苦労人の顔が曇っていた。

「タニクリフでひどい事件がありましたよ。まったく世の中はどうなるの。気の毒な男の人がライオンに食われるなんて！」

一面をざっと読んだジェイコブの胃がよじれた。早朝ののんびりした気分は消え去った。朝から揚げ物を食べまくったのも失敗で、胸焼けがした。

田舎の地所でライオンが放し飼いにされていることだけでも驚きなのに、レジー・ヴィッカーズがその餌食になったという報道に気分が悪くなった。ウィットネス紙の息せき切った記事は、犠牲者の運命を倫理上許される極限までくわしく報じていた。クラリオン紙も同じくらい大喜びするだろうとわかっていなければ、ジェイコブもその俗悪な筆致に愕然としただろう。

レイチェルにギルバート・ペインのことを話した男は死んだ。悲しむ友人たちは、クリケットの試合のあとでそろって飲んでいたとウィットネス紙に語っていた。試合には負けたが、レジーはいちばん気持ちよく相手方の勝利を祝った。スポーツマンの見本のような男だった。チームのキャプテンは大いに嘆き、レジーの熱意と忠誠心を称えていた。

そのキャプテンは、ウィットロー少佐。オールド・ベイリーで証言するところをジェイコブが傍聴した人物、クライヴ・ダンスキンの救世主だった。

同じダンスキンが今日、モートメイン館にやってきて、パーティでレオノーラ・ドーベルとレイチェル・サヴァナクに加わる。

暖かい朝なのに、ジェイコブは悪寒を覚えた。


「ヴィッカーズが昨夜死にました」トルーマンが言った。

レイチェルとトルーマン一家は早朝に出発し、好天で車が増えているにもかかわらず、グレート・ノース・ロードを軽快に走ってきた。みなで外出することはめったにないので、気分も晴れやかだった。レイチェルとマーサは大胆なくらい裾の短いサンドレスを着ていた。まるで姉妹のようだとヘティが言うと、レイチェルは姉妹よりもっと大切なつながりよと答えた。彼らはヨークの近くで道路脇の宿に立ち寄った。そこでトルーマンが新聞を探しに行き、一同のテーブルに戻ってきたところだった。

レイチェルはナイフとフォークを置いた。「彼らは何をしたの?」

トルーマンは新聞を掲げて見出しを見せた――〝クリケット選手、動物園で非業の死〟。

「警察の発表を信じるなら、悲惨な事故だったようです」

「そんなわけない」レイチェルは言った。「続けて」

「昨日、クリケットの試合が終わった夜でした。彼はあなたに話したとおり、マスカレーダーズでプレーしていた。チームのキャプテンはウィットロー少佐。現場はたまたまモートメイン館からそう離れていないところだった」

「タニクリフの所有者は数週間前、テレグラフ紙で私設動物園について自慢していた。たぶんマスカレーダーズは仕事と趣味を結びつけようと思ったのね。クリケットと殺人を」

トルーマンは拍手をするふりをした。「警察はわれわれの友人が飲んで愉しみすぎたと考えているようです。夜の風で頭を冷やそうと外を歩いていたら、たまたまライオンが自由に歩きまわっている峡谷に落ちたと」

「不注意で」

「ほとんど飲酒で説明はつく。友人たちは彼がいないのに気づくと、捜索隊を組んで捜した。そして彼を見つけたときには、本人とわかるものはあまり残っていなかった」

レイチェルは顔をしかめた。「もちろん弔辞は送られたんでしょう?」

「痛ましいほどに。ヴィッカーズは一級の公務員だった。逝去が惜しまれてならない」

「言い換えれば、価値がなくなってからも生きていた歩兵だった」

「弔意を表して、タニクリフ・チームとのリターンマッチは中止になりました」

「大きな犠牲を払ったこと」

「これはいったいどんなゲームなんです？」マーサが訊いた。

「もうすぐわかる」レイチェルは言った。「モートメイン館で」


彼らはモートメインの数キロ手前でジェイコブと会う約束をしていた。草地にジェイコブが坐っていると、ファントムが停まった。太陽が照りつけていて、ジェイコブは即席のピクニックを終えたばかりだった。

「ヴィッカーズのことは聞いた？」レイチェルは尋ねた。

ジェイコブはうなずいた。「タクシーを雇ってタニクリフに行ってみようかと思いました。クラリオンの記事を書いて……」

「あなたは忘れている」レイチェルは言った。「ヴィッカーズは事故死ということになっているけど、あなたは犯罪報道記者よ」

「いろいろ嗅ぎまわれるかもしれない。ウィットロー少佐と友人たちが何を企んでいるのか」

「ソーホーでも充分面倒は起こしたでしょう。彼らにまた動物を暗殺者に使う口実を与えないで。最後はサイの角に突かれるかもしれないし、ゾウに踏みつぶされるかもしれない。それか両方」

「大ヘビに咬まれるとか」マーサがうっとりと言った。「ワニに食べられるとか」

ジェイコブは、ふうっと息を吐いた。「たぶんモートメインにじっとしてます」

「それがいい」レイチェルは言った。「学んでるわね。ところで、モートメイン館とドーベル家について新しい情報は集まった？」

「あまりありません」ジェイコブはそれまでにわかったことを簡単に説明した。「レオノーラはあまり評判がよくなくて、彼女の夫は哀れだと思われている。すべて予想できたことです。これから化石採集に行くときにはしっかり注意しておきます」

「腹足類、それとも双殻類？」

ジェイコブは眼をぱちくりさせた。「ぼくは素人です。専門家じゃなくて」

「まったくの初心者ね」レイチェルは腕時計を見た。「さあ、行きましょう。早くモートメイン館を見たい」

「ぼくも化石採集ですぐそっちへ行きますよ」ジェイコブは元気よく言った。

レイチェルは首を振った。「とにかく崖から落ちないように気をつけて」

「モートメイン館です」

トルーマンは最後のカーブを曲がり、轍のついた道が門に達したところでなめらかにファントムを停めた。門の両側の古い石柱には崩れかけたパイナップルの彫刻がのっていた。長い旅が終わろうとしている。彼らは半島の先端、モートメイン岬に近づいていた。

そこから屋敷に向かう広い道の両側には、一世紀にわたる強風で曲がりねじれたシナノキが並んでいた。はるか前方に屋敷が現われ、あざやかな青空を背景に屋根と煙突の角がくっきり見えた。銃眼つきの胸壁や大小の尖塔を風変わりに組み合わせた、ヴィクトリア時代の壮麗なゴシック建築で、暗い灰色の石の壁じゅうにツタが這っていた。太陽に照らされていても、モートメイン館はくすんで陰鬱だった。

「不気味な場所ですね」ヘティ・トルーマンは夫の隣の助手席に坐っていた。「背筋がぞっとしますよ」

ファントムは岬の突端に向かう曲がりくねった私道を走った。両側は海だった。ハルニレの林の向こうにひっそりと立つドーム屋根のロタンダが見えた。使われていないテニスコートにはワラビがびっしり茂っていた。ペンキが汚れてはげた背の高いハト小屋もあった。手入れされていない砂利敷きの駐車場に近づくと、館が大きく不規則な影を投げかけた。

「旅の終点ね」車が切妻屋根のポーチの正面に停まると、レイチェルの眼が輝いた。玄関の左右に置かれた飾り壺から血のように赤いベゴニアが咲きこぼれていた。

「興奮してるでしょう?」兄夫婦が車からおりているときに、マーサがレイチェルにささやいた。

「このために生きてるの」レイチェルはつぶやいた。

「追跡のスリル?」

「狩りの非情な必然性」レイチェルは『ディ・ケン・ジョン・ピール』(十九世紀初めのキツネ狩りの名手、ジョン・ピールの人生を称える歌)を一、二小節口ずさんだ。「〝中断して発見、発見して確認〟。続きはわかるでしょう」

マーサは彼女を見た。「〝確認して死……〟」

「部屋に満足していただけるといいんですけど」古い屋敷の玄関ホールで、レオノーラ・ドーベルがレイチェルに言った。

「景色はすばらしいでしょう。海の真上ですから」

レオノーラは探るように彼女を見た。「育った島を思い出します？」

「ゴーントに断崖はありません」レイチェルは言った。「すべりやすい岩場と、まわりの海峡に危険な潮流があるだけで。引き潮のとき以外は本土から切り離されています」

「故郷が懐かしいとか？」

「判事が亡くなったあと」レイチェルは言った。「喜んで島を離れました」

レオノーラは館のおもな部屋を案内してまわった。書斎は広く、蔵書も豊富だった。書棚に古めかしい革表紙の学術書が何列もあったが、レオノーラの影響も見受けられた。ウィリアム・ラフヘッドの著作が全巻そろっていて、『英国著名裁判』もずらりと並んでいる。レイチェルはオスカー・スレイターの事件に関する本を一冊取り出して、ページをめくった。

「殺人にはいつも魅了されます」レオノーラが言った。「明らかな理由から」

「戦後まで殺人に関する本を書かれなかったのですね」

「両親を失ったショックから立ち直るのに長い時間がかかったんです」とレオノーラ。「自分のなかに引きこもっていました。大学にはとても行きたかったけれど、無理だったので独学しました」

レイチェルは本をもとの場所に戻した。この女性にもっと話させるのだ。ふたりが似ているのは異様なほどだったが、レイチェルは相手とのちがいにもっと興味を抱いていた。

「教師として働いたこともありますが、子供と長くつき合うのは本当にむずかしくて。わたしには母性が欠けているので、一分一分が嫌でたまらなかった」レオノーラは眼を閉じて思い出していた。「その日暮らしが続いて、何年も健康を損なっていました。父の身に起きたことから、法の失敗という問題に夢中になり、スレイターベックという名前を使うことにしました。そして戦後、ここに落ち着いて時間ができたので、長年やりたかったことに取り組み、本を執筆することができた」

ふたりは玄関ホールから長い展示室に入った。大理石の暖炉、使いこまれた大きなソファ、ほとんど光を通さないステンドグラスの縦長の窓があり、濃い緑の壁は金縁の額に入った数々の絵で覆われていた。

「ヨークシャーの風景画の最良のものをまだたくさん所有しています」レオノーラが言った。「十数点は競売に出してしまいましたけど」

「ご主人は心を痛めたことでしょうね」レイチェルはつぶやいた。

レオノーラは口を引き結んだ。「フェリックスの祖父は世紀の変わり目に亡くなり、父親も終戦時に他界しました。一世代のうちに二回の相続税を課されたんです。この国は地主の資本をコミュニストの熱心さで没収している。フェリックスは怪我をしてからずっと家にいます。残りの人生もモートメインにとどまりたいと言っていて、わたしも同じ気持ちです。けれど現実も見なければならない。気づかれるでしょうけど、使用人もできるだけ減らしています。それでも足りない。家族の資産を現金化するしかないんです」

「売る必要があることについては、ご主人も納得されたんですね？」

「夫から文句を言われるたびに、彼の祖父のアラリックが浪費家で、かなりの土地を売り払ったことを思い出させます。父親のオズウィンも似たり寄ったりだった。ある時点で村の農家をすべてドーベル家の小作人にして、賃料をもらうことにしました。家族の土地は、もとの広さのほんの一部になってしまった。だからわたしもこの家の昔からの伝統を引き継いでいるにすぎません」

レイチェルは黄昏のモートメイン館を描いた絵のまえで立ち止まった。画家は建物の不気味さと、断崖の上に立つ孤独感をよくとらえていた。細部の巧みな筆使いとあざやかな色合いは見まちがえようがなかった。

「ホルマン・ハントですね」

「彼はアラリック・ドーベルに招かれてここに滞在したことがあるんです。ヨークシャーの海岸を見てまわりながら、アラリックのもてなしに感謝して、彼の画も描いた」

レオノーラは、フロックコートを着た背の高い鉤鼻の男の肖像画を指差した。その人物はいかにも立派な出立ちだが、茶色の眼はどことなくうつろだった。

「アラリックは後年、精神が衰えました。不安定なのは家系の特徴です。この絵にはその衰えが現われている。ほかの人たちがはっきりと気づくはるかまえにね」

「芸術家による診断は」レイチェルはつぶやいた。「とても正確です」

レオノーラはうっすらと笑った。「ミレーが訪ねてきたときには、フェリックスの父親を描きました」

オズウィン・ドーベルの肖像画は暖炉の向かい側にかかっていた。ブロンドの中年男で家族譲りの眼と鼻を持ち、椅子に坐って少し前屈みになっている。画家は彼の抑えたエネルギーのようなものを表現していた。眼にはかすかに邪気の光があり、ミレーが長いあいだ彼をじっと坐らせていることを、いまにもなじりそうな雰囲気があった。

「フェリックスのお父さんに会ったことは?」

「わたしがここに来たとき、オズウィンは高齢で関節炎を患っていました。ですが、ヴィクトリア時代人にしてはずいぶん心が広くて、わたしとも共通点があるように感じました」

「フェリックスという共通点ですか?」

「それは考えてなかったわ」レオノーラは冷ややかに言った。「そうじゃなくて、オズウィンもわたしも古くからのしきたりを軽蔑してたんです。人を判断するときには、生まれではなくその人の行動を見た」

「厳しそう」

「誰でもそうなるでしょう？」レオノーラの青白い頰に赤みが差した。「かりにわたしの父が新たな犠牲者にならず、母を殺したのだったとしても何も変わらない。自分に何度そう言ったことか。名前を変えるまで、わたしは社会から爪弾きにされたように感じていた。みんなが陰口を叩いて、ときにはわたしに聞こえる場所で噂することもあった。自分の人生をどうすべきかわからなかったんです。そこで戦争が始まって、看護をするなんて考えたこともなかったけれど、生きる目的ができた」

「ここモートメイン館で」レイチェルは言った。

「フランスで何千、何万という兵士たちが負傷して、ふつうの病院では収容しきれなくなり、モートメインのような地方の邸宅が強制的に協力させられた。わたしはヨークシャー北部に住んでいたから、地元の救急看護奉仕隊に加わって、ここに派遣されました。フェリックスの奥さんが管理者だった。家族の血筋でしょうけど、厳格な人だったわ。オズウィンは虚弱で、息子ふたりはフランスにいた。あのときの体験は、塹壕で戦うことに比べたらなんでもないでしょうけど、混乱をきわめていた。モートメインには医療の専門家がいなかったんです、耄碌しかけた年寄りのお医者さんひとりを除いて。わたしはいつしか、自分よりつらい思いをした重症の患者さんの世話をしていた。そして最後に……」

「フェリックスの看護をすることになった？」

レオノーラは不満げにうなった。「オズウィンと同じように、わたしもほかの人たちがどう思おうと気にしない。しょせんよそ者だから、村の人たちからはいつも疑われてきました。村の醜聞好きのことばを信じるなら、ドーベル家の財産――というか、その残り――目当てでフェリックスと結婚したんでしょうね。さもなければ、怪我から回復する見込みのない年上の男と結婚するわけがないって」

レオノーラは両手を腰に当て、挑むようにレイチェルを見すえた。「わたしはいままで一度も眼を潤ませたロマンチストだったことはないの」

レイチェルは鋭い視線を返した。「もちろんちがうでしょう」

「安らぎと社会的地位を心から求めていたことは否定しません」自分に話しかけているような口調だった。「わたしがフェリックスからの求婚を受け入れたのは、うしろではなく、まえを向きたかったから。わかります？」

「ええ」レイチェルは静かに言った。「完璧にわかります」

レオノーラは顔を背けた。「気にしているかもしれないから言っておくと、あなたのお父さんは、わたしの父にとんでもなくまちがったことをしました。あのときの判事の説示は悪意に満ちていた。でも、あなたが彼とまったくちがうことはちゃんとわかっています」

「ええ」レイチェルはまた言った。「ちがいます」


「こちらがわたしの夫、フェリックスです」

モートメイン館の継承者は車椅子で背を丸めていた。かなり古びたドレッシングガウンを着て、まわりを枕で支えられ、片方だけの膝に格子縞のラグをかけている。その横に白い帽子とエプロンドレスの看護師が立っていた。フェリックスは老いぼれて弱々しく、灰色の髪はほつれ、痛々しいほど細い腕が縞模様のパジャマの袖から飛び出していた。顔はしわで描かれた地図のようで、指の爪は嚙まれてかなり短くなっている。かつてモートメインからロンドンの明るい光のなかに出ていったプレイボーイの面影はほとんどなかった。

レイチェルは彼と握手をして、その骨と皮だけの手が震えているのに気づいた。あとどのくらいの命だろう。ドイツの砲弾が彼の人生を永遠に変えてしまったときには三十代だったはずだ。今日の彼は七十歳にも見えた。

「初めまして、ミスター・ドーベル」

「フェリックスと呼んでくれ」手が力なくひらひらと動いた。細く甲高い声のなかに、魅力の名残のようなものが漂っていた。「判事の娘だって？　わが愛する妻と同じように、殺人に夢中なのかな？」

「罪を認めて慈悲を乞います」レイチェルは言った。「お招きいただき、ありがとうございます。ここはすばらしい立地ですね。崖の上から海を見おろしていて」

「はっ！　私が子供のときに庭の隅が海に落ちていったよ。兄とふたりで兵士のふりをして、よく行進していた芝生の一角だったがね」

　フェリックスの甲高い笑い声は咳の発作に変わった。フェリックスは看護師に背中をさすられながら、鉤鼻をかんだ。

「さあさあ、あまり興奮なさらないで」看護師は彼の失われた脚のほうを見た。「もう兵士は充分なさったでしょう。咳はおさまりました？」

「ああ、だいじょうぶ」フェリックスは言った。「こちらは私の看護師のバーニス・コープだ。彼女が私にどう対処（コープ）しているかは天のみぞ知る、だろう？」

　彼はまた笑った。箍（たが）がはずれたような荒々しい声だった。看護師はまったくあわてず、気にもしていないようだった。

「初めまして、ミス・サヴァナク」

ふたりは握手した。バーニス・コープは黒髪で大柄、三十代なかばといったところだった。あまり美しくない顔立ちで表情は厳しく、指輪ははめていない。ここまでレオノーラ・ドーベルに一瞥もくれていなかった。

「素敵な午後よ、フェリックス」妻が言った。「散歩に行ってくれば？」

フェリックスのまぶたが引きつった。看護師が車椅子にかけた手に力を入れ、彼の代わりに答えた。「崖の上に十五分ほどいたのよね、フェリックス？　でも暑すぎました。さあ、そろそろお昼寝の時間ですよ」

それ以上何も言わず、彼女は車椅子を押して出ていった。レオノーラは敵意もあらわにそのうしろ姿を見送った。

「夫を子供扱いするんです。ああやって好き勝手に連れまわして」とつぶやいた。「さて、この天気も永遠には続きませんよ。嵐が近づいているらしくて。敷地をご案内しましょう」

レイチェルの答えを待たずにレオノーラはドアから外に出て、強い日差しに手をかざした。レイチェルも彼女に続き、バッグから縁が螺鈿で革製のサイドシールドがついたサングラスを取り出した。

「コープ看護師がお好きではないんですね」

レオノーラは鼻を鳴らした。「あの人がここに来て半年になりますけど、もう一生分いるような気がするわ。フェリックスが甘やかすから、わがもの顔でこの家を歩きまわっている。敬意ってものがないんです。夫をファーストネームで呼んでいるのに気づきました？　それにあの人の看護の考え方といったら、お笑い種です」

「そうなんですか？」

「夫は片脚がないことに加えて、さまざまな病気を抱えています。痙攣も起こすし、心臓も弱く、抑鬱症状もある。健康は着実に悪化し、精神も不安定になっているけれど、意志の力が強いから、闘わずにあきらめたりはしません。きちんと世話すれば、まちがいなくもう少し長生きできるんです」

「バーニス・コープがきちんとしていないということですか？」

「いや、世話はしてますよ、ひととおりは」レオノーラは左を指差した。「こちらへ、レイチェル。ぐるっとまわりましょう」

「フェリックスは彼女のことが好きなんですか？」レイチェルは訊いた。

「夫は昔から浮気性なんです。看護師のことはみんな好きで、今回の人も例外ではありません。ですが、彼が調子のいい遊び人だった時代はずっと昔。いまは好色な視線を送るだけで精一杯です」笑みに皮肉がこもっていた。「結婚する看護師はひとりでたくさん。そう思いません？」

　ふたりは塀に囲まれた庭園につながる小径をたどった。庭園に入る扉は閉まっていて、把手は錆びていた。苔むした塀の漆喰がはがれ落ちていた。

「あなたも楽ではないでしょう」レイチェルは言った。

「暫定合意（モドゥス・ヴィヴェンディ）があるんです。最近わたしは多くの時間をロンドンですごしている。もちろん、ここの景観は美しいんですよ。夕方、日が沈むまえにかならず敷地をひとまわりします。たんにこの自然の美を取り入れるために。残念ながら夫はいつも不満そうで、だんだん理不尽になってきました。彼が悪いわけじゃありませんけど。戦争が夫をバラバラにしたんです、かなり文字どおりに。ここまでなんとかやってきたのが不思議なくらい。でも簡単ではなかった。どんな看護師もやがて苛立って、飽きてしまうんです。フェリックスにも、モートメイン館にも」

「バーニス・コープは飽きているようには見えない」

「もうすぐいなくなると思いたいわ。ほかの使用人たちには、ハンサムな恋人がいるなんて自慢してるようだけど、誰もそんな人は見たことがない」レオノーラは唇をゆがめた。

「本人が妙に謎めかしているところを見ると、あいにくこっちとしては、その恋人なるものはあの人の加熱した想像力が作り出したと考えるしかないんです」

塀に囲まれた庭園の向こうは岬の突端で、木は生えておらず、先に行くほど尖っていた。海の音とにおいがしたかと思うと、眼下の左右に真っ青な海面が広がった。

「息を呑みますね」レイチェルが言った。

「天気がいい日は壮観よ」レオノーラが言った。「でも、霧が出て寒い日や、風が波を岩に叩きつける日には、モートメイン岬は北極と同じくらい人を寄せつけない。あそこが崩れてるでしょう?」

レオノーラは岬のギザギザの端を指差した。「何年もまえ、嵐の最中に地滑りが起きたんです。四分の一エーカーが崩れ落ちた。この両側の湾にはあまり砂浜がないから日帰り客は来ないし、海流が危なすぎて泳ぐ人もいない。ときどきハイカーやバードウォッチャー、素人地質学者はやってくるけれど、それを除けば静かなものよ。スカーバラやブリドリントンに群がる人々もここには近寄らない。昔はここの海岸にアザラシの繁殖コロニーができていましたが、いまは彼らでさえモートメインを見捨てている」

「平和と静寂。この混乱の時代には、まるで天国のよう」

「人跡まれな土地には不便なこともありますよ。有能な働き手がめったに見つからないんです。彼らが東海岸の冬を経験したあとは、いてもらうのがさらにむずかしくなる。これだけ失業者が多いのだから、雇うほうは楽だろうと思うでしょう。でも、ちがう。うちで払える給金はわずかだし。優秀な使用人はスカーバラやウィットビーの大邸宅で働くほうがいい暮らしができる。優秀な看護師も同じね」

「コープ看護師は？」

レオノーラはため息をついた。「この村の藪医者は彼女を買っているけど、彼は馬鹿だから。つまり、フェリックスは神のみぞ知るおかしなものを毎回与えられている。阿片だの、インド大麻だの、ヒヨスだの」

レイチェルは眉を上げた。「変わってますね」

「彼女が言うには、パーキンソン病の症状を緩和するそうよ」

「あなたの意見はちがう？」

「わたしも救急看護奉仕隊にいたときには、薬局で数カ月働きました。そのあとモートメインに来たの。だから自信を持って言うけど、ミス・サヴァナク、致死薬について多少の知識はあります」

レイチェルは黙ってうなずいた。この先があるのはわかっていた。

レオノーラは大きく息を吸った。「私に言わせれば、彼女はフェリックスに毒を盛っている」

22

レイチェルとレオノーラは無言でモートメイン岬の突端まで歩いていった。静寂を破るのは、上空を飛ぶカモメたちの叫びと、下で波が砕ける音だけだった。暑さは容赦なかった。まわりにまったく何もない半島の先に立っていても、ごく弱い風すら感じなかった。

レイチェルは崖の崩れた端を見た。そこから海までの落差は、めまいを覚えるほどだった。

レイチェルはレオノーラのほうを向いて言った。「コープ看護師がご主人に危害を加えていると思うんですね？」

レオノーラはため息をついた。「彼女の治療は病気そのものより危険です。フェリックスはあと一、二年は長らえそうだけど、あの女はそれよりずっと早く彼を殺しかねない」

ふたりは岬の散策を再開して館のほうへ坂をおりはじめた。イバラやイラクサの茂みを巧みによけながら進んでいくと、途中に人が近寄れないような岩だらけの道があり、それが眼もくらむ断崖の岩肌をおりる危険なルートになって、視界から消えていた。

「ここは太古の風景」レオノーラが言った。「古代の砂岩の塊に恐竜の足跡が見つかるという話です。この崖には洞窟がたくさんあって、あの道をおりていけばそれらにたどり着ける。高所恐怖症の人には無理ですけどね」

「密輸業者が禁制品を洞窟に隠していたとか？」

「もっと北のロビン・フッド入江は密輸業者の港だったの。村の道は迷路のようで、収税吏から隠れる場所はいくらでもあった。モートメインの洞窟は、どちらかと言うとロマンス寄りね。人々の噂話を信じるならだけど」

「そうなんですか？」

「いまも伝統は生きている。コープ看護師が毛布を持ち出して、岩に囲まれた静かな空間で若い男とはしゃぎまわっているという悪い噂も聞いたことがあって」

「モートメインは物語に事欠きませんね」レイチェルはつぶやいた。

レオノーラはうなずいた。「でも、もつれ合った真実とでたらめをどうすれば区別できます？」

眼のまえの土地が広がり、歩いてきた道は二手に分かれた。ひとつはくねくねとロタンダに続いている。レオノーラはランブラーローズの小さな庭を通りすぎた。前方に古いテニスコートが見えた。

「ありがたいことに、わたしはテニスが好きではないので、コートがボロボロになっても関係ありません」レオノーラが言った。「うちの庭園長はここで五十年働いています。子供のころからずっと。この場所を愛しているので、安い賃金にも、村から来る頼りない助手の若者たちにも我慢している」

ふたりが歩く道は木立のなかを通っていた。日陰が心地よかったので、切り株や丸太、木の根が集まった小さな空き地で小休止した。死んだ木のあいだを縫うようにシダが生い茂っていた。

「あなたが使用人を三人連れてきたのに興味を惹かれました」レオノーラが言った。「しかも、お宅で働くのは彼らだけだということに驚きました。こんなこと訊くのは失礼ですけど、まさかあなたも財政的に困っているとか？　ロンドンで大きな家を維持するのはたいへんだから――」

「あなたと同じように、わたしも信頼できない使用人には注意しているんです。わたしはトルーマン一家と育ちましたから、彼らは肉親のようなものです」

「お詫びします。礼儀をわきまえないことをうかがってしまって」レオノーラは唇をすぼめた。「嫉妬してるわけじゃないんですよ。わたしがモートメインにお客様を迎えることに慣れていないのがわかるでしょう。自分は運がよかったということを簡単に忘れてしまう。少なくとも、趣味は誰にも邪魔されずに追求できるというのに。こんなわたしにつき合っていただいて感謝します」

「殺人の嫌疑をかけられた三人の見知らぬ人々を招く集まりにどうしてわたしを誘ってくださったのか、本当の理由をいつ聞かせていただけるんでしょう」

レオノーラは考えた。「あなたが彼らに魅了されるのではないかと思ったの」

「そうなると思います」

「だったら、それが答えになりますね」レオノーラは腕時計を見た。「時間がたつのが早くて。ほかのかたたちがもうすぐ到着します。なかに戻りましょうか」


「ヘンリー・ローランドです。お会いできてよかった、ミス・サヴァナク」

ローランドの握手はきびきびしていた。笑顔は練習されていて、眼は用心深い。有権者の忠誠度を見きわめようとする政治家に似ていた。愛人殺害容疑で逮捕されたときより体重が増えているのではないかとレイチェルは思った。ウィラルのバンガローの殺人事件が新聞の一面を飾り、その写真がレオノーラの本に転載されたときには、ローランドは頬がこけて貪欲そうな顔つきだった。引退して太ったのだ。白いペンシルストライプが入った黒いサキソニーのダブルのスーツ、白いシャツ、グレーのネクタイという完璧な装いだが、サヴィル・ロウの高級紳士服店も彼の肥満体型は隠せなかった。顎のまわりについた肉は言うに及ばず。

「レイチェルのお父様は、亡くなられたサヴァナク判事なんですよ」レオノーラは玄関ホールで客たちの紹介をしていた。「夫はいま休んでいますが、あとで食事に加わります。残るおふたりもすぐに来られますから、それで全員そろいます。わたしが料理人と話しているあいだ、外を見てこられてはいかがです？」

「それはじつに名案だ」ローランドが言った。「この最高の天気が崩れるまえに、たっぷり味わっておかないと。ペナイン山脈越えの運転のあとで新鮮な空気を吸えば、気分も晴れ晴れするでしょうな。いっしょにどうですか、ミス・サヴァナク？　すばらしい！」

レイチェルはローランドについて外に出た。ローランドは太陽に眼を細めて言った。

「しかしまったく……あー、うれしい驚きでした、ミス・サヴァナク。ミセス・ドーベルは、あなたを招待したと一度も言わなかったので」

レイチェルは歩くべき道を指差した。「わたしは最後に招待客のリストに加わったようです」

ふたりは岬の突端まで黙って歩き、海を眺めた。暑さはいっそうひどくなり、レイチェルの肌も焼けつくようだった。

「レオノーラとは長い知り合いですか?」ローランドが訊いた。

「今週前半に初めて会ったんです」

「彼女は犯罪学者、ですな? ペンネームを使うのももっともだ。女性がこういう仕事をするのは奇妙だから」

「そう思われます?」

「古い犯罪の研究なんて、浅ましい職業だ」ローランドはいっとき考えた。「もしかして、あなたも同じ職業ですか?」

「わたしは本を出版しようとは思いません」レイチェルは言った。「おっしゃるとおり、浅ましい職業かも」

彼はうなった。「彼女は私について書いている。ご存じかもしれないが」

「あなたが不幸にも巻きこまれた事件ですね。ええ、知っています」

ローランドから鋼のように冷たい視線を向けられたレイチェルは、貧乏から這い上がって富豪になった彼の頑固一徹な性格を垣間見た。

「読みましたか?」

レイチェルはうなずいた。

「あるとき成功して尊敬されていたかと思ったら、次の瞬間にはのけ者扱いだった。あのバンガローの事件が、ほかのあらゆることに影を落とした。いまや私の人生は……足踏み状態だ。自分の世界がこんなふうにひっくり返るのを見るのは、つらいものです」

「もちろんです」レイチェルは言った。「愛したかたを失うのは、もっとつらいでしょう――あるいは、殺されるのは」

「あなたのお考えはわからないが、私は彼女を愛していた」ローランドはすぐに言い返した。「彼女をたんに利用していたのではない。あえて言えば……」

彼はことばを切った。レイチェルは相手の代わりに最後まで続けた。「あえて言えば、彼女を愛しすぎた？」

「ええ」ローランドはつぶやいた。

彼はそれきり何も言わず、家のほうへ大股で歩いていった。


モートメイン館の外で、男と女がひとりずつタクシーからおり立った。メイドが彼らの荷物の運び先について、ドーベル家の老執事に訊いた。クライヴ・ダンスキンは幅広のズボン（オックスフォード・バッグス）をはき、麦藁のカンカン帽をかぶっていた。陽光に金色のカフスボタンが輝いた。週末を海岸ですごすために出かけてきたというような、溌剌とした態度だった。

シルヴィア・ゴーリーは上背があり、髪もブロンドでじつに見映えがした。頬骨が高く、態度も堂々としていて、流れるようなパステルグリーンのドレスはシックを絵に描いたようだった。このスタイリッシュな雰囲気はエルザ・スキャパレッリのデザインだろうとレイチェルは思った。

レオノーラが館から出てきた。ヘンリー・ローランドは新たな招待客たちに近づき、握手の手を伸ばした。レイチェルも仲間に入り、招待主がおのおのを紹介した。

「晩餐は六時半です」レオノーラは言った。「かなり早めだというのはわかっていますが、夫が疲れやすいので。いまは休んでいますけど、食事前のシェリー酒からごいっしょします」

ローランドは汗をかいていた。ハンカチで額をふいた。「まだ沸騰しそうなくらい暑い。風呂に入って汗を流してきますよ。すっきりしたい」

レオノーラは微笑んだ。「こんなに若くて美しい女性と散歩をしたら、体温が上がるのも無理はありませんね」

ローランドはそっけなくうなずいて去っていった。レオノーラとシルヴィア・ゴーリーも彼に続いて家に入り、クライヴ・ダンスキンだけが残って、いかにも興味津々という様子でレイチェルを眺めた。

「どうしてモートメイン館に来られたんです、ミス・サヴァナク？　いや、レイチェル？

もしそう呼んでよろしければ。あまり堅苦しくなってもいけないから」

「レオノーラからこのパーティの話を聞いて、来ずにはいられませんでした」レイチェルは言った。「社交的なほうではありませんが、招待客のリストがあまりに……特別だったので」

「でしょうね」ニヤッと笑ったダンスキンは小学生のようだった。彼が女性を口説くテクニックは、相手のガードが思わず下がるくらい率直にふるまうことだとレイチェルは観察した。「ローランドが殺人の容疑をかけられたのはご承知のとおりだし、シルヴィア——ミセス・ゴーリー——とぼくはどちらもオールド・ベイリーで被告になった」

「わたしは礼儀作法にくわしくなくて。あなたが無罪になったことを祝福すべきでしょうか、それとも起訴が不当だったことに同情すべきですか？」

「これはこれは」ダンスキンは愉快そうに笑った。「あなたはひと癖あるユーモアのセンスをお持ちだ、レイチェル。称賛に値する。ウィットのある女性は大好きです」

「今日はお仕事じゃないんですね」

ダンスキンは顎をなでた。「じつを言うと、自由契約になったのです。会社が裁判で名前が広まることを嫌ったもので」

「お気の毒です」

「気になさらず。むしろ起訴はかねてからの希望を実現してくれたんです」彼は顔を輝かせた。「いまはじっくり構えるべきときです。自分の会社を興そうと思っています」

「勇敢ですね」レイチェルは言った。「どの新聞を読んでも、先進国では事業が崩壊しているようですけど。アメリカでは、大物事業家が摩天楼の窓から飛びおりる順番待ちをしているとか」

ダンスキンは笑った。「不況だろうと好況だろうと、女性はつねにシルクのストッキングが大好きだ。請け合いますよ。もといた会社と競争するつもりなんです。彼らに販売のことをひとつふたつ教えてやれるだろうと。自慢じゃないけど」

「もちろんです」

サンドレスがレイチェルのほっそりした体になじんでいて、ダンスキンは眼を離すことができなかった。「ロンドン（ザ・スモーク）が本拠地です。あなたも住んでますよね？ ぜひごいっしょしましょう。喜んで食事にご招待します。まちがいなく、お互い情熱が燃え上がりますよ」

「あまり燃え上がる話はしないほうがいいのでは」レイチェルは言った。「あなたの車がああいうことになりましたから」

ダンスキンは一瞬ぽかんとして彼女を見つめたが、すぐ気を取り直して大笑いした。

「いやはや、完全に一本取られた！　参りました、レイチェル。これからあなたにはよくよく注意しておかないと」

「結局、警察は焼死した浮浪者の身元を突き止めたんですか？」

「悲しいことに、捜査の進捗は教えてもらえないんです。ぼくのアリバイに関する彼らの捜査結果から考えれば、身元が判明する見込みはまずないでしょうけど」ダンスキンは軽く払うように手を振った。「イギリスには失業者が大勢いて、田舎をあてどなく歩きまわっています。哀れな物乞いの何人かは犯罪に走る。警察もぼくのことばを信じてくれればよかったのに。多くの不快なことが避けられたでしょうし、税金も節約できた。保証してもかまわないけど、キーストン・コップス（警官隊に模したアメリカのコメディグループ。一九一〇年代に活躍）のほうがずっといい仕事をしたでしょう」

「ウィットロー少佐が国外にいたから、しかたがなかったと警察は言うんでしょうね」

「間一髪のところであの御仁が出てきたことを神に感謝する。言えることはそれだけです」ダンスキンは首をこすってみせた。「裁判長は黒い帽子をかぶって、ぼくを絞首台に送る気満々でしたからね」

「その御仁がヨークシャーに来ています」レイチェルは言った。「ニュースを読みました？　昨日の夜、ひとりの男が死にました。ここから数キロの私設動物園で悲しい事故があったんです。少佐がキャプテンを務めるチームでクリケットをしていた人でした」

ダンスキンは眼をぱちくりさせた。「驚いた。偶然にしてはできすぎですね」

「ええ」レイチェルは言った。「ですよね？」


「使用人の部屋はどんな様子？」レイチェルは部屋にやってきたマーサに訊いた。

「ヘティがここの料理人と仲よくなりました。百歳は超えていて、頭もそうとう耄碌してるみたい。わたしがあなただったら、オードブルに気をつけます。クリフは執事と話そうとしましたけど、相手はポスト並みに耳が聞こえなかったそうです。わたしのほうは運がよくて、レオノーラのメイドと長く話せました。グラディスは村から来ている人で、十四歳のときからここで働いている。わたしの顔の跡について訊きたくてたまらなかったみたいですが、どうにかこらえました。彼女がおしゃべり好きで本当によかった。こちらから口を挟めないほどでしたよ」

「完璧ね」レイチェルは窓辺に立って、北海をじっと見た。「ここは半径十キロ以内で生まれ育った人でないと怪しいよそ者と見なされる土地ね」

「レオノーラ・ドーベルみたいに。彼女は同じヨークシャーの西部（ウェスト・ライディング）出身なのに、モートメインに一生閉じこめられているなら、ドイツのウェストファリア出身と変わらない」

「レオノーラについて、みんなはどう言ってる？」

マーサは考えた。「グラディスは彼女のことが好きですけど、そんなグラディスでも奥様は頭のネジがゆるんでいると考えてます」

「彼女が夫の絵を売り払うから？　それとも犯罪学者だから？」

「両方が少しずつ。でも、少なくとも気取り屋ではないし、領主館の女主人らしく威張ったりしない。むしろ逆と言っていいくらい。型にはまらない人です。しきたりや常識に敬意を払わない」

「なんて恐ろしい」

「使用人は自分の役割や雇用主との関係がはっきりしていることを好みます。人生のいまの地位に満足していない成り上がり者より、上流階級のかたに仕えるほうが楽なんです」

「わたしも憶えておく」

マーサはピンクの舌の先を出した。「上流階級の人がモートメインの近くまで来たことなんてありませんけど。ここは昔からずっと孤立しています。もうみんな、存在すら忘れている。村の人たちはこの館を死体安置館（モルグ・ホール）と呼んでます」

レイチェルは笑った。「完璧な呼び名」

「役に立つかもしれないと思って、モートメインとまわりの地図を描いてみました。人々から聞いた話にもとづいて」マーサは恥ずかしそうに一枚の紙を差し出した。「陸地測量部には雇ってもらえませんけど、ご存じのように、スケッチが大好きなので。あいにく正確な縮尺じゃありませんが……」

「すばらしいわ。だから謝らないで」レイチェルはマーサの頬に軽くキスをした。「ありがとう、本当に。あなたは将来きっと画家になれる」

メイドは喜びに顔を輝かせた。「戦争以来、ここでパーティが開かれるのは初めてです。フェリックスは外部の人と会いたがらないので。もう五体満足ではないから落ちこんでいて、ジグソーパズルで時間をつぶしてるだけ」

「ドーベル夫妻の結婚は、どちらの側からも恋愛の結果ではなかった。それはレオノーラの顔についている鼻くらい明らかよ。でも、そういう結婚は決して珍しくない」

「レオノーラは招待客について使用人に話していません」

「三人が殺人罪で絞首刑になりかけたことを？」

マーサはうなずいた。「それでもグラディスは心配してます。ダンスキンの写真を新聞で見たことがあったから。なぜレオノーラが突然、今日の人たちを呼ぶことにしたのかわからないと言っています。あなたも含めて。これじゃまるで地獄で開かれるパーティのようだって」

「当たらずとも遠からず。居心地が悪くなるほどにね」レイチェルは顎をなでた。「レオノーラにドーベル家所蔵の絵画を見せてもらったときに、大好きな絵を思い出したの」

マーサは天を仰いだ。「シュルレアリスムとか、その類い？　わたしはだんぜん風景画です。無教養と言われようが、理解できるもののほうがいいから」

「アメリカの絵で、『すべては虚飾』というの。女性が鏡に映った自分の姿を眺めているんだけど、遠くからもう一度見ると、全体が髑髏だったことがわかる」

「それはいかにもあなたの心に訴えそうです」

「ヘティみたいな言い方になってる」レイチェルの笑みが消えた。「いわゆるだまし絵ね。企みのある画家がよく描くでしょう。ある絵に眼が引き寄せられるんだけど、二回目に見ると、まったく別のものが見えてくる。モートメイン館のこの集まりは、そういうものだと感じるの。あることが見えていても、じつはまったく別のことが起きていて、わたしたちはそれに気づいてすらいない。すぐ眼のまえで起きているのに」

「わたしには深すぎます」マーサが言った。

レイチェルは四柱式のベッドの端に坐った。「レオノーラが犯罪学に情熱を注いでることについて、グラディスはどう言ってる？」

「フェリックスに我慢できなくなるたびにロンドンに逃げていける馬鹿げた言いわけですって。殺人みたいな恐ろしいことにまともな女性が興味を示すはずがない、おまけに本まで書くなんて。そういうことはレディにふさわしくない、と」

「ここの人たちは、レオノーラがロンドンで何をしてるか知ってるの？」

「ロンドンに愛人がいるのではということは、裏でささやかれていますね」

「男性、それとも女性？」

「男性です、もちろん」マーサは微笑んだ。「女性同士の恋愛はグラディスの想像力を超えているので。ただ、レオノーラが以前、フェリックスの看護師のひとりをすごくかわいがったということは、暗い顔で話してました。まわりの人がずいぶん嫉妬したようです。〈ドーベル・アームズ〉の娘もレオノーラの目にとまっています。下の階級にはときどき身分をわきまえない人がいますね」

「まさにそうね」レイチェルはメイドの手を軽く叩いた。

「みんなまだレオノーラのことを、前妻の死を嘆く不具の兵士と結婚した看護師だと思ってます。まえの奥さんが人気者だったわけでもないんですけど」

「そうなの？」

「ひどい人だったみたいですよ。気取っていて威張り屋で。お父さんはヨークシャー北部の名士でした。使用人は見下すし、フェリックスも彼女の言いなりだったみたいです。少なくともレオノーラは仕える人たちを人間扱いしますから」

「フェリックスの看護師を除いて？」

「グラディスもバーニス・コープをすごく嫌ってます。上流ぶるのが見苦しいし、一日じゅう若いボーイフレンドのことを自慢してるって。でもグラディスに言わせると、そんなボーイフレンドはいないそうです。バーニスは見た目がああだから恋人なんかできないだろうって」

マーサの傷跡の残る頬を見ながら、レイチェルは言った。「美は見る者の眼に宿る」

「よく言われますよね」メイドは肩をすくめた。「でも、本当に信じてる人がどのくらいいます？」

レイチェルは看護師に対するレオノーラの評価をくわしく話してから言った。「この家にはヒヨスがある。ほかの毒もね」

「それもオードブルに気をつけなきゃいけない理由になりますね」

レイチェルは微笑んだ。「グラディスはバーニスが毒をのませていると思ってる？」

「いいえ、逆です。彼女もコープ看護師は仕事ができるとしぶしぶ認めています。フェリックスは女性を見ると眼を輝かすんだそうです。若いころは颯爽としていたらしくて。いまはバーニスに夢中で、また眼を輝かせているとか。バーニスはバーニスで彼のジグソーパズルを手伝ったりして。どう見ても彼のことが好きなようです」

「でも、レオノーラのことは好きではない？」

「毛嫌いしてます。お互いそう思っているそうで。グラディスによると、レオノーラはすぐにでもバーニスを馘にしたいけど、バーニスは抜け目なくて、そんな口実を与えないんですって」マーサは化粧台から鼈甲のヘアブラシを取った。「さあ、そろそろ晩餐の準備をしないと」

レイチェルはサンドレスを脱いだ。下にはシルクのクレープデシン生地を用いた珊瑚色の簡素なシュミーズを着ていた。マーサがベッドの彼女の隣に坐り、その髪を梳かしはじめた。

「ふたりの男性はどんな感じですか？」

「ヘンリー・ローランドは何百人という従業員を顎で使いすぎたようね。引退は彼に似合わない。いまだに物事の中心にいたがっている。事業家はみんなそうだけど、彼も自分のたくましさを印象づけることに長けている。わたしが見たところ、神経衰弱になる寸前」

「ローランドは、ダンスキンやミセス・ゴーリーとは立場がちがいますよね」マーサが言った。「ふたりは法廷で無罪が言い渡されたけれど、ローランドの無実は証明されなかった。

た」

「ダンスキンは無罪放免になってからつけ上がっている。裁判では経済的に困っているような ことが言われたけど、いま資金不足には見えないわ」

「かなり奇跡的です」

「ここへ来る途中、シルヴィア・ゴーリーといっしょだった幸運に感謝して魅力を振りまいてきたにちがいない。かと思うと、今度はわたしをロンドンでの食事に誘ったり」

「ふたりだけで？　なんて親密なんでしょう。このまえはルイス・モーガンズで、今度はダンスキン。あなたこそ幸運では？」

「モーガンズがどうなったか彼に話してあげるべきね。考え直すかもしれない」

マーサはブラッシングを続けた。「でしょうか。このシルクのような髪には抵抗できないかも。髪だけじゃなくて、あなたのすべてに。ミセス・ゴーリーはどうなんですか？　本人が言うとおり魅力的なら、あなたと競争になりますよ。もう彼女と話しました？」

「いいえ、会ったとたん逃げるように自分の部屋に行ってしまった。ダンスキンから逃げたんでしょうけど、レオノーラとわたしからもね」

「レオノーラはあなたを殺そうと企んでませんね？　いまも確信してますね？」

「逆の立場よ。わたしの勘ちがいでなければ、彼女はわたしが判事を殺したと思ってる」

マーサは大げさにうめいた。「あなたは判事を嫌っていたことを隠そうともしない。だからでしょう」

「おもしろいのは、もしわたしが彼を殺したとレオノーラに言っても、彼女はまばたきひとつしないだろうってこと。レオノーラはただ殺人に興味を持ってるんじゃなくて、殺人を犯す人の頭のなかに入ることに夢中なのよ」

「つまり、あなたのように、ですね。くれぐれも用心してください」マーサはブラシを置いた。「危険すぎる気晴らしですから」

レイチェルはむき出しの肩をすくめた。「クリケットの試合のあと飲んで、飢えたライオンがたくさんいる私設動物園をうろつくよりは危険じゃない」

「ヴィッカーズのまちがいは、あなたを信じなかったことです」マーサが言った。「少なくともジェイコブは、混乱に巻きこまれたときにどこに助けを求めるべきかわかっている」

「彼がウィットロー少佐に出くわしたとき、〈クランデスティン・クラブ〉に行った夜より注意深くふるまうことを祈りましょう」

「少佐が相手なら用心しますよ。彼の脳が働かなくなるのは、かわいい女性の顔を見たときだから。〈ドーベル・アームズ〉の娘さんのことを話したときに、どれほどもじもじしてたか見ました？」

「あれで本人は気づかれないと思ってるんだから」レイチェルは笑った。「あなたは彼が好きなんでしょう？」

「あなたも」マーサが言った。「好きじゃないふりをしてもわかります」

23

緊張した若いメイドふたりが書斎にシェリーを運んできた。フェリックス・ドーベルはバーニス・コープに付き添わせると言って聞かなかった。レオノーラは紹介の際に看護師の名前を言わないことで仕返しをした。館の女主人は、戦前に流行ったようなスタイルの濃紺と紫のチュールのイブニングドレスを着ていた。

シルヴィア・ゴーリーは、一方の肩を出した白い繻子のドレスできらめいていた。肌は金色がかった薄茶色に日焼けしている。ヘンリー・ローランドが長々と引き止めて話をしていて、彼女はどうにか関心があるふりをしながら、逃げられる場所はないかとまわりをちらちら見ていた。

ダンスキンがレイチェルの耳元でささやいた。「あの助平親父を見てごらんなさい。彼女から片時も眼を離せないようだ」

「彼を責められます?」レイチェルは答えた。「ミセス・ゴーリーはそれほど美しい」

「たしかにきれいであることは認めます」ダンスキンは判決を下すように言った。「ありきたりな表現ですが、彫像のようだ。しかし、彼女もあなたには敵いませんよ」

レイチェルはブリストル・クリームをひと口飲んだ。「それは褒めすぎです、ミスター・ダンスキン」

「クライヴで。お忘れなく」ダンスキンは彼女の手に軽く触れた。「ちなみに、優雅なドレスですね。じつにお似合いだ」

「ありがとうございます。ココ・シャネルは称賛に値する人です」

ダンスキンは首を振った。「いいえ、あなたが着ているから……」

「グラスが空（から）ですよ、クライヴ。いけません！」レオノーラがメイドのひとりにうなずいた。あわててブリストル・クリームをつごうとしたメイドが床にこぼしてしまった。謝罪と床のモップがけの合間に、女主人は言った。「先日のつらい体験から立ち直られたようですね」

クライヴ・ダンスキンは彼女をいっとき見つめたあと、小さく笑った。「ああ、オールド・ベイリーですか？　いやまったく、ほんの一週間前に被告席に坐っていたのが信じられませんよ。頭からほとんど追い出していたので。ぼくの座右の銘は、つねに将来を見よです。完全に自由になってちょうど一週間の記念日を祝うのに、これほどすばらしい場所が世界にあります？」レオノーラが訊いた。

「ヨークシャーはよくご存じですか？」

「自分の手の甲くらい」ダンスキンは言った。「ですが、この地域は知りませんね、明らかに。幹線道路から離れた田舎はあまり商売にならないから。ただ、シェフィールド、ロザラム、ドンカスター、ハダースフィールド、このあたりはまかせてください。長年のあいだに販売でイングランドじゅうをまわりました。誠実に稼げる仕事ならなんでもします」

「あまり豊かでない工業地帯で顧客をたくさん見つける手腕に感心しました」レイチェルが言った。「経済が厳しくなると、人々は生活必需品しか買えなくなるはずですけど」

ダンスキンは眉を寄せた。「レディはみんな、きれいに見えるのが大好きですよ。それを天に感謝しなければ。とにかく、仕事の話はやめにしましょう。由緒あるこういう屋敷に入る機会はそうそうありませんからね。そこで名誉ある招待客になることはなお少ない。ここはうっとりするほどの書斎です、レオノーラ」

「あなたも本がお好きですか、クライヴ？」レオノーラが訊いた。

「読書家とは言えません。おわかりでしょうが、時間がないので。よくできたスリラー小説は好きですよ、あまり肩の凝らないものが。マッキントッシュ・トゥルーブラッドのシリーズはよく読んだものですが、最近見ませんね」

シルヴィア・ゴーリーが部屋を横切って彼らに加わった。ヘンリー・ローランドもついてきた。「話すことばは慎重に選ばないとね、ミスター・ダンスキン。わたしたちの招待主はあなたの裁判を傍聴したと聞きました。彼女の次の計画は、燃える車の事件について書くことかもしれないわ」

シルヴィアは微笑み、白い歯が輝いたが、そのことばは切りつけるナイフのようだった。ダンスキンの頰が真っ赤に染まった。シルヴィアは彼とレオノーラに背を向け、レイチェルに全神経を集中した。

「あなたのお名前、たしかに聞き憶えがあります」シルヴィアの視線は冷たく、刺すようだった。「あなたも犯罪学の専門家？」

レイチェルは穏やかに言った。「どこでそれを聞かれたのか想像もつきません」

「世間の噂話、かしら」シルヴィアの表情は揺るがなかった。「どこからというのは忘れたけれど、たしか犯罪捜査に関連してあなたの名前が出てきたはず。スコットランド・ヤードに知り合いはいません？」

「専門家はレオノーラです。わたしはただの道楽で」

「素人探偵なの？　すごくわくわくする」

「専門知識は何もありません。わたしのことは悪趣味な詮索好きと考えていただければ」

シルヴィアはレオノーラのほうを向いた。「レイチェルを招いてくださって本当によかった。最初にお話を聞いたときには、もっと少ない人数だと思いましたから」

「思いがけない幸運でした」レオノーラは言った。「クライヴの裁判を傍聴したときに、偶然レイチェルを知っている新聞記者と出会ったんです。親切な彼が招待の意向を伝えてくれました」

「それは本当に幸運」シルヴィアは言った。

「まさしく！」ダンスキンも言った。

「でもほら」シルヴィアは考えながら言った。「わたし、ここで奮起しなきゃいけない気がするんです。つまり、不幸な過去があったから。わが国を代表する犯罪学者と、高名な判事の娘さんのまえで話すとなったら、もう一度裁判を受けるようなものよね」

「ご心配なく」レイチェルは慈善バザーの相談でもしているかのように、にこやかに言った。「同じ事件で二度裁かれることはありませんから。それは法が禁じています」

シルヴィアはシェリーを飲み干した。「たまたまですけど、オールド・ベイリーより世論の裁判のほうが残酷だということに気づいたの。法廷の被告席から監房につながる階段のまえには柵が設けられているから、被告は絶望しても階段から飛びおりて自殺することができない。でも、外の世界にそんな安全対策はありません。嘲る人々のささやき声を聞こえなくする耳当てもなければ、逃げていく昔の知人を見えなくする仮面もない。みんな道でわたしとばったり顔を合わせたくなくて、角を曲がっていくの」

「まさにそのとおりだ」ヘンリー・ローランドが耳障りな大声で同意した。「無実は防御にはならない。死刑裁判に一度かけられると、社会の一部から永遠に追放される。リヴァプールの私のクラブの会員たちは――」

「印刷物で事件を分析されると、さらに苦悩は深まる」ダンスキンが言った。「レオノーラ、正直に言わせてもらいます。この週末、あなたを説得したいと思っているんです、ぼくの裁判について本を書いても何もいいことはないと。つまらないただの事故死の事件で騒ぎたてるわけですよ。殺人ですらない！」

コープ看護師がフェリックス・ドーベルの車椅子を押してきていた。

「わかっただろう、レオノーラ」フェリックスのかすれ声が甲高く響いた。「こういうことになると言ったじゃないか！」

レオノーラの顔が強張った。「謎めいた状況で人がひとり死んだんですよ。名前すら判明していないし、あんな最期を迎えた理由については、もっとわからない」

「何があったか教えますよ」ダンスキンがすぐ言い返した。「犯罪の犠牲者――小生のことですがね！――が犯罪者のように扱われたんです。司法？　ふざけないでもらい――」

フェリックス・ドーベルがシェリーをがぶ飲みして激しい咳の発作を起こした。看護師がいつものように背中を叩くと、症状はさらに悪化した。最初フェリックスは窒息しているように見えた。ヒューヒューと苦しそうに呼吸していたが、徐々に静かになった。頭を深く垂れ、体は縮んだようだった。見るからに具合が悪く、ひどく老けこんでいた。

「彼は食事ができる状態じゃありません」コープ看護師が怒りを抑えきれない様子で言った。「こんなに興奮して、体にいいわけがありません」

「階上に連れていって」レオノーラがぴしりと言った。「快適に寝かせたら、今晩はもう世話しなくていいから。それが望みでしょう」

看護師はレオノーラを睨みつけた。フェリックスの脚にラグをしっかりかけて、何も言わずに車椅子を逆向きにした。

玄関ホールの銅鑼の大きな音が、気まずい沈黙を破り、空気を震わした。

「食事の時間です」レオノーラが言った。「参りましょう」

グレイビーソースをたっぷりかけたヨークシャープディングが、主菜の一部ではなく食事の最初の料理として出てきた。地元の伝統です、とレオノーラが説明した。その日の暑さなどおかまいなしに、老いた料理人はローストビーフとローストポテトと温野菜を出し、最後はジャム・ローリー・ポーリーだった。レイチェルはどれも少しずつ食べ、最高級のワインもほとんど飲まなかった。暖炉に火はないのに部屋は蒸し暑く、縦仕切りの窓が開けられていた。

夫がいないのでレオノーラが食卓の上座に坐り、レイチェルとヘンリー・ローランドが、ダンスキンとシルヴィア・ゴーリーと向かい合っていた。ダンスキンの靴の爪先がレイチェルの靴に当たり、彼女は足を遠ざけた。デザートのあいだにローランドの左手がすっと彼女の腿に置かれた。その指が腿をなではじめた瞬間にレイチェルは彼の手を持ち上げたが、ほかに気づいたそぶりは見せなかった。

会話は弾まず、他愛ない雑談に終始した。ローランドがチェシャー州グレート・バドワースに所有する庭園の話をすると、ダンスキンが割りこんで、家庭菜園の貸し出しはきわめつきの名案だと褒めそやした。シルヴィア・ゴーリーは地中海クルーズと、オリエント急行に乗ったときの愉しい思い出を語った。レイチェルはときどき質問し、答えを興味深そうに聞くだけだった。彼女と同様、シルヴィアもほとんど飲んでいなかった。レイチェルはシルヴィアに一、二度、裁判のあとの生活について尋ねたが、慣れた態度で巧みにはぐらかされた。

レオノーラと男性ふたりはたびたびグラスを傾け、その都度つぎ足してもらっていた。

レイチェルが見たところ、みなシェリーに加えてワインを一本ずつくらい飲んでいた。料理の皿が片づけられてコーヒーが出てくるまでの小休止のあいだ、レオノーラは椅子の背にもたれ、戦時中にモートメインに来たときの思い出話をした。

「書斎が看護師の控室に、展示室がいちばん大きな病室になったんです。動きまわれる兵士たちが玄関ホールでカード遊びをしたり、蓄音機で音楽を聴いたりして」彼女は首を振った。「ビリヤード室が公開手術室でした。フェリックスがそこに担架で運ばれてきたのを憶えています。オズウィンがこの家を赤十字に提供したときには、まさか自分の若い息子がここで大怪我の治療を受けるとは思わなかったでしょうね。気の毒に」

「戦争は悪です」シルヴィア・ゴーリーの顎が引き締まった。「つねに警戒して、破壊者から平和を守らないと。誰も戦争を仕掛けようと思わないくらいこの帝国を強く維持しておくことが、次の世代に対するわたしたちの義務です」

「保証しますよ」ダンスキンが自信たっぷりに言った。「もう戦争は起きません。ぼくは良心の塊じゃないが、単純な事実として、戦争は失うものが多すぎる。どの国の政府も国民が粉々に吹き飛ばされるのは避けたい」

「みなそう考えたがる」ローランドが言った。「私が事業を手がけていたときにも、しょっちゅう武器貿易は見てきて、最新兵器がどれほどの被害をもたらすか理解できた。だが、将来のことなんて誰にわかるね？　国内にいれば不安を抑えることもできるかもしれないが、長続きはしない。請け合います。世の中を知る人間として、暗黒の力が働いていることを心から確信している」

「おっしゃるとおりでしょうね、世の中を知っているかただから」レイチェルはため息をついた。「イギリスを暗黒の力に引き渡すわけにはいきません」

シルヴィア・ゴーリーが言った。「あなたは人生の大半を小さな島ですごしたんでしょう、レイチェル？　世間から切り離されて、どんなにみじめだったことか」

「だから人づき合いが苦手なんです。知っていることはすべて本から学びました」

「さぞ大きな書斎があったんでしょうね」ダンスキンはしゃっくりを始めた。

レイチェルは彼を無視した。「わたしの世話係は同い年で、いっしょに育ちました。何を学んだか、彼女によく訊かれたものです。わたしは彼女のことを使用人ではなく、信頼できる友人だと思っています。そこが問題で、お察しのとおり、文明社会での作法を教えられていないのです。こういう地方の邸宅で鍛えられていないので」

ローランドは無理に笑った。「地方の邸宅で鍛えられていない！　こりゃいい」

シルヴィアがつぶやいた。「わたしたちみんな、思ったより共通点があるのでは？」

「まちがいなくあります」レオノーラが言った。「じつを言うと、だからこそ皆さんをここに招いたのです」

「イギリスじゅうのあらゆるところで、大邸宅の所有者が上流階級のお友だちを呼んで愉しんでいるけれど、彼らは絶滅危惧種です」シルヴィアは手を振って食事仲間を指した。「でも見て。わたしたち五人はちがう」

「どういうふうに？」ローランドが訊いた。

「わたしたちのどこにも高貴な血は流れていない。みんな大学生になるタイプでもない。あなたは看護師でしょう、レオノーラ。そしてヘンリー、あなたは自助努力で成功した人。レイチェルはお父さんが裕福だったけど、世捨て人のように暮らした。それからクライヴ、あなたは販売員だった。わたしはタイプライターを打って生計を立てた」

「興味深い」ローランドは慎重に発音していた。舌がもつれるのを心配しているかのように。

「それぞれうまくやってきましたよ」ダンスキンが喉元の蝶ネクタイをいじりながら言った。「苦境から学んで」

レオノーラが咳払いをして、ワイングラスを持ち上げた。「時代の波がどう変わろうとも、ドーベル家はすぐれたワインを蓄えていることで有名でした。これは一九一一年のブルゴーニュです。最高の当たり年だったことに同意していただけると思います」

「最後に一一年物を味わってからずいぶんたつ」ヘンリー・ローランドが失われた時の埋め合わせをするように言った。

「変わり者の犯罪学者におつき合いいただけますか。「極上のヴィンテージだ」

「犯罪の仲間たちに！」

ダイニングルームの雰囲気が熱を帯びてきた。グラスがそれぞれ持ち上げられたが、客たちのことばは不明瞭なつぶやきだった。レイチェル・サヴァナクの声だけが、大きくはっきりと聞こえた。

「犯罪の仲間たちに！」


少人数のパーティはいったん終わって静かになった。隣の応接間にはフランス窓があり、暖かい夜の空気を入れるために大きく開けてあった。外は敷石のテラスで、その先から岬の先端に向かう広めの道が延びていた。

男たちがブランデーと葉巻をやりはじめると、シルヴィア・ゴーリーがレオノーラの腕に手を置いた。「ふたりだけで話せません？　外はまだ気持ちがいいし、ちょっとわたしは酸素不足になったみたい。ここの敷地を見てまわりたいの。もしごいっしょいただけるなら？」

レオノーラはちらっとレイチェルに勝ち誇った視線を送った。動きだした彼女は、少し足元がおぼつかなかった。「いいですね。数分後に出ましょう。そのまえに言っておきたいことがあるんです」

シルヴィアの表情からは何も読めなかった。「どうぞ」

レオノーラは手を叩いて、声を大きくした。「わたしの招待に応じてモートメインまで来てくださった皆さんに感謝します」

いまや全員が注目していた。レイチェルは、レオノーラを魔女にたとえたジェイコブは正しかったと思った。すぐにも邪悪な歓喜の笑い声をあげそうに見える。

「なぜ皆さんをご招待したのか、不思議に思われていることでしょう」

「わが国のこんな景勝地に呼んでいただいて、うれしく思っています」ローランドが言った。「素直に認めますが、最初はどうしようか迷いました。本に書かれたわけですからね……私が巻きこまれたあのひどい事件について」

「ウィラルのバンガローの殺人事件について、ええ」レオノーラは顔を輝かせた。「あの本の内容は公正だったとお考えでしょうか。だといいのですが」

ローランドは厚い唇を不満気にすぼめた。「沈黙は金、雄弁は銀ですな。ここにいるダンスキンに同情しますよ。彼が裁判について書いてほしくないのはよくわかる。あれはとんでもなく不運な手ちがいだった。たんにスコットランド・ヤードがへまをしただけだ」

「あなたがたはみな不運な事件に巻きこまれました」レオノーラは言った。「シルヴィアとクライヴは殺人容疑で裁判にかけられ、無罪になりました。ヘンリーも、ほかの人が都合よく自殺して遺書を残さなかったら同じ目に遭っていたでしょう。レイチェル、あなたの状況は異なります。遠くの島で長年暮らして、いっしょにいたのは頭が混乱したお父さんと、ひと握りの使用人だけ。判事はあなたの二十五歳の誕生日の数日後に亡くなった、でしょう？　その後あなたは彼の財産を相続し、ロンドンに逃げてきた」

「なんなんです、これは」ローランドが言った。「要するに、あなたは何が言いたいんです？」

「もちろん、レイチェル自身が説明できると思うわ」シルヴィア・ゴーリーがすまして言った。

みなの眼がレイチェルのほうを向いた。「判事については」レイチェルは静かに言った。「死が慈悲深い解放になりました」

ダンスキンは彼女をじっと見た。「それはつまり……」

同時にローランドが言った。「まさか認めるつもりじゃないだろうね、その……」

シルヴィア・ゴーリーがほっそりした手を上げて彼らを黙らせた。「おふたりとも、お願い。本当に残念よ。ほんの数分前に彼女から幼いころの不幸な環境の話を聞いたばかりでしょう。わたしに言わせれば尊敬に値するわ、そんな経験のあとでこれほど……物事に動じないのは。だから彼女が何か悪いことに手を染めたように言うのは失礼だし、フェアでもない」

「お願いです」レオノーラが大きな声で言った。

酔った勢いで話している、とレイチェルは思った。彼らの招待主は会話の主導権をほかの誰にも渡したくないのだと強く感じた。

「どうか、お互い敵同士だと思わないでください。それは真実からかけ離れています。皆さんに理解してほしいのは、わたしは味方だということです。わたしの好奇心は無限です。もう何年も犯罪の心理について研究してきた。そのわたしから見て、あなたがた四人は人並はずれた男女なのです」

「うれしいね」ローランドは酔いがさめてきたようだった。「だが、まだるっこしい言い方はやめようじゃないか。私はレイチェルも残りのわれわれと同じように無実だと信じている。だから、あなたの犯罪心理学の研究にわれわれが役立つという考えは大まちがいだ」

「そのとおり」シルヴィアがつぶやいた。

「ですが、本当に無実ですか？」

「おい頼むよ！」ダンスキンの声が怒りで昂った。「ぼくが陪審に無罪を言い渡されたことを忘れたんですか？　ちがうと言うなら、次は弁護士に連絡させる」

レオノーラはみなのまわりを指差した。太陽が空の低い位置にあった。「自慢になるかもしれませんが、あの本でフィービー・エヴィソンとウォルター・ゴーリーの死については、慎重に慎重を重ねて書いたつもりです。わたしたちは大人の男女です。この会話は本当にわたしたちだけしか知りません。使用人はみな自分の部屋にいて、誰も鍵穴に耳をつけて聞いたりしていない」

「いったい何を言ってる？」ローランドが訊いた。

「こういうことです」レオノーラの眼が輝いた。「わたしはあなたがたの人並はずれた功績に敬意を表して、ともに情報を分かち合いたい。これが真実です。だから皆さんに頼みこんでモートメイン館に来てもらったのです」

一同の視線を集めながら、レオノーラはもう一度グラスを掲げた。「あなたがたは全員、完全犯罪をなしとげました」

24

クライヴ・ダンスキンが一歩進み出た。一瞬レイチェルは、彼がレオノーラ・ドーベルの喉首をつかむと思ったが、ローランドが彼の腕をつかんだ。

「まあ落ち着きたまえ、きみ。気まずい展開はよろしくない」

「気まずい展開？」ダンスキンの顔は怒りで真っ赤だった。「彼女の言ったことを聞きました？」

「ああ、聞いた。非常に無作法だと思う。われわれ四人はだまされてここに来たようなものだから。不名誉なことだ。とはいえ、カッとなっても解決にはならない。手を出すのはなおさらだ」

「ヘンリーの言うとおりよ」シルヴィアが男たちとレオノーラ・ドーベルのあいだにすっと入った。「いまは演説の時間でも、無実の抗弁をする時間でもない。レオノーラ、いっしょに黄昏時の散歩をしましょう。話すことがたくさんあるわ」

「そうしましょう」レオノーラは言った。「くり返しますが、皆さんを怒らせるつもりはないんです。意に反してそうしてしまったのなら、心からお詫びします」

ダンスキンは鼻を鳴らした。ローランドはすばやくうなずき、また葉巻に火をつけた。誰もがレイチェルのほうを向いた。彼女の顔は仮面のようだった。筋肉ひとつ動かさず、ひと言も発しなかった。

「行きましょう」シルヴィアが言い、招待主の先に立ってフランス窓から出ていった。ほかの者たちが見ているまえで、ふたりの女性は道に入り、そのまま歩いて見えなくなった。

「なんてことだ」ローランドはシルクのハンカチで額をふいた。「あんな芝居を見たせいで、酒が必要になった。きみもやるかね?」

ローランドは自分とダンスキンのグラスにブランデーのお代わりをついだ。レイチェルは首を振った。部屋の空気には紫煙と熱と不信感が満ちていた。十五分間、誰もしゃべらなかった。夕方からさんざん続いた飲酒が避けられない効果をもたらし、まずローランドが数分いなくなり、ダンスキンも続いた。

戻ってきたシルクのストッキングの販売員が、沈黙を破った。「シルヴィアがあの婆さんに多少分別を教えるでしょう。あのレディはなかなか賢い頭の持ち主だ」

　ローランドは蝶ネクタイをゆるめ、好奇心もあらわにレイチェルを見た。「あなたはずっと静かにしているね。この茶番をどう思います？」

「茶番でしょうか」レイチェルは言った。「あの岸辺のバンガローで本当は何が起きたんですか？　あなたの愛人は妊娠していて、明らかに奥さんと子供を見捨てて自分を正式な妻にしろと迫ったでしょう。あなたは痴話喧嘩の最中に怒りに駆られてフィービーを殺したのですか？　そのあとパニックを起こして逃げたとか？」

　ローランドは両手の拳をきつく握り、彼女の挑発に冷静を保とうと見るからに努力していた。「あの夜は悪夢だった。私は恐怖に打ち震えた。そうならない人がいますか？　そう、たしかに必死に逃げた。愚かだったが、まともにものが考えられなかった。私はこれまで一貫して同じ説明をしてきた。すなわち、私はフィービーが死んでいるのを見つけた。夫が彼女を殺した。その夫は自白し、自殺して絞首刑執行人の手間を省いた。単純明快だ」

　ローランドはグラスをテーブルに打ちつけて強調した。レイチェルはダンスキンのほうを向いた。

「どうしてぼくが赤の他人を殺すんです？」販売員は訊いた。「ばかばかしいにもほどがあるし、とうてい受け入れられない。ぼくはあの不毛な大騒ぎの犠牲者だ」

「検察側の主張によれば、あなたは新しい生活を始めたかったんでしょう。過去から逃げるために。それには……どんな結びつきも足枷になった」

「くだらない！　ぼくの結婚は名ばかりだった。今週こっちの弁護士が妻の弁護士に手紙を送って、離婚手続きが進行中です。法廷で話が出たほかの女性たちとは、行きずりの仲でした。出張中は寂しいものだ。あなたにはわからない」

「あなたが思っている以上にわかっています」レイチェルは言った。「わたしの人生も不運な出来事から完全に守られてはいませんでした。それに、わたしには豊かな想像力がある」

ローランドは落ち着きを取り戻していた。「あなたの過去の話題が出たところでうかがうが、お父さんを殺したという説は否定するんですな？」

「誓ってもかまいません」レイチェルは言った。「判事については、もし彼を嫌うことが犯罪になるなら、当局はわたしを監獄に入れて鍵を捨てるべきです」

「見上げた態度だ」ローランドは拍手喝采したいかに見えた。「これほど直截(ちょくせつ)にものを言う女性はめったにいない」

「おそらくそのほうが都合がいいので」

ダンスキンはくすくす笑い、ローランドは居心地悪そうに体を動かした。「われわれの招待主がいないところで話題にはしたくないのだが……ああ、シルヴィアが来る」

敷石のテラスを見やると、太陽が沈みかけていた。シルヴィアが屋敷のほうに歩いてきた。彼女ひとりで、唇をきつく引き結んでいた。彼女が入ってきたとき、レイチェルは男ふたりが不安げに視線を交わしたのに気づいた。

「ひとりですか？」ダンスキンは愛想よく訊いたが、わざとらしかった。「館の主はいったいどうしました？」

「わたしたちがした会話について、しばらく考えたいそうよ」シルヴィア・ゴーリーは言った。

何かの符丁だろうか。レイチェルは男たちの反応からそんな印象を抱いた。ローランドが同意してわずかにうなずき、ダンスキンが考えこんで咳払いをした。何もことばはなかった。

「なんとも無作法だな」ローランドがまた自分のグラスにブランデーをついだあと、つぶやいた。「人をパーティに招いておいて、殺人をして逃げきったなどと言いがかりをつけ、あげくにほったらかしとは」

「もっともだ！」ダンスキンも言った。「こんなのは聞いたことがない。レオノーラ・ドーベルが犯罪学者なのは知ってますが、まったく！　あなたがしっかり説教してくれたのならいいんだが、シルヴィア。女性同士で」

「しっかり言っておきました。請け合います」シルヴィアは言った。

「具体的にどう言いました?」レイチェルが訊いた。

「ちょっと待って」とシルヴィア。「ブランデーをつがせて」

「その名誉は私に」ローランドが言った。「レイチェル、あなたもいかがです?」

「ありがとうございます。けっこうです」

「お飲みなさい」ダンスキンがうながした。「ちょっとぐらいいいでしょう。奇妙な夜だった。あなたもそろそろくつろぐべきだ」

「わかりました」

　ローランドに飲み物を渡されたときのレイチェルのため息は、本心からのものだった。シルヴィアは作り話を考えるための時間を稼ぎ、男たちがそれに協力している。

　シルヴィアはブランデーをひと口飲んだ。「ああ、人心地がついた。レオノーラには、あの態度はよくなかったと言ったんです。みずから招待したお客さんたちに絞首刑になるべきだったなんて、無礼なだけじゃなくて、名誉毀損で告訴できるくらい」

「まさに」ローランドがうなった。

「彼女がヘンリーとわたしについて書いたことは、腹立たしいとはいえ、中傷ではなかった。わたしはどちらかと言うと、レオノーラがきちんと謝ると思っていたんです」シルヴィアは話しているうちに熱が入ってきた。「もし彼女がわたしを夫殺しで責めるつもりだとわかっていたら、こんなろくでもないぼろ屋敷には足を踏み入れなかったわ」

「まったく同感です」ダンスキンが言った。「さっさと荷物を詰めて、明日朝いちばんの列車で文明社会に帰らせてもらいますよ」

「私もそうしたいな」ローランドが言った。「ここの主人が気の毒だ。体が不自由なうえ、何世代にもわたって家族が所有してきたこの場所がバラバラになっていくのを無理やり見せられるのだから。それも妻が家の財産を無駄遣いして、犯罪の専門家らしきものを気取っているせいで」

「レオノーラはなんと言っていました?」レイチェルが訊いた。

「彼女はわたしの怒りに面食らったようでした」シルヴィアは首を振った。「ここモートメインにいるときには、かならず夕方の散歩に出かけるんですって。それで頭がすっきりすると。歩きながら、わたしの言ったことをよく考えてみると言っていました」

「私に言わせれば、考えることなどさほどないがね」ローランドが言った。「きちんと謝ってもらう。最低限そこからだ」

「ごもっとも」ダンスキンが言った。

シルヴィアがレイチェルのほうを向いた。「あなたは質問がお好きなようだけど、自分のことは何も話しませんね。あの招待主はあなたがお父さんを殺したのではないかと考えていた。腹が立ちませんか？　それとも、ポーカーを巧みにプレーしているだけ？」

レイチェルは肩をすくめて、何も言わなかった。シルヴィアはブランデーをまたひと口味わってから、レイチェルのほうへ一歩踏み出した。「あなたはロンドンに来てから何度か、独自の犯罪捜査をしたそうね」

「否定はできません」

ヘンリー・ローランドがしびれを切らして言った。「あなたは謎だ」

「一見そう思えるかもしれませんが」レイチェルは言った。「実際はごくふつうの人間なんです」

「ちっとも信じられない」シルヴィアが言った。「あなたと話したいんです、レイチェル。女同士、ふたりきりで」

レイチェルは開いたフランス窓のほうにうなずきながら言った。「あなたはレオノーラにもそう言った」

シルヴィアは深みを増す闇を見つめた。「あの人はすぐ戻ってくるわ」

「失礼します」レイチェルは両腕を伸ばして、わざと長くあくびをした。「二階でしばらく休んできます」

「休んですっきりしたら、わたしはここにいます」シルヴィアは言った。

「わざわざわたしを待たないでください」

「いいえ、待つわ」シルヴィアの口調は冷たく頑なだった。「もちろん待ちますとも」


「シルヴィア・ゴーリーはあの男性ふたりと組んでいる」レイチェルは言った。「三人とも他人のふりをしているけど、結託しているのはまちがいない」

クリフ、ヘティ、マーサが社会的な慣習をまったく無視して、彼女の部屋にいた。ヘティが訊いた。「シルヴィアはレオノーラに何をしたと思います？」

「何もしていない、とわたしは思う。シルヴィア・ゴーリーはいろいろな面を持っているけれど、細かい配慮ができない人ではないし、ぜったい愚かではない」

「でももしレオノーラが家に戻ってこなかったら？」

「戻ってくるわ」レイチェルは考えた。「ローランドかダンスキンが別のことを考えていないかぎり」

「モートメイン館に野生動物はいませんよね」マーサが言った。

「人を殺す意図を持った人間より野蛮な動物がいる？」ヘティが訊いた。「ここの崖は危険です。あの三人を残してきてよかったんですか？　何か企むかもしれませんよ」

「ほかに選択肢はなかったの」レイチェルは顔をしかめた。「あの三人はすでに疑わしい。知らなかったというようなことを言ってたけど、三人ともわたしがここにいたことに驚かなかった。わたしが知るかぎり、レオノーラはわたしを招いたことを彼らに話していなかった。それなのに、わたしがモートメイン館に来ることをみんな知っていた」

「彼らが知る方法はひとつしかない」クリフ・トルーマンが言った。

レイチェルはうなずいた。「そのとおり」

ヘティは眉間にしわを寄せた。「どういうこと……？」

誰かがドアを叩いた。やさしい、ほとんど怯えているようなノックだが、しつこかった。

レイチェルはトルーマン一家を見た。彼らも互いに顔を見合わせた。レイチェルは立ち上がり、ドアに近づいた。

「どなた？」

「グラディスです」声は弱々しく震えていた。「ミセス・ドーベルのメイドです」

レイチェルはドアを少しだけ開けた。「どうしたの？」

体重がありすぎる五十代の女性が、青白い顔で心配のあまりわなないていた。

「ミセス・ドーベルのことで」

「彼女が何か？」

「外は真っ暗です。あの奥様でもこんなに遅く散歩をすることはなかったのですが、いまどこにもいらっしゃらなくて」

「捜索隊を組もう」ローランドが言った。「館の明かりで近くは探せるが、林の向こうに行くと何も見えない。懐中電灯はあるかな？」

グラディスがうなずいた。彼女はレイチェルとトルーマン一家について居間に来ていた。そこではシルヴィアとふたりの男たちが熱心に話し合っていたが、レイチェルたちが部屋に入るなり話をやめた。レイチェルは、レオノーラが自分の部屋におらず、家のどこにもいる様子がないことを説明したのだった。

「わたしも行って、すぐ懐中電灯を取ってきます」マーサが言った。「クリフ、ヘティ、いっしょに来てください。ほかの人たちも起こします？」

「館じゅうで大騒ぎするのはやめておこう」ローランドが言った。「無事に見つかるのはまちがいない。きっと本人が、みんな何を騒いでいるのと訊くことになるさ」

マーサがドアを開けた。「さあ行きましょう、グラディス。懐中電灯が置いてあるところを教えて」

四人の使用人が部屋から出ていくと、ダンスキンが言った。「頼りになる若い女性だな。顔にあんなにひどい傷跡があって残念だ。でなければ、かなりの美人なのに」

レイチェルは彼を睨みつけたが、たしなめるのはやめておいた。

ローランドが言った。「外は暗いかもしれないが、まだ暖かい。捜す意欲は見せようじゃないか。しかし私が思うに、心配するまでもなかったことがわかるだろう。レオノーラはいつもより長く散歩していて、もうじき帰ってくる」

「あなたが彼女に考えるべきことを与えすぎたんでしょう」ダンスキンがシルヴィアに言った。

シルヴィアのエレガントな肩が否定するように動いた。「わたしたちの招待主は、たくさん考えることがあるの。弱ったご主人とか、崩れかかった屋敷とか」

「何が言いたいんです？」レイチェルは訊いた。

「外で話したとき、彼女はどこか上の空だった。殺人をしたとわたしのことを責めておいて。もちろんずいぶんお酒は飲んでいたけれど、それでも今夜の彼女の行動はおかしかった。本当に精神が混乱してるんじゃないかと心配になったくらい」

「それなら多くのことに納得がいく」ローランドが言った。

「自殺したかもしれないと思うんですか？」ダンスキンが訊いた。

「どんな可能性も考えておかないとね」とシルヴィア。「運がよければ、心配するまでもなかったってことになる。あ、使用人たちが帰ってきたわ」

懐中電灯が手渡された。ローランドが捜索の指揮をとることになり、人々を三つの集団に分けた。ヘティと彼女の夫はモートメイン岬の突端を調べる。ダンスキンはマーサとグラディスを連れて岬の南のほうを探してみる。ローランド、シルヴィアとレイチェルは北のほうを担当する。

捜索隊が外に移動する途中、レイチェルはマーサに近づいてささやいた。「彼らはわたしを見張っておきたいのよ」

「何が起きたんだと思います?」

「状況はよくない」レイチェルは古い狩りの歌の数小節を口ずさんだ。「〝確認して朝の死〟。彼女がいなくなったことは明日までわからないはずだったのにね」

レイチェルはローランドとシルヴィアに追いついた。三人はイバラや石で足をすべらせないように懐中電灯で前方を照らしながら、無言で歩いた。広い道に出たところで、シルヴィアが、ここでレオノーラと別れたと言った。

「彼女はどっちの方向へ?」ローランドが訊いた。

「あっちだったと思う」シルヴィアは珍しくためらいながら、木立のほうを指差した。

「でも正直に言うと、あまり注意してなかったの。夫を手にかけたなんてことを言われた衝撃が大きかったから」

「あなたと彼女はしばらく帰ってこなかった」レイチェルが言った。「そのときの会話についてわたしたちに話してくれたけど、ほかにも会話はあったんでしょう？」

「わたしは道理を説こうとしたの」シルヴィアは慎重にことばを選んでいた。「彼女は人の命を弄んでいる。わたしは彼女に腹が立つけど、喧嘩はしたくない。まわりくどいことばは使ったけど、内容はそんなところ」

彼らは木立まで来た。風がオークやハルニレの木々を不自然な形に彫刻していたが、この夜は葉を揺らすそよ風も吹いていなかった。地面に落ちた小枝が足の下で鳴った。フクロウがひと声鳴いた。三人が近づくのに気づいたキツネが大あわてで下草のなかに逃げこんだ。館の女主人については、なんの気配もなかった。

「ミセス・ドーベル！」ローランドが叫んだ。「いませんか？　レオノーラ！　だいじょうぶですか？」

何もなし。

木々の向こうに壁のないロタンダがあった。昼のあいだは、なかの石のベンチから何キロも先まで海が見晴らせる。いまは誰もいなかった。

レイチェルの懐中電灯がベンチの黒ずんだ汚れを照らし出した。「ここを見て」

「なんだ、これは？」ローランドが訊いた。

レイチェルは屈んで汚れに触れた。「まだ乾いてない」

「何かこぼれたんでしょう」シルヴィアは自信がなさそうだった。ほとんど怯えていた。

「何かはわからない」

レイチェルは指を口元まで持っていき、においを嗅いだ。「血、だと思う」

「まさか」ローランドが言った。「シルヴィア、あなたが言うように、なんでもありうる。もしかすると、レオノーラは軽く怪我をしたのかもしれない。どこかですりむいたとか」

彼らはロタンダから崖の端まで歩いた。懐中電灯の光が、崖の下へおりる狭い道を照らした。レイチェルは、レオノーラといっしょに見た崖の洞窟におりる別の道と、これがつながるのだろうと思った。

「暗いなか、ここをおりるべきじゃないわ」シルヴィアが言った。「危険すぎる。助けを呼びましょう」

レイチェルは崖の端まで移動した。懐中電灯で下を照らして言った。「そんなにおりる必要はなさそう」

「どういうことだね？」ヘンリー・ローランドが訊いた。

レイチェルはその道を何歩か先に進んだ。「あそこに誰か倒れている」

シルヴィアが崖の端から下をのぞいて、息を呑んだ。「なんてこと。レオノーラ!」

レイチェルは一歩一歩注意しながら、少しずつおりていった。妙な角度に曲がった体が、海の上に突き出した狭い岩棚にのっていた。

「気をつけろ! なんて無茶を!」ローランドはレイチェルに続こうとはしなかった。

「崖から落ちたにちがいないわ」シルヴィアが驚いた口調で言った。

「動いてるのか?」ローランドが訊いた。「それほど落差はない。たとえ骨折したり意識を失ったりしていても、まだ生きてるかもしれない」

レイチェルはふたりを振り返った。どちらもついてきていないことを確かめる必要があった。うしろから腰をちょっと押されれば、あっという間に崖から死へと転げ落ちてしまう。

彼女の懐中電灯がシルヴィアとローランドの顔を照らした。ふたりとも根が生えたように崖のてっぺんから動けないでいた。どちらも緊張の面持ちで次の展開を待っていた。

レイチェルは倒れた体のまえに屈んだ。「死んでいます」

ローランドが悪態をついた。シルヴィアは恐怖の悲鳴を抑えているようだった。

「かわいそうに」彼女は言った。「死んだって……確かなの?」

「脈を調べました」レイチェルは言った。「心臓が止まっている」

「なんて恐ろしい」シルヴィアが言った。「さっきまでいっしょに話してたのに」

「レオノーラじゃありません」レイチェルは言った。

「はあ?」ローランドとシルヴィアが同時に言った。信じられない思いで声が裏返っていた。

　レイチェルは振り返り、驚愕して見おろしているふたりの顔を見た。

「これはコープ看護師です」

25

「レオノーラはどこです?」トルーマンが訊いた。

三人の使用人がまたレイチェルの部屋に集まっていた。時間はもはや意味がなかった。モートメイン館では今夜、誰も眠れない。不運にも現場に最初に到着した警官は、体格のいい若い巡査で、殺人事件より少額の窃盗になじみがあった。応援が来たのはもっとあとだった。年配の巡査部長が客や使用人から供述を取り、そのあいだスカーバラから来た警部が死体の調査と移動を指揮した。

レオノーラ・ドーベルは消えてしまった。使用人たちは興奮した様子で、レオノーラがバーニス・コープと口論になり、カッときた拍子に彼女を襲って崖から突き落としたあとあわてて逃げたのだと推理し合っていた。警察は寝ていたフェリックス・ドーベルを起こしたが、館の主人は看護師の死の知らせに涙ぐんで支離滅裂なことを言うばかりだった。いまはグラディスが彼の世話をしていた。フェリックスは、妻のことはほとんど何も訊かなかった。

「シルヴィアは、レオノーラを殺人に駆り立てるようなことは何も言っていないと断言してる」レイチェルは言った。

「そいつは驚きだ」

「シルヴィアによると、レオノーラは看護師とたまたま会って喧嘩したにちがいないって。レオノーラは彼女を殺し、パニックに陥って逃走した。車は一台も盗まれていないから、きっと徒歩で逃げた」

トルーマンはうなった。「どうかしてる」

「そうだとしたら、当然遠くまでは行けませんよ」ヘティが言った。「歩きでは」

「シルヴィアは、彼女がバッグを持っていたと言った」とレイチェル。「もしかしたら、タクシーや汽車に乗るお金はあるかも」

「もしコープ看護師が事故死だったら？」マーサが言った。

「ロタンダの血痕を見たかぎり、そうじゃなさそう」

「ミセス・ゴーリーの考えはわかったが」トルーマンが言った。「あなたは彼女が犯人ではないと言いきれますか？」

「いいえ」レイチェルは言った。「わたしの頭のなかでは、同じ考えがぐるぐるまわっている」

「それはどんな？」

「殺人を芸術と考えること。ふたりの画家が一枚の絵を描くところを想像してみて。ふたりは異なる流派で、筆使いにも共通点はない。どちらも才能はあるけど、仕事が重なっているから、誰がどこを描いたかはっきりさせるのは不可能なの」レイチェルは首を振った。「描いた理由もね」


朝食は遅い時間に漫然と始まった。使用人たちは不在の女主人のスキャンダラスな噂話で気もそぞろだったのだ。フェリックス・ドーベルは自室のベッドで寝たきりだった。その間、警察は敷地内のあちこちをうろついていた。まだ発見されていない秘密の通路や部屋のどこかに、レオノーラがひそんでいると思っているかのように。建築史に疎いある巡査は、モートメイン館には住みこみの牧師の隠れ部屋がないかと訊いていた。

警察は客たちに、別途知らせるまでモートメインの敷地から出ないようにと命じた。誰も逮捕するつもりはなく、半島を歩きまわるのも自由だが、いつでも追加の質問に答えられるように待機せよとのことだった。

すでに太陽が照りつけていて、じっとりした空気は耐えがたかった。ダイニングルームの窓を開けても、そよ風すらないので無意味だった。そんなうだるような暑さでは、神経はすり減るし平常心を保つのもむずかしい。

クライヴ・ダンスキンは、ベーコン数枚とポークソーセージ二本、大盛りのスクランブルエッグをがつがつ食べた。彼以外の人はあまり食欲がなかった。シルヴィア・ゴーリーはグレープフルーツをつつきながら、尾鰭のついた自説を披露した。曰く、レオノーラはもともと精神不安定だったところに、飲みすぎたせいで人を殺すほどの怒りの淵に落ちてしまったのだ。ローランドとダンスキンも同意見で、ひどい事件だ、一刻も早くあの女が逮捕されることを願うしかないと言った。

「なぜレオノーラは看護師を殺したんだと思います？」レイチェルは二杯目のコーヒーを注ぎながら尋ねた。短時間の睡眠でも彼女の頭は冴えていて、ジェイコブに看護師の死を知らせるために、すでにトルーマンを〈ドーベル・アームズ〉亭にやっていた。

「嫉妬よ」シルヴィアが言った。「あの哀れな人は献身的にフェリックスの世話をしていたから。誰だってわかるわ」

「彼女は次のミセス・ドーベルの座を狙っていたのかもしれない」ダンスキンが言った。

ローランドがレイチェルに言った。「まだ手の内を隠しているのですか？　当然ながら、あなたのまわりにいるのはみな友人だ。おわかりでしょう。われわれはみな同じ船に乗っている」

「殺人の容疑者という？」

ローランドは鼻で笑った。「あの警官たちはあまり賢そうには見えなかったけど、とにかく、われわれにレオノーラを害する理由がないのは明らかですよ」

「レオノーラは、わたしたち一人ひとりが完全犯罪をなしとげたと告発しました」レイチェルは言った。「それは充分な動機になるのでは？」

「ばかばかしい」ローランドが言った。「われわれのうちふたりは無罪判決を受けている。私は起訴すらされていない。そしてあなたは犯罪を疑われたことさえない」

「もしかしたら」レイチェルは言った、「それはわたしが潔白というより、賢いからかも」

シルヴィアが皿を押しやった。「こんな話をしてもなんにもならないわ。言い争っても意味ない。レイチェル、そろそろまじめな話をしましょう。あなたとわたしには共通点がたくさんある。ずっとそう思ってたのよ」

「レオノーラもよくそう言っていました」レイチェルは間を置いた。「むしろそれこそ彼女が考えていたことかも」

「どういうこと？」

「彼女自身も完全犯罪の殺人をしたかったのかもしれない。レオノーラは犯罪心理学に取り憑かれていました。完全犯罪をみずから体験して理解したかったとか？　それがどういう感覚か知るために」

「くだらん」ローランドがナイフをテーブルに叩きつけた。「そもそも、われわれの誰ひとりとして罪を犯してはいない。まして殺人なんて。それに、今回ほど完全からほど遠い犯罪は思いつかないね。もし看護師を崖から突き落としたかったのなら、確実に海に落とすことだってむずかしくなかったはずだ」

「ちょっと待った」ダンスキンが言った。「レイチェルの言うことにも一理あるかもしれませんよ。ゆうべあの人がどれだけ酒を飲んでいたか思い出してください。彼女はたんにへまをしただけかも」

ためらいがちなノックの音がし、ドアから初めて見る赤毛の巡査が顔をのぞかせた。

「ミス・サヴァナク？　お邪魔してすみませんが、タッカー警部がお話ししたいそうです」

タッカー警部は背が高く、引き締まった体型で、びっくりするほどミルン作のイーヨー（ミルンは『クマのプーさん』の作者で推理作家でもあった）に似ていた。一睡もできなかった夜のあとで、彼はみじめにやつれて見えた。田舎の管区で犯罪の急増といえば、大勢の酔っ払いの乱闘や自転車の連続窃盗が関の山だったのだ。のろのろと引退に向かっている男がぜったいに避けたいのは、大きな屋敷で起きた殺人事件で歩みを止められることだった。

タッカー警部は単刀直入に言った。「われわれ地元警察はいま苦境に立たされています。わずか三十六時間前には、この地域の動物園で死者が出た。その件に関してはすでに新聞でお読みになったかもしれません。ひどい事故でしたが、まだ調べなければならないこともあるし、検死審問もある。ここは法を遵守する平和なイングランドの一角なのです。こんな事件には慣れていない」

「でしょうね」レイチェルは言った。

「署長がスコットランド・ヤードに応援を求めました。オークス警部がこちらに向かっています」

「ああ」

「すでにお知り合いのようですね？」

「はい」

「警視総監とも？」

「会ったことはあります」

「昨夜あなたが巡査部長に話した内容は読みました。何かつけ加えたいことはありますか？」

レイチェルは首を振った。「もちろん、お手伝いできることがあればいたしますが」

「こう言ってはなんですが、それがあなたの義務です」警部はレイチェルにあからさまな好奇の眼を向けた。レイチェルは、自分についてここの警察署長はスコットランド・ヤードから何を聞かされているのだろうと思った。「コープ看護師の死について、本当にこれ以上話せることはありませんか？」

「ショックでした。彼女とは短い時間しか会っていませんが、患者に献身的に尽くしているようでした」

「だが、患者の妻にはちがった？」

「お互い嫌悪していました。供述でも言いましたが、ミセス・ドーベルは、コープ看護師のヒヨスやその他の毒物を使った治療法に反対していました。とはいえ、コープ看護師が故意に患者の具合を悪くしたがっているとは思っていなかったようです」

「なるほど」タッカーはネクタイをいじった。「にもかかわらず、仲間のお客さんたちは、彼女が数時間後に、おそらくアルコールの影響下でコープ看護師を殺害したとおっしゃりたいようだ」

「一見、彼らは正しいことを言っています」レイチェルは言った。「問題は、一見しただけでは全体像が見えないことです」


「紳士がお見えです」

レイチェルが警部から離れると、すぐにグラディスが近づいて声をかけた。ひと晩でメイドは老けこんでいた。額に新たなしわが刻まれ、顔色はチョークのように白かった。

「ブロンドの若い人？　元気いっぱいでどこか自惚れているような？」

「はい、そうです。あなたをご存じだとか。話し方はほとんどヨークシャー人で、フリントというお名前の」

「書斎で話せるかしら？」

「はい。ほかのお客様は居間にいらっしゃいます。ミセス・ゴーリーもお時間があるときにお話ししたいとおっしゃっていました」

「ここだけの話、その愉しみは先延ばししたいの。適当にごまかしておいてくれる？」

グラディスはシルヴィアが嫌いで、あの人は冷たい感じがするとマーサに打ち明けていた。「おまかせください。では、すぐに紳士を書斎にお通ししますね」

「ありがとう」

「あの、すみません。でも、ミセス・ドーベルはどうなったと思われます？　わたしもう困ってしまって。どうしても何かひどいことが起きた気がして怖くなるんです。つまり、看護師だけじゃなくて……神様、どうかあの人の魂に安らぎを」

「慰めてあげられるといいんだけど」レイチェルはやさしく言った。「ミスター・ドーベルのほうはどう？」

「よくありません。すぐにお医者様が来られます」

メイドはいまにもわっと泣きだしそうだった。レイチェルがハンカチを頬に当ててやると、押し殺したような感謝のことばをつぶやきながら急いで去っていった。

レイチェルは書斎の椅子に坐った。グラディスに案内されてきたジェイコブがその隣に腰をおろした。メイドが出ていってドアが閉まるなり、ジェイコブは喜び勇んで話しだした。ついに自分のことを棚に上げて人を責める機会を手に入れたのだ。

「トルーマンから聞きましたけど、殺人の容疑者になったそうで。不注意ですね、レイチェル。がっかりです。そんな立場になるなんて、本当に賢明だったんですか？」

ジェイコブの強気の態度にレイチェルは笑った。「勝手なことを言わないで。もちろん、わたしも少しくらい冒険したっていいでしょう？」

「あなたの聴罪司祭になってあげます。何も隠さないで、さあ話してください」

「ともかく、あなたも疑われる余地がないとは言えないわ。もしかしたら昨夜、宿をこっそり抜け出して悪事をしたかもしれないでしょう」

「宿の正面玄関は十時四十五分に閉まります。それに、ぼくの小さな部屋の窓は錆びついていて開かない。ゆうべは暑くて、汗のかきすぎで死ぬところでした」

「それも最強のアリバイではない」

「警察はもう〈ドーベル・アームズ〉に来ましたよ。ぼくが巡査にいろいろ訊かれていたところに、トルーマンがあなたの伝言を届けにきたんです」

「オールド・ベイリーでレオノーラに会ったことは警察に言った?」

ジェイコブはニヤリとした。「うっかり言い忘れました。巡査からは、追って連絡があるまでモートメインから離れるなと言われました。スコットランド・ヤードという名の騎兵隊が来るまで、みんなじっとしてなきゃならない。ヤードの刑事たちがこれからもっとくわしく質問してくるでしょう」

レイチェルは、ふうっと息を吐いた。「ヤードは最適な人物を送りこんできた」

「オークスですか?」ジェイコブは軽く口笛を吹いた。「なぜ彼を?」

「たぶんわたしのせいよ。わたしがここに招かれていることを警視総監が聞きつけたみたい。彼は安全策をとっている。万一わたしが医療従事者を殺しはじめた場合に備えて」

ジェイコブは笑った。「何を企んでるのか聞かせてください。何も書き留めません。宿の部屋に鉛筆もメモ帳も置いてきましたから」

「学習したのね」

レイチェルは死体発見に至った前日の経緯をいつもどおり簡潔明瞭に話した。「わたしも気がゆるんでるみたい。つねに予期せぬことが起きると考えるべきなのに、コープ看護師の死体を見つけて自信がなくなった。レオノーラを発見するものと思っていたから」

「驚きの告白です」ジェイコブは言った。「あなたはすべてを見通していると思ってた」

「殺人犯はご都合主義よ、忘れないで。彼らはチャンスをつかむ。すべてを予見することは誰にもできない。それに……」

「どうぞ先を」

「モートメイン館の何人かにはレオノーラを殺すもっともな理由がある。バーニス・コープはそのひとりだった。毒も扱えたから、自分の犯罪を自然死に見せる手段を持ち合わせていた。フェリックスをものにしたかったのなら、強い動機もあったことになる」

「看護師に秘密の恋人がいたという話を信じていないんですか？」

「誰もその人を見たことがないでしょう」

「かりにそういう男がいたとしても」ジェイコブは言った。「財産と結婚できるチャンスがあるなら、バーニスは関係を終わらせるつもりだったかもしれない。あるいは、恋人の話は目くらましで、相手がいるふりをしながらフェリックスの気を惹こうとしたのかもしれない」

「たしかに、もしフェリックスが妻を失ったら、前回のように看護師に眼を向ける可能性は高い。そのときとちがうのは、彼が十二歳老けこんで健康状態も悪いこと。かつての魅力は消えてはいないけど、死にかけている。それは彼自身も同じよ。もしバーニスがフェリックスと結婚したら、すぐ未亡人になって好き放題できたでしょうね。モートメイン館の女主人として」

「それは確かですか？　法律的に？」

「忘れないで。わたしはドーベル家の取り決めの証書を読んだの。新しい妻はレオノーラとまったく同じ立場になる。生涯権よ」

「法律用語だ」ジェイコブは天井を仰いだ。「どういう意味です？」

「跡継ぎの配偶者は地所を所有しない。彼女の意思で財産を譲ることもできないけれど、生きているかぎり、実際上は自分の好きにできる」

「たしかに強い動機になる」ジェイコブは言った。「でも、死んだのはコープ看護師だった」

「そのとおり。順序が逆なのよ」

「レオノーラは変わった女性です。憎しみでわれを忘れてバーニスを殺したのか、そうしなければ自分がバーニスに殺されると怖れたのか。あるいはたんに、レオノーラが口論中にバーニスを突き飛ばしたら、とんでもない結果になった？」

レイチェルは顔をしかめた。「興味深いのは、殺人を疑われている三人がいるときにこの事件が起きたことね。わたしのことはさておき。もしこの犯罪があらかじめ計画されていたとしたら……」

「混乱を起こそうとしただけかもしれませんよ。あなたが言ったように、誰にも鉄壁のアリバイはない。シルヴィアは外にいたときに実行できたし、ローランドもダンスキンもレオノーラの不在時に部屋にいなかった。あなたには彼らと別れてからグラディスが急を告げるまで、ひとりきりの時間があった」

レイチェルがジェイコブの手を軽く叩いた。「誓うけど、わたしはコープ看護師を殺していない」

ジェイコブはにっこりと笑った。「あなたは、ぼくがルイス・モーガンズの殺害を否定したときに信じてくれた。喜んで恩をお返ししましょう。ついでに、ぼくの仮説も教えてあげます」

「だからわたしのお気に入りの記者なのよ」

「うれしいな」

「あまり自惚れないで。フリート街のほかの人たちが嫌いなだけだから。さあ、考えていることを教えて」

ジェイコブは身を乗り出した。「レオノーラは父親の裁判以来、法の手続きに執着しています。危険を冒すことも怖れない。〈クランデスティン・クラブ〉での行動がそれを証明しています。だから自分を有罪に見せかけ、しかし罰から逃れて、法の失敗の被害者であると主張する計画を立てていたとしたらどうです？　まさにシルヴィア・ゴーリーやヘンリー・ローランド、クライヴ・ダンスキンのように」

「独創的な考えね」

ジェイコブは椅子の背にゆったりともたれ、うれしそうに笑った。「どうも」

「最後に会ってからいままで何をしていたのか教えて」レイチェルは言った。「そのあと、ほかの招待客三人に取材して、彼らに不利な自白を引き出せるか試してみたら？」

「ぼくの仮説が気に入りました？」

「とっても」レイチェルはため息をついた。「これっぽっちも信じていないけど」

26

ジェイコブは残りの客に個別に話せないかと訊いてみたが、シルヴィア・ゴーリーは、三人いっしょでなければいっさい話すつもりはないと言い張った。

「警察の取調べに協力するのと、記者の質問に答えるのは別よ。あなたには、この家にずかず入りこんでわたしたちに取材する権利なんてありません。この家の主はあなたがここにいることを知っているの?」

「ミスター・ドーベルはベッドで休んでいます」ジェイコブは平然と言った。「亡くなった女性の仕事を引き継ぐ看護師の到着を待ちながら。彼がこの悲劇の解明に役立つことを知っているかもしれないので、ぜひお会いしたいのですが、言うまでもなく健康が最優先ですからね」

「言い換えれば」シルヴィアが言った。「答えはノーなのね」

「ミス・サヴァナクは喜んで単独で話してくれましたよ」

「それは彼女の問題。はっきり言って、彼女はフリート街の嫌らしさを知らないのよ。そもそもなぜあなたが興味津々なのかわからない。たんにこの家の人が崖から足を踏みはずして落ちたように見える状況で亡くなっただけでしょう。どう考えても事故よね。わたしたちはただの無関係な第三者にすぎない」

「とはいえ、ミセス・ドーベルは行方不明です。それに死んだ女性と彼女は……仲が悪かった」

「どうやら、わたしたちよりくわしいみたい。だったらこれ以上……」

「よければ外でひとりずつお話をうかがいますよ。こんなに天気のいい日ですから、そのほうがいいかもしれない」ジェイコブの取り柄はしぶといところだった。「もしくは〈ドーベル・アームズ〉でもかまいません。そちらがよければ」

シルヴィアはほかのふたりの客を見やって言った。「五分あげます。そのあとこの紳士がたが、わたしの言ったことに適宜足し引きできるでしょう。それが最大限の譲歩よ、ミスター・フリント。この条件をのむか、のまないかです」

ジェイコブはのんだ。シルヴィアは詳細について可能なかぎり話さず、レオノーラの居場所を探るような質問にはいっさい答えなかった。男ふたりも極力何も言わなかった。あからさまな嘘はないとジェイコブは感じたが、三人がじつは殺人を犯していたというレオノーラの主張に関する発言はまったくなかった。あまりにも予想どおりだった。ジェイコブも報道の世界に長くいるので、どだい無理な取材のやめどきは心得ていた。そこで館の外に出て、警察が許可するぎりぎりのところまで崖に近づいてみたが、興味を惹かれるものは何もなかった。

打ち合わせどおり、レイチェルがロタンダで待っていた。彼女は無言で考えに沈んでいて、ふたりはことばを交わすことなく〈ドーベル・アームズ〉亭へと出発した。

レイチェルは健康的な足取りで颯爽としなやかに歩いた。蒸し暑い空気のなか、ジェイコブは遅れずについていくのが精一杯だった。どうして彼女は景色を愉しみながらのんびり歩かないのだ？　いつだって見えない時計で進歩を測りながら、容赦なく自身を急きたてている。まるで末期の病気に罹り、すべての目標を達成する時間がほとんど残されていないかのように。

サングラスと帽子がうまく彼女の表情を隠していて、気分を推し量るのは不可能だった。ジェイコブも彼女の思考の邪魔をするほど馬鹿ではないので、歩く姿をときどき盗み見るだけだった。サンドレスが似合っていた。デザインはシンプルに見えるが、すごく値が張りそうだ。肌は白く黒髪は艶やかで、脚はすらりと長かった。ジェイコブはただの友だちとして手をつなぎたくなったが、自制しなければならないのはわかっていた。

どうしてレイチェルは、バーニス・コープ殺害に関する彼の読みを受けつけなかったのか。たしかにあの仮説には問題点が残っているが、ほかに謎をうまく解く説明があるだろうか。レオノーラはいったい何を企んでいるのだろう。ジェイコブの考えは何度も〈クランデスティン・クラブ〉のあのときに戻った。一瞬レオノーラと眼が合って彼女が逃げ、その後デイジーにしてやられたときに。

なぜレオノーラは逃げた？　狼狽したのか？　きっとそうだ。レオノーラは、彼が〈クラン〉の実態と彼女の性癖を暴く記事を書くためにあそこに潜入したと考えたのだ。彼女は型破りで風変わりだが、フェリックス・ドーベルの妻で、著名な犯罪学者でもある。もしロンドンでの秘密の生活が公に広まれば、評判が傷つく。ただ、あの出来事がバーニス・コープの死とつながっているとは思えなかった。

「もう少しです」道の最後のカーブを曲がりながらジェイコブは言った。宿が見えてきた。

「あなたはほかの記者たちもこちらに来ると思う？」

ジェイコブは額の汗をふいた。「このあたりでは、まだレジー・ヴィッカーズが死んだ話のほうが大きなニュースです。みんな個人所有の動物園が許されるべきかどうか議論している。まるで動物が悪いみたいに。モートメイン館に関しては、犯罪の専門家が殺人の容疑者で、しかも失踪したという噂が立つまで、輪転機を止めようとする人はいないでしょう。看護師が崖から転落して首の骨を折っただけじゃニュースとして弱い」

レイチェルはうなずいた。「よかった。地元の人の話が聞きたかったから」

〈ドーベル・アームズ〉亭は、看護師の死とレオノーラの失踪の話題で持ちきりだった。ジェイコブがバーカウンターに行っているあいだに、レイチェルは隅のアルコーブにテーブルを見つけた。盗み聞きが充分できる近さだった。

アルコーブにあるもうひとつのテーブルでは、男が爪を嚙みながら手帳のツノメドリのスケッチに細部を描き足していた。ハムサラダとジンジャービールには手をつけていなかった。足元の双眼鏡と壁に立てかけたステッキで、その男が鳥類学者のシドンズだとわかった。レイチェルは彼を会話に引きこもうとしたが、どんな挨拶も不機嫌なうなり声で拒絶された。やがて彼はあからさまに苛立ち、分厚い眼鏡越しにレイチェルをちらっと見て、うなることすらやめた。

レイチェルはめげずに話しかけた。

「海鳥を見つけるには最適な場所ですね」陽気に言った。「ツノメドリだけでなく、ウミバトも……」

「マダム」またもレイチェルに邪魔されて、シドンズは鉛筆を放り投げた。「警官が何十人もうろうろしている。明日までこの半島に鳥が一羽でも残っていたら奇跡です。では失礼」

双眼鏡とステッキを取り、彼は振り向きもせずに足を引きずってバーから出ていった。レイチェルは注意をまわりの客たちに向けた。パブは盗み聞きの楽園だった。男たちはみな大声で話し、モートメイン館の謎を探る仮説が尽きることはなかった。

レオノーラが気のふれた殺人犯だと言う者と、通りすがりの浮浪者か、恨みを抱いた元使用人がやったと言う者で意見は割れていた。明らかに昔の恨みがある白髪交じりの農場労働者が、フェリックス・ドーベルは色情狂で不健康なのは見せかけだと主張し、頭のいかれたフェリックスが看護師を殺したのだと言った。別の男は、コープ看護師はフェリックスに妊娠させられ、うしろめたさから自殺したと確信していた。その男に言わせると、フェリックスが爆発で片脚を失っただけでなく不能になったという話は、看護師をひとり残らず誘惑して邪悪に弄ぶ衝動を隠すための巧妙な策略だった。

「ならもっといい女を選ぶべきだったな」赤ら顔のビール飲みが冷やかした。

「あの女は器量が悪かった」別の男が同意した。「安らかに眠れ」

「よく彼を車椅子に乗せて崖に連れ出してたな」偏屈そうな老人が言った。「しょっちゅう思ったもんだよ、あの女が崖っぷちで車椅子をひっくり返すんじゃないかって。たんに苦しみから解放してやるためによ。哀れな男だ」

赤ら顔の男が賢人ぶってうなずいた。「館の主のほうがあの女より長生きすると誰が思った？　考えさせられるねえ。まったく考えさせられる」

彼らは看護師の死は事故ではないという考えで一致していた。事故と思えないだけでなく、事故だったらあまりに期待はずれだからだ。せっかく午後にはスコットランド・ヤードから刑事がふたりも到着する予定なのに。警部と巡査部長だ。宿の最後の空き部屋を予約したらしい。

客たちが村のほかの人々と最新の醜聞をやりとりしようと帰りはじめたころ、ルーシーがジェイコブとレイチェルにパンとチーズを持ってきた。ジェイコブはレイチェルを友人だと紹介したが、名前は言わなかった。ルーシーは好奇心も豊満な体も隠さなかった。暑さをどうにかしようと、ブラウスのボタンを良識の限界まではずしていたのだ。ルーシーがテーブルのそばにまだいたので、レイチェルはすかさず質問した。

ジェイコブは椅子でくつろぎながら、情報を引き出すレイチェルの手腕に感心した。裁判官になるまえのライオネル・サヴァナク勅選弁護士（QC）は、イギリスの法廷でもっとも怖れられた反対尋問者だった。レイチェルは彼を嫌悪しているが、似たような才能はある。ちがいは探りを入れる彼女のさりげなさだった。ルーシーはのべつ幕なしにしゃべっているが、巧妙に情報を引き出されているとは夢にも思わないだろう。

「ミセス・ドーベルがわざと逃げたなんて信じられない」ルーシーは言った。「あたしの推理だと、記憶を失ったんだと思いますよ」

「記憶喪失？」

「それ！　しかも何年も続くことがあるんですって。砲弾ショックみたいに。つい昨日、かわいそうなミスター・シドンズが教えてくれたんです」

「ミセス・ドーベルが人を傷つけるなんて考えられない？」レイチェルが水を向けた。

ルーシはためらった。正直者なので、同意するまえによく考えなければならなかった。

「誰でも……その、ひどいことはできると思う。でもどうしてあの人がコープ看護師を殺すんです？　そんなに気に入らないなら馘にすればいいだけなのに」

「夫に禁じられていたのかも？」

「ミスター・ドーベルは、もちろんバーニス・コープを失いたくなかったでしょうね」ルーシーはため息をついた。「でも現実を見なきゃ。でしょう？　あの哀れなご主人は体が不自由です。館の主人だけど、ジグソーパズル以外何ができます？　奥さんのほうが家を取り仕切ってる」

「気が強いということ？」

「ええ、そうですね。うちの母が言うには、ミセス・ドーベルはここにやってきた最初の日から欲しいものがわかっていて、かならず手にしてきたって」

レイチェルはハンカチで口をふいた。〈ドーベル・アームズ〉亭にナプキンはない。

「いまや彼女は立派な犯罪学者ですよね」

「本を何冊も書いたんでしょう？」ルーシーは首を振った。「読んだことないけど」

「あなたと犯罪について議論したことはなかった？」

「一度も。あんまりいい話題じゃないし。でしょう？　そういう話はロンドンみたいなところでするものよね。彼女が恥ずかしがってても不思議じゃない。ペンネームを使う気持ちもわかるわ」

「彼女はよくここに立ち寄ります？」

「ときどき」ルーシーは唇を噛んだ。「たぶんご存じよね、あの人、お酒が好きなんです。ちょっと羽目をはずすこともあったりして」

「飲みすぎるの？」

「それだけじゃなくて、会話がすごく親密になるんです。その、彼女はいつも、あたしに恋人のことを訊いてくるの」ルーシーは頬を染めた。「特別な人はいないって答えますけど。いろんな人と出かけるから。でも彼女、あたしに彼らはふさわしくないってずっと言ってます。しかも、あたしが誰かのことを好きだって言うと、落ち着きをなくしてイライラしだすんです。あたしが悪いわけじゃないのに」

「もちろんあなたは悪くないわ」レイチェルは言った。「彼女はロンドンにあるクラブのことを話さなかった?」

「〈キルケ・クラブ〉ね?」ルーシーはうなずいた。「豪華で素敵なところだってレオノーラが言ってました――あ、ミセス・ドーベルが。彼女にレオノーラと呼んでって言われたんです。レオでもいいって。でも正しいこととは思えなくて。だってあの人はレディですから」

「〈キルケ〉はすばらしいクラブと聞いています」

「そこに招待するって言われたんです。あなたも見てみたいでしょうって。信じられます?」ルーシーは不思議そうに言った。「ロンドンに行ったことは人生で一度もありません」

「きっと心惹かれたでしょう?」

「考えてみますって答えました。この週末に返事するつもりだったんです。でも、どうしたらいいかわからなくて。母さんをがっかりさせたくないし。ボブおじさんも」

「あなたはそのうち巣立つのよ」レイチェルは皮肉な笑みを浮かべた。「みんなそう」

「あなたとはちがいますよ。あなたもレディでしょう?」

「いつもじゃないけど」レイチェルは言った。

ルーシーはくすっと笑い、ジェイコブのほうを向いた。「だったら、あなたにとってもいい知らせがあるの。警察の許可が出次第、ミスター・シドンズは出発するんですって。崖をよじ登れるような状態じゃないし、看護師とミセス・ドーベルの事件の大騒ぎが嫌になったみたい。珍しい種類の鳥を観察する静かな場所がないらしくて」

「自分勝手だな」ジェイコブは言った。「足首のことで嘆く代わりに注意を払ってたら、看護師を転落死させた犯人を双眼鏡で見られたかもしれないのに。でも、どうして彼が出ていくのがいい知らせなんです?」

「だって、離れの部屋が今夜は空くでしょう」ルーシーは笑いながらレイチェルをちらっと見た。わかってますよという表情だった。「気が向いたら離れに移って。出入りは自由だし、邪魔は入りませんよ、もしお連れがいるなら」

「新たな情報は得られました?」

〈ドーベル・アームズ〉亭に行く途中は黙りっぱなしだったので、館への帰り道、ジェイコブは話さずにいられなくなった。宿にいるあいだに重苦しい雲が空に集まっていた。風が強くなり、波がよりいっそう恐ろしい音を立てていた。モートメイン館が前方に見えてくると、ついに我慢できなくなったのだ。

レイチェルを離れに連れこんで官能的なひと晩を愉しんではとルーシーに言われたのには困り果てたが、すでに立ち直っていた。レイチェルが彼女の提案に嘲りも嫌悪も示さなかったのがせめてもの救いだった。というより、彼女はまったく反応しなかった。ジェイコブは、いまもレイチェルがいきり立たないことにほっとしていた。

「やっとすべてわかってきた」興奮で彼女の声は鋭くなっていた。

「聞かせてください」ジェイコブは言った。

「まずはレオノーラを捜さないと」レイチェルは狭い泥の小径を指差した。それはいまいる道から草深い丘に続き、崖のほうまで延びていた。「彼女が夜の散歩に使っていたルートを見つけましょう」

レイチェルの歩幅が広がり、ジェイコブにも彼女の緊張が伝わってきた。彼の額は汗まみれだったが、そこに雨がぽつぽつと落ちはじめた。レイチェルに体力があるのは、ゴーント島の荒涼たる環境でずっと水泳やクライミングをしてきた結果だ。彼女についていくのはたいへんだった。

「ひとつ考えがあります」ジェイコブは言った。

「おめでとう」

「コープ看護師は恋人がいると自慢していました。それが作り話でなかったとしたら？」

「つまり？」

「その恋人はダンスキンかローランドだったのでは？　ダンスキンは販売員です。あちこち旅をしているのは当たりまえで、誰も彼の動きは記録していない。ローランドのほうは引退していて、好きなように行動できる。どちらもここで時間をすごすことができた」

「動機は？」

「ふたりとも不倫歴がありますからね。どちらかが看護師と関係を持っていたとしたら」

ジェイコブは歩きながら即興で考えていた。「そこで彼女が妊娠したという知らせを伝えたとしたら……」

「さあ来て」丘の頂上に着いたところでレイチェルが言った。岩だらけの道が崖に続いていた。

「いまの考え、いい線いってました？」

「ここでいい線いかないと海に落ちるわよ」レイチェルが言ったそばから、ジェイコブは雨で濡れた石で転びそうになった。「足の置き場に気をつけて」

ジェイコブは息を切らしながら、どんどん先を行くレイチェルを追い、崖の縁に立つ彼女の横に立った。一陣の風が吹き、小さな入江の岩に波がひときわ強く打ちつけた。死を悼むようにカモメが鳴いた。吹きさらしの場所で、突然ジェイコブは寒気を感じた。

岸辺を見渡していたレイチェルが身を強張らせたのにジェイコブは気づいた。

「どうしました?」

レイチェルが下の波打ち際を指差した。「見える?」

岩陰になかば隠れた何かが風でふくらんだ。濃紺と紫色がちらっと見えて、ジェイコブの心は沈んだ。

「あれはまさか……彼女のドレス?」

レイチェルはうなずいた。「館に走って警察を連れてきて。もうレオノーラの捜索はしなくていい」

27

ジェイコブとレイチェルは警官に海岸での不快な仕事をまかせた。レオノーラ・ドーベルの体は波と岩にくり返し打ちつけられていた。雨のなか、ふたりでモートメイン館に急いで戻るあいだ、レイチェルは遠くを見るような眼をしていた。ジェイコブは彼女の思考が自分ほどもつれていないことを願った。

「これは誰？」彼は言った。ポーチの外につやつやと輝く赤い車が駐まっていた。アルヴィス・シルバーイーグルだ。ジェイコブが初めて見る車だった。タッカー警部の錆びついたモーリスは建物の反対側の端、レイチェルのファントムのそばに駐めてあった。

「ローマ人は蛮族が近づいてくるのを警戒するために、この地に信号塔を建てたそうよ」レイチェルはうら寂しい笑みを浮かべた。「その現代版があれば便利でしょうね」

館の玄関ドアが急に開いて、グラディスがよろめきながら出てきた。雨のように涙を流していた。

「ああ、お嬢様」グラディスは悲しみで喉を詰まらせそうだった。「あんまりです。まず看護師、今度はミセス・ドーベルまで……」

ジェイコブはグラディスの肉づきのいい肩に腕をまわした。感情の昂りでグラディスの体は震えていた。恐怖もあるのだろう。仕える女主人が亡くなってどうすればいいのかわからないのだ。ジェイコブとレイチェルがグラディスを助けながら家に入ると、トルーマン家の三人が執事と話をしていた。取り乱した使用人たちをヘティが食料貯蔵室に連れていき、落ち着かせるために紅茶を淹れるあいだ、レイチェルたちは長い展示室に移った。

トルーマンが時計を見た。「警部は書斎でレオノーラの遺体発見の内容を入れた報告書を書き直しています。オークスはフライング・スコッツマン（ロンドンとエディンバラ間を走る急行列車）ですでにヨークに着いて、警察車でこっちに向かっている途中かと。一時間以内に到着するはずです。警察はレオノーラの死を殺人として扱ってますか？　それとも自殺だと？」

「事故の可能性だってあります」ジェイコブは長く会話から締め出されるのが好きではなかった。

トルーマンの表情は見る者を射すくめるようだった。「バーニス・コープと同じ場所から落ちたんですね？」

レイチェルはうなずいた。「どうやら遺体の頭部に傷がある。看護師の頭部にも傷があった。法医学者の所見を聞かないと確実なことは何もわからないけど。ところで、外にあった赤い車は誰の？」

「三回で当ててください」トルーマンが言った。

「ウィットロー少佐？」

トルーマンとマーサが驚いて顔を見合わせた。「とても鋭い」トルーマンが言った。

「鋭すぎて、いつか自分を切ってしまいそうだ」

「そのまえに少佐がわたしの耳を鉤爪で切り裂かなければね」

「あなたの居場所を訊かれました」マーサが言った。「わたしたちは何も答えませんでしたけど。警部はふたりきりで話がしたいと」

「そうじゃないかと思った」

「どうします？」

「まず髪を乾かして、着替えて、話を整理しないとね」レイチェルは言った。「それから彼と話します」

*

オークス警部がモートメイン館に足を踏み入れるころ、外では雷が鳴っていた。警部はずんぐりした巡査部長をともなっていた。嵐にほんの数秒さらされただけで彼らの髪もレインコートもずぶ濡れだった。警察車が近づいてくるのを、表の展示室でジェイコブとマーサといっしょに見ていたトルーマンが出ていって、刑事たちにぶっきらぼうにうなずいた。

「タッカー警部は応接間で署長と電話中です。ミス・サヴァナクに会いたいなら居間へどうぞ。ウィットロー少佐と話しています」

「ウィットロー？　ダンスキン裁判の証人の？」

トルーマンが答える間もなく居間のドアが開いて、レイチェルが出てきた。

「警部」レイチェルは言った。「この館の主人は具合が悪く、彼の妻は死体で発見されたばかりです――これからくわしく聞かれるでしょうが。ですから、わたしが代わりにおふたりのモートメイン館来訪を歓迎します」

レイチェルと握手をしながら、オークスは眼を細めた。「またしても、ここぞというときに、ここぞという場所ですね、ミス・サヴァナク？」

レイチェルは愉快そうだった。「地味な才能ですが、ありがたいことです。ジェイコブ・フリントもいますよ」

「予想しておくべきだった」

「ええ、そうね」レイチェルは表の展示室のドアを指差した。「ジェイコブはあそこに。マーサのお兄さんが部屋から出たとたんに、彼女の気を惹こうとしているはずです」

「彼に会うのはあとまわしだ」オークスは言った。「ウィーリング巡査部長、タッカー警部から最新情報を聞いてくれ。そのあいだにミス・サヴァナク、話をしてもらえますか？」

「ベルを鳴らしてお茶を持ってきてもらいましょう」レイチェルは言った。「あなたには必要ですよね。書斎へどうぞ。話すべきことがたくさんあります」


「自分が容疑者だという自覚はあるんですか？」オークスが訊いた。

レイチェルはスコーンにバターを塗る手を止めた。「もちろん。レオノーラ・ドーベルを殺すことは、ここにいるほかの人たちと同じく、わたしにとっても容易でした。コープ看護師についても、わたしの犯行を目撃されたのなら殺したでしょうね」

「看護師が死んだのはそれが理由だと言うんですか？　犯行を目撃したから？」

「そうとはかぎらないけど」レイチェルは言った。

「つまり、ノーですか」オークスはつぶやいた。「訊かなければいけないことがある。あなたはこのメモか、これに似たものを受け取りましたか？」

　オークスは透かしの入っていない安手の小さなメモ用紙を、さっと取り出した。そこには不器用な大文字でいくつかの単語が書かれていた。

十時にロタンダで
L

　レイチェルはそのメモをじっくり観察した。まるで古代のルーン文字で書かれたきわめて価値の高い稀少品であるかのように。「見たことがありません。でも、疑問のひとつかふたつには答えてくれる」

「たとえば？」

「このメモをどこで見つけました？」オークスがためらうと、レイチェルはきっぱりと言った。「さあ、秘密にする必要はないでしょう」

　オークスはため息をついた。「タッカーの部下のひとりが階上のレオノーラ・ドーベルの化粧室で発見した」

「あなたの結論は？」

「レオノーラが誰かと会うために送ったメモに見える。これはおそらく下書きです」

「誰と会うつもりだったんでしょう」

「賭けろと言われれば、コープ看護師だ」

「あなたが賭けをやる人じゃなくてよかった」レイチェルは言った。「このメモはレオノーラが書いたものでも、看護師に宛てたものでもありません」


「もってのほかだ」ウィットロー少佐が言った。「そんな条件は受け入れられない」

少佐は書斎のレイチェルとオークス警部に加わっていた。紅茶とスコーンが出てきて、なくなった。ブリストル・クリームの栓が抜かれて、テーブルにのっていた。一見、教会の慈善バザーの主賓を決める議論をしているかのようだった。

「申しわけありませんが、譲れません」レイチェルは愛想よく言った。「芝居がかったことが好きなわたしの性格のせいかと。ですが、ジェイコブ・フリントにはこの話を聞く権利があります。彼なしで真相をすべて知ることはできません」

「実際あなたはどれほど知っているのだ？」少佐が厳しく言い返した。「あれこれ無礼な推測を聞いたが、証拠がないではないか」

「たしかに」レイチェルは言った。「わたしのことは検察側の弁護士ではなく、想像力豊かな語り手と思ってください」

「私としては」オークスが言った。「ミス・サヴァナクの提案を受け入れて、フリントを同席させてもかまいません」

「あの男は記者だぞ」少佐が言った。「私は一ミリも信用しない」

「レジー・ヴィッカーズを信用しなかったように？」レイチェルの微笑みが消えた。「わたしがジェイコブ・フリントと話をつけて、代わりに返事をします。彼は何が自分にとって最善かわかれば、記事にはしません」

「だが……」

「もし彼がわたしをがっかりさせたら、あなたはどうすべきかおわかりです。最新のスクープ記事に飢えたライオンを見つければいい」

「不愉快だ！」少佐が鉤爪でレイチェルを指した。「理解もしていないくせに……」

「わたしはあなたの部下ではありません、少佐」レイチェルの口調はナイフの刃のように鋭かった。「こちらの条件は説明しました。完璧に合理的な内容です」

「ミス・サヴァナク！」ウィットロー少佐は鉤爪でテーブルを叩いた。「これはゲームではないぞ」

「たしかに、クリケットではありませんね」レイチェルは言った。

「自分の使用人まで同席させろと言いかねん」

「とても心惹かれます」レイチェルは、ニスが塗られたテーブルの表面に鉤爪がつけた傷を蔑むように横目で見た。「少なくとも、彼らのことは信頼していますから」

長い沈黙ができた。レイチェルは少佐に背を向け、本棚から『高貴なる殺人』を取った。パラパラとめくっていると、オークスがウィットローに呼びかけた。

「少佐？」

少佐は鉤爪をもう一方の手で握りしめた。「よかろう、ミス・サヴァナク。まったく不本意だが、受け入れよう」

七人が書斎に集まった——オークス、ウィットロー少佐、シルヴィア・ゴーリー、ヘンリー・ローランド、クライヴ・ダンスキン、レイチェル、そしてジェイコブだ。レイチェルはオレンジと黄色のブロケードのドレスに着替えていた。殺人事件の専門家というより、愉しい夜会の招待主のようだとジェイコブは思った。
ローランドとダンスキンは煙草を吸っていた。ダンスキンはずっとそわそわしながら懐中時計を確かめていた。シルヴィアも煙草を受け取った。神経を落ち着かせようとしているのかとジェイコブは思ったが、表面上はいつもの彼女らしく自信ありげだった。

外では嵐が猛威をふるっていた。屋根のスレートが地面に落ちる音が聞こえた。オークスは巡査部長を〈ドーベル・アームズ〉亭に向かわせていたが、この天気では短い距離の運転でさえたいへんだった。

「皆さんに、ある話をしようと思います」レイチェルが言った。「教訓的な寓話と思ってもらってかまいません」

シルヴィアが警部に言った。「これは合法ですか？　凍てつく北国で何が起きてもおかしくないことは理解してますけど、ミス・サヴァナクは公的な立場ではないでしょう。それともわたしが何か見落としているのかしら？」

オークスはウィットローを一瞥した。「私も、そして少佐も、ミス・サヴァナクの話を聞くことに同意しました」

ウィットローがうなずくと、ローランドが穏やかに言った。「いいじゃないか。嵐が弱まって、みんなが帰れるようになるまでの暇つぶしになるさ」

ダンスキンは落ち着かない様子だった。「ならさっさと始めてください」

「すべての始まりは、レジナルド・ヴィッカーズという人でした」レイチェルは言った。「彼はおととい の夜、ライオンに殺されました。愚かな人でしたが、愚かさは死刑に相当する罪ではないし、殺されるほどのことはしていなかった。最近ですが、彼はわたしに連絡してきました。すっかり怯えて、深刻な状況でほかに頼れる人がいないと言っていました。もちろん警察には言えない。そんなとき、わたしが犯罪に興味を持っていることや、ほかの欠点があるにしても口は軽くないということを聞きつけたのです。

概要はこうでした。レジーはホワイトホールで働いていました。内務省の目立たない部署で、指揮系統はわたしにはわかりません。公務上の機密でしょう。ここにいる少佐は彼の上司のひとりで、少佐もまた、わたしが名前は言わないと約束した大佐のもとで働いています」

シルヴィア・ゴーリーがウィットローのほうを見た。少佐は肯定して小さくうなずいた。

「レジーは、いわば利用価値のある愚か者で、彼が雇われたのはむしろその愚かさゆえでした。軽率とも言える大胆な採用方針です。しかし戦後、この国の安全保障を担う人々は、何をおいてもひとつの明確な優先事項に専念してきました。つまり、流血革命が避けられなくなるまで社会不安が高まったロシアと同じ道を、イギリスがぜったいにたどらないようにすること」

「民衆蜂起」シルヴィアが馬鹿にするように言った。「この言い方自体がまちがってる。ふつうの人々は煽動家にだまされているだけなんだから。いつだって、結局まえより悪くなるのに。フランスを見てごらんなさい。ロシアだって……」

「説教はけっこう」レイチェルは言った。「脅威は本物でした。戦争のあと、ストライキの波が押し寄せ、警察でさえ体制に逆らう兆しを見せた。人々は怒り、問題を引き起こした。彼らは英雄にふさわしい国を作るために何かすべきだと信じていたのです。その一方で、権力者は内なる敵を怖れた」

「国益のために」シルヴィアが言った。

ダンスキンとローランドは顔を見合わせたが、何も言わなかった。

「内なる敵」レイチェルはくり返した。「その敵を監視し、ぜったい成功させないようにするにはどうすればいいか。その答えは、一般市民を雇って任務を手伝わせることでした。生来の愛国者だったレジー・ヴィッカーズは使い走りにすぎず、最前線に立つことはなかった。目的には同意していたけれど、内情を知るにつれ、やり方に不安を持つようになりました」

「弱さだ」少佐が言った。

「人間の本質です」レイチェルは言った。「でも、おっしゃるとおり、レジーには弱点がありました。しかもたくさん。それこそ彼が仕事についた大きな理由だったのです。私生活については、彼の人生は早い段階から決まっていた。同じ階級の若くて素敵な女性と結婚し、家を継ぐ子をもうけるという筋書きだった。問題は、レジーが胸躍るものを求めていたことでした。ふつうとはちがう何かを。彼はソーホーにあるクラブを紹介されて、会員になった。〈クランデスティン・クラブ〉という名が体を表わしている。そこは風変わりな嗜好と、禁じられた快楽を満たすための場所でした。そして驚くほど長続きしていた。悪の巣窟はたいてい数ヵ月でつぶれるものですが、〈クラン〉はそうした運命に陥らなかった。まちがいなく、地位の高い友人たちのおかげでしょう」

少佐が首を振った。「突拍子もない推測だ」

オークスが言った。「ミスター・フリントには一度話したが、スコットランド・ヤードは手入れに必要な証拠を集められなかった」

レイチェルは肩をすくめた。「ええ。でも〈クラン〉は効率性の手本です。利益をあげていないにもかかわらず。そのおもな存在理由（レゾン・デートル）は、少佐と彼の仲間たちが迷惑と見なす行為を特定の個人がした場合、その人を確実に脅してしたがわせることです。少佐は認めないでしょうけど」

少佐の口は貝のように閉じられていた。

「〈クランデスティン・クラブ〉で、レジーはギルバート・ペインと出会いました。ペインも国の大義のために雇われたひとりでした。誰とでも寝る信頼できない人物でしたが、レジーは彼に夢中になった。ご承知のとおりペインは出版者で、彼が扱った著者のなかには、ミセス・ゴーリー、あなたの夫や、レーニン主義者と親密なことで知られた詩人もいました」

「民衆煽動家たちだ」ローランドが言った。

「ペインの仕事はスパイ活動でした。なんなら情報提供者と言い換えてもいい。内なる敵の打倒に役立つあらゆる情報を伝えるのが彼の役目でしたが、その行動が予測不能になってきた。しゃべりすぎたのです。とくに酔ったときや、若い男性の恋人がいるときに。そのせいで彼は使えなくなり、雇い主は自分たちの計画を彼が台なしにしてしまうのではないかと怖れた」

「無理もないわね」シルヴィア・ゴーリーが言った。「あなたの説が正しいと仮定してだけど」

「四年前、ゼネストでこの国が崩壊しそうになる直前に、事態は急を告げました。ペインは何をしでかすかわからない危険人物だった。彼の上司たちは冷酷でしたが、できれば部下を殺すことは避けたかった。しかしイギリスが危機に瀕しているときに、ペインが自身の正体と情報提供者のネットワークをもらしてはいけない。脅威を排除すると同時に、ほかの人たちにもメッセージを送る必要があった。ほかの人たちの背中を押すために（プル・アンクラジェ・レゾートル）」

稲妻が光った。雷鳴までにジェイコブは五つを数えた。

「ペインは最後通牒を突きつけられました。イギリスを去るか、最悪の結果を受け入れるか。抵抗は自殺行為だとわかるくらいには雇い主のことを知っていたので、ペインは国を出てタンジールに行くことに同意し、そこで黙って暮らすのに充分な資金を与えられた。テムズ川で彼が溺死したというのは偽装で、川から引き上げられたのは、おそらく彼ら——そうね、マスカレーダーズと呼びましょうか——の機嫌を損ねた不運な人だった。マスカレーダーズというのはクリケットのチーム名で、ほかに委託できない汚れ仕事が発生した際に、国内を疑われずに移動する隠れ蓑として作られたものです」

ジェイコブの口がカラカラに乾いた。この部屋で語られることはひと言も記事にしないと誓ったのがうれしいくらいだった。もしメモをとっていたら、すでに手が痙攣を起こしている。

「レジーはその秘密を知らされていなかった。ペインとのつながりがあったから。知らされたのはずっとあとで、それは彼に秘密厳守の重要性を理解させるためでした。規則にしたがわない者には恐ろしい結末が待っていた。そこで不運にも、ペインの母親が亡くなりました。母親とはいっさい連絡をとっていなかったので、彼女は息子が生きていることを知らないまま死んでしまった。ペインは苦悩し、どうなっても母親の葬儀には出ようと心を決めた。タンジールには飽きていたし、イギリスに戻って偽名で新たな人生を始めたいと思ったんでしょう。

マスカレーダーズは、約束を破れば代償を支払うことになると警告したものの、ペインがしたがわなかったので、行動せざるをえなくなった。彼がイギリスに戻ってきたら、何をしたり言ったりするのか予想がつかなかったから。

状況をさらに悪化させたのは、レオノーラ・ドーベルが迷惑な行動をとりはじめたことでした。〈クランデスティン・クラブ〉に入会しただけでなく、犯罪研究の過程でマスカレーダーズの秘密に触れることになったから。というより、あなたがた三人の事件に」

レイチェルはシルヴィア、ローランド、ダンスキンのほうに手を振った。彼らはぴくりとも動かなかった。耳をすまし、眼を凝らし、待っていた。

「レオノーラはペインの〝死〟の謎について書いていたし、シルヴィア・ゴーリーとヘンリー・ローランドの事件についても書いていた。そして突然、シルヴィアとヘンリーをモートメイン館に招待したのです。彼女はクライヴ・ダンスキンの裁判も傍聴していた。マスカレーダーズには彼女が何を企んでいるのかわからなかったけれど、いくぶん不安になった。一方、ギルバート・ペインの帰国は明白な挑発行為で、処罰なしにはすまされなかった。

そのころにはレジーも、ペインが殺されると信じるくらい事情を知っていました。とはいえ、スコットランド・ヤードにはぜったい話せなかった。マスカレーダーズは正体不明のネバーランドで活動していて、公式な地位もなく、その存在を知っている有力政治家もほとんどいません」

レイチェルはオークスを見やった。オークスは無表情だった。

「マスカレーダーズにとっては、自分たちこそが法なのです。彼らには頑固な愛国主義者の小集団ならではの進取の精神がある。国内の厄介事から国民を守るという政府の義務が、個人の手にゆだねられたわけです」

ジェイコブは少佐を見たが、彼の表情から感情は読み取れなかった。三人の客も同様だった。ローランドは煙草の煙で輪を作った。

「レジーは藁にもすがる思いでわたしに助けを求めてきました。そして胸の内を明かしましたが、すぐに後悔した。あいにく、彼がペインとモートメイン館のパーティの招待客についで言ったことは、わたしの好奇心を刺激しました。わたしはペインといっしょに葬儀列車に乗ったけれど、ペインはあくまで偽名を主張しつづけ、結局、線路でウォータールー急行にバラバラにされてしまった。

レジー・ヴィッカーズは愕然として、怖れおののきました。あまりに何度もしゃべりすぎて、もう信用されなかった。彼の知り合いだったルイス・モーガンズという弁護士も同じです。モーガンズもまた〈クランデスティン・クラブ〉の常客（アビチュエ）で、好みは男女両方でした。クラブでの通称はルルで、ときどきマスカレーダーズのために働いていましたが、マスカレーダーズのほうは早々と彼を見かぎった。彼らはレジーをしっかり監視していて、レジーがわたしと話したことを知った。さらにモーガンズがわたしを夕食に誘ったので、わたしが脅威であることと、モーガンズが組織の弱みであることがはっきりした」

「この法螺話はどこに行き着くの？」シルヴィアが訊いた。

「道徳的な物語と思ってください」レイチェルは言った。「あるいは、道徳の欠けた物語だと。レジー・ヴィッカーズは私設動物園でひどい死に方をしました。そしてマスカレーダーズは、モーガンズにも対処した。ジェイコブ・フリントがわたしの友人で、彼らの仕事に探りを入れはじめたことを知った彼らは、記者に活動を暴かれることを怖れ、一石二鳥を狙った。モーガンズを殺し、ジェイコブをその犯人に仕立てたのです」

オークスがジェイコブを凝視した。レイチェルがこの件を話したのは初めてだった。ジェイコブはなんとか照れ笑いした。

「ジェイコブは転げ落ちた穴から自力で抜け出せるくらい機転が利きましたが、乱暴な警告を受け取った」レイチェルは彼に厳しい視線を送った。「これからは注意するでしょうね」

ほかの面々もジェイコブを見た。ジェイコブは強気なことを言い返そうとして思いとどまり、しぶしぶうなずいた。全員がレイチェルに眼を戻した。

外でまた稲妻が光り、雷鳴が轟いた。

「わたしはレオノーラがシルヴィア、ヘンリー、クライヴをモートメイン館に招いた理由はわかる気がしましたが、悩んだのは、どうしてこの三人が来ることに同意したのかでした」

ヘンリー・ローランドが煙草を灰皿でもみ消した。「彼女は私について本に書いていたからね。興味を持ったのだ。なんだか――」

レイチェルは手を上げて彼を黙らせた。「悪いけど、それでは筋が通りません。もっと強力な理由があったはず」

「たとえば？」ダンスキンが尋ねた。

「あなたたちはモートメイン館に行くよう指示された」

「ありえない。誰にも指示なんかされていない」

レイチェルは大きく息を吐いた。「レオノーラは問題のある人だったけれど、殺人の心理は理解していた。フィービー・エヴィソンの殺害と燃えた車の事件に類似点を見いだしたのよ」

「なんて馬鹿げた話だ」ローランドが大笑いした。書斎の静けさのなかでその笑い声は奇妙に、わざとらしく響いた。「若い女が絞め殺されたことと、浮浪者の盗人が事故死したことが？　ふたつの事件はチョークとチーズくらいちがう」

「そうでしょうか」レイチェルは言った。「フィービーの夫のことはいったん忘れてください。少佐が証言した都合のいいアリバイも。すると何が残ります？　極限まで追いつめられて自棄になった男ふたり。ヘンリーとクライヴです」

「自棄になっただと？」ローランドが軽蔑するように言った。

「わたしの仮説を聞いて。あなたの愛人は妊娠して喧嘩腰だった。あなたは思いが燃え上がった最初のころに結婚すると約束したけれど、本当にその価値があるのか自信が持てなくなっている。バンガローに到着してフィービーと口論になる。仕事でプレッシャーを感じ、家庭生活も崩壊していたあなたはすべてが耐えがたくなる。眼のまえが真っ赤に染まり――とジェイコブなら書きそうね――フィービーを絞め殺す。愛人は死に、立派な事業家が殺人者になる。パニックに陥ったあなたは脇目もふらずに逃げ出す。ロンドンへ、自分が生み出した混乱から助けてくれる誰かを見つけに」

「困難解決の妖精か？」ローランドは嘲笑った。

レイチェルは微笑んだ。「それはまちがいなく、少佐の呼ばれ方のなかでも品がいいほうでしょうね」

「少佐だと？」ローランドの顔から血の気が引いた。「あなたは……夢想家(ファンタシスト)だ、ミス・サヴァナク」

「寓話作家(ファビュリスト)よ」レイチェルはひと息ついた。「あなたは大戦以来、マスカレーダーズのために働いてきた。社会不安の温床であるリヴァプールの事業家だから、労働組合を嫌悪し、彼らを叩きつぶすことに全力を尽くした。そうして、少佐にとってかけがえのない人物になった。エヴィソンはトラブルメーカーで、騒ぎをあおるのが大好きだった。あなたの会社の求人に彼の妻が応募してきたとき、エヴィソンの家庭に不和を生じさせるこのチャンスを逃すのはあまりに惜しかった。かわいそうなフィービー。あなたは彼女をうまく使って成功した。そして邪魔になったから、殺した。

マスカレーダーズの仕事でトラブルが生じたら助けてもらえる約束だったんでしょう。だからあなたはロンドンに逃走した。少佐はこのチャンスを逃さず、エヴィソンを破滅させて、あなたの手綱を握った。エヴィソンは殺され、自殺が偽装された。自白の遺書は捏造。あなたは危機を脱し、訴追すらされなかった。レオノーラ・ドーベルがネズミのにおいを嗅ぎつけたことを除けば、完璧な結果だったのにね。ただ、名誉毀損法があるのでレオノーラも口を封じられ、ネズミの存在を仄めかすのがやっとだった」

ローランドが頬をぷっとふくらませた。一瞬ジェイコブは、彼が怒りで爆発するのではないかと思った。

何も起きなかった。レイチェルはダンスキンのほうを向いた。

「あなたも同様に、マスカレーダーズにとって便利な存在だった。ふしだらに生きる好色なストッキング販売員を演じて町から町へ移動しながら、貧しい地域のトラブルメーカーを監視していたんでしょう。それはうまくいった。だって、地でいけばよかったから。でもあなたは飽きっぽいし、活動にうんざりしていた。しかも彼らにとって有用すぎたから、この仕事をやめてふつうの生活を送ろうとしてもマスカレーダーズに許してもらえないのではないかと怖くなった。かといって、ペインのように追放されるのはぜったい嫌だった。さらに悪いことに、あなたは借金まみれで、愛人たちは金がかかるうえに気むずかしくなっていた。自由になりたかったところに、ある考えが浮かんだ。死んだふりをして一からやり直せばいいじゃないか、と」

「この件は法廷で争われたことを忘れてるでしょう。ぼくは裁判で無罪を言い渡された」

ダンスキンはぴしりと言った。

「無罪というより、有罪ではないと判定されただけよ。でもおっしゃるとおり。これはただの寓話です。あなたは道路で浮浪者を乗せ、哀れなその人を殺し、車内で死体に火をつける。そして変装してロンドン行きの列車に乗ったけれど、計画はすぐに頓挫する。あまりに多くのミスをしていたから。警察に追われたあなたは、ヘンリーのようにマスカレーダーズに救いを求める。彼らは苦難を与えて、教訓を学ばせる。具体的には、刑事事件が専門ではないマスカレーダーズのお抱え弁護士をつけて裁判を受けさせる。あなたはその試練を乗り越えなければならない。ただ、彼らはあなたを救うことに決めている。死刑宣告を受けて失うものがなくなったら、あなたが秘密をもらすかもしれないから。そこで少佐がぎりぎりのところで介入する。これでアリバイは鉄壁になり、救援任務完了。

あまりにもできすぎた展開だし、レオノーラの直感もそう告げていた。救いの手がすぐ差し伸べられるのをあなたが知っていたとすれば、被告席での無頓着も完全に理解できる。またしてもネズミのにおいがぷんぷんしていた。一方、あなたはマスカレーダーズに借りができた。彼らはあなたの借金を肩代わりして、最終的に解雇するまで忠実に仕えることを期待した。

さて、今度はあなたです、シルヴィア」レイチェルはもうひとりの女性に顔を向けた。

「クライヴにどんな種類であれ強い信念があるとは思えない。ヘンリーは古風な資本主義者で、それ以上でも以下でもない。けれども、あなたは狂信者に見えます。お父さんは労働争議で破滅させられた。その原因を作ったいびつな理想を掲げる煽動者たちを、あなたは決して赦さなかった」

「お忘れみたいだけど」シルヴィアが言った。「わたしは有名な左派の男と結婚したのよ」

「忘れていません」レイチェルは言った。「それはあなたの意志が強いことの証」

シルヴィア・ゴーリーは嘲るように一礼した。その笑みは不気味だった。雨が激しく打ちつける音が聞こえた。屋敷はさながらサンドバッグだった。

「あなたはロンドンに越してきたあと、政府の事務所で働き、おそらくそこで少佐の眼にとまった。少佐はあなたを雇って、彼の世代でもっとも影響力のある政治思想家たちと知り合いになる仕事を与えた。ゴーリーの性格は、その勇ましい理想とちがって活力に欠けていた。無愛想で興奮しやすかったし、まちがいなく男性から好かれるタイプではなかった。それでも、見目のいい若い妻を得ることは彼の目的に適っていた」

「彼が崇拝していた若者たち、彼の教え子たちの警戒を解くためよ」シルヴィアが言った。

「そのとおり。あなたの夫はゼネストの舞台裏で重要な役割を果たしていた。デモ行進をしたり、ピケラインに立ったりすることはなかったけれど、彼の頭脳が主導者たちの戦略を導いていたの。マスカレーダーズは彼をイギリスでも指折りに危険なひとりと考えていた。でも指折りに賢くはなかったみたい。ペインを信用していたし、あなたのことも信用していたから。あなたのおかげでマスカレーダーズはもうペインに頼らなくてよくなったし、あなたがゴーリリーから集めた情報は当局がストライキをつぶすのに役立った」

「わたしに公式の役割はなかった。それは言っておくわ」

「そこがあなたみたいな仕事の欠点ね」レイチェルは言った。「世間から評価されることがない。ゴーリリーは支配者集団の肌に刺さった棘だった。エヴィソンのように、彼もまた内なる敵だったから、マスカレーダーズは対処することにした」

「わたしの意見はひとつだけ」シルヴィアが言った。「体を蝕むがん細胞を取り除くのは理に適っている」

「あなたは、いくらか愉しみを得られるくらいハンサムで、あなたの命令を実行してくれるくらい愚かな愛人を見つけて、ゴーリリーにけしかけた。それでゴーリリーが無分別な行動を――性的なものでも、ほかのものでも――とることを期待して。ゴーリリーは破滅するか、うまくすると、公衆の面前で恥をかくより自殺を選ぶかもしれない。そうならなくても、あなたは非難の嵐に巻きこまれたゴーリリーと離婚し、彼の名声は地に堕ちる。この計画は巧妙すぎたのが仇になった。マスカレーダーズの特徴的な欠点ね。恋人はあなたにのぼせ上がった。まわりが見えなくなるほど。ゴーリリーが湖に落ちたとき、あなたは夫の寝ぼけた理想主義から永遠に自由になるチャンスだと思った。そして一瞬で心を決めた。夫は死に、あなたと愛人は殺人罪で裁判にかけられることになった」

「あの裁判は茶番だった」シルヴィアが言った。「わたしはそもそも訴追されるべきじゃなかったのよ」

「そう、裁判は台本になかったのよね」レイチェルは同意した。「あなたが愛人に書いた手紙は行きすぎだった。頼んだとおり彼が燃やしてくれればよかったけれど、約束は守られなかった。ともあれ、終わりよければすべてよし。マスカレーダーズはあなたが死刑にならないようにしっかり手配して、忠誠心は報われた。あなたはいまや裕福な女性。すべてを台なしにしかねないのは、レオノーラ・ドーベルだけになった。レオノーラは、あなたが無罪になるように裁判手続きが操作されたと考えていた。それは正しかった。耄碌した判事が裁判をまかされ、万一最悪の展開で有罪判決が出たとしても、評決は控訴でひっくり返される予定だった。結果的には、判事の妄言に陪審が反発してあなたは自由の身になったのだけれど」

「当然よ。あんなお笑い裁判、イギリスの司法に対する冒瀆だった」

「レオノーラには、この世の正義のありようを疑問視する彼女なりの理由があった」

「わたしは無罪になった。これ以上何も言う必要はないでしょう」

「何度も言ったように」レイチェルはつぶやいた。「これは寓話、想像力を使う練習です。

マスカレーダーズは進取の精神だけでなく創意工夫の才も持ち合わせていて、不利な状況を新たなチャンスにしようと努力する。彼らはレオノーラ・ドーベルに辟易していて、彼女をどうすべきか、そして人選にこだわったこのパーティにどう対処すべきか考えあぐねていた。わたしの存在もまた心配の種だった。けれども、そこで彼らは大胆な解決策を考え出した」

レイチェルは、シルヴィア、ローランド、ダンスキンを見た。「あなたたち三人は、レオノーラの招待を受けて、彼女をマスカレーダーズの一員にするよう命じられたのです」

ジェイコブはもはや口を挟まずにはいられなかった。「本気で言ってます?」

「黙って」レイチェルはぴしりと言った。「それは独創的な考えでした。レオノーラはダークホース。風変わりで予測不可能な一匹狼。でもそのおかげで、ふつうでない秘密の行動をとることができる。モートメイン館の女主人という社会的地位もあったし、犯罪への関心から、価値の高い知り合いも多くいた」

「妄想だ」ローランドが鼻であしらった。

「あなたたちの任務はそれで終わりではなかった。わたしも仲間に加わる気があるかどうか、探りを入れろと命じられていた。シルヴィアがわたしとふたりきりで話したかった理由はそれよ。まさに昨夜レオノーラと話したように」

ローランドがため息をついた。「常軌を逸した戯言ですな、ミス・サヴァナク。あなたの言ったことに真実はひとつもないが、これだけは言っておこう。かりにそんな秘密組織があったら、あなたには偉業をなしとげる素質がある」

「光栄です」レイチェルは言った。「でも、どうかしら。いずれにせよ、そんな疑問は無意味です。わたしはただ、雨が弱まるまで物語で皆さんを愉しませているだけだから」

シルヴィア・ゴーリーがついに黙っていられなくなった。「正直言って、あなたもわたしたちと同じくらい殺人の容疑者でしょう」

「否定はできません」

稲妻がパッと閃き、雷鳴が轟いた。今回はほとんど同時だった。シルヴィアが言った。

「ここで女性がふたり亡くなっている。看護師とミセス・ドーベルが。あなたは空想にふけりたいだけ？　それとも自分の犯罪から注意をそらしたいの？」

「いい質問ね」レイチェルは雨が流れる窓の外を見やった。「外に車が停まる音がしなかった？」

「ほかに誰か来るのかな？」皮肉めいた調子でダンスキンが言った。「もうパーティは終わりだろう？」

「ウィーリング巡査部長は忙しかったのです」レイチェルは言った。「村から証人を何人か連れてきました」

「証人?」ローランドが睨みつけた。「なんの証人だね?」

「焦らないで」レイチェルは言った。「もうすぐすべてが明らかになる」

28

新たに到着した人たちはメイドに濡れたコートを預けるとすぐに、ウィーリング巡査部長に案内されて書斎に入ってきた――ルーシー・ヘプトンとその母親、ボブ・ヘプトン老人、そして鳥類学者のシドンズだった。四人ともひどい嵐のなかを移動して顔色が悪かった。男ふたりはぶつぶつ文句を言い、ヘプトン夫人はまわりの様子に圧倒されているようだった。一方、ルーシーはいちばん上等のサマードレスを着て魅力を存分に発揮していた。ジェイコブに気づくとうれしそうにウインクし、椅子を動かして隣に落ち着いた。

ヘンリー・ローランドはウイスキーのデカンタを見つけ、すでに自分とダンスキンのタンブラーにお代わりをついでいた。シドンズは不機嫌そうに山羊ひげをひとなでしてウイスキーを断わり、ジェイコブもかなりしぶしぶながら辞退した。オークス警部は細長い窓のひとつから外の雨を眺め、シルヴィア・ゴーリーは少佐の耳に何かささやいていた。

「ヨークシャーへようこそ、巡査部長！」ジェイコブが言った。「外は荒れてますか？」

警官は渋い顔をして言った。「故郷じゃこんなひどい嵐はありませんよ。まるでハルマゲドンだ。空は真っ黒で道は水浸し。耳が聞こえなくなるほどの風の音です」

レイチェルは手元の本を閉じ、トンと机に置いてみなの注意を惹いた。「来てくださってありがとう」新たにやってきた人たちに言った。「ご協力に感謝します」

「この集まりは何のためなんです?」ヘプトン夫人が訊いた。「わたしは何も悪いことはしてませんよ」

「もちろんです」レイチェルは言った。「ルーシー、あなたに質問があります」

ルーシーは驚いてきょろきょろした。「あたし?」

レイチェルは机にたたんで置いてあった一枚の紙を取った。レオノーラの部屋で見つかったメッセージだった。それを読み上げた。

「〝L〟で始まる人から送られたメッセージです。ひょっとして、あなたが送りました?」

ルーシーの顔が真っ赤に染まった。「まさか!」

ヘプトン夫人が声を荒らげた。「ルーシーはいい娘(こ)です」

「ええ、そうですね」レイチェルは言った。「あなたがこの手紙を送ったなんて一度も思っていない。でも、訊かなきゃいけなかったの」

ダンスキンが言った。「どう考えても〝L〟はレオノーラだろう? 彼女が書いたにちがいない」

「当然の結論ですね」レイチェルが言った。「でも、当然の結論は多くの場合、まちがっている」

「理解できんな」ローランドが言った。「そんな紙切れの何が重要なんだね？」

「これは犯罪の謎を解く鍵です」レイチェルは言った。「レオノーラ殺害の。遺体は先ほど発見された」

シルヴィア・ゴーリーが言った。「レオノーラは事故で死んだんじゃないと言いたいの？」

「いやいや」ダンスキンが言った。「明らかにレオノーラが看護師を殺し、逃げる途中で海に落ちたんだろう？」

レイチェルは首を振った。「わたしたちがそう考えるように仕向けられたんです」

「何が言いたい？」ローランドが訊いた。

「殺人犯はレオノーラの性的指向が女性であることを知っていた。ここにいるルーシーに彼女が目をつけていたことも」ルーシーは当惑して叫びそうになるのをこらえた。「この手紙の目的は、レオノーラを殺すために家から誘い出すことでした。ロタンダに血痕があったでしょう。あれは犯人がレオノーラの頭を殴ったから。そのあと彼女を崖から海に投げ落とした」

ダンスキンが悪態をついた。「つまり、レオノーラが看護師を殺したんじゃなく、看護師がレオノーラを殺したと言いたいのか？」

「いいえ、バーニス・コープは無実です。少なくとも殺人に関しては」

「なら看護師はどうやって殺された？　まさかまったく偶然の事故死だったとは言わないだろう？」

「ええ。看護師は殺人犯の計画に不可欠だった」

「なんだって？」ローランドの眼は顔から飛び出しそうだった。

「殺人犯は手紙をレオノーラに渡すよう看護師に託しました。きっと手紙は封筒に入っていて、その内容や、レオノーラにこっそり渡さなきゃいけないことについて、もっともらしい嘘をついたんでしょう」

「ルーシーがやったんじゃありません！」ヘプトン夫人が愕然として言った。「わたしの娘は何も関係ありません！」

「はい」レイチェルは言った。「もちろん彼女はやっていません。コープ看護師には恋人がいたんです。看護師は彼に夢中だった。言われたことをなんでもするつもりだった。彼の素性を伏せておくことも含めて」

ジェイコブはローランドとダンスキンをちらっと見た。どちらもレイチェルを見つめていた。

「レオノーラが死んで、看護師の役目は終わりました。それどころか、彼女は脅威になった。犯人の秘密をもらすかもしれない唯一の人物だったから。放っておくのは危険すぎた。だから犯人は断崖で看護師と会う約束をして、彼女も殺した。女性ふたりは死に、片方が犯人、もう片方が被害者と見なされた」

シルヴィア・ゴーリーが言った。「そこまでやる理由はいったい何？」

「わたしも混乱しました。ふたつの異なる頭脳――ふたりの犯罪の芸術家が働いているように思えたから。館に招待客が何人もいるときに殺人を企てる人がいます？　しかもその客は過去に殺人事件とかかわった人たちなのに？」

ローランドが身じろぎした。あとから来た人々を一瞥して、つっけんどんに言った。

「さっきの妙ちきりんな……寓話とやらをくり返したりしないだろうね、ミス・サヴァナク？」

「しません」レイチェルは答えた。「このなぞなぞの答えは自明です。今回のパーティは犯人にとってカモフラージュになった。全体像を混乱させる絶好のチャンスに。パーティがなければあまりにもあからさまになる犯罪の目くらましになったんです」

「理解に苦しむ」ダンスキンがつぶやいた。

「犯人はこの館でパーティが催されることをレジー・ヴィッカーズから聞きました。哀れなレジーは多くのことの原因になったんです。わたしがここにいることも含めて。ルイス・モーガンズも同じくらい軽率だったけれど、レジーが与えた情報のほうが重要だった。この殺人犯は、レジーやモーガンズの最近の死には関与していません。彼らが死んだのはおまけだった。もっとも、殺人犯はこのふたりをさほど問題にしなかったでしょうね。ふたりとも根っからのロンドン人だし、犯人は彼らにもロンドンにも嫌気が差していたから。彼は家に戻りたかった」

「家?」ヘプトン夫人が尋ねた。

「そう」レイチェルは言った。「モートメイン館に」

レイチェルがさらに何か言いかけたときに、すさまじい音が轟いた。雷鳴も咳払いに思えるほどだった。ダンスキンとボブ・ヘプトンが悪態をつき、ヘプトン夫人が悲鳴をあげ、ルーシーは母親に抱きついた。シドンズは爪を嚙んでいた。みなが窓のほうを向いた。ジェイコブがひと足早く椅子から立ち上がって外を見た。土砂降りの雨の向こうを見通すのはむずかしかったが、ジェイコブは見えた光景に息を呑んだ。

レイチェルが隣に立っていた。「ジェイコブ、何があったの?」

「嵐がさらにひどくなってる」彼は言った。「厩舎の屋根が嵐ではぎ取られました」

ルーシーの母親はすすり泣き、シドンズは眼を閉じていた。ローランドは残っていたウイスキーを一気に飲み干した。オークスが大声で全員に落ち着いてと言い、ドアのいちばん近くにいたウィーリング巡査部長が立ち上がった。

ドアが勢いよく開き、グラディスがよろよろと部屋に入ってきた。顔は幽霊のように真っ白で、声はかすれ、恐怖がにじんでいた。「お邪魔してすみません、お嬢様、失礼なことはしたくなかったんですけど、崖が崩れはじめました！　いま塀に囲まれた庭の端が海に落ちています」

ヘプトン夫人がまた叫び声をあげ、オークスが行動を開始した。

「ウィーリング！　外の様子を見てくるんだ。遠くまで行かずに、何が起きているか確認したらすぐ戻って報告してくれ」

巡査部長が部屋から飛び出し、オークスは一同のほうを向いた。

「皆さんはここに残ってください。危険のなかに飛びこまないように。全員いっしょにいたほうが安全を確保できる」

「逃げるべきだ！」ダンスキンが非難めいた声で言った。「この建物は崖の頂上に近い。

そこが崩れだしたんだ。あの音が聞こえたでしょう。厩舎が崩れはじめたのなら、次はここだ。いますぐ崩れたっておかしくない。早く逃げないと生き埋めになるぞ」

ヘプトン夫人が泣き叫びながら顔を娘の腕のなかに埋めた。少佐が立ち上がり、嫌悪もあらわにダンスキンを見た。

「警部が正しい」少佐は大声で言った。「屋根から落ちてくるタイルで命を落とすかもしれないぞ。少しはしっかりしたところを見せたまえ。この屋敷から出る者はおそらく真っ先に死に飛びこむことになる」

「同意します」レイチェルが落ち着いた声で言った。「ウィーリング巡査部長はすぐ戻ってくる。それまで母なる自然が無礼にも割りこんだ話の続きをさせて」

ジェイコブは口のなかが干上がっていると感じながら、レイチェルを見た。地滑りで死ぬかもしれないのに、まぶたひとつ動かさないなんて、この女性は人生で何を経験してきたのだろう。

オークスがうなずいた。「いいだろう。だが時間はない」

レイチェルは微笑んだ「我慢してください。人をハラハラさせるのが好きなので」

「さっさとしてくれ、頼むから！」ダンスキンが甲高い声で叫んだ。

「殺人犯が家に戻るって、どういうこと？」シルヴィアが訊いた。

「犯人はモートメインの跡継ぎでした」レイチェルは言った。「フェリックス・ドーベルの非嫡出の息子です」

しばらく誰もしゃべらなかった。崩れはじめた崖のことさえ忘れられた。部屋にいる全員が——ひとりを除いて——レイチェルをじっと見つめていた。

「それはまちがいだ」ローランドが言った。「私生児は家督を相続できない。できるのは嫡出子だけだ」

「よくある誤解です」レイチェルは言った。「かぎられた状況下では可能なのです。遺書や同意書の文言があれば。その点については判例法がある。オズウィン・ドーベルは弁護士に指示して、家族の取り決め書をできるだけ寛容な条件で作らせました。そしてモートメインを相続すると、将来、後継者が亡くなって妻が残されても館から追い出されないことを保証し、生涯権を与えた。同様に、証書が作られたときに非嫡出子が生きていることを条件に、財産を相続できるようにした。オズウィンはフェリックスがモートメインを継ぐとは考えていなかったし、ましてその息子のことなど考えてもいなかった。ところが、フェリックスの兄は結婚しなかったし、子孫も残さなかった。そして兄が戦死してすぐに、フェリックスも負傷した」

「フェリックスの息子は死にましたよ」ジェイコブが言った。「名士録にもそう書いてある」

「いいえ。あなたはグリゼルダが話したことを忘れてる。彼は十七歳のときに砲弾ショックと記憶喪失になり、死ぬのが怖くて脱走した。敵前逃亡で銃殺される危険があったけど、運がよかった。年齢と健康状態が考慮されて懲戒除隊ですんだの。でも、フェリックスは辱めを受けたので、それまで息子に生活費を送っていたものの、縁を切ることにした。フェリックスの頭のなかで息子は死んだことになり、彼はほかの人々もそう信じるように仕向けた。名士録も含めて。ただ、取り決め書は有効だった」

フェリックスの息子は体が弱く、貧困にあえいだ。でも、時がいろいろなことを癒やしてくれて、ちょっとした蓄えもできた。すぐれた才能のおかげで」

「才能？」ローランドが訊いた。

「彼はドーベル家の芸術愛を受け継いで、絵を描くのがうまかったんです。何年もかかったけれど、ひとかどの人物になった」

レイチェルは窓から離れ、シドンズに歩み寄った。そして無言でシドンズの眼鏡を取り払った。

「彼に見憶えはない、ジェイコブ？」

ジェイコブは信じられない思いでうめいた。もちろんある！　どうして気づかなかったのだろう。眼鏡と山羊ひげにすっかりだまされたのだ。ジェイコブが見つめていたのは、オールド・ベイリーでレオノーラに注目するきっかけになった、法廷画家の男だった。バードウォッチャーのシドンズが、フェリックス・ドーベルの息子だった。

29

「こんなのは馬鹿げている」シドンズのスコットランド訛りは消えていた。その声は怯えているようだった。「卑劣だ」

「少し同情します」レイチェルは言った。「あなたは若くして砲弾ショックになり、父親にも見放された。そうでなくてもたいへんだったはずです。あなたはほかの人と……ちがっているのに気づいていた。同性に惹かれると。それにハンサムだから、ここモートメインでどれだけその事実を隠そうとしても崇拝者が現われた。そして最終的に〈クランデスティン・クラブ〉に紹介され、〝ルル〟という名前で通っていたルイス・モーガンズと知り合った。レジー・ヴィッカーズとも。レジーは絵を描くのが大好きなあなたに、ドゥードルという渾名をつけた」

シドンズはレイチェルに催眠術にかけられたかのように、黙って見つめていた。

「あなたは新しい名前で新たな人生を始めた。悲劇女優からシドンズの名前を借りたのは、役者だったお母さんに敬意を表したんでしょう。そうしてヴァレンタイン・ドーベルは、ヴァレンタイン・シドンズになった。あなたはモーガンズの法律事務所がドーベル家に仕えているのを知って、モーガンズと親交を深めた。フェリックスに勘当されるまで、あなたの生活費はモーガンズの父親が代理で払っていた。戦争中はヴァレンタイン・ドーベルといっしょに従軍したという作り話でもしたの？　ファーストネームが同じでふたりともおもしろがっていたと言ってみたり？　実際はどうあれ、あなたはモーガンズを通して、モートメイン館を相続する権利があることを知った。

突然の驚きだったでしょうね。法律は婚外子に厳しいから、得られるものは何もないとずっと思っていた。もしかしたら、モーガンズは法律をちゃんと理解していないのではないかとすら考えた。ただ、そんなことはどうでもよかった。フェリックスが亡くなったら、あなたには財産を受け継ぐ道徳的な権利がある。フェリックスはあなたにも、あなたのお母さんにも借りがあるから。お母さんは彼に母子ともども見捨てられたあと、自殺したでしょう」

シドンズは低い耳障りな声をもらして、両手に顔を埋めた。

「それでも障害はたくさんあった。お父さんは生きているとはいえ、いつ亡くなってもおかしくないけれど、レオノーラはまだ四十代前半で健康だったから、八十や九十まで生きたかもしれない。フェリックス亡きあとは、レオノーラが生涯権を得る。彼女はすでにドーベル家の宝を売り払いはじめていた。一族の所蔵品を失う悲しみはさておき、あなたは芸術家として激しい怒りを感じた。たとえ相続を主張するまで長生きできたとしても、そのころには家に何も残っていないかもしれない。

あなたはモーガンズを捨てて、ヴィッカーズに乗り換えた。マスカレーダーズと、この館で開かれるパーティについてヴィッカーズから聞き出すと、もう彼にも用はなくなった。唯一の関心事はモートメイン館だけだった。演技の才能をお母さんから受け継いでいたあなたは、別人を装ってモートメインの土地を訪れた。髪を染め、分厚い眼鏡をかけて、ひげをつけていたのはそういうこと。言うまでもなくスコットランド訛りもね。モートメイン訪問はきわめて重要だった。なぜなら、いつか領主として凱旋するつもりだったから。バードウォッチャーを装えば、好きなだけうろつくことができる。ときどきツノメドリを描いていれば嘘も本当らしく見えるし。

そして孤独で恋愛に飢えたコープ看護師と仲よくなり、適当な作り話をして、自分のことは誰にも言わないようにと説得した。看護師からレオノーラの夕方の散歩の習慣を聞いたあなたは、計画を練った。レオノーラがパーティを開く理由はどうでもよく、状況はあなたにとって完璧だった。〈ドーベル・アームズ〉の離れに泊まることにしたから、宿自体が閉まってもすばやく抜け出せたし、捻挫と見せかけた足首がアリバイになった。本当はどこにも悪いところなんてなかったんでしょう」

「この嘘つき！」ルーシーがシドンズに叫んだ。「足首のことは嘘だったのね。あなたが砲弾ショックと記憶喪失の話をしたときには、信用してくれたと思ったのに。あたしはあなたを信用してた。なのにあなたは嘘をついた。あのかわいそうな女の人にも！」

ルーシーはシドンズに飛びかかり、爪で顔を引っかいた。シドンズは抵抗するそぶりすら見せなかった。オークスが仲裁しようと近づいた。

「ヴァレンタイン・ドーベル、あなたを……」

ウィーリングが部屋に飛びこんできた。制服をぐっしょり濡らし、息を切らしていた。

「避難してください！」彼は怒鳴った。「館全体が危険です！」


「私に続いて！」オークスが叫んだ。

嵐の音はいままでになく大きかった。みな玄関へと走った。トルーマン一家とドーベル家の使用人たちがホールにいて、レインコートをいくつも抱え、スーツケースに囲まれていた。

「自分の荷物を持って走るんです！」トルーマンが正面のドアを開けた。暴風雨と落ちてくるスレートのタイルが彼らを出迎えた。耳を聾する轟音だった。「頭に気をつけて、屋根から眼を離すな！」

全員が土砂降りの雨のなかへ駆け出した。ジェイコブのこめかみは脈打っていた。豪雨のせいでほとんど視界がきかなかった。スレートが落ちてきて地面にぶつかり、粉々に砕けた。あと五メートルほど近かったら、ジェイコブの頭が粉砕されていた。

「父さん！」ヴァレンタイン・ドーベルが叫んだ。ポーチのすぐ外で立ち止まっていた。

「父さんはどこに？」

ウィットロー少佐がモートメイン館に顎を振った。

「階上だ」少佐は怒鳴った。「彼のことはあきらめろ！」

ヴァレンタイン・ドーベルは踵を返して館のなかへ走っていった。

「よせ！」オークスが叫んだ。

オークスとウィーリングがドーベルを追って駆け出そうとしたとき、建物の後方からぞっとする地響きが聞こえた。館の脇から彼らのほうに醜い地面の亀裂が走った。眼のまえの土地が裂けた。

「崩落するぞ！」オークスが叫んだ。「全員ドライブウェイまで下がれ！」

ジェイコブがドライブウェイを走りながら見ると、レイチェルのファントムが草地に駐めてあった。開けた場所で、木々が倒れたとしても安全なくらい離れていた。レイチェルのように、トルーマンもあらゆることを考えている。

「オークス！」少佐が呼んだ。「急げ、きみ！　危ない！」

トルーマンが精一杯の大声で叫んだ。「フェリックス・ドーベルは病院です。具合が悪くなって使用人が車で連れていった」

オークスが少佐に駆け寄り、「なぜ嘘をついたんです」と大声で言った。

少佐は肩をすくめた。彼の気のない返事はかろうじてジェイコブにも聞こえた。

「パニックを起こしたにちがいない」

ふたたびすさまじい音がしたので、彼らは館を見上げた。正面の屋根の下の壁にひびが入り、巨大な石の塊が地面に落ちてきた。

少佐がかすかに笑みを浮かべた。ジェイコブには少佐の考えが読めるようだった。

運がよければ、なかにいるヴァレンタイン・ドーベルもろとも、この場所全体が崩壊する。そうなれば、面倒で不名誉な裁判の手間が省ける。

またもや崩れる音。今度はさらに大きかった。

ジェイコブはあまりの恐怖に茫然としながら、少佐の願いが叶うのを見ていた。

モートメイン館が崩れていった。

30

「生きてるなんて、運がよかった」ジェイコブは言った。

「この世では自分で運をつかむのよ」レイチェルが言った。

ふたりはモートメイン館に続くドライブウェイに集まった見物人のなかにいた。明るく、風が強い朝だった。嵐の暴力は過去のものになっていた。ジェイコブは、メモ帳と鉛筆を握りしめた男たちが、昨夜の出来事に関する取材で人々に近づいていくのに気づいた。いくつかの新聞の見出しのひとつが思い出された――〝モートメインの悲劇〟。

「スクープまで手に入ったじゃない」レイチェルが言った。

「自然災害の目撃証言です」ジェイコブの笑みは悲しげだった。「犯罪報道記者としては異例ですけど、何もないよりはましなので。それ以外のことについて黙ってなきゃいけないとしたらですけど」

「ええ、黙っていて」

「ウィットネス紙の法廷画家、二件の殺人関与」ジェイコブは考えながら言った。「この事件を記事にできるなら右腕を差し出してもいい。あなたはどれほどの犠牲を求めたかわかってないんです」

「タニクリフに動物がいる」レイチェルが言った。「右腕以上のものを奪える動物が。これも経験と思ってあきらめなさい」

断崖の縁にかろうじて残ったモートメイン館の正面の壁は、奇妙な廃墟となっていた。モートメイン岬は海に崩れ落ち、ごくわずかな土地がドライブウェイの先から突き出していた。景観に与えられた傷は深く、残酷だった。

人混みがまばらになってきた。そのうちこの災厄を奇貨として観光客にアイスクリームや土産物を売る業者が現われるだろう。いまのところ人々は、地滑りで男がひとり死んだことをまだ忘れていない。

ジェイコブは群衆のなかにヘプトン一家がいるのを見つけた。オークスは彼らに、報道機関に質問されても口を開かないようにと命じていた。少佐も重要な点をいくつか鉤爪で強調しながら、彼らと静かに話していた。

ルーシーと母親に沈黙を求めても無駄だろうが、人殺しが彼らの宿に隠れてふたりの女性を殺す計画を練り上げていたことは、ふたりともぜったいに認めないだろう。あまりに不名誉だし、真実よりましな出まかせをしゃべるほうがはるかに簡単だ。

モートメイン全体に受け入れられた話では、レオノーラが嫉妬に狂って看護師を殺し、その後自殺したことになっている。じつはその逆だったと考えるつむじ曲がりもいた。真相が明らかになることはないという点で、みなの意見は一致していた。そのほうがずっといい。わからないことが多いほど、推測と噂話が盛り上がる。

ジェイコブはヘプトン一家に近づいた。ルーシーがウィットネス紙の特派員の取材に答えていた。地滑りに巻きこまれた男の人は偶然の悲劇の犠牲者になりました、と彼女は言った。熱心なバードウォッチャーで、自然に親しむのがとても好きだった。ひどいことになったけれどロマンチックな面もなくはない。シドンズはモートメインを愛していたので、ここよりほかに彼がいたい場所はないだろう。記者は念のため、同意しますかとおじにも尋ねた。

「たぶん」老人は言った。

館にいた使用人と招待客たちは〈ドーベル・アームズ〉亭と村人の家で一夜を明かした。トルーマン一家は宿にいて、長い帰りのドライブの準備をしていた。ウィットロー少佐、シルヴィア、ローランド、ダンスキンはすでに発っていた。オークスとウィーリング巡査部長は、タッカー警部らとともに地元の警察に引きあげていた。彼らのやるべき仕事は山ほどあり、中途半端なところを詰め、三件の検死審問が想定どおりの評決に達するまえに書類を整理しなければならない。それが終わってやっと、おのおのの生活に戻れるのだ。

　ジェイコブはレイチェルの隣に戻った。ロタンダは災害を生き延びていた。木の間に見えるロタンダは、死におびき寄せられたモートメイン館の女主人を悼む記念碑だった。

「こんなの、まちがってます」ジェイコブは言った。「不公平だ」

「人生は不公平の連続よ」

「少佐に……マスカレーダーズ……なんというか、こんなことがこれからも続くなんて許されない」

「どんなこと？」レイチェルはあくびをした。「わたしはみんなに物語を聞かせただけ。訴訟事件の立証をしたわけじゃない。あれはただの教訓めいた寓話よ」

「教訓なんて何ひとつないじゃないですか」

「よく考えてみて」レイチェルは言った。「いいえ、やっぱりやめて。ただ不愉快になるだけでしょうから。わたしたちの平穏な暮らしを守るために、代わりにこっそり働いてくれている人がいることを幸せに思うのね」

「記者の名折れです」

「あなたは一度死にかけたでしょう、ジェイコブ。それで充分だと思わない？」

「でも、正しくない」

「善悪の判断はむずかしい」レイチェルは肩をすくめた。「いまは危険な時代よ、ジェイコブ、それを忘れないで」

ジェイコブは苛立ちをまぎらわそうと小石を蹴った。「レオノーラがどうしてあなたをここに呼んだのかさえ、よくわからない」

「彼女は探偵になったつもりだった。犯罪心理の暗い奥底まで探る技術もあった。わたしの過去を少し知って、完全犯罪をやってのけたと推理したのよ」

ジェイコブはレイチェルを見つめた。

「レオノーラは、わたしが実の父を殺したと確信していた」

ジェイコブはかすれた声で言った。「殺したんですか？」

レイチェルはジェイコブを睨んだ。「いいえ、わたしは実の父を殺していない」

「でもレオノーラは、モートメイン館に招かれた四人全員が殺人を犯したと信じていた？」

レイチェルは拍手をした。

「どうしてそんな人たちを集めるんです？」

「わたしの考えでは、彼女は秘密を打ち明けられる人を探していた」

「どういうことです?」

「レオノーラは愛を探していたけど、見つけられなかった。あなたは〈クランデスティン・クラブ〉にいたレオノーラの眼にそれを見たでしょう。もしかしたら、彼女にはどこか正気でないところがあったのかもしれない。でも、完全に正気な人なんている?」

ジェイコブは腕を組んだ。「ぼくは正気ですよ」

「その正気でどうなったか考えてみて」レイチェルは言った。「裸の死体とベッドをともにしたでしょう」

ジェイコブは顔をしかめたが、何も言わなかった。

「レオノーラは、シルヴィア、わたし、ローランド、ダンスキンのあいだに関連を見いだした。それだけでなく、自分も同じ仲間だと思った。完全犯罪ができる男女という、選び抜かれた集団の一員だと」

「わけがわかりません」

レイチェルはため息をついた。「親愛なるジェイコブ、あなたは人生を黒か白かでしか見ていない。実際はさまざまな色が混じり合った混沌なのよ。画家がパレットを床に落として、絵の具が四方に飛び散ったような」

ジェイコブは小声でぶつぶつつぶやきながら、モートメイン館を見つめた。崩れかけたファサードが空にくっきり浮かび上がっていた。

「わたしを信じていないようだけど、信じなさい。戦後十二年たっても、わたしたちは何百万人が死んだ戦争の傷から血を流している。フェリックス・ドーベルのような男たちの人生は永遠に滅びた。でも戦争のきっかけは何だった？　軍隊を移送する鉄道の時刻表よ」

「そんなの馬鹿げてる」

「人生だってそう。わたしがどうしてシュルレアリストの頭のおかしい作品が好きかわかる？　狂気には真実があるからよ、ジェイコブ。憶えておいて」

ジェイコブは強がって言った。「あなたの頭がおかしいという意味ですか？　レオノーラみたいに？」

「わたしたちは瓜ふたつだとレオノーラは思ったみたい。彼女の完全犯罪については、それを知っている男から聞きましょう」

ジェイコブは眼をみはった。「誰のことです？」

「フェリックス・ドーベル」

エピローグ（続き）

フェリックス・ドーベルは病院のベッドで体を起こそうとしたが、できなかった。

「エルスペスはひどい女だった」彼はささやいた。「結婚するんじゃなかった」

レイチェルはジェイコブにうなずいた。ふたりは真っ白な壁に囲まれた小さな病室にいた。看護師は彼らを病室に案内したあと、去っていた。部屋はきつい消毒液のにおいがした。

「あなたには高貴すぎました？」

彼は弱々しくうなずいた。「エルスペスは私の兄の気を惹こうとしたが、兄は抜け目なかった。私は馬鹿で衝動的だった。もちろん後悔したよ。戦争が始まって、逃げ出せたのがうれしかった。レオとは帰休中に出会って気に入った。彼女は……眼が輝いていた」

フェリックスは背中の枕に倒れて眼を閉じた。話すのは疲れるのだ。ジェイコブは、しゃべらせすぎだと警告するような眼差しをレイチェルに向けたが、無視された。

「レオはそのときまで、エルスペスが警察署長の娘だということを知らなかったの？」

フェリックスは首を振って認めた。

「レオノーラは、自分の父親が迫害されたのはエルスペスの父親のせいだと思っていた」レイチェルは言った。「いい加減な証拠でジーを逮捕させたから。そのことをレオノーラは一生赦さなかったのでは？」

「そうだ」フェリックスはつぶやいた。

「あなたが西部戦線に戻っているあいだに、お兄さんの戦死の知らせが飛びこんできた。俗物のエルスペスは勝ち誇ったでしょうね。夫がモートメイン館を継ぐことになったから」

フェリックスは眼を開けた。「そうだ」息を吐くように言った。

「レオノーラがエルスペスに毒を盛った。そうでしょう？　砒素を使ったのだと思う。そして老医者に死因は胃炎だと認めさせた。危ない綱渡りだけど、誰も疑わなかった。戦争中で、つねに人が死んでいたから。あなたが大怪我を負ってモートメインに帰ってくることがわかったときに、彼女は計画を実行した。合ってます？」

フェリックスは頭をもたげ、うなずいた。

「レオノーラは長く困窮していた。エルスペスの殺害は復讐であると同時に、ずっと望んでいた安心を手に入れるチャンスだった。あなたと結婚しても肉体的に満足できないことは問題ではなかった。自由気ままに行動できたから。お互い都合のいい結婚だったんでしょう。あなたはエルスペスがいなくなってうれしかったし、誰かといっしょにすごせれば満足だった。とりわけ、若い看護師に好かれていれば」

「バーニスならと思った……」

「そう」レイチェルは言った。「彼女は器量よしではなかったし、求愛者と駆け落ちする可能性は低かった。それでも恋人を見つけた……」

「よいことはみな……」フェリックスがかすかな声で言った。

「終わりを迎える」レイチェルはうなずいた。

「私には息子がいた」思い出している口調だった。「だが、死んだ」

フェリックスは背中の枕に沈みこみ、奇妙なしわがれ声をもらした。眼が閉じられた。

レイチェルは彼の細い腕を持ち上げ、胸の上で交差させた。

「そう」レイチェルは言った。「彼は死んだ」

手がかり探し

手がかり探し（クルーファインダー）は、一九二〇年代以降、J・J・コニントン、F・W・クロフツ、エルスペス・ハクスリー、ルーパート・ペニー、ジョン・ディクスン・カー、C・デイリー・キング、エドマンド・クリスピンといった英米作家が書く探偵小説のなかに見られるようになった。殺人事件の黄金時代に敬意を捧げるこの小説のなかで、私はその伝統を復活させたいと考えた。以下に、プロットのおもな構造にかかわる本文中の三十四の手がかりを示す。

ドーベル家の類似

（三四頁）藁色の髪に鉤鼻、色白のハンサムな男

（三五頁）指の爪を嚙む動作
（三七五頁）背の高い鉤鼻の男の肖像画
（三七六頁）ブロンドの中年男で家族譲りの眼と鼻を持ち、
（三七九頁）指の爪は嚙まれてかなり短くなっている。
（三八〇頁）鉤鼻をかんだ。

レオノーラに対する殺人者の関心

（三五頁）彼の視線はミニー・ブラウンから離れて、傍聴席の最前列にいるひとりの女性に移った。

殺人者の名前

（七六頁）たしかにそのとおり。初めて会ったときには、永遠に大切な人（ヴァレンタイン）と言われたけど、
（二五五頁）フェリックスはヴァレンタインの養育費を払うと言ったけど、

殺人者とルイス・モーガンズとの過去のつながり

（七七頁）二度と戻らない。あなたのところにも、あなたの上品ぶった友だちのルルのと

ころにも。

殺人者がいかにしてレジー・ヴィッカーズから話を聞いたか

（一四三頁）何も言わなければよかった。ドゥードルにも……ドゥードルについては、感心させようとしてうまくいかなかった。

殺人者の死亡の記載が名士録の父親の項目内で当てにならないこと

（二五八頁）あの子は前線で死んだほうがよかったくらいよ

（一九〇頁）名士録の記述は立派な人々の善意を当てにしている。与えられたすべての情報の正誤を逐一確認しているわけではなさそうだ。

殺人者の精神不安定の履歴

（二五八頁）フェリックスのかわいそうな婚外子が……砲弾ショックで記憶喪失になった。

（四六二頁）「記憶喪失？……何年も続くことがあるんですって。砲弾ショックみたいに。つい昨日、かわいそうなミスター・シドンンズが教えてくれたんです」

オズウィンの気前のいい態度
（三二六頁）「オズウィンはほかの遺言者よりずっと気前がよかったわけだ」
（三七六頁）ヴィクトリア時代人にしてはずいぶん心が広くて、

殺人者の心理構造
（三七六頁）不安定なのは家系の特徴です。

殺人者の動機
（二七〇頁）家族の取り決めで、後継者が亡くなると、その夫人は家族の財産に生涯権を与えられることになってます……家族の財産は彼女がかなりの歳になるまでもちますね。あと三、四十年生きたってだいじょうぶ。
（三二六頁）家の財産は、嫡出か非嫡出に関係なく、オズウィン・ドーベルの息子か孫に引き継がれる。

殺人者が行動しなければならなかった理由
（三二六頁）該当する相続人の寡婦は生涯権を持つので、次の世代は自分の順番を待たなきゃならない」
（四五二頁）「跡継ぎの配偶者は地所を所有しない。彼女の意思で財産を譲ることもできないけれど、生きているかぎり、実際上は自分の好きにできる」

殺人のタイミングがパーティと一致したこと

（四五三頁）殺人を疑われている三人がいるときにこの事件が起きたことね。わたしのことはさておき。もしこの犯罪があらかじめ計画されていたとしたら……混乱を起こそうとしただけかもしれませんよ。

人知れず殺人をおこなう機会を作ったこと

（四六五頁）離れの部屋が今夜は空くでしょう……気が向いたら離れに移って。出入りは自由だし、邪魔は入りませんよ、

レオノーラの二重の動機

（二五七頁）唯一のちがいは、フェリックスが、軍人の娘じゃなくて警察署長の娘と結婚したことね。

（四〇一頁）お父さんはヨークシャー北部の名士でした。
（三二六頁）フェリックス・ドーベルがレオノーラと結婚した翌日に亡くなったとしても、彼女は残りの生涯、モートメイン館に住みつづけることができた

毒物に関するレオノーラの知識

（三八五頁）「わたしも救急看護奉仕隊にいたときには、薬局で数カ月働きました。そのあとモートメインに来たの……致死薬について多少の知識はあります」
（四五一頁）毒も扱えたから、自分の犯罪を自然死に見せる手段を持ち合わせていた。

レオノーラが捜査を免れた理由

（三七七頁）混乱をきわめていた。モートメインには医療の専門家がいなかったんです、耄碌しかけた年寄りのお医者さんひとりを除いて。

マスカレーダーズと共謀者たちの動機

（八九頁）イギリスを英雄にふさわしい国と呼ぶのは大げさかもしれないが、少なくともボリシェヴィキの進出は食い止めているし、

（九六頁）「人生は危険に満ちている。用心してしすぎることはない。内なる敵に注意するのだ」

（一一三頁）シルヴィア・ハードマンの父親は、ノーフォーク州で工務店を経営していたが、建設業者のストライキの余波で破産した。

（一八六頁）以後、エヴィソンは職を転々とする。飲み仲間は政治活動家たちで、どこへ行っても賃金引き上げと職場環境の向上を声高に求めていた。

謝辞

本書の執筆中には、じつにさまざまな人々から支援してもらった。そのうちの何人かに、ここで特別に謝意を捧げたい。*The Brookwood Necropolis Railway* の著者ジョン・M・クラークは、この鉄道について多くの情報を与えてくれた。かつての学友で、現在は王立芸術院でボランティアのガイドを務めているティム・ベンソンは、同僚のかたがたとともに、王立美術館が出てくる章できわめて貴重な手助けをしてくれた。ハイゲート文学科学院の司書マーガレット・マッケイは、一九三〇年代の同院に関連する情報と、写真まで提供してくれた。名士録と国立鉄道博物館のスタッフの皆さんも、私の質問に懇切丁寧に答えてくれた。

ジョナサン・エドワーズは、本書の時代の非嫡出子による相続について、またオールド・ベイリーでの裁判の描写についても、法律面からかけがえのない助言をしてくれた。ヘレナ・エドワーズ、キャサリン・エドワーズ、ジェイムズ・ウィルス、ジョン・M・クラーク、ショーン・ライリー・シモンズ、ケイト・ゴッズマークは、本書の草稿にたいへん有益なコメントを寄せてくれた。本書内の架空の犯罪事件は、現実世界の先例をいくらか参考にしているが、私が創作したバージョンは、ヒントを得た現実の事件の〝解説〟を意図するものではない。登場人物や出来事もすべて私の想像の産物である。高貴なる殺人に関するレオノーラ・ドーベルの考察は、ジョージ・オーウェルが「英国風殺人の衰退」で明確に述べた内容につながる。そしていつもながら、本書を信頼してくれた私の著作権エージェントのジェイムズ・ウィルスと〈ヘッド・オブ・ゼウス〉のチームに感謝する。

解説

ミステリ・コラムニスト
三橋曉

東西冷戦を含めると三つの世界戦争があり、人類が戦争に明け暮れた二十世紀だが、世界史の年表を広げてみると、本作の時代背景である一九三〇年代初頭は、凪の時代であったようにも映る。しかし世界の情勢は安閑からはほど遠かった。一九二九年十月にウォール街の株価暴落から始まった大恐慌の火の手は、忽(たちま)ち各国に広がり、イギリスにも及んでいる。

作中人物たちの世間話には、時の英国首相ラムゼイ・マクドナルドも話題にのぼる。反戦を唱え、労働党初の首相になった人物で、前年の選挙で保守党を議席数で逆転し、首相の座に返り咲いたものの、政権の旗色は良くない。基幹産業の炭鉱や鉄鋼業が停滞し、失業者も増加するなど、不景気が庶民の生活を直撃しているのだ。

本作の作者マーティン・エドワーズが新たなシリーズを構想した際、この混乱の時代を思い描いたのには理由がある。この戦間期にあたる二十年余りは、黄金期と呼ばれるミステリの栄光の時代でもあったからだ。

ミステリ史の研究分野でも著名なエドワーズは、エドガー賞（評論評伝部門）に輝いた『探偵小説の黄金時代』（国書刊行会刊）の中で、この時代に活躍したミステリ作家たちの親睦団体〈ディテクション・クラブ〉の歴史について明らかにしたが、その第一章にはクラブ草創期の興味深い事実が記されている。クラブの門戸は、必ずしも無条件に開かれていたわけではなかったのだ。政治信条や宗教、階級といった制約はないに等しいのに、通俗冒険スリラーの書き手たちは、会員として受け入れられなかったという。

この不平等で寛容さを欠く事実は、エドワーズの中で創作意欲と結びついたらしい。『処刑台広場の女』（二〇一八年、早川書房刊）を上梓してシリーズをスタートさせた時に、ミステリ批評のウェブサイト〈The Venetian Vase〉のインタビューに答えて、シリーズ執筆の動機を次のように明かしている。

「サンデー・タイムズ」紙で二年半にわたって犯罪小説の批評を担当したドロシー・L・セイヤーズは、ほとんどのスリラー小説の文学的価値を辛辣に評価していた。だから私は、一九三〇年代を舞台にしたスリラーを書こうという考えに誘惑されたんだ。

インタビューでは、スリラー嫌いのセイヤーズも楽しめるスリラー、というシリーズのコンセプトについて語ると同時に、『探偵小説の黄金時代』と新シリーズの繋がりについても触れている。一九三〇年代のイギリスの生活について、当時の書籍や、その時代がテーマの歴史書を読み解くなどして積み重ねた調査の成果は、ほぼ時期を同じくして取り組んだ評論と創作の双方に反映されているそうだ。

さて、この『モルグ館の客人』は、原題を *Mortmain Hall* といい、二〇二〇年四月、イギリスの独立系出版社ヘッド・オブ・ゼウスから刊行された。

タイトル中の mortmain（モートメイン）は、譲渡や売却の許されない土地や建物を保有すること（死手譲渡）を指す法律用語で、過去が現在を束縛している状況を意味するが、読者にはヨークシャー北部の古い村の名前として紹介される。北海を臨む海岸には、村人が死体安置館（モルグ・ホール）と呼ぶ、由緒ある一族の屋敷モートメイン館が佇む。登場人物が一堂に会し、物語が劇的な展開を遂げるクライマックス近くでは、この館が重要な舞台となる。

一九三〇年六月、ロンドン中心部にある葬儀列車の発着場で幕はあがる。建物の影に身を潜めるレイチェル・サヴァナクが後を尾けていた相手は、四年前にロンドンから姿を消した人物だった。客車に乗り込んだレイチェルは、彼に救いの手を差し伸べようとするが、相手はそれを拒んだ。やがて列車はブルックウッドの集団墓地に到着し、ほどなく弔いを済ませた乗客を乗せて帰路につくが、男が再びロンドンに帰り着くことはなかった。

一方その頃、中央刑事裁判所(オールド・ベイリー)では、クラリオン紙の若手記者ジェイコブ・フリントが、殺人事件の裁判を取材していた。検察側優勢と思われたが、やがて証人に立った元少佐の証言で、被告の男は無罪放免となる。傍聴席から被告を熱心に観察し、逆転判決を予見していた女性は、ドーベル夫人を名乗った。彼女から託された謎めいた伝言をレイチェルに届けた記者は、夫人が著名な犯罪学者であることを知らされる。

始まってすぐさま、意表をつかれるのは、プロローグではなくエピローグから始まる冒頭だ。未来の場面を瞬間的に提示してみせるフラッシュフォワードと呼ばれる手法だが、読者は前作『処刑台広場の女』で、ある人物の過去の日記がフラッシュバックとして引用されていたことを思い出すかもしれない。

続いてシーンが変わると、ページをめくる手はまたしても止まる。レイチェルが追う黒ずくめの謎の人物を、いきなり作者は幽霊と呼ぶのである。もちろん、それは隠喩(メタファー)にすぎないが、実はその喩えには含みがある。男には死者を装った過去があったばかりでなく、その呼び名には彼の歩んできた長く曲がりくねった人生が、さりげなく投影されているのである。

　このように、作者は才気煥発なところを次々と惜しげもなく披露する。音楽でいえばイントロにあたるわずか数ページで、忽ち読者は作者の手中に落ちてしまうのである。

　作家としてのマーティン・エドワーズは、すでに二ダース以上の著作を世に送っているベテランだが、長篇は先の『処刑台広場の女』の翻訳紹介まで、わが国の読者の目にふれる機会はなかった。小説分野での足取りについては、前作巻末の千街晶之氏の解説をご覧いただくとして、大きなターニングポイントが訪れたのは、当時手がけていた湖水地方（レイク・ディストリクト）を舞台にしたシリーズの七作目を書き上げた直後だった。

　一九五五年生まれのエドワーズは、このとき六十歳で、作家生活も四半世紀になろうとしていたが、挑戦を促す内なる声に背中を押され、新たな創作意欲に火が灯ったという。現代が舞台の心理サスペンスというアイデアもあったが、一九三〇年代が舞台のスリラーを選択した決め手は、頭に浮かんだレイチェル・サヴァナクというヒロイン像だったそうだ。

　彼女とのつき合いが、作家としての書く歓びに繋がるかどうかを見極めるため、まず短篇を試作したという。その結果に満足して書かれたのが『処刑台広場の女』だが、当初レイチェルは謎の女として読者の前に登場した。先の文庫帯にあった「この女は名探偵か、悪魔か。」という煽り文句も宜なるかなで、ヒロインは真意を計りかねる行動や言動で読者を幻惑した。

ダークヒーローやアンチヒロイズムの風潮とも相俟って、悪のベクトルも併せ持つヒロインの活躍はすこぶる新鮮で刺激的だったが、二作目となるこの『モルグ館の客人』でも、レイチェル・サヴァナクは謎めいたベールを引きずっている。彼女と数カ月ぶりの再会を果たすジェイコブは、改めてその知性と美しさに惹かれるが、いつ自分が切り捨てられても不思議はない非情さを、彼女の中に見ているのだ。

さらに本作では、もう一人の新たな謎の女が舞台にあがる。前述のドーベル夫人こと、犯罪学者のレオノーラ・ドーベルである。ジェイコブを介して邂逅を果たしたレイチェルとレオノーラは、王立芸術院の展示をめぐりつつ、フェンシングの敵同士が剣を交えるように、それぞれの来し方や犯罪への興味を探るように言葉を交わし、相手を見極めようとする。

本作のテーマのひとつに、詩的不正義があるが、詩的正義をもじったこの言葉は、フィクションにおける因果応報や勧善懲悪が、必ずしも現実世界を支配するルールではないことを意味する。レオノーラが第二の主人公ともいうべき存在として意味を持つのは、犯罪学の専門家として、時として正義を実現できない司法の不確実性という問題に計り知れない興味を抱いていることに加え、その現実を身をもって知っているからだ。

法の死角に魅入られたように、時に失敗を冒す司法の犠牲となった者たちに対し、レオノーラが執着ともいえる関心を抱く理由は何なのか？　才略にたけたレイチェルが行動派のジェイコブをリードするという古い価値観を一蹴するような男女のコンビが、レオノーラという不可解なパズルの正解を導き出そうとしていく。

ところで、首都の墓地不足解消のために設けられたブルックウッド大墓地とロンドンの間を往復する葬儀列車がいきなり第一章で舞台になったり、英国伝統の紳士淑女の球技クリケットが繰り返し登場するなど、本作においてもエドワーズは、時代の空気を醸し出すディテールの積み重ね方が実に上手い。

そんな中、世相を映す鏡として一役買っているのが、人々の口にのぼる、著名人や時の人の名前だ。セックスシンボルとしてルドルフ・ヴァレンティノの後継者と言われたラモン・ノヴァロや、ロマン・ポランスキーの「反撥」や「袋小路」にも出ていたルネ・ヒューストンなど、知る人ぞ知る古の銀幕のスターの名に頬を緩める映画ファンもいるだろうが、ひときわ意味深いのは、『探偵小説の黄金時代』でも触れられるミステリ作家たちだろう。

第三章で、当時のベストセラー作家の代表格として、サックス・ローマーと共にその名が挙がるサッパーもその一人だ。快男児ブルドッグ・ドラモンドの生みの親で、通俗な冒険活劇小説の書き手として一世を風靡したが、先に触れた〈ディテクション・クラブ〉に受け入れられなかった筆頭格として、エドワーズが著作の中で挙げていた名前のひとつである。

また第八章で、ドーベル夫人のライバルとして名前が挙がるのは、『のぞき見ショーのためのピン』（一九三四年・未訳）が実録小説の傑作と喧伝される女性作家F・テニソン・ジェシーである。その前章では、夫と恋人を同時に厄介払いしたシルヴィア・ゴーリーの事件が語られるが、ジェシーが件の作品で採り上げた実話のトンプソン＝バイウォーターズ事件（一九二二年）を擬えたものだろう。ただし、年下の恋人をそそのかして夫殺しを企てたトンプソン夫人は、現実では死刑になっている。

ジェシーについては、ジュリアン・シモンズも『ブラッディ・マーダー　探偵小説から犯罪小説への歴史』（新潮社刊）で好意的な評価を与えているが、エドワーズも同様の立場から、会員の資格があったにもかかわらず、クラブにはついぞ招き入れられることはなかったと『探偵小説の黄金時代』の中に書いている。しれっと「おそらくバークリーかセイヤーズに嫌われていたのだろう」と語っているのは、もちろん皮肉を込めてだろう。

このように、作者の評論・研究活動とは一卵性双生児の関係にあるこのレイチェル・サヴァナクのシリーズだが、第二作を読み終えた今、スリラー小説の魅力を再発見するという目的は、最初の一歩に過ぎなかったのではないかとも思える。なぜなら、その先には伝統的なフーダニットの復権という、さらに大きなテーマが見え隠れするからだ。

その傍証の一つは巻末にある。謎ときミステリにおけるフェアプレイの精神と稚気の顕れとして、「読者への挑戦」とともに黄金時代の作家の幾多が試みた、作中の手がかりを作者自らが一覧として掲げる「手がかり探し(クルーファインダー)」(かつて「手がかり索引」と呼ばれていた)である。エドワーズはそれを七ページにわたる力の籠ったものとして復活させているのだが、そこからはオマージュに止まらない本気度が伝わってくる。

またクライマックスのモートメイン館で、二度死んだ男や、法の裁きの網目をくぐり抜けた者たち、思いがけぬ死といった謎が一体の構図をなし、本格ミステリのカタルシスたっぷりに解き明かされていく面白さにも、前作を上回る勢いと質の高さがある。現時点でシリーズは四作まで書かれており、順次紹介もなされていくと思うが、次作ではどこに向かい、どんな驚きを届けてくれるのかを想像するだけで、待ちきれない気持ちになる。
ノスタルジックなヒット曲が巷に流れ、フラッパーらが行き来する街中を、二階建て(ダブルデッカー)バスが走り抜けていく。そのあやしい一角では、夜の帷に輝くネオンが悦しみを求める男女を手招きする。そんな一九三〇年代にわれわれ読者を案内するマーティン・エドワーズの時空を越えるミステリの旅は、まだまだこれからが佳境だろう。

二〇二四年六月

訳者略歴　1962年生，東京大学法学部卒，英米文学翻訳家　訳書『葬儀を終えて〔新訳版〕』クリスティー，『火刑法廷〔新訳版〕』『三つの棺〔新訳版〕』カー，『スパイはいまも謀略の地に』ル・カレ，『レッド・ドラゴン〔新訳版〕』ハリス，『処刑台広場の女』エドワーズ（以上早川書房刊）他多数

HM=Hayakawa Mystery
SF=Science Fiction
JA=Japanese Author
NV=Novel
NF=Nonfiction
FT=Fantasy

モルグ館の客人

〈HM⑸⑼-2〉

二〇二四年七月十日　印刷
二〇二四年七月十五日　発行

（定価はカバーに表示してあります）

著者　マーティン・エドワーズ
訳者　加賀山卓朗
発行者　早川　浩
発行所　株式会社　早川書房

郵便番号　一〇一 - 〇〇四六
東京都千代田区神田多町二ノ二
電話　〇三 - 三二五二 - 三一一一
振替　〇〇一六〇 - 三 - 四七七九九
https://www.hayakawa-online.co.jp

乱丁・落丁本は小社制作部宛お送り下さい。
送料小社負担にてお取りかえいたします。

印刷・三松堂株式会社　製本・株式会社明光社
Printed and bound in Japan
ISBN978-4-15-185652-5 C0197

本書は活字が大きく読みやすい〈トールサイズ〉です。